연암 평전

연암 평전

초판인쇄 2019년 6월 5일 **초판발행** 2019년 6월 10일

지은이 간호윤 **펴낸이** 박성모 **펴낸곳** 소명출판 **출판등록** 제13-522호

주소 서울시 서초구 서초중앙로6길 15, 1층

전화 02-585-7840 **팩스** 02-585-7848

전자우편 somyungbooks@daum.net **홈페이지** www.somyong.co.kr

값 19,000원 ⓒ 간호윤, 2019

ISBN 979-11-5905-402-0 03810

간호윤 지음

Critical biography of Yeon-am Park Ji-won

연암 평전

 소명출판

들어가며

　20대, 애송이 국문학도 시절 연암을 만났다. 그리고 200여 년 저 너머, 잔뜩 낀 조선 후기의 해무를 헤치며 성성하게 걸어간 연암의 뒤를 발맘발맘 좇았다. 그동안 강산은 세 번 바뀌었고 연암에 관한 두어 권의 애벌 글을 내며 나는 인간 연암에게서 네 개의 단어를 더 찾았다. 문장, 성정, 학문, 그리고 미래다. 인간다운 세상을 꿈꾼 연암을 조명하고픈 4부작의『연암평전』은 이렇게 기획되었다. 문제는 천학비재淺學非才인 내 깜냥으로 조선 최고 문호 연암의 평전을 어떻게 감당하느냐이다.

　평전評傳, critical biography이란, 입전인물의 일생에 대하여 비평批評을 곁들인 전기傳記이다. 따라서 평전은 본인이 아닌 그 누군가에 의해서만 입전된다는 필연성을 갖추어야만 한다.『한어대사전』에서 '평전'을 찾아보니 "평전은 전기문학의 지류評傳是傳記文學的支流"라고 주동윤朱東潤의 『논전기문학』 구절을 인용해 놓았다. 평전이 전기문학이라면 사마천의『사기』「열전」에 근원을 둔다. 우리나라에서는 김부식의『삼국사기』「열전」이 평전 형식이다. 보통 열전列傳은 서문격인 자서自序와 가계·출생, 성장·학업, 활동·업적, 죽음·후손의 순으로 기술하는 본찬本贊, 그리고 입전인물에 대한 포폄을 한 논찬論贊 등 3단 형식이다.

　이 열전은 정사正史에 속하고 문인 또는 학사들이 지은 외사外史는 사전私傳이다. 우리가 말하는 평전은 이 사전과 근사하다. 문헌으로 확인된 우리나라 최초의 사전은 원효의 「자장전慈藏傳」이다. 신라 승려 자장의 전인데 현재 전하지 않아 그 전모를 알 수 없다.

필자가 아는 지식으로 우리나라에 평전이란 말이 처음보이는 문헌은 『동아일보』 1921년 12월 4일 자, 「판화전람회는 금일, 회장에서는 태서회화조각작가평전을 배부, 청년남녀의 참고가 될 던람회」이다. 기사에 따르면 "태서회화조각작가평전"이란, "유명한 예술가의 일평생 내력을 간단명료하게 쓴" 글이라고 되어 있다. 이후 1938년에 『아타츄르크 케말 파쇄 대통령평전』, 1948년에 김종열이 『신천지』에서 쓴 「역대 인물평(곽재우 평전)」 등을 거치며, 1970년대 평전이 대중화되면서부터 현재와 같은 보편적 평전문화가 정착되었다.

문제는 현재 우리의 평전 형식이 천편일률적으로 출생에서 사망까지 입전인물 일대기나 주례사적 찬가로 박제화剝製化되었다는 혐의가 너무 짙다는 점이다. 진리의 절대성이 없듯 글쓰기의 차꼬도 없거늘, 어느 평전을 보아도 모양새가 옴니암니 따질 필요조차 없이 도긴개긴이다. 이 말은 '누군가가 입전 대상의 삶을 비평'하려, 입전대상에 대한 입체적인 시각을 포기하였다는 역설이다. 이렇듯 박제화되어 버린 퇴행하는 평전문화를 연암은 어떻게 받아들일까?

연암은 「소단적치인서」에서 결연히 밝혔듯이 전쟁하는 마음으로 글쓰기에 임하였다. 당대 글쓰기를 양육하는 통전通典으로 좌정한 문장은 도道를 싣는 그릇이라는 '문이재도文以載道'였다. 연암 글쓰기는 '문이재도'를 과감히 벗어난 '법고창신法古創新'이었다. 법고창신이란, 옛글만 답습하는 데 인이 박혀버린 상투에서 벗어나 옛것을 본받으면서도 새로운 글을 지어야 한다는 자생적 글쓰기이다. 연암의 글 곳곳에 보이는 형식 실험과 파격적인 글쓰기는 바로 여기에서 연유한다.

이제 인간은 신의 피조물이기에 생득적 결함을 지닌 존재라는 한 줄을 첨부할 차례다. 이 결함이 상대에 따라 상황에 따라 선과 악, 호와 불호라는 극단적인 양가성兩價性을 만든다. 연암은 이 생득적 결함을 척결하는 데 매우 유용한 단서로 '틈'을 든다. 연암이 「마장전」에서 "천지 사물이 제 각각이기에 반드시 틈이 있게 마련"이라며 우도를 논한 글은 양가성을 이해하는 활연관통豁然貫通한 해법을 제시한다. 이른바 모든 인정물태에 내재한 틈의 역학이다.

평전은 마땅히 연암이 말한 이 틈의 역학을 읽어야 한다. 이 틈의 역학이, 누구에게 연암은 전염병을 옮기는 문둥이요 오랑캐요 삼류 선비였고, 누구에겐 천하의 명문장가요 청렴한 벼슬아치이며 조선의 미래를 이끌 이요, 누구에겐 한없이 자상한 아비요 남편이요 선생이며 상전을 만들었다.

11명의 필자를 내세워 『연암평전』을 쓰는 이유가 여기에 있다. 11명 중, 어떤 이는 연암에게 한없는 신뢰감을 보여 그 틈조차 찾지 못하지만 어떤 이는 극단의 틈을 벌리고는 연암을 이죽거리며 백안시한다. 또 평전을 쓰는 자로서 평전 대상에게 애당초부터 가진 내밀한 경애의 감정은 이 과정에서 적절한 틈을 확보하게 된다. 평전이 누군가에 의해서만 입전된다는 필연성에 비평의 객관성이라는 충분조건도 여기서 갖추어진다.

더하여 평전 또한 전기로서 입전인물의 영혼을 다루는 연금술이란 점과 『연암평전』이기에 연암의 법고창신 글쓰기 정신을 한껏 고려하였다. 연암 삶의 궤적에 9할을 근거하되, 문헌과 사실이란 문자가 건네는 9할의 압박에서 벗어나고자 저자 몫으로 넣은 1할이 바로 앞 문장에 대한 필자의 고심처이다.

『연암평전』 4부작의 얼개는 이렇게 갖추게 되었고 그 대략은 이렇다.

제1부, 문장이다. "종로를 메운 게 모조리 황충蝗蟲(벼를 갉아먹는 메뚜기)이야!" 황충은 백성을 숙주로 삼아 기생하는 양반을 기생충으로 통매하는 풍유이다. 「민옹전」에서 연암은 문벌을 밑천 삼고 뼈다귀를 매매하며 무위도식하는 양반에게 입찬소리를 해댔다. 문장은 곧 그 사람이라 한다. 그 시절 연암 박지원은 문장으로 빛났고 문장으로 인해 버거운 삶을 살아냈고, 이 시절 조선 최고 문장가로 남았다. 연암과 평생 등 돌린 유한준, 비변문체(문체반정)로 각을 세운 정조, 『연암집』을 간행하려다 끝내 실패한 박규수를 통해 연암 문장을 따라잡았다.

제2부, 성정이다. "개를 키우지 마라." 연암의 성정을 단적으로 보여주는 말이다. 연암이 이승을 하직한 다음 날 조용히 눈을 감은 청지기 오복, 연암이 평생 사랑한 이씨 부인, 둘째 아들 종채의 눈에 비친 연암의 성정은 어떠하였을까?

제3부, 학문이다. "기와조각과 똥거름, 이거야말로 장관일세!" 실학자 연암은 청나라 여행 중 끝없이 펼쳐진 요동벌에서 "한바탕 울고 싶다!"라 하였고, 기와조각과 똥거름을 보곤 "이거야말로 장관!"이라고 외쳤다. 연암은 정쟁으로 날을 새는 소국 조선의 선비였다. 그래 저 거

대한 요동벌에서 한바탕 울음 울었고, 기와조각과 똥거름에서 조선의 미래를 찾았다. 이것이 학문을 하는 조선 선비 연암이 울고 감탄한 이유다. 연암의 학문은 실학이었다. 그 학문의 길을 연암의 처남인 이재성과 호협한 제자인 무사 백동수, 그리고 평생지기 유언호에게 들었다.

제4부, 미래이다. "『연암집』이 갑신정변을 일으켰지." 연암의 글과 갑신정변을 연결하는 박영효의 말을 추리자면 저렇다. 조선은 유학의 나라였다. 유학은 사람이 사는 아름다운 나라를 공동선共同善으로 지향하지만, 저 시절 아름다운 조선은 조선에 없었다. 연암은 유학자로서 조선의 아름다운 미래를 꿈꾸었고, 이 시절 우리가 찾는 세상도 다를 바 없다. 연암 자신과 이 책을 쓰는 저자가 필자로 나서, 왜 이 시절 우리가 연암에게 불확실한 미래를 물어야만 하는지를 찾았다.

이 책은 4부로 인간다운 세상을 꿈꾼 연암을 좇는다고 하였다. 문둥이 삼류 선비 연암이 뿌린 '인간'이란 역병이 우리 조선의 후예들에게 강하게 전염되기를 바란다. 그날이, 『연암집』의 먹물들이 글발마다 살아나 열을 지어 행진하는 '인간다운 세상'이다.

첨언으로 우리나라 평전 글쓰기 풍토의 일신을 기원한다.

휴휴헌에서
휴헌 삼가 씀

차례

I

문장,
종로를 메운 게 모조리
황충이야!

〈박지원 초상〉

가장 널리 알려진 연암의 초상으로 손자 박주수朴珠壽가 그렸다. 주수는 규수의 바로 아래 동생으로 요절하였다. 홍길주洪吉周 (1786~1841)는 『수여난필睡餘瀾筆』에서 '박주수의 그림 솜씨가 뛰어 나다'고 하며 "다섯 차례나 그림을 바꾼 끝에 연암 선생과 7분쯤 비슷한 초상화가 나왔다"고 하였다. 하지만 홍길주도 박주수도 연암을 보지 못한 것은 마찬가지다.

어글어글한 눈, 눈초리가 올라간 것하며 오똑한 콧날과 턱수염이 매서운 인상을 준다.

그러나 넉넉한 풍채에서 풍기는 기운은 대인처럼 우람하다. 『과정록』에 보이는 아들 종채의 기록과는 얼굴 모양이 사뭇 다르다. 종채의 기록에 따르면 오히려 '박규수 초상화'에서 연암의 모습을 찾을 수 있다.

01

유한준, 연암은 문둥이다

연암을 몹시 미워한 유한준은 문학에 대하여 독특한 관점을 보이는데,
바로 '각도기도론各道其道論'이다. 각도기도론은 '각자는 모두 자신의 도道를 도로
삼아 그것을 끝까지 추구해 나가면 훌륭한 문학에 이를 수 있다는 이론으로 기존의
문이재도와는 다른 관점이다. 비록 유한준이 각도기도론을 작품과 연결 짓지는
못하였지만, 조선 후기 유자들과 확실히 다르다는 점은 분명하다.
이 장에서 유한준은 연암과 대등한 문재文才를 지닌 문장가요 유자儒者로서, 못자리를
놓고 싸우게 된 연유와 문체와 사고 등을 조목조목 따진다.

나무를 지고 다니면서 소금을 사라고 외친다

그대의 문장은 몹시 기이하오. 하지만 사물의 명칭이 빌려 온 것이 많고
인용한 전거가 적절치 못하니 이 점이 옥의 티라 하겠기에 노형께 말씀드
립니다. 문장을 짓는 데는 법도가 있으니, 이는 마치 송사하는 자가 증거
를 지니고 있고 장사치가 물건을 들고 사라고 외치는 것과 같습니다. 아무
리 사리가 분명하고 올바르다 하더라도 다른 증거가 없다면 어찌 이길 수
가 있겠는지요. (…중략…) 나무를 지고 다니면서 소금을 사라고 외친다

면 하루 종일 길에 다녀도 장작 한 다발 팔지 못합니다." 文章儘奇矣 然名物 多借 引據未襯 是爲圭瑕 請爲老兄復之也 文章有道 如訟者之有證 如販夫之唱貨 雖辭理明直 若無他證 何以取勝 (…中略…) 擔柴而唱鹽 雖終日行道 不販一薪 (「답 창애」)

이런 요망한 문둥이를 봤나! 뭐, "나무를 지고 다니면서 소금을 사라고 외쳐", 그것도 모자라 "하루 종일 길에 다녀도 장작 한 다발 팔지 못해". 연암이 내게 준 저 편지를 생각하면 지금도 분을 새길 수 없다. 내나이 마흔 즈음 일이다.

글을 쓰는 사람들은 모름지기 자기야말로 제1인자라고 자부하는 문인상경文人相輕이란 말이 없지 않지만 내 도저히 이 일만은 묵과할 수 없다. 내 글의 전거가 적절치 못하다는 것도 이해할 수 없거니와, 문장의 법도를 송사하는 자의 증거와 장사치가 물건 파는 일에 비유하는 것도 모자라, 나무꾼에 소금까지 끌어 온 데는 경악을 금치 못한다. 그래 내 글을, 아니 나를 이토록 업신여긴단 말인가. 내 글을 어디로 보아 장사치에 비유하는가? 장사치 운운으로 따지자면, 남의 눈이나 현혹시키려고 비유 나부랭이나 남발하는 제깟 글이 더 흡사하지 않은가. 이런 제가 나에게 감히 '문장의 법도'를 가르치려는가. 도대체 겸양과 예의를 모르는 자이다. 나는 이 편지를 받고부터 연암을 달리 생각하였다.

나는 병자호란 당시 대표적 척화파였던 유황兪榥의 후손으로, 우리 기계 유씨 집안은 대대로 존명배청주의尊明排淸主義를 지지하며, 의고주의擬古主義를 가학으로 여긴다. 의고주의라함은 사마천司馬遷과 반고班固

로 대표하는 진한고문秦漢古文에 문장의 모범을 둔다는 뜻이요, 내가 처음 글을 좋아한 것도 이 진한의 고문이 아니던가.

　연암과 나는 같으면서도 다른 점이 많다. 연암은 사마천의 『사기』「열전」의 영향을 받았고 「마장전」, 「양반전」, 「허생전」 등 전傳을 썼으며 노론이다. 나 역시도 사마천의 『사기』「열전」의 영향을 받았고 「검객모소전劍客某小傳」, 「예의홍익만전瘞醫洪翼曼傳」, 「강홍립전姜弘立傳」, 「번장군어기전樊將軍於期傳」, 「유형원전柳馨遠傳」 등 22편에 달하는 전을 썼으며 노론이다. 연암은 정통적인 문이재도론을 배척하였고 나 역시 그렇다. 다만 나는 문이재도文以載道*를 버려야 할 것만은 아니라고 생각한다. '문은 도를 실어야 한다'는 문이재도는 문文(문학)과 도道(도학)를 일치한다.

*문이재도_유학의 전통적 문학관으로 송 대의 유학자 주돈이(周敦頤, 1017~1073)가 『통서(通書)』「문사(文辭)」에서 "문은 도를 싣는 방법이다"라고 한 데서 유래한다.

　그러나 나는 이 도문일치道文一致가 선진先秦 이전의 이상 시대에나 가능하였지, 지금은 도문분리道文分離라는 견해이다. 아마 여기까지는 연암도 나와 동일한 견해이리라. 따라서 나도 연암처럼 문장을 닦는 데 공을 들였으니, 내 글에서 수사修辭와 공교工巧함을 찾는다면 그 이유 때문이다.

　더욱이 점차 나이 들며 문과 도를 딱히 분리시켜야만 할까 하는 생각이 드는 것도 사실이다. 사장詞章(문장을 중시)보다는 경술經術(육경과 사서를 중시)을 중심에 놓아야 하지 않을까 한다. 우리 조선의 현실을 볼 때, 천주학이라는 이단을 배척하고 강상綱常의 윤리를 강화하려면 도와 문은 겸비해야 하지 않을까 해서다. 그렇다면 도를 싣는 문이재도를 중국과 우리 조선 글쓰기의 창작 규범으로 길이 지켜야 할 소중한 항구적인 글쓰기 법문으로 인정해도 무방치 않을까 한다. 더욱이 선왕先王(정조)께서도 고문의 문체를 추종하여 인간의 성정性情에 대한 교화를 지향하는 순정문학醇正文學을 하교하시지 않았는가. 마땅히 이 땅의 유자라 불리는 자로서 문이재도라는 조선의 지성知性을 지성至誠으로 섬긴들 문제는 없지 않겠는가. 그렇게 되면 '문'의 기능은 '훈육'이요, '문필진한文必秦漢, 시필성당詩必盛唐'*을 본받아야 함도 당연지사이다.

*시필성당_문장은 반드시 선진(先秦, 진나라 이전의 시대)과 양한(兩漢, 전한과 후한의 시대)을, 시는 반드시 성당(盛唐, 당나라를 네 등분한 둘째 시기)을 본받아야 한다는 복고적 문학론.

또 우리 조선의 유자라면 마땅히 『시詩』·『서書』·『예禮』·『악樂』·『역易』·『춘추春秋』 등 육경을 섬겨야 한다. 「육경六經」이란 글은 그래서 썼다. 그러나 연암은 「증좌소산인贈左蘇山人」에서 "육경의 글자로만 점철하는 건, 비하자면 사당에 의탁한 쥐와 꼭 같다點竄六經字 譬如鼠依社"라고까지 했다. 따라서 연암의 핵심 문학론인 고문만 답습하는 상투에서 벗어나 옛것을 본받으면서도 새로움을 중시하자는 법고창신法古創新과는 대척적일 수밖에 없다.

이렇듯 연암과 나는 나이를 들며 서서히 다른 문학관을 갖게 되었다. 연암은 지나치게 문文에만 몰두하고 과거를 부정하며 모욕을 주었으나 나는 문과 도를 적절히 타협하는 쪽으로 가닥을 잡았고 14살부터 과거 공부를 지속적으로 하였다. 연암과 나는 저렇게 같고 또한 이렇게 다르다.

연암과 나는 인척과 사제 간으로도 매우 가까운 사이니, 우선 내 벗인 박윤원의 어머니가 우리 집안이며, 연암의 족친이다. 내 누이의 아들인 김이중金履中(1736~1793)은 연암과 벗이요, 또 박윤원의 스승인 김원행 어른은 연암의 벗인 홍대용의 스승이시다. 더욱이 내 스승이신 남유용南有容(1698~1773) 어른과 연암의 장인 이보천 어른은 이종 형제 간이며 연암과도 잘 아는 남공철이 바로 내 스승의 아들이다. 연암과 절친한 유언호兪彦鎬 어른은 나에게 재종숙이 된다. 또 연암이 그렇게 존경하는 순암醇菴 오재순吳載純(1727~1792) 어른과 나는 사돈 간이다. 내 아들 만주가 바로 순암 어른의 사촌 아우 되시는 재륜載綸 어른의 사위이기 때문이다.

전에는 연암과 아들 만주와 더불어 동산에도 올랐으며, 시문을 주고받고 학문을 논한 나날은 헤아릴 수도 없다. 가난한 그에게 술, 종이, 먹, 붓, 심지어 땔나무도 보내준 적도 있다. 이런 연암과 나의 관계를 깨뜨린 것은 연암의 저 위 편지 한 장으로부터 시작한다.

『맹자』 한 장을 읽게 하면 반드시 구두도 떼지 못할게야

사실 연암의 글을 싫어한 것이 어디 나뿐이랴. 담녕澹寧 홍의호洪義浩 (1758~1826)는 「도강록」의 호곡장을 몹시 비웃었고, 조선의 내로라하는 문장가로 꽃을 피우는 시파時派의 영수 김조순金祖淳(1765~1832) 대감도 연암의 글을 꽤 싫어한다. 들리는 말에 의하면 "박 아무개(연암을 지칭)는 『맹자』 한 장을 읽게 하면 반드시 구두도 떼지 못할 게야" 하고 연암을 혹독하게 비하하였다 하니 참으로 적절한 말씀 아니던가. 그래 이 말을 들은 연암의 제자 서유구徐有榘(1764~1845)가 발끈해 "『맹자』한 장을 지을 수도 있다"고 해, 결국 대판 싸움이 벌어졌다지. 김조순은 그때 얼마나 화가 났는지 서유구에게 "그대가 문장을 몰라도 이 지경일 줄이야. 내가 있는 한 그대는 문원文苑(홍문관과 예문관)의 관직은 다 맡았소!"라고 가시 돋친 말을 서슴없이 퍼부었다고 하니 참 시원하고 통쾌한 일이다. 김조순의 다짐처럼 지금까지 서유구는 정말 대제학에 오르지 못하고 있다. 서얼로 연암과 교류했던 성대중成大中(1732~1812)조차도 『청성집青城集』「송연암지관양양서送燕巖之官襄陽序」에서 "연암의 문장은 괴이하고 묘하여 따로 학문의 길을 열었으니 근세에 없던 거였다" 하였다. 연암의 벗조차도 그의 글이 우리 조선글이 아니라고 한다. 또 김노겸金魯謙(1781~1853)은 어린 시절부터 연암을 따른 자이나 『열하일기』의 「상기」, 「상방기」, 「황금대기」, 「야출고북기」 같은 글은 모두 "장난삼아 쓴 글에 지나지 않는다"고 '예술囈述'에서 혹평을 하지 않던가.

언급한 바, 연암과 나는 처음부터 악연은 아니었다. 그와 내가 주고받은 편지글만도 여러 번이었다. 그 중 한 편지글을 옮기면 이렇다.

그대께서는 여장을 풀고 말안장을 내리시지요. 내일은 비가 오려나 봅니다. 샘이 울고 물비린내가 나며 섬돌까지 개미떼가 밀려듭니다. 황새는 울면서 북쪽으로 들어가고 안개는 서리어 땅위를 달립니다. 별똥별은 화살같이 서쪽으로 흐르고 점치는 바람은 동쪽에서 부는군요. 足下其稅裝卸鞍 來日其雨 泉鳴水腥 堦潮螘陣 鸛鳴入北 烟盤走地 星矢西流 占風自東 (「답창애지칠」)

나는 문장을 음식이라 생각한다文章猶飮食也. 입에 맞으면 어느 것인들 음식이 아니겠는가마는 유독 좋아하는 음식이 있듯이 글도 그렇다. 마음으로 숭상하는 사람의 글이라면 어느 글인들 문장이 아니겠는가. 유독 좋아하는 사람의 글도 있고. 사마천司馬遷이나 반고班固*를 좋아하든, 한유韓愈*나 구양수歐陽脩, 혹은 소식蘇軾을 좋아한들 내 상관할 바 아니나. 그래 '좋아하면 배우고 배우면 비슷해지고, 고인의 글과 비슷해진다면 이 또한 고문이다好之則學之 學之則似之 似之於古人之文而斯古文矣'라는 것이 내 문체관이다.

　나는 이러한 견해를 「태호집서太湖集序」에서 피력하였다. 개개인의 문체와 문장이 다름을 두고 왈가왈부할 이유가 없다. 문체는 입맛처럼 기호嗜好의 문제이기 때문이다. 그러나 연암의 문체는 이와 다르다. 사물의 모습을 지나치게 그려내는 것은 기호와는 다른 별난 문제이기 때문이다.

　위의 편지는 다음날 길 떠날 채비를 서두르는 나를 만류하는 연암의 편지다. 물비린내, 개미떼, 황새 등 비 올 조짐만 잔뜩 늘어놓는다. 연암의 글은 대개 문체가 이렇다. 연암은 패관소품체稗官小品體를 가까이하여 자질구레한 말단까지 저토록 세세히 핍진逼眞하게 그려내니 영 천하고 잡박하기 그지없다. 그러니 연암의 글에는 늘 불미한 풍문이 돌 수밖에 없지 않은가.

　쉰이 넘어 지은 「열녀함양박씨전 병서」는 더욱 가관이다. 표면적으로는 함양 박 씨를 열녀라 하지만, 실상은 과부의 성욕을 써 놓음으로써 '열녀제도'의 모순을 드러낸 발칙한 글이다.

그 문장이 참으로 낯뜨겁기 이를 데 없다.

혈기가 때로 왕성해지면 과부라 하여서 어찌 정욕이 없겠느냐? 가물가물한 등잔불이 내 그림자를 조문이라도 하듯, 고독한 밤에는 새벽도 더디 오더구나. 처마 끝에 빗방울이 똑똑 떨어질 때, 창가에 비치는 달이 흰빛을 흘리는 밤 나뭇잎 하나가 뜰에 흩날릴 때나, 외기러기가 먼 하늘에서 우는 밤, 멀리서 닭 우는 소리도 없고 어린 종년은 코를 깊이 골고, 가물가물 졸음도 오지 않는 그런 깊은 밤에 내가 누구에게 이 괴로운 심정을 하소연하겠느냐? 寧或寡婦而無情哉 殘燈吊影 獨夜難曉 若復簷雨淋鈴 窓月流素 一葉飄庭 隻鴈叫天 遠鷄無響 穉婢牢鼾 耿耿不寐 訴誰苦衷

거, 참! 이것도 글이라고. 세밀화細密畵로 그려낸 과부의 방안 정경이 참으로 고약스럽다. 빗방울소리, 나뭇잎소리, 외기러기소리, 종년의 코 고는 소리에 치마끈을 동여매는 과부의 정욕이 그대로 드러난다. 여인으로서 정욕을 참음은 당연하지 않은가. 그런데 과부가 새벽녘에 드러낸 정욕을 인고로 위장해 놓은 연암의 심사는 대체 뭐란 말인가. 과부가 사내를 찾는 망측한 행동을 부추기는 소리와 다를 바 없다.

연암이 후처를 얻었다면 만년에 저러한 글을 쓰지는 않았으리라. 나 역시 상처를 하였지만 늙은 나이에 후처를 들였다. 후처를 들이는 것은 본처에게 미안한 일이지만, 그렇다고 늙은이 혼자 궁색 맞은 살림을 꾸릴 수는 없는 일이다. 연암은 첩조차 두지 않은 것을 자랑할 줄 모르나 남에게 궁색한 모습을 보이기보다는 낫지 않겠는가.

이 편지는 또 어떤가.

마을의 꼬마 녀석이 『천자문』을 배우는데 읽기를 싫어하여 꾸짖었답니다. 그랬더니 요 녀석이 말하기를, "하늘을 보니 파랗기만 한데 '하늘 천天' 자는 푸르지가 않아요. 이 때문에 읽기 싫어요!"라고 하였습니다. 이 아이의 총명함이 창힐을 주려 죽일 만합니다. 里中孺子 爲授千字文 呵其厭讀 曰 視天蒼蒼 天字不碧 是以厭耳 此我聰明 餒煞蒼頡 (「답창애지삼」)

웃고 넘어갈 문제가 아니다. 『천자문』은 예로부터 동몽童蒙들의 학습서이다. 저 아이가 총명하여 한자를 만든 창힐을 굶주려 죽일 만하다니, 도통 모를 소리요, 예전 같으면 손도損徒*를 당할 일이다.

*손도_도덕적으로 잘못한 사람을 그 지역에서 내쫓음.

양반에게 칼날을 겨누는 의도된 꼼수

연암의 글은 우리 조선 사대부의 글이 아니다. 「자소집서自笑集序」를 보니 연암은 "사대부가 태어나 어렸을 적에는 제법 글을 읽지만, 자라서는 공령功令*을 배워 화려하게 꾸미는 변려체騈儷體*의 문장이나 익숙하니 짓는다. 과거에 합격하고 나면 이마저 쓸데없다 여기고, 합격하지 못하면 머리가 허

*공령_과거 시험 문장.

*변려체_문장이 4자와 6자를 기본으로 한 대구로 이루어졌다. 미감을 중시하는 문체로 변(騈)은 한 쌍의 말이 마차를 끄는 뜻이고, 여(儷)는 부부라는 뜻이다. 후한(後漢) 중말기(中末期)에서 당(唐)나라 중기까지 유행하였다.

옇게 되도록 거기에 매달린다. 그러니 어찌 이른바 옛날의 문장이 있다는 것을 알겠는가"라고 하며 "문장의 풍성함을 알려면 나는 실로 미천한 역관*들에게 부끄러울 지경欲知文章之盛 則吾實慚於鞮象之賤士"이라고 고

백까지 한다. 역관의 글이 그래, 조선 사대부들의 글보다 낫다는 말인가? 제 글은 모조리 격식을 파괴한 변체變體뿐 아닌가. 그러고 보니 이 「자소집서」는 역관 이양재李亮載(초명은 홍재弘載, 1751 ~?)의 문집에 써 준 글이다.

김조순 말처럼 그는 『맹자』 한 장은커녕, 구두도 떼지 못할 위인이다. 연암이 18살 즈음에 쓴 「마장전」에서부터 50대의 「열녀함양박씨전 병서」까지, 그리고 『열하일기』까지 동선動線을 이루는 글들은 모두 반의고주의反擬古主義* 글들이다.

*반의고주의_의고문(擬古文)에 반대하는 주의이다. 의고문이란 한문 문체의 하나로 당송고문에 반대하여 진한(秦漢) 이전의 문체로 돌아가자는 글이다. 이들은 진정한 의미에서의 고문이란 옛글과 똑같이 지어야 한다고 주장하였고 연암 같은 반의고주의자들은 이러한 이념을 몹시 경멸하였다.

연암의 글을 볼작시면 '양반들에게서 부조리를 찾고 낮은 백성들의 절박한 삶에 시선을 두고서 바른 삶 법을 제시'한다는 점에서 내면적 통일성이 보인다. 이것은 연암소설 모두가 담항설, 곧 길거리나 항간에 떠도는 소문이 소설의 생성공간이란 점을 그대로 드러낸다. 연암은 자기검열을 하듯, 조선 후기의 그들이 살아가는 이야기를 천착하여 세상이 되어 가는 형편인 인정물태를 그려냈다. 그리고 삶의 참다운 모습과 인생의 진실을 추구함이 여기라고 한다.

더욱이 천박한 소설이라는 장르로 양반의 신성함을 해체하였으니 그 참혹함은 이루 말로 형언치 못한다. 소설의 효용성을 중시하여 세

상을 교화해 보려는 세교론世敎論과 잘못을 교훈삼아 경계의 도리를 삼는 감계론鑑戒論을 잔뜩 품었다는 소설적 특성을 잔뜩 넣은 것은 또 어떠한가. 아마도 이것은 연암이 상사람들과 부조리한 양반의 괴리를 응시한 고뇌를 담은 듯하지만 양반된 자로서 이러한 후안무치한 행동이 어디 있단 말인가. 여기에 '재미'를 곁들인 글투와 독자의 몫으로 남겨둔 결말을 허구성 옆에 놓아두는 것도 마뜩치 못한 수이다.

따져보자면 연암의 이러한 글쓰기는 문학적 심미성의 부족에 기인한다. 연암의 글 도처에 보이는 역설과 풍자, 기지 따위의 문체적 수사는 문학의 심미성 부족을 단적으로 보여준다. 이덕무, 박제가 따위 서얼들이 그림자처럼 좇아 선생으로 섬기며 얻었다는 연암 글의 '언어의 맛言語有味' 운운은 모두 연암의 이 교묘한 글쓰기 때문이다.

또한 연암소설 12편이 다루고 있는 우리 조선 현실을 왜 각다분한 삶을 사는 낮은 백성들의 삶에서 포착했느냐도 따져 볼 문제다. 나 역시 조선 사대부들이 마땅치 않기에, 「송김가회귀은홍주서送金嘉會歸隱洪州序」, 「우려문수右閭問數」 등 여러 글에서 이러한 생각을 조목조목 밝혔다. 하지만 연암은 「마장전」·「예덕선생전」·「민옹전」·「양반전」·「광문자전」·「우상전」·「역학대도전」·「봉산학자전」·「열녀함양박씨전 병서」 등 소설 형식을 차용하여 낮은 백성과 높은 양반, 선과 악, 계층적 질서를 뒤집는 인간상, 정의와 위선, 속악한 관습 등의 부조리한 삶의 세계를 지나치게 드러낸다. 양반에게 칼날을 겨누는 의도된 꼼수로 소설이란 천한 양식을 끌어 왔다 이 말이다.

연암은 언젠가 자신의 문장이 좌구명左丘明,[*] 공양고公羊高,[*] 사마천司馬

*좌구명_『좌씨전(左氏傳)』의 저자.

*공양고_『공양전(公羊傳)』의 저자.

*사마천_『사기』의 저자.

*유종원_당송팔대가의 한 사람.

*원굉도_명나라 말기 문인으로 복고적인 문학에 도전해 통속문학을 중시하고 사회 부조리를 폭로하였다. 고향이 호북성 공안이기에 공안파(公安派)의 영수로 불렸다.

*김성탄_청나라의 소설 비평가, 「수호전」, 「서상기」 등을 평론한 『성탄재자서』의 저자.

*이지_호는 탁오(卓吾)로 혁신적인 자유사상가.

*관화지문_화려함만을 꿰뚫는 글.

遷,* 반고班固, 한유韓愈, 유종원柳宗元,* 원굉도袁宏道(1568~1610),* 김성탄金聖嘆(?~1661)* 등을 어루만졌다면서 사람들이 자신의 글을 다만 원굉도와 김성탄의 소품小品으로 보는 것을 못내 애석해 하였다.

하지만 연암이 애석해할 이유가 없다. 누가 보아도 연암의 글은 대부분 이지李贄(1527~1602)*와 제자 원굉도, 그리고 김성탄 무리로 관화지문貫華之文*을 썼기 때문이다.

내, 아들 만주와 의논해 보건대, 명대의 평점이 흘러 김성탄의 문장이 되었고 우리나라에 이르러 연암의 문장이 되었다. 대개 김성탄의 무리가 사용한 문장은 한 번은 장자의 『남화경』을 본받고 한 번은 불경을 본받았다. 당연히 순정한 고문과는 거리가 멀다. 연암도 중년 이후 연행을 다녀와 장자와 불경의 문체를 출입하였음은 누구나 인정한다. 연암의 글에 보이는 화려한 꾸밈인 문채文采를 두고 만주는 『흠영』에 이렇게 써 두었다.

*지_박지원.

문채가 극에 달하면 사치로 들어가고 만다. 사치란 문채의 폐단으로 중인 이하 부류들이 즐기고 사모함을 면치 못한다. 지祗*의 무리가 북쪽 오랑캐로 기울어짐도 전혀 이상할 게 없다. 듣자 하니 문예의 사이에서 노니는 즐거움이 북쪽 오랑캐들이 여간 심하지 않다던데, 지의 무리가 이를 즐기게 된 까닭이다. 문장이란 응당 먼저 경전에 힘써야 하니 법도法度

와 간질簡質*과, 정대正大이다. 이러한 후에야 바야흐로 대작이 되고 대가가
된다. 연암은 기괴하고 사치스러운데 치우쳐 잡가가 되   *간질_조촐하고 질박함.
었으니 글들이 스스로 소품小品으로 귀결된다. 文采極 則入於奢侈 奢侈者 在
中人以下 難免奇慕 如祗流之傾響北虜者 顧亦無怪 聞文藝間遊從之娛 北虜爲甚 祗
所以樂此也 文章當先務典 則法度質簡正大 然後方爲大品 方成大家 若祗者太務奇
峭奢放 偏流爲雜家 自歸小品矣 (『흠영』 6, 1785.12.23)

만주는 연암과 그를 따르는 무리들의 글이 당연한 소품이며, 연암이
망령된 글이나 써대는 잡가雜家일 수밖에 없는 이유를 기괴하고 잡스러
운 문채에서 찾았고 나는 이를 옳다 여긴다. 문채는 글의 꾸밈을 말함
이니, 연암 글에 보이는 우언과 해학, 유희가 두루 섞인 문체가 바로 잡
스러운 문체라는 말이다. 북쪽 오랑캐들에 비유한 만주의 견해도 나와
조금도 어긋나지 않는다.

  연암의 글에서 뜻은 어린애와 같고 모습은 처녀와 같다는 '영처론嬰
處論'도 이지의 '동심설動心說'과 제자 원굉도의 '동자지취童子之趣'와 다를
바 없다. 이지가 누구인가. 전통적인 권위에 반대하여 자아중심의 혁
신사상을 제창한 왕양명의 분파 중에서도 급진적인 태주학파泰州學派*

와 너나들이하지 않는가. 그는 금욕주의·신분차
별을 강요하는 예교禮敎를 부정했으며, 반反유교
를 외쳐 저 중국 황실에서도 박해를 받아 옥중에
서 자살로 생을 마친 자이다.

*태주학파_왕간, 서월, 안균, 나여방
등이 대표적인 인물이다. 이들은 하층
계급 출신들이다. 왕학좌파에 속하는
이지는 안균·나여방 등의 학설에 감
화받기는 했지만 일반적으로 태주학
파에 속하는 것으로는 보지 않는다.

  원굉도의 「서문장전徐文長傳」, 「졸효전拙效傳」이나 연암의 「김신선전」,

「민옹전」과「광문자전」은 뜻을 얻지 못한 이를 입전한 것으로 저 전이 이 전이요, 이 전이 저 전이라.

연암의 문체로 말하자면 저들의 패관소설체를 본뜬 것임을 집어 말할 필요조차 없으나 심히 역설逆說, 반어反語, 우의寓意, 장면의 극대화 등이 사치스러운 것으로 보면 저들보다도 되우 심하다. 더욱이 연암은 소설에 거간꾼, 분뇨수거인, 걸인, 역관, 과부 등을 개성적이고 새로운 인간상으로 등장시켜 '조선의 바람직한 대안적 인간형'을 모색한다. 우리 조선을 이끄는 유자들에 대한 지나친 폭언이요, 연암소설을 결코 읽지 말아야 할 이유가 여기에 있음도 지적치 않을 수 없다.

구체적으로 보자면「민옹전」·「김신선전」에는 비록 삶의 외곽에 살지라도 세속을 초월하지 못한다는 우의가 깔렸다. 연암이 필묵을 가장 두두룩하게 놓았다는「호질」·「허생전」은 우리 조선 지배층의 도덕불감증과 부끄러운 경제와 국방이라는 치부를 노출시켰으니 그야말로 조선의 총체적 부실을 비판하는 셈이요, 임금을 능멸하는 방자한 행동이다.

연암의 이러한 각다귀 같은 글들은 시비꾼의 저열한 몽니에 불과하다. 양반에서 낮은 백성까지 공생하는 가능성의 지평과 만인이 공유하는 화창한 질서를 꿈꾸게 하는 희망의 지렛대를 꼭 저렇게 그려야만 하는가. 한 가지 더 지적할 것은 저 위에서 언급했듯이 자신의 문장이 사마천, 반고 등을 어루만졌다고 한 점이다. 그렇다면「증좌소산인贈左蘇山人」에서 "반고나 사마천이 다시 태어나도班馬若再起 반고나 사마천을 결단코 배우지 아니할걸決不學班馬"이란 말은 무엇인가? 고인의 글을 배우지 않겠다는 뜻 아닌가. 반고나 사마천을 능가하려면 일단은 배워야 하거늘, 어찌 배우지 않는다는 말인가. 또 「공작관문고자서孔雀館文稿自序」 첫줄에 "글이란 뜻을 그려내는 데 그칠 따름文以寫意則止而已矣"이라 해놓고는 이와 반대로 그의 글은 현란하고 잡박하기 이를 데 없다. 그런데도 연암은 종종 오 땅 사람들이 간드러진 말투를 구사하여 비웃음을 당하는 오농연어吳儂軟語니 오농세타吳儂細唾 하는 말들을 들어 남 글을 비하해댄다. 연암의 이러한 모순적인 행동을 도저히 이해할 수 없다.

연암이 말하는 실학사상과 옛것을 본받아 새로움을 창조한다는 '법고창신' 또한 이러저러한 이유로 마뜩지 못하다. 연암이 말하는 실학實學이란 실천을 중시하는 참학문이요, 법고창신이란 옛것을 바탕으로 새로움을 수용하자는 문학론이자 사상이라 한다. 단어컨대 아니 될 말이다! 학문은 심성수양이기에 실생활에 활용하기 위한 수단으로만 여겨서는 안 된다. 여기에 더하여 연암이 글로 현실의 시시비비를 가리려는 수작도 마땅치 못하다. 글은 글로만 끝나야지 세상사에 지나치게 매달려 희화나 일삼으니 남의 입줄에 이름이 늘 붙어다니는 게 아닌가.

연암은 청괴淸魁들의 우두머리인 문둥이

아정 이덕무, 영재 유득공, 초정 박제가, 척재 이서구 따위도 연암 주위로 모여든 염치없는 자들이다. 이들은 하나같이 오랑캐 청의 문물을 배우자는 북학론北學論자들로, 우리 조선의 국시인 숭명배청崇明排淸과는 어긋장을 놓고 글쓰기 또한 연암체이다. 이들이야말로 우리 조선의 사백 년 왕업을 송두리째 버리고 청나라 문물을 수용하려는 청괴淸魁들이요, 우두머리는 '문둥이' 연암이다. 연암 제 스스로도 「답이중존서」에서 문둥이라 부르라 했다는 것은 이를 인정한다는 소리 아닌가. 연암체는 지금 역병 걸린 문둥이처럼 전염된다.

사실 연암은 행실거지 또한 비난받아 마땅한 위인이다. 내 성상께 이 작자의 잘못을 주청한 '호복임민胡服臨民'만 하여도 그렇다. 아니, 한 고을의 수령된 자로서 오랑캐 복장을 하고서 백성들 앞에 선다는 게 말이 되는가. 이 호복임민 문제는 나뿐이 아니다. 함양군수 윤광석尹光碩(1747~1799)도 나와 같은 생각이다. 연암이 안의현감으로 부임했을 때, 먼저 함양군수로 와 있던 윤광석의 도움을 많이 받았겠다. 그런데 윤광석이 자기 조상 후촌後村 충헌공忠憲公 윤전尹烇(1575~1636)의 실기인 일명 『후촌집 윤충헌공실기後村集尹忠憲公實紀』를 간행함에, 연암의 조상인 금계군錦溪君 박동량朴東亮(1569~1635)이 윤전의 요직 진출을 방해했다고 좀 나쁘게 묘사하였나 보다.

그러자 속 좁은 이 연암은 불문곡직하고 윤광석에게 「여윤함양광석與尹咸陽光碩」이라는 편지를 주고서는 아예 관계를 단절해 버린다. 더구나 이 책은 함양의 학사루에서 간행할 때, 연암 제 스스로 각수승刻手僧까지 보내어 지원했고, 그 현장을 방문하면서까지 격려했다고 한다. 그때는 보지 못해 놓고 책이 발간된 뒤 발끈하여서는 윤광석에게 발칙한 편지 한 통으로 아예 관계를 단절해 버릴 수 있단 말인가. 그러니 윤광석 또한 좋지 않은 감정을 드러낼 수밖에 더 있나. 내 성상께 주청을 올린 '노호지고^{虜號之稿}' 또한 그렇다. 왜 청나라 오랑캐의 연호를 원고에 쓰느냐 말이다. 그러니 의식 있는 사대부들이 연암을 가까이하지 않으려고 문둥이라고 부르는 것이다.

연암이 아이들의 변발^{辮髮}* 풍습을 막은 것은 또 어떤가. 연암은 안의^{安義}*의 원으로 가자 잔심부름을 하던 아이들에게 땋은 머리를 풀고 머리를 양쪽으로 가르고 뿔처럼 동여 맨 쌍상투를 틀게 하였다. 또 연암 자신도 옛날의 제도에 따라 학창의^{鶴氅衣}를 평상복으로 만들어 입고는 관아에서 일을 보았다고 들었다. 이 모든 게 오랑캐의 풍습 아니고 뭐란 말인가. 더욱이 벽돌까지 청나라를 모방하여 건물을 수축하였다니 연암의 하는 짓이야말로 꼭 오랑캐짓이다.

연암의 글 중 26편이나 되는『열하일기』는 더욱 흉하다.『열하일기』가 연행을 가는 자들에게는 필수품이 되었고 글 속의 내용을 인용하는 것을 모르는 바 아니다.『열하일기』가 연행의 이전과 이후를 가른 것만큼은 나도 인정할 수밖에 없다. 그러나 선왕께서도 이 책을 경멸하여 자송문을 요구하셨고, 비변문체^{丕變文體}*의 핵심으로 지목하신 것도 분명한 사실이다. 오죽했으면 연암의 일가붙이인 박남수^{朴南壽}(1758~1787)는 "선생의 문장이 비록 잘 되었지마는, 패관기서^{稗官奇書}를 좋아하셨으니 이제부터 고문이 진흥되지 않을까 두렵습니다" 하고『열하일기』를 태우려고까지 하였

*변발_남자의 머리를 뒷부분만 남기고 나머지 부분을 깎아 뒤로 길게 땋아 늘어뜨리는 머리.

*안의_경상남도 함양군 안의면 일대 고을.

*비변문체_이를 두고 통칭 '문체반정(文體反正)'이라 하는데 이는 고교형(高橋亨, 일제강점기 조 선총독부 관리·한국 사상 연구가인 일본인 타카하시 토오루)의 연구 이래 붙여진 명칭이다. 따라서 원래대로 '비변문체(丕變文體)', '문체지교정(文體之矯正)', '귀정(歸正)' 등으로 부르는 게 마땅하다.

겠는가. 남공철이 지은 「박산여묘지명朴山如墓誌銘」을 읽어보니 이 상황이 잘 드러나 있어 어찌나 통쾌한지. 아마도 '산여는 이 정도의 글들은 오징어 먹물烏賊魚墨汁*로 기록하면 그만'이라고 여겼는지도 모른다.

특히 나는 『열하일기』「심세편審勢編」에 보이는 '오망론五妄論'을 읽다가 도대체 이 작자가 왜 우리 양반 사대부들에게 이토록 적대감을 드러내는지 울분을 감추지 못했다. 오망론이란, 말 그대로 다섯 가지 망령된 행동이란 뜻이다.

연암은 "자신의 지체와 문벌을 과시하는 것이 일망이요, 우리나라와 다른 문물이나 풍속을 비웃는 것이 이망이며, 멸망한 명나라에게 굽실거리면서 청에게 거만한 것이 삼망이요, 문자漢文깨나 좀 안다 하여 상대편을 얕보는 것이 사망이고, 중국의 선비들이 청나라를 섬긴다고 탄식하고는 고고한 체하는 것이 오망이다"라 하였다. 아예 우리 양반 사대부에 대한 험담들로 그득 차 있으니, 흉언이 따로 없다. 저 또한 양반이니 제 얼굴에 침 뱉기다. 더욱이 제 나라를 멸망시킨 오랑캐 청을 섬기는 게 어디 사대부가 할 짓인가.

북경을 네 번씩이나 다녀 온 연암의 제자 박제가는 『북학의北學議』「병오소회丙午所懷」에서 사기삼폐四欺三弊*를 이야기하니 오망론과 다름

없다. 인재와 재용과 가난을 해결할 생각 못하니 국가의 자기自欺*요, 관리로서 업무는 등한시하며 아랫사람에게 위임하고 제 체면만 챙기니 사대부의 자기요, 과거 시험에만 골독하니 매달리고 천하에 책을 읽지 않으니 과거 시험의 자기요, 아비를 아비라 부르지 못하는 서얼과 윤리를 파괴하는데도

청나라를 업신여기며 예의의 나라라고 뽐내는 습속의 자기가 사기이다. 삼폐는 나라의 법이 사대부에게는 시행되지 않는 것이 하나요, 과거가 인재 등용을 막으니 이폐요, 서원이 군대 회피와 술이나 빚는 곳으로 전락했으니 삼폐라고 한다. 내 모르는 바 아니나 제가 서얼로서 감내해야 할 일들이다. 박제가는 연암의 글을 한유韓愈와 소식蘇軾에게 비기며 줄곧 따라다니더니 연암과 같은 해 쉰다섯이란 나이로 일찌감치 세상을 떴다. 그 선생에 그 제자로다.

「원사原士」를 보니 더욱 가관이다. 연암은 '선비가 아래로 농사꾼이나 공장이와 같은 부류이고 위로는 왕공王公의 벗'이라고까지 한다. 나에게 준 편지(「답창애지육答蒼厓之六」)에서도 "천자로부터 서인에 이르기까지 모두 다 선비입니다. 저들이 스스로 이름난 관리가 될 만하다고 자부하면서도 지치고 굶주린 선비라고 불리는 것은, 평생 과거 시험장에서 요행수를 노리다가 스스로 증오하고 스스로 업신여긴 때문이지요則自天子達於庶人 皆士也 彼自名官 疲餒士稱者 平生乾沒於場圍之間 自憎自侮故耳"라고 하였다. 선비, 천자와 왕공이 서민, 농사꾼과 공장이와 같다니, 선비는 물론 임금까지도 욕되게 하는 저러한 흉언凶言을 우리 양반들은 결코 좌시하지 말아야 한다. 나라고 왜 장자莊子의 만물제동萬物齊同의 세계관이 없겠는가. 나는 남인 유형원의 개혁을 지지하여 「유형원전」을 짓기도 하였다. 따라서 나 역시 모든 존재에 대한 부당한 차별은 단호히 거부한다.

여기서 연암에게 묻고 싶은 게 있다. 사농공상이 모두 선비라면서 '왜 신분제의 철폐는 주장하지 않느냐?'이다. 제가 지은 「의청소통소」에서 서얼의 차별과 연원, 폐해를 상세히 운운하며 서얼 허통을 주장하면서도 농·공·상들에 대해서는 이렇다 할 언급이 없다. 굳이 찾자면 공노비公奴婢 제도 운용의 문제점과 혁파를 주장하지만, 이 또한 노비제의 근본에 대해서는 일절 언급이 없다. 이야말로 저로 보자면 가장 옳은 소리 하는 선비이나, 나로 보자면 모순이요, 농·공·상으로 보자면 명명백백한 불평등 아닌가. 제가 사이비 향원鄕愿*을 싫어하였다지만, 이 말이 저에게 차꼬임을 알아야 한다.

*사이비 향원_ 겉으로는 선량한 척하면서 수령을 속이고 양민을 괴롭히며 환곡이나 공물을 중간에서 가로채는 사이비 양반을 이른다. 『논어』 「양화편」에 보인다.

*범천면_ 현 당진군 우강면.

연암의 천주학 문제도 짚어야 한다. 아마 무오년(1798)경인 듯싶다. 당시 연암은 성은으로 면천군수를 하였는데, 범천면泛川面*에 사는 천주교도 김필군金必軍을 제 마음대로 선처하였다. 비록 김필군이 자수하여 불경한 책자를 바쳤다고는 하나 이 일은 천주교도 일이기에 엄히 다스려야 한다. 결국 병영兵營의 하리下吏가 이를 알고는 김가를 잡아 가두고 책자를 감춘 이유를 캐고 조서를 꾸몄다. 그런데 연암은 관장으로서 제 임무는 생각지 않고 충청 감사 이태영李泰永에게 병영의 처사를 항의하며 군수 사의를 표명한 편지를 보냈다고 한다. 그때 연암은 김필군을 두둔하며 "만일 백성들의 죄상을 찾아냈다면 불쌍히 여겨야지 기뻐하지 말라"는 『논어』 「자장」편 구절을 인용했다니 참 딱한 자이다. 그래 지금 천주교로 인하여 나라가 뒤숭숭하거늘, 한 고을의 관장으로서 일벌백계를 하지는 못할망정 죄를 덮어준단 말인가.

임술년(1802) 포천 묫자리 문제도 언급치 않을 수 없는 터. 그때가 내 나이 일흔 하나요, 연암이 예순 여섯이었다. 사람들은 내가 일족을 시켜 고의로 연암 조부 장간공의 묫자리를 파내어 산송山訟*을 일으켰다고 하지만, 여기엔 다 그럴 만한 곡절이 있다.

장간공의 못자리는 내 선조가 상중喪中에 거처하시던 곳이기에, 당연히 우리 집안 못자리다. 그러한 곳에 못자리를 쓴 연암의 행동이야말로 지탄 받을 일이다. 우리 집안은 나를 제외하고 명이 짧다. 아버지부터, 형님, 아들, 며느리 손자까지 모두가 요절夭折이란 두 글자에서 벗어나지 못한다. 자연히 산소 문제는 나에게 큰 짐이 되었고 못자리에 관한 한 좋은 땅을 양보할 수 없다. 그래 선친 이하 여러 가족들의 묘를 지관의 말을 좇아 여러 해에 걸쳐 차례로 다시 이장한 나다.

따라서 송사를 걸어오는 저들에게 "나는 법은 모른다. 다만 파낼 굴掘 자만 알 뿐이지" 하고 강력하게 맞섰다. 그리고는 내 손자 계환의 무덤을 장간공의 묘 뒤 한 자 남짓한 곳으로 이장케 하였다. 이 일로 우리 두 집안 간에 돌이킬 수 없는 심각한 대립을 빚었지만 결국 장간공의 묘를 옮긴 것을 보면 정녕 내가 옳았음이 분명하다.

못자리 이야기가 나왔으니, 이상지李商芝(1729~1799)와 연암 집안 다툼도 언급치 않을 수 없다. 이 해가 정해년(1767)으로 산송의 당사자는 연암의 형 희원이었다. 희원이 양주楊州의 해등촌海等村 마산리馬山里에 장지를 마련하였는데, 이상지가 그 집의 정자와 가깝다고 사람을 동원해 무덤을 깨버렸다는 상소를 올렸다. 그때 희원은 포의의 선비이고 이상지는 승지를 지낸 세도가였기에, 영조대왕께서는 몹시 노하여 법관法官도 세력 있는 가문은 두려워한다며 친히 처결하셨다.

이때 마침 이상지가 병으로 누워있자 그의 아비 이시중李時中이 대신 심문을 받는데, 이랬다저랬다 말을 바꾸었던 듯하다. 급기야 영조대왕께서는 18도度의 형벌을 주고 면위서인免爲庶人하였다. 면위서인이란, 양반의 지위를 박탈하여 서민으로 만드는 것이니 그 형이 자못 혹독하다. 더욱이 그 당시 입직했던 병조의 당상 서명신徐命臣은 박희원을 저지했다는 이유로 남해로 유배까지 시키셨다. 그리고 두 해 뒤, 영조대왕께서는 화를 푸시고 이상지에게 몇 차례 벼슬을 내리셨지만 이상지는 번번이 사양하였다. 이유는 자신의 병으로 아비에게 죄를 전가한 불효와 불충을 범해서라고 한다. 일이 이렇게 되자 영조대왕께서는 임진년(1772)에 이상지의 출사出仕하지 않는 행위를 가상히 여겨 그에게 예조 참판을 내리셨다.

이 일은 당시 장안에 파다했기에 나도 잘 알고 있다. 들리는 말에 의하면 연암이 과거를 보지 않는 이유도 이상지의 앞길을 결과적으로 가로막은 때문이라 한다.

종로를 메운 것은 모조리 황충蝗蟲*이야!

*황충_벼를 갉아먹는 메뚜기.　　　　연암의 글은 다 싫지만 그중 「민옹전閔翁傳」,
「양반전兩班傳」과 「호질虎叱」은 아예 양반의 행위를 '양반질'로 내동댕이쳐버렸다. 「민옹전」에서 '종로를 메운 것은 모조리 황충蝗蟲이야!' 하여 양반을 벼메뚜기에 비유한 것이나 「양반전」의 '쯧쯧! 양반, 양반은커녕 일 전어치도 안 되는 구랴'라는 입찬소리는 우리 양반에게 독을 품은 말이다. 저 역시 양반으로 이럴 필요가 무에 있는지 모르겠다.

『열하일기』「관내정사」에 실려 있는 「호질」은 더욱 괴탄하기 짝이 없다. 선왕께서도 순정醇正치 못한 글이라고 하시지 않았나. 여하간 내가 「호질」을 읽어 보니 진리를 말하는 동물과 위선적 존재인 학자와 열녀를 묘하게 뒤틀어 내세워 놓고는 이야기를 진행시킨다. 「호질후지虎叱後識」를 읽어 보니 이렇게 적혀 있었다.

연암씨燕岩氏는 말한다.
이 글은 비록 작자의 성명이 없으나, 근세 중국인이 슬프고도 분하여 지은 작품이리라. 세상의 운수가 암흑시대에 들어 오랑캐와 도적의 화가 맹수보다도 더 심하다. 지금 몰염치한 선비들이 하찮은 글귀를 주어모아 세상에 아양을 떨며 호리고 있으니, 이 어찌 남의 묘혈이나 뒤지는 속유俗儒로 승냥이나 이리의 먹이조차 못 될 것들이 아닐까. 이제 이 글을 읽어 보니 말이 이치에 어그러진 점이 많은 게, 『장자』의 '거협편', '도척편'과 뜻을 같이한다고 보겠다.

연암이 시치미를 떼고 딴전을 두두룩이 두었다지만 속을 내가 아니다. 우언寓言이란 기법을 사용한 발상에, 동음어를 교묘하게 활용하고 여기에 우리의 민담과 전설을 적절하게 버무려 생략과 압축으로 만들어 놓은 정녕 연암의 글이다.

범을 등장시켜 사람을 꾸짖거나, 의원의 의醫를 '의심이 많다의 의疑'로, 무당의 무巫를 '남을 속이다는 무誣'로 푸는 등의 동음어를 활용한 언어놀음은 연암 특유의 글쓰기다. 이 나라 조선 사대부의 위선을 다루는 무거운 주제를 희극적이면서도 냉소적으로 만들어 놓기 위한 우회적 수법일 뿐이다. 큰 범이 배가 고파 청렴한 선비의 고기를 먹기로 하고 부유腐儒의 은유인 북곽 선생을 찾는다는 설정부터가 맘에 들지 않는다.

　내용을 보자면 더욱 눈 주고 맘 줄 곳이 없다. 정나라 어느 고을에 도학으로 이름이 있는 북곽 선생이라는 선비가 정려문을 하사받은 동리자라는 열녀와 정을 통한다. 열녀에게는 각 성받이 다섯 아들이 있었는데, 이 아들들이 과부인 어머니의 방에서 나는 소리를 듣고는 여우로 오인하여 방을 에워싸고 들이친다. 사실 저러한 사대부들은 이 조선에 널렸다. 오늘도 어느 집 후원에서는 저런 모양이 펼쳐진다. 나 역시 모르지 않기에 저러한 자들을 경계하고 미워하지만, 그렇다고 드러내놓고 책망하지는 않는다. 어느 시절이든 저러한 이는 있게 마련이다.

　다급해진 북곽 선생은 어마지두에 혼겁해서 도망쳐 달아나다가 분뇨 구덩이에 빠진다. 겨우 머리만 내놓고 발버둥치다가 기어 나오니 이번에는 사람을 잡아먹으려던 큰 범이 앞에 기다리고 있다. 범은 유학자의 위선과, 아첨, 이중인격 따위를 신랄하게 비판할 뿐, '더러운 선비'라며 잡아먹지를 않는다. 범도 시장하면 가재를 잡아먹는 법이거늘, 범도 연암을 빼쏘았다.

　연암은 범의 입을 빌어 '선비유는 아첨유儒者諛也'라 하고, 선비의 고깃덩어리는 '잡스럽다其肉雜也', '그 맛이 순수하지 못하다其味未純也', '딱딱하고 질겨 체하니 소화되지 않는다無其硬强滯逆而不順化'라고 모욕을 준 것도 모자라 '도적盜賊', '잔학殘虐', '돈을 형님으로 부름呼錢爲兄' 따위의 양반을 사갈蛇蝎시하는 독설을 마냥 휘두른다. 조선의 우리 양반들에게는 더없이 가학적인 어휘들이다. 조선의 양반들 중, 많은 이들이 허위에 굴복하고 그 굴복의 대가로 안락한 삶을 향유한다. 연암은 과거를 포기하여 이를 마다하였지만, 그것은 제 탓이지 저들의 탓은 아니다.

희붐한 새벽녘, 북곽 선생은 정신없이 머리를 조아리고 목숨만 집어내려 빌다가 머리를 든다. 범은 보이지 않고 아침에 농사일을 하러 가던 농부만이 저를 쳐다보고 있잖은가. 부끄러운 북곽 선생 '고추 따면서 똥 싸는 척', 의뭉스럽게 자기는 지금 '하늘을 공경하고 땅을 조심하는 중'이라고 변명해 댄다며 엉너리치는* 폼새를 가증스럽게 표현했다. 명예와 체면을 형편없이 잃어버린 북곽 선생은 그야말로 '모양새가 개잘량'*이요, '똥감태기'*이다.

「호질」을 읽은 양반들 중, 눈을 질끈 감고 위선적인 사대부들에게 퍼붓는 연암의 불편한 심기를 글줄마다 동행할 작자들은 없다고 단언한다.

연암은 이 소설의 제목을 '호질虎叱'*이라고 하면서 '중국의 산하가 맑아질 날을 기다려 보겠다'라는 말로 글을 마친다. 참으로 언구럭스런* 글이 가증스럽다. 표면적으로야 중국의 혼탁한 정세를 겨냥하여 쓴 중국인의 작품이라는 뜻이지만, 형상화된 범은 바로 연암의 분신이요, 중국은 조선임을 모를 리 없으니 누구를 속이려 드는가.

이는 글깨나 하는 이들이 이따금 쓰는 수법이다. 달을 그릴 때, 직접

*엉너리치는_남의 환심을 사기 위해 어벌쩡하게 서두르는.

*개잘량_털이 붙어 있는 채로 무두질하여 다룬 개의 가죽으로 천인들이 방석처럼 깔고 앉는 데에 쓴다.

*똥감태기_온몸에 흠뻑 뒤집어쓴 똥. 또는 그것을 뒤집어쓴 모습.

*호질_범의 꾸짖음.

*언구럭스런_교묘한 말로 떠벌리며 농락하는 듯한.

달을 그리지 않고 구름을 그려서 달을 드러내는 방법인 '홍운탁월법烘雲托月法'이요, 뜻은 안에 있으면서 잠시 속여 두는 '츤탁법儭托法' 아니던가. 객체를 묘사함으로써 주체를 더욱 드러내는 수법이니, 범이 꾸짖는 인물도 중국 산하가 맑아질 날을 기다리겠다는 것도 조선의 양반이요, 우리 조선임을 가리킨다. 구두점이나 떼면 누구나 다 읽어낼 수 있다. 결국 「호질」은 우리 조선 양반네들이 못됐다는 귀결이다.

나는 내 문예창작론인 「문결文訣」에다 글에서 피해야 할 여섯 가지 금기六忌를 적어 놓았다. 첫째가 통일성이 없는 글, 둘째가 속된 글, 셋째가 진부한 글, 넷째가 흐르는 글,* 다섯째가 거친 글, 여섯째가 죽은

*흐르는 글_물이 아래로만 흐르듯 한 쪽으로만 흐르는 글.

글이다. 「호질」도 그렇지만 연암의 글들은 거의 둘째 '속된 글'의 범주를 벗어나지 못한다. '속된 글'이란 "비속한 말이다俚者 鄙俗之辭也". 연암의 문장이 비록 신묘神妙하고, 연암의 기재奇才를 하늘이 내렸다손쳐도, 속된 글은 천할 뿐이다. 나 역시 「자저」에도 적어놓았듯이 법식에 얽매이는 글쓰기는 싫다. "기력을 숭상하여 말을 거침없이 몰듯常氣力 驅駕爲能", "기로 주장을 삼아 뚫어 통하게 하는結撑疏鑿 以氣爲主" 글쓰기를 하였지만 속된 어휘만은 꺼리고 삼갔다.

오죽했으면 소품小品과 소설을 긍정한 만주도 『흠영』에서 연암의 글을 "명주옷을 차려 입고 향기로운 분으로 치장을 한 농염한 관기"같은 글이라 했겠는가. 연암의 글 대부분이 비속어 따위로 묘하게 치장한 것은 우리 조선 유자라면 모두 인정하는 바다. 더욱이 연암의 글은 현실의 시비를 가리고자 덤벼든다. 이 역시 글을 대하는 유자儒者의 자

세가 아니다. 아! 몇 해 전 이동직李東稷이 『열하일기』의 문체가 저속하다고 논박하는 상소를 올렸을 때 일은 지금 생각해도 안타깝기 그지없다. 외람되지만 선왕께서 왜 이때 이를 처결하시지 않았는지 묻고 싶을 따름이다.

문장은 뛰어나지만 사람이 너무 잡스럽다

아들 만주가 글쓰기에 대해 물은 것만 해도 그렇다. 만주가 어렵게 찾아가 물었거늘 연암의 편지 내용은 다만 이러할 뿐이었다.

> 어제 자제분이 찾아와서는 글 짓는 법을 묻기에 내가 일러 주었지요. '예禮가 아니면 보지 말고, 예가 아니면 듣지 말고, 예가 아니면 움직이지 말고, 예가 아니면 말하지 말라'라고. 그랬더니 자못 불쾌한 기색으로 가더군요. 아침저녁에 문안드릴 때 와서 혹 말하지 않던가요? 昨日 令胤來問 爲文 告之曰 非禮勿視 非禮勿聽 非禮勿動 非禮勿言 頗不悅而去 不審定省之際 言告否 (「답창애지사」)

만주도 꽤 불쾌했는지, 그 착한 아이의 얼굴이 반쯤 일그러졌다. 내 그때를 생각하면 지금도 분이 솟구친다. 아니 글 짓는 법을 물었는데 그 방법은 일러 주지 않고 '예禮가 아니면 보지 말고, 예가 아니면 듣지 말고, 예가 아니면 움직이지 말고, 예가 아니면 말하지 말라'라는 『논어』「안연」 구절만 거들먹거린단 말인가. 아니 우리 부자가 그래 『논어』의 저 구절도 몰라서 알려준다는 군수작*인지 뭔지 모르겠다.

글을 써서 부귀영화나 명예를 누리려는 사욕을 아예 버리고, 저 '인'과 '극기복례'의 마음으로 글을 쓰라는 주문 아닌가. 그렇다면 우리 유가에서 종지宗志로 여기는 '입신양명하여 후세에 부모님의 이름을 드날리는 것이 효의 마침立身揚名於後世 以顯父母 孝之終也'이라는 말은 무엇인가. 저처럼 과거를 보지 말아야 진정 글을 쓸 수 있다는 말인가? 아니면, 아들에게 아비처럼 과거 공부를 하지 말라는 뜻인가?

연암의 언문諺文*도 짚지 않을 수 없다. 연암은 언문을 모른다고 하였

으나 거짓이다. 내가 『과농소초』「제곡명품諸穀名品」을 보니, '어름색기, 에우지, 쇠노되오려, 쇠되오려, 백白검부기, 흑黑검부기, 동솟가리, 영산靈山되오려, 크새눈거미, 다다기, 구렁찰, 쇠소찰, 다다기찰, 보리산도山稻, 오해파지콩, 온되콩, 불콩, 잘외콩, 왁대콩 ……' 등 새의 이름과 곡식의 이름 따위를 언문으로 명기해 놓았다. 언문은 암글이요, 상놈이나 아전의 공문서에나 쓰는 글이다. 양반된 자로서 언문을 쓴다는 것은 진서眞書인 한자를 경시하는 행동이니 삼가야 한다.

요즘 죽은 아들 만주가 남겨 놓은 『흠영欽英』을 본다. 『흠영』은 아들 만주가 스물 한 살 되던 을미년(1775)부터 죽기 한 해 전인 정미년(1787)까지 매일 써내려간 일기이다. 20년도 훨씬 지난 일이건만 을사년(1785) 동짓달 열사흘에 만주와 연암의 「방경각외전」을 보고 나눈 대화가 어제일 같다. "문장은 뛰어나지만 사람이 너무 잡스럽다文則絶等

人則絶雜"라고 적혀 있다.

내 이왕지사 붓을 들었으니 연암이 세상을 가벼이 여기는 파탈擺脫의 삶에 대해서도 몇 자 더 적바림해야겠다. 연암이 제 자신을 좀 검속檢束하고 잡도리*한다면 뜻을 크게 이룰 수도 있었는데 안타깝다. 제 아무리 부대끼는 인생사라지만 만무방*이요, 불한당 같은 삶은 피해야 한

*잡도리_잘못되지 않도록 엄하게 단속하는 일.

*만무방_염치가 없이 막된 사람.

다. 그러니 사람들이 파락호擺落戶라 여기고 저 역시 파락호로 자처하는 것 아닌가. 하기야 저런 인생들이 이 조선에 어찌 연암뿐이랴. 내 몇 년 전만 해도 네미룸내미룸할 게 아니라 유자儒者들이 힘을 합해 금상께 상소를 올려 경을 쳐야 한다는 생각이었다. 하지만 이미 연암은 이 세상 사람이 아니고, 내 나이 올해로 꼭 여든이다.

생각해보니 '글을 쓰며 스스로 즐기려 한著書自娛' 내 평생에 연암은 한 결절結節임에 틀림없다. 이제 연암과 화해하고 싶어도 연암은 없고, 연암과 다툼만 손끝에 박힌 가시처럼 손거스러미를 인다. 따지자면 연암의 운명도 이 시대와 어긋난 가엾은 일평생 아니었던가. 그래 문자로 그 마음을 풀어냈기로서니 시비곡절을 따져 무엇 하랴. 이제 와 살펴보니 내 글도 한갓 껍데기徒皮요, 대수롭지 않은 조충雕蟲*에 불과하다. 그래 나는 얼마 전에 쓴 「박사능문집서朴士能文集序」에 연암을 이렇게 평해 놓았다.

*조충_작은 벌레를 새긴다는 뜻으로, 세밀한 세공이나 어린아이들의 장난을 이르는 하잘것없다는 뜻.

미중의 재주와 품격은 매우 높았고 그 문장은 저절로 한 경지를 이루었다. 부끄럽게 법규로 들어가 익살과 해학으로써 달아났으니 글로써 한 희

롱이다. 아마도 유교의 바른 도리를 지닌 웅걸 찬 사람이리라. 美仲 才品絶

高 其文 自占地步 恥入繩墨 俳諧逃脫 以文爲戲 盖皆儒雅傑魁人也

　연암과 저때 일을 생각하니 만감이 서린다. 이제는 모두 잊어야겠다.
내 누님의 아들 김이홍金履弘에게 준 「망해忘解」라는 글이 있다. "천하의
걱정거리는 어디에서 나오겠느냐? 잊어도 좋을 것은 잊지 못하고 잊어
서는 안 될 것은 잊는 데서 나온다天下之患何興乎? 興於不忘其所可忘 而忘其所不可忘"
라고 적어 넣었다.

　이제 연암을 잊어야겠다. 잊어도 좋은 것을 잊지 못하니 잊지 말아야
할 것이 잊힌다.

유한준兪漢雋 1732~1811

본관은 기계杞溪, 초명은 한경漢冏, 자는 만청曼倩·여성汝成, 호는 저암著菴·창애蒼厓이다. 여러 차례 과거에 응시했으나 낙방하고 37세에 겨우 진사시에 합격하였다. 16세에 부친을 여의고 17세에 하나 밖에 없는 형마저 사망하자 누이의 집에 의탁하나 자형姊兄 김여행金礪行마저 그 해 이승을 달리한다. 19세에 안취범安取範의 딸 순흥 안씨順興安氏와 일가를 이루나 불행은 이어져 장인, 누이, 모친상을 겪더니 아들 면주가 6세로, 손자인 구환이 15세로, 차남인 만주가 34세로, 손자 돈환이 20세로 모두 요절하고 만다. 대가 끊긴 유한준은 치홍을 돈환의 양자로 들여 대를 이어야 했다. 창애의 불우한 삶을 지켜준 것은 문재文才였지만 이 또한 37세에 겨우 진사시 합격으로 그친다. 그는 음보로 벼슬길에 나아가 정조 18년(1794) 김포·부평·삼척 군수 등 외직으로 돌다 만년에 형조참의를 지냈다. 중년 이후, 연암과는 문장에서 인간관계까지 척을 두고 지냈다.

남유용南有容의 문인으로 송시열宋時烈을 추모하여 『송자대전宋子大全』을 임종 때까지 놓지 않았다고 한다. 당대에 뛰어난 문장가라는 격찬을 받았으며 그림에도 재능이 있었다고 하나 작품은 남아있지 않고 단지 당시 그림에서 제발문題跋文이 간혹 보인다. 저서로는 『자저自著』, 『저암집著菴集』, 『속자저續自著』가 있다. 그의 나이 52세 때 자신의 시문을 처음 정리하여 『자저』라 하니 이로 인해 『저암著菴』이라 부르게 되었다. 당대의 깨끗한 선비요 아들 만주의 벗으로 문장이 높았던 영서穎西 임노任魯(1755~1828)는 "저암의 글, 향후 백 년간 이런 작품은 없으리著翁之文 向後百年 無此作"하였고, 남유용의 아들이며 역시 당대의 문장가인 남공철은 『저암집』 서문에서 "공은 문장에 능하고 탁월하여 일가를 이루었다公之文能卓然 成一家"라고 하면서도 "공의 문집을 보건대 초년과 만년의 구별을 알지 못한다면 공을 아는 것이 아니다觀公之集者 不知有初晚之別 則非所以知公也"하였다. 유한준의 문장이 당대에 어떠한 평가를 받았는지 짐작되며, 또한 초년과 만년에 큰 변화가 있음을 알 수 있다.

철학적인 내용을 담은 「창하종국기蒼下種菊記」, 「망해忘解」는 저암의 대표작이라 여길 만하며, 「강홍립전姜弘立傳」은 꽤 긴 글로 강홍립을 새로운 관점에서 조명하였다. 특히 「송원왕구宋元王龜」는 거북에 관한 이야기로 매우 흥미로우며, 「문결文訣」이란 문예창작론도 있다.

그가 성리학을 달갑게 여기지 않았으나 전傳을 여러 편 짓고, 여기에 아들 유만주의 풍부한 소설 독서 경험에 연암의 족형族兄으로 홍대용과 동문수학한 박윤원朴胤源(1734~1799)은 유한준과 평생지기였으며, 연암의 벗 유언호와도 같은 집안으로 평생 글벗으로 지냈다. 이렇듯 인간관계로 보면 연암과 딱히 등질 이유는 없어 보인다.

『연암집』에는 창애 유한준에게 준 글이 9편이나 되는데, 유한준의 『저암집』에는 단 한 통의 편지도 보이지 않는다. 『흠영欽英』을 지은 유만주兪晩柱(1755~1788)가 아들이다. 만주는 아버지와 달리 연암의 글을 인정하였고, 폭넓은 고소설 독서 경험을 지녔다.

유만주의 5대손이 『서유견문』의 저자인 유길준兪吉濬(1856~1914)이다. 개화혁명가요 친일파이기도 한 유길준은 연암의 손자인 박규수의 제자이다. 그는 합방을 거부하고 일제가 준 남작도 거절했지만 은사금은 받았다. 친일과 반일의 줄타기를 한 그와는 달리 동생인 성준, 만겸, 억겸은 모두 친일파가 되었다. 유억겸兪億兼(1895~1947)은 연세대의 전신인 연희전문학교 5대 교장을 지냈다. 지금 연세대 교정에 자리 잡은 '유억겸 기념관'은 이를 기념한다. 기계 유씨 집안의 개화와 친일은 우리 조선 역사에 큰 족적을 저렇게 남겼다. 안타깝게도 유길준에게 개화 사상을 심어 준 스승이 연암의 손자인 박규수였으니 인간사란 참 알 수 없다.

〈유한준의 초상〉
홍직필의 『매산선생문집』 권51 「저암유공한준유사」에는 "공의 이마와 눈썹 언저리는 시원스럽고 두 눈동자는 밝게 빛나는데 두 눈에서 나오는 맑은 기운이 사람을 쏘아본다"라고 유한준의 인물상을 그려 놓았다. 서울역사박물관 소장.

02

정조, 폐하! 문자전쟁이 일어났습니다

연암은 정조 승하 후에 「정종대왕진향문正宗大王進香文」에서
"천 년에 성인 한 분, 동방에서 왕위를 받으셨네千載一聖 誕膺東方"라고 하였다.
이 한 구절로 정조에 대한 연암의 마음을 어림짐작할 수 있다.
이 글은 정조가 남공철에게 연암의 비변문체의 책임을 물어 자송문을 받으려 했으나
실패한 뒤, 연암에 대한 처결을 고심하는 하룻밤 이야기다.

이 따위를 자송문自訟文이라 올렸단 말이냐?

그러나 글방의 버려진 책이 위로 티끌 하나 없이 맑은 대궐을 더럽힐 줄 어찌 생각이나 하였겠소? (…중략…)

더구나 나 같은 자는 중년 이래로 환경은 여의치 않고 노쇠하여 스스로를 중히 여기지 못하고 글로써 장난거리를 삼았지요. 때때로 곤궁한 시름과 무료한 심정을 드러냈으니 모두 조잡하고 실없는 말이요, 스스로 배우와 같이 굴면서 남에게 웃음가마리가 되었으니 참으로 천박하고 누추하구려. 然豈意兎園之遺冊 上汚龍墀之淸塵也哉 (…中略…) 況如僕者 中年以來 落

拓潦倒 不自貴重 以文爲戲 有時窮愁無聊之發 無非駁雜無實之語 自同俳優資人諧

笑 固已賤且陋矣

"무어라! 내 문풍文風을 바로 잡으라는 교지를 여러 번 내리고 비밀히

너에게 글을 써 안의에 있는 연암에게 보내라 하지 않았느냐. 그렇다면

네 편지가 어찰御札과 다름없거늘, 이 따위를 자송문自訟文*이라 올렸단

*자송문_예전에 신하가 잘못을 하였
을 때 왕이 쓰도록 시키는 반성문.

*상없는_버릇없는.

*위불없다_틀림이나 의심이 없다.

말이냐? 참으로 상常없는* 짓이다. 답변이 고작

'중년 이래' 운운으로 얼버무려 『열하일기』를

짓게 된 심회를 늙은 탓으로 돌려 얼버무리려

는 군수작임에 위불없다."*

"폐하. 망극하옵니다. 연전年前(1792)에 폐하께오서 하교가 계셨고, 성

심껏 받들어 섣달 스무여드렛날 지원에게 서한을 띄워 오늘 저물녘에

야 답장을 받았기에 바로 입궐하였사옵니다. 연암이 저에게 올린 글은

다만 그뿐이옵니다."

"허어! 연암이 정녕 이러하더란 말이지. 내가 신해년(1791)에 비변문

*신칙_단단히 타일러서 경계함.

체에 대해 신칙申飭*한 후에 이덕무, 성대중, 이

상황李相璜(1763~1841) 등이 이미 자송문을 올렸거나 견책을 받았다. 이

모두를 『열하일기』에서 비롯된 사단이라고까지 분명 짚었거늘, 제 늙

음을 탓하여 얼버무린단 말인가. 이런 고얀 자를 보았나. 제 감히 임금

을 기만하고도 살아남기를 바라던가. 그래 그대는 내가 한 말은 제대

로 썼는가?"

"망극하옵니다. 폐하! 폐하께오서 말씀하신 그대로 분명 "신속히 순

수하고 바른 글 한 편을 지어 급히 올려 보내어 『열하일기』의 첫값을

치르도록 하라. 그러면 비록 남행南行* 문임文任*

이라도 주기를 어찌 아까워하겠느냐? 그렇지

않다면 마땅히 중죄로 다스리겠다"고 하였사

옵니다."

*남행_조상의 공덕으로 과거를 거치지 않거나 자신의 높은 학행으로 조정에 천거되어 오르는 벼슬.

*문임_홍문관이나 예문관의 종2품 벼슬인 제학(提學)을 말함.

"으흠, 쾌씸한. 내 저를 자별히 여겨 자송문만 올리면 남행으로 문임

을 준다고 했거늘. 어찌 과거를 보지 않은 저에게 문임이 어디 가당키

나 한 벼슬이던가. 자송문은커녕, 이런 고얀 작자를 보았나. 내 이 자를

그냥 두어서는 아니 되겠다. 여봐라. 밖에 누구 없느냐! 승정원承政院에

가 도승지都承旨를 들라 하라."

"폐하, 석강夕講*이 끝난 지도 한 시각이 지났

습니다. 이미, ……퇴궐한 듯……."

*석강_임금이 오후 5시쯤에 글을 강독하거나 강론함.

"어허. 웬 말이 이리 많은고. 사람을 보내면 되지 않느냐. 이런 발칙한

사람을 봤나. 남 공! 자네는 어떻게 생각하는가? 요즈음 글깨나 하는 선

비들은 명나라와 청나라의 괴이한 문체가 있는 줄만 아는 게 큰 문제다.

패관잡기稗官雜記에 이르기까지 온갖 책들을 정말 열심히들 읽더구나. 이

른바 명나라와 청나라 이후의 문장은 작게는 사람을 속이고 물건을 취

하는 거간꾼의 술수가 되는 것을 왜 모른단 말인가. 슬프고 낮으며 천박

한 문장이란 고신얼자孤臣孼子*의 근심과 시름하

는 소리일 뿐이다. 한 번 구르면 바른 학문이 어

*고신얼자_신임을 받지 못하는 신하와 어버이의 사랑을 받지 못하는 서자를 아울러 이르는 말.

렵게 되며 두 번, 세 번 구르면 마침내 불순한 학설로 굴러 떨어지고 만

다. 문변文變은 세변世變과 유기적이다. 따라서 문은 교화의 수단이어야

만 한다. '말 타면 경마 잡히고 싶다*'고 이를 그냥 둔다면 호흡지간呼吸之間에 문체는 조선의 세도世道*를 망칠 것이다. 남 공, 그대는 어떻게 생각하는가?"

"폐하의 말씀이 거룩하옵니다. 폐하께서 여러 차례 중국에서 소설류를 수입 금지하는 방책을 내리신 것도 이 때문임을 잘 알고 있습니다. 정치와 천주학 문제만도 감당하기 힘든데 저 명청의 책들마저 들어와 세도까지 변화시키기에 큰 문제이옵니다. 더욱이 일부 신진 학자들을 중심으로 불길처럼 거세지는 연암의 연암체燕巖體는 법고창신法古創新을 내세우고 고古와 금今을 상대적이라고 주장하며 이 나라의 문풍을 변화시키고 있사옵니다."

"그래, 그렇게 잘 알면서 그대는 왜 명청의 패관기서를 가까이 했지? 또한 문체를 바로잡으려 비변문체를 단행한 까닭은 임자년(1792) 그대

*고동서화_조선 후기 실학의 발전 과
정에서 중요한 감상의 대상이 된 골
동품·글씨·그림을 통틀어 이르는
말. 조선 후기 실학 학풍을 지닌 문인
지식층에 의해 예술을 이해하고 새로
운 가치를 찾는 사고가 일어났는데,
고동서화는 중요한 감상의 대상이
었다.

의 책문에 보인 '고동서화古董書畵*' 넉 자에서 비롯된 것임을 알아야 한다."

"폐하, 황공하옵니다. 저는 폐하께 패관을 읽는다는 꾸지람을 받잡고 「사영거사자지思潁居士自誌」에다 "힘써 패관소설을 배척하는 것을 제 임무로 삼는다力斥稗官小說爲己任"고까지 써 놓았습니다. 또 폐하께 견책을 받은 뒤로는 고동서화도 멀리하고 있사옵니다. 통촉하시옵소서."

"그만하라. 명말청초의 패관소품과 고동서화의 경향이 광풍처럼 번지고 있음을 내 다 알고 있다. 명말청초의 패관소품은 깊이 없는 신변

잡기요, 고동서화 같은 골동품과 서화를 모으는 취미 또한 글하는 선비로서 잡스러운 짓거리다. 내 열성조께서 그러한 것처럼 나는 '숭유중도崇儒重道*'라는 네 글자로 이 나라를 다스린다. 유교는 이 나라의 국시이며, 도道는 유교의

*숭유중도_유교를 존숭하고 도를 중히 여김.

도리로 문文에 잘 드러나 있다. 따라서 유교 이외는 외도外道이기에 배척해야 하며 문은 마땅히 유도를 싣는 그릇인 문이재도文以載道여야 한다. 글에 마음을 얹어 시대를 희롱함은 글 본연의 목적에 어긋난다. 우문右文* 정치를 지향하는 이 나라에서 '문'의 성

*우문_학문을 무예보다 높이 여김.

쇠흥체盛衰興替는 곧 '정치'와 연결되고 나아가 세도까지 변하게 한다. 한漢나라와 위魏나라 이후로 문체가 계속 변해 오다가 당唐나라 한유韓愈(768~824)에 이르러서 크게 변하였고 다음이 구양수歐陽脩(1007~1072)아니던가. 지금도 글하는 이들이 응당 한유의 글을 제일로 삼고, 구양수의 글을 그 다음으로 치는 것도 이러한 이유에서다.

  그런데 근래에 문풍文風이 점차 변하더니 소위 글文한다는 선비들이 육예六藝*의 문체를 본받으려 하지 않고 골독하니 애쓰는 것은 도리어 자잘한 패관소품稗官小品

*육예_『역경(易經)』, 『서경(書經)』, 『시경(詩經)』, 『춘추(春秋)』, 『악기(樂記)』, 『예기(禮記)』.

뿐이다. 전체 길이가 비교적 짧고, 구어口語와 비속어를 많이 사용하며, 개인적이고 일상적인 정감을 표출하니, 그 글이 기백이 없고 활기가 없어지며 교묘한 것만 찾는 것 아닌가. 여기에 골동품과 서화를 모으는 것에 골몰한다면 심성은 언제 닦을 것인가? 남 공, 지금 그대 나이가 몇인고?"

  "서른넷이옵니다. 폐하."

"나는 처음부터 문치文治를 강조하였다. 너무나 문체가 경박하게 흘러 명말 청초의 문집 및 패관잡설 수입을 금한 것이 이미 일곱 해 전인 병오년(1786)임을 그대는 아는가. 이들 문집은 말이 대부분 처량하고 슬픈데, 요즘 사람들을 보면 모두가 이러한 문체를 모방해서 다 죽어가는 자의 말투를 쓰더구나. 이태 전(1791) 2월에는 결국 비변문체를 공표하기에 이르렀는데도 별 효과가 없으니 참으로 근심스럽다."

"폐하, 황공하옵니다. 숭유중도가 온 나라에 퍼지려면 순정醇正한 고문古文으로 돌아가야만 합니다. 순정한 고문은 반드시 진나라와 한나라인 문필진한文必秦漢과 시는 반드시 성당 때인 시필성당詩必盛唐을 몸 받는 데서부터 시작해야 합니다."

"그래. 나는 주자학에 학문의 기반을 둔다. 꼭 이를 강조하는 것은 아니다만 당송팔대가의 글들은 마땅히 본받아야 할 고문에 틀림없다."

"폐하, 신도 비변문체를 통하여 문풍을 정통 고문으로 환원해야만 바른 세도가 행해진다고 생각하옵니다. 정통 고문이란, 문이재도를 기본 이념으로 하며 사상에 유교 정신을 고취하고, 내용에 성현의 의리와 도덕을 담고, 표현에 일체의 수식을 배제하여 전달의 효용을 극대화시키는 문풍이어야 합니다. 오늘날 이 나라의 문풍이 흔들리는 것은 모두 연암의 죄이옵니다."

"그래, 남 공. 그런데 그대는 연암의 문하에서 배우지 않았나?"

"예, 그러하오나……."

"시간이 늦었다. 그만 퇴청하라."

남공철南公轍(1760~1840)이 나가자 냉기가 문을 타고 냉큼 들어섰다. 정조는 몸을 으스스 떨었다. 계축년(1793) 정월 열엿새, 한겨울의 추위가 궁궐의 저물녘 하늘을 길고도 차게 얼렸다. 석양이 숨을 고르더니 이내 궁궐은 짙은 그림자가 자리했다. 종각의 쇳소리가 그 차디찬 하늘을 가른 지도 꽤 지났다.

정조가 보위에 오른 지도 열다섯 해째이다. 사람은 많지만 믿을 사람은 없었다. 남공철은 본래 소설을 좋아했으나 정조에게 견책을 받고 태도를 저렇게 일변하였다. 남공철은 시파時派였다. 연암을 가까이 하려한 심환지沈煥之(1730~1802), 정일환鄭日煥(1728~1805), 연암이 아예 척을 두고 지내며 미워한 김구주金龜柱(1740~1786), 김관주金觀柱(1743~1806) 등은 모두 정순왕후가 뒤를 돌보아주는 벽파였다. 정조 당시 정순왕후貞純王后(1745~1805)는 하나의 뚜렷한 정치세력이었다. 정순왕후는 영조의 계비繼妃로 경주김씨 김한구金漢耉의 딸이다. 소생은 없고 사도세자와 틈이 생겨 참소가 심하였다. 나언경羅彦景이 사도세자의 부도덕과 비행을 상소하자 그를 뒤주에 가둬 죽게 하는 데도 힘을 보태었다.

그 뒤 정순왕후는 당쟁에서도 세자를 동정하는 노론 시파와 등지고, 반대하는 벽파僻派를 항상 옹호하였다. 정조는 이 벽파를 '호로자식胡奴子息'이라고 까지 부르며 미워하였다. 이 외에도 현종비 명성왕후 김씨의 친정인 청풍김씨의 권력 남용, 효장세자의 처가인 풍양조씨 일문의 세력 또한 만만치 않았다.

정조는 영조의 붕당을 없애려는 탕평책이 성공하지 못했음을 보았다. 따라서 붕당을 그대로 두고 노론으로 소론을, 소론으로 남인을 서로 견제하는 '이열치열 탕평정책'을 썼다. 무신년(1788) 남인의 영수 채제공을 영의정으로 노론·소론·남인, 삼당의 영수를 삼정승으로 하는 '삼당 정책'이 바로 그것이다. 정조의 정책은 성공하는 듯했으나 한 해 전(1792) 노론의 공격으로 영의정 채제공이 실각하고 노론 시파가 정권을 잡으며 탕평정국은 크게 흔들렸다. 더욱 정조를 고뇌에 빠뜨린 것은 자신이 왕권 강화를 위해 만든 각신閣臣*의 세력이 커지면서 귀근지폐貴近之弊*가 고개를 든다는 점이다. 이른바 정조의 총애를 받는 이들인 '천생오태사天生五太史*와 이덕무, 박제가 등 규장각의 시파를 중심으로 한, 또 하나의 붕당인 '탕평당'의 형성이다.

자연 탕평책은 큰 위기에 봉착했고 정조는 돌파구가 필요했다. 정조는 올 6월, 임오의리壬午義理*를 강조하며 금등金縢까지 공개할 요량이다. 금등 속에는 영조가 간인奸人의 모함에 빠져 사도세자를 죽이고 후회하는 뜻을 적었다는 「동혜동혜 혈삼혈삼桐兮桐兮 血衫血衫」이란 사詞가 있

다. 임오년 사도세자 죽음을 두고 노론은 당연하다고 주장하는 벽파와 잘못되었다고 보는 시파로 양분되었다. 정조가 이 임오의리를 꺼내든 것은 노론 벽파에 대한 공격이지만, 이때 적극적으로 이를 막지 못한 시파에 대한 견제이기도 하다.

여기서 사도세자와 영조에 대해 한 가지 짚고 넘어가야 할 사료가 있다. 우리나라에서 고소설을 그림으로 그린 최초의 책인 완산이씨의 『중국소설회모본中國小說繪模本』이다. 그림을 그린 이는 화원 김덕성金德成

(1729~1797)이다. 판각은 누가 했는지 알 수가 없고 서문은 둘이다. "임오년(1762) 윤閏 5월 9일 완산이씨가 장춘각長春閣에서 쓰다"와 "임오년(1762) 윤 5월 9일 완산이씨가 여휘각麗暉閣에서 쓰다"로 되어 있다.

임오년이 영조 38년으로 1762년은 틀림없는데 '완산完山* 이씨'가 누구인지는 정확히 알 수 없지만 비운의 왕세자 장조莊祖(1735 ~1762)*가 유력하다. 이유는 '장춘각'과 '여휘각' 모두 사도세자가 거처하던 곳이기 때문이다. 만약 이것이 사실이라면『중국소설회모본』의 서문을 쓴 이는, 아버지 영조의 노여움을 사 27세(1762)에 뒤주에 갇혀 죽은 비운의 왕세자 사도세자가 옳고, 그가 죽기 열이틀 전인 윤 5월 9일에 쓴 최후의 친필이 되는 셈이다.

*완산_전주

*장조_사도세자

그렇다면 11쪽에 이르는 서문에 보이는「금병매」·「육포단」·「옥루춘」등 묘사가 핍진한 음사淫詞소설, 천주교 서적 등의 위상이 흥미로워진다. 당시 대리청정 중이었던 왕세자가 드러내 놓고 절대 읽을 수 없었던 책들이기에 말이다.

이러한 사도세자와 소설의 정황은 영조 임금으로 그 폭을 넓혀야 한다. 영조는 꽤 소설을 즐긴 임금이다. 이러한 정황을 알 수 있는 자료는『승정원일기』이다. 1746년 6월 27일의 기록을 보면, 영조는 "병중에 소일하는 방법은 혹 소설을 보거나 혹 잡기가 있지. 내가 이 두 가지를 하지 않으면 정말 소일하는 것이 어려울 게야. 신하들에게 읽으라고 하여 들으면 낮잠을 자는 것보다 낫지" 한다. 이때 영조 임금의 나이가 52세였는데 병이 있는 듯하고 신하들을 통해 언문소설을 읽게 하여 들었음을 알 수 있다.

이러해서인지 신하들도 영조에게 소설을 들고 와서는 읽어 주었으니, 1758년 12월 19일의 기록에는 김상로金尙魯(1702~1766)가 영조를 뵙고는 "어젯밤에도 밤새 편히 잠자리에 들지 못하셨으니 오늘 밤에는 신이 올린 언문소설책諺文小說冊에 의지해서 잠을 청하시옵소서" 한다. 구체적인 소설명을 거론하지 않았지만 한문소설이 아닌 한글로 쓰인 언문소설책이다. 임금에게 그것도 한문소설이 아닌 상놈의 글이라고 경시하는 언문으로 지어진 소설을 읽으라고 가져온 대신과 그것을 흔쾌히 받아드는 임금이다. 이 때문은 아니겠지만 이듬해에 김상로는 영의정에 오른다.

『구운몽』에 대한 기록은 무려 영조 27년, 37년, 39년 세 차례나 보인다. 영조 39년은 사도세자가 뒤주에 갇혀 죽은 지 한 해 뒤인 1763년이다. 궁중에 소설이 널렸으며, 사도세자 또한 소설을 읽었음을 추론하는 데도 큰 무리가 없다. 그런데 영조의 소설관은 모순을 보인다.

다음 기록은 사도세자와 영조의 소설 관계 기록이다. 1747년 10월 3일 자 『승정원일기』이다.

> 영조 : 일 년 열두 달 중에 네가 책을 읽고 싶은 마음이 드는 것이 몇 번이나 되느냐?
>
> 사도세자 : 한두 번입니다…….
>
> 조재민 : 무릇 역사서와 소설은 번역을 하여 들으면 쉽게 재미가 생깁니다. 만약에 궁의 관리를 시켜서 하나하나 사실을 해석하여 그 처음과 끝을 모두 아뢴다면 동궁께서도 반드시 깨닫는 실마리

가 될 것입니다.

영조 : 이것은 폐단이 있어. 반드시 소설 듣기를 좋아하여서 더욱 책 읽
는 것을 싫어하게 될 걸.

영조 자신은 소설을 들으며 잠을 청할 수는 있지만 세자는 학문에 방
해가 된다는 생각이다. 풀어보자면 소설은 여기餘技로는 볼 수 있지만
학문은 분명 아니라는 점이다. 비록 열세 살짜리 동궁이지만, 한 나라를
이끌 왕세자이다. 그런 동궁이 일 년에 한두 번밖에 책을 읽고 싶은 생
각이 안 든다는 말을 들은 영조, 보다 못한 조재민趙載敏이 나서 "역사나
소설을 한글로 번역하여 읽어주면……"이라고 하는 말에 소설 듣기에
빠져 더 책을 보지 않을 것이라고 역정을 내는 영조의 표정이 그려진다.

그렇다면 사도세자가 『중국소설회모본』을 편찬했다는 것도 상당히
설득력 있어진다. 나아가 소설에 심취한 사도세자의 일탈된 행동들, 이
어지는 영조의 극단의 조치이다. 이덕무는 『영처잡고』에서 "소설은 가
장 사람의 마음을 파괴하는 것이므로 자제들로 하여금 책을 펴 보지 못
하도록 해야 한다"고 하였다. 정조 또한 이를 모를 리 없다. 당시 10살
로 아버지 사도세자의 광란과 죽음을 낱낱이 목격한 터였기에 소설에
대한 부정적 인식은 가늠하기 어렵지 않다. 아버지가 뒤주에서 죽어가
는 극단의 고통은 그대로 정조에게 외상후스트레스 장애로 남았다. 정
조의 이러한 마음의 짐은, 사도세자의 죽음과 관련된 풍산 홍씨 외가를
멸하고, 아버지를 장조莊祖로 추존追尊하여 명예를 회복시키는 한편, 화
성 건설을 계획하는 등 일련의 과정으로 이어진다. 더욱이 내년에는 10

년 계획으로 수원에 화성도 건설해야 하며 갑자년甲子年(1804)에는 세자에게 왕위를 양위하고 화성으로 물러나 앉으려는 계획도 세웠다. 그러나 붕당은 정조의 뜻대로 흘러가지 않고 있었다. 조선의 존망에 관한 예언서인 『정감록』이 민간에 퍼졌으며, 1791년에는 전라도 진산에 사는 윤지충이 모친의 신주를 없애고 천주교식으로 제례를 지내어 최초의 천주교 박해 사건이 일어났다. 여기에 노론은 서서히 남인의 서학*

을 압박하고 소론은 노론에게 공세를 펴댔다. 정국 안정을 바탕으로 한 정조의 계획은 틀어지기 시작했다. 남인으로 이가환과 정약용, 노론으로 유언호, 김종수 같은 인재가 없는 것은 아니지만 이들의 힘만으로는 정국을 타개하기 어려웠다.

정조는 이 난국을 책임질 상대가 필요했고 문치주의를 표방한 정조로서는 자연히 사도세자의 죽음에서부터 잠복된 소설에 대한 부정적 인식을 꺼내들었다. 바로 비변문체라는 묘책이다. 이는 1782년 즈음, 흔들리는 탕평정국과 맞물리어 비변문체와 위정학衛正學으로 이어진다. 비변문체는 노론의 등등한 기세를 누르고 남인의 서학에 대한 경도에 대한 노론과 소론의 예공을 막는 한편, 연암이란 정치인을 얻는 계책이었다. 물론 이 모든 것은 자신의 왕국, 조선으로 모아진다.

정조는 궁궐의 어둠만큼이나 깊은 신음을 하며 생각에 빠져들었다.

'음, 연암은 노론이기에 응당 시파나 벽파여야 하였지만 그 어느 쪽에도 속하지 않고, 탕평책을 지지하지도 않았지만 그렇다고 내놓고 반대하지도 않았다. 물론 연암은 각신도 아니요, 귀근지폐와도 거리가 멀다. 연암의 이러한 성향은 조부 필균이 당색을 몹시 싫어한 이유도 있지만, 연암 나름 노론 벽파임에도 탕평에 대한 소신이 있다. 나는 그 한 이유를 연암과 허여하며 지냈던 유언호와 김희에게서 찾는다. 연암과 평생지기 유언호는 김구주·홍봉한 양 노론 척신戚臣*의 무리를 모두 제거하려는 내 뜻을 보좌하였다. 유언호   *척신_임금과 성이 다르나 일가인 신하. 역시 노론으로 벽파였으나 당색을 없애려는 내 탕평책을 분명히 지지하였고, 김희金熹(1729~1800)는 당색은 시파이지만 연암이『송자대전』을 편수할 때 '의론이 준엄하고 바르다'며 그 일에 참여까지 시켰다.'

　이러한 과정에서 정조는 연암을 곁에 두고 싶었다. 정조가 연암을 가까이 두고 싶은 이유를 하나 더 찾는다면 연암은 당색이 없으면서도 제 소신이 뚜렷하며 학문 또한 높았지만 무엇보다도 시시비비를 분명히 하는 성격 때문이었다. 정조는 "사람을 볼 때는 선함과 악함을 보아야 한다觀人當觀善與惡"(『홍재전서』권175, 203쪽)는 분명한 인재관이 있었다.

　한 가지 더 든다면 연암의 학행일치와 의리이다. 정조는 학문의 지행양진知行兩進을 강조하였다. 앎과 행동을 강조하는 정조로서는 과거를 포기하고 궁핍 속에서도 제 길을 가는 연암의 삶이 지행양진이라고 이해하였다. 정조는『홍재전서』곳곳에서 사대부의 의리가 입맛을 돋우는 추환芻豢*임을 수차례 강조하였고 "명색이 사   *추환_고기. 류라 하는 자들이 이를 알지 못한다"고 심환지에게 핀잔을 주기까지 했다. 정조가 의리를 강조하는 만큼 연암 집안의 신임의리辛壬義理* 또한 예사롭지 않은 단서를 제공한다. 연암의 조부   *신임의리_신축년(1721)에서 임인년 인 박필균은 이 신임의리를 끝까지 지켰기 때   (1722)까지 이어지면서 일어난 의리 문이다.   로, 곧 노론이 영조를 세제(世弟)로 책
　　　봉하려는 과정에서 일어난 의리.

정조가 생각하는 신임의리는 이렇다. 숙종이 죽고 소론의 지지를 받은 경종景宗이 33세의 나이로 즉위하였으나 병약하고 후사가 없자 당시의 노론 4대신인 영의정 김창집金昌集, 좌의정 이건명李健命, 영중추부사 이이명李頤命, 판중추부사 조태채趙泰采가 중심이 되어 경종의 동생인 연잉군延礽君*을 왕세자로 책봉하였다. 이를 두고 노론·소론의 대립은 격화되었고 결국 노론 4대신이 사사賜死되었으며 노론 또한 세력이 위축되었다. 연암의 조부인 박필균은 이에 격분하여 노론 4대신이 복권된 뒤에야 과거에 응시하였다. 이후 영조와 정조는 노·소론을 화합하려는 탕평책을 쓰지만, 연암가는 신임의리를 지키며 이를 받아들이지 않았다. 『과정록』의 기록을 보면 연암도 "조금이라도 탕평책에 찬성하는 말이나 행동을 하는 사람을 보면 이익을 좇는 비열한 인간으로 여겼다"고까지 하였다.

*연잉군_뒤의 영조.

정조는 '끙' 소리를 내며 자리에서 일어났다. 밖에서 환관이 인기척을 내며 말했다.

"저녁 수라도 한 술 뜨지 않으셨는데 야참이라도 들이라 하오이까?"

"아니다. 들이지 마라."

정조는 귀찮다는 듯 입맛을 '쩍' 다시며 다시 생각에 잠기었다.

'그러나 이런 말과는 달리 연암은 사람을 사귀는 데 당색을 초월하잖는가. 내가 의도하는 탕평책은 이런 면에서 연암과 유사하다. 나는 늘 신하들에게 "의리에 방해되지 않고 의리는 탕평에 방해되지 않은 다음에야 바야흐로 탕탕평평蕩蕩平平의 큰 의리이다. 지금 내가 한 말은 곧 의리의 탕평이지, 혼돈의 탕평이 아니다"라며 무조건적인 탕평이 아님을 강조했다. 의리란 공적이기에 각 붕당의 의리는 지키되 사사로움은 버리라는 뜻이다. 이렇게 보면 내 '의리탕평론義理蕩平論' 시행에는 노론으로서 신임의리를 지키되 당색을 넘어 행동을 하는 연암이 적합한 인물이다.

더욱이 연암은 과거를 보지 않았기에 높은 벼슬을 탐할 위인도 아니고 이덕무, 박제가, 이서구 등 그를 따르는 청류淸流들 또한 많다. 내 곁을 보좌하는 유언호, 김종수金鍾秀(1728~1799), 윤시동尹蓍東(1729~1797) 등과 연암의 관계도 썩 좋고 연암이 한성부판관과 안의현감 등을 거치며 보여준 정치 역량도 그만하면 되었다. 하여, 임금과 학자임을 자임하는 군사君師인 나는 연암이 조선을 문치로 이끌고 정국을 타개한 힘을 보태주리라 믿는다.'

정조가 이 모든 것을 포석한 계책이 바로 비변문체라면 한쪽은 위정학이었다. 정조는 노소론의 부화浮華한 문체를 비변문체로 다스리는 한편, 남인의 서학을 사학邪學으로 규정하여 위정학이란 양날의 검을 빼든 셈이다.

글은 곧 사람이기에 문체만 틀어쥐면 세도도 변하여 정조의 왕국은 굳건할 것임을 그는 믿었다.

정조의 계획은 순차적으로 진행되었다. 남인 일부 학자의 서학 경도를 견책하고 노·소론 학자들의 패관체를 문제 삼아 자송문을 받고 순정고문으로 회귀시켰다. 이미 김조순, 남공철, 심상규, 이덕무, 이상황,

성대중 등이 반성문을 올렸다.

그런 정조의 고도의 정치적 계책에 연암의 제자이자 자신의 총애를
받는 이서구가 반기를 들었다. 이서구는 「대책」에서 "세도의 훌륭하고
나쁜 상황은 문체의 높고 낮음에 연계되지 않습니다. 오늘 전하께서 근
심해야 할 것은 이 세도의 상황에 있지 저 문체의 상황이 아닙니다"(『척
재집』 권7「대책-문체」)라고 정조의 비변문체 정책에 공개적으로 반대 의
사를 폈다. 김매순은 이서구를 행정 실무 능력이 서애 유성룡柳成龍보다
도 낮다고 평가할 정도였고 조정 신료들에게도 강직한 성품으로 신뢰
를 얻는 이서구다. 그런데 연암마저 정조의 뜻과는 달리 자송문 대신 저
러한 편지를 보낸 것이다. 연암만 자송문을 올리면 그를 문임으로 앉히
고, 이서구의 마음 또한 돌릴 수 있다고 정조는 믿었다. 남공철에게 연
암을 두고 성낸 것에는, 이러한 비변문체와 위정학에 가탁한 정조의 복
심이 감추어져 있었다.

초롱의 불이 크게 흔들리자 정조의 그림자도 울렁였다. 정조는 그 그
림자가 마치 자신을 조문하는 듯해 가슴이 섬뜩했다. 자신의 왕국을
꿈꾸는 정조, 정조의 심기는 여러 가지 일로 몹시도 불편했다. 영명한
군주 정조의 얼굴은 어전에 들어선 냉기만큼이나 차가웠고, 마음은 초
롱불을 따라 검은 그림자를 따라 크게 흔들렸다. 정조는 연암의 편지
에 대해 결단을 내려야만 했다. 도승지를 부른 것은 자신의 뜻을 거스
르는 연암을 압송하여 그 죄상을 따지거나 회유하고자 함이었다.

"폐하, 도승지 들었사옵니다만. 을람乙覽* 시간도 지났사오니 내일 들

라 하올까요."

"잠시만 기다리라 해라."

'엊그제부터 시작한 감환感患* 기운이 피곤을
곱절로 올린다. 겨울 달빛이 불러낸 찬 기운이 탕탕평평실蕩蕩平平室이라
써 붙인 침전으로 깊이깊이 파고든다. 지금, 내 조선에 매우 우려할 만
한 현상이 벌어진다. 신하들은 동이냐 서냐, 남이냐 북이냐와 저쪽과
이쪽의 같고 다름만 논한다. 연암을 문임으로 삼아야 한다. 그래야, 이
모든 난국을 타개하고 나는 화성으로 갈 수 있다. 연암의 자송문이 그
시발이다.'

"폐하 문자전쟁이 일어났습니다"

"폐하, 큰일 났습니다."

"무슨 일인데 이 소란인고."

"문자전쟁이 발발했습니다."

"무어라. 문자전쟁이라니, 영의정! 이 무슨 소리오?"

"소신 소중화주의小中華主義* 영의정 여기 있사옵

니다. 다름이 아니오라. 연암체가 패관잡기와 고
신얼자들을 이끌고 떨쳐 일어나 『열하일기』를 대장군, 연암소설을 선
봉장, 「소단적치인」·「영처고서嬰處稿序」 등을 유격대장으로 삼아 사대
문을 거쳐 궁궐로 쳐들어오고 있나이다."

"지금 무어라 하였는가? 연암체, 이런 발칙한 문자를 봤나. 제 감히 현재의 글자 주제에 어디 비변문체가 다스리는 문자국文字國을 넘본단 말인가? 비변문체의 장수들을 급파하여 이를 막도록 하라."

"폐하, 연암체의 「영처고서」라는 문자장수가 이미 숭례 남문을 지났다 하옵니다."

"폐하, 신 좌의정 문이재도文以載道* 아뢰오. 연암체의 앞선 장수가 「영처고서」라 하온데, 그 자는 '옛날을 본위로 삼아 지금을 본다면 지금이 참으로 비속하지만, 옛사람들이 그들 스스로가 자기네를 볼 때도 그건 반드시 옛날이 아니라 역시 하나의 지금이었을 뿐由古視今 今誠卑矣 古人自視 未必自古 當時觀者 亦一今耳'이라고 한답니다. '고'와 '금'이 상대적이라 함은 이치에 닿지 않습니다. 황경원체를 급파한다면 곧 승전보를 올릴 것입니다."

*문이재도_문은 도를 실을 뿐이라는 유학의 전통적 문학관.

"황경원黃景源(1709~1787)은 영종대왕英宗大王 대에는 예문관검열·대사헌·이조참판 등을 역임했고, 내 조정에서도 대제학을 지낸 고문가古文家 아닌가. 그대가 나가서 적장과 맞서도록 하라."

"예, 폐하. 성심을 받들겠습니다."

(황경원체가 이복원체도 가야 한다며 함께 나가자 우의정이 체머리를 흔들면서 나선다.)

"신 우의정 도문일치道文一致* 아뢰오. '고'와 '금'은 절대 상대적일 수 없습니다. '고'는 우리가 받들어야 할 숭고한 대상

*도문일치_문은 도를 근본으로 나온다는 유학의 전통적 문학관.

이지, 결코 '금'의 상대적인 명명이 아니기 때문입니다. 상고尙古에 입각하여 옛것을 숭상하는 법고는 마땅히 현재今를 사는 우리가 할 일입니다. 그런데 연암체는 '이 시대 사람이면 마땅히 이 시대 글을 써야 한다면서 법고창신 운운합니다. 황경원체와 이복원李福源(1719~1792)체의 글이 '고'의 전범이오니 걱정 마시옵소서."

(잠시 후에 한 군사가 뛰어 들어온다.)

"폐하, 황경원체가 대패하였다 하옵니다. 연암체는 '황경원의 글은 사모관대를 하고 패옥을 찬 채 길가에 엎어진 시체요, 자신의 글은 비록 누더기를 걸쳤지만 앉아서 아침 해를 쬐는 저 살아 있는 문자'로 일격에 황경원체의 목을 베었답니다."

"무어라. 아니, 나나 할바마마 영종대왕께서 그래 죽은 문자를 등용했다는 말인가."

"폐하, 연암체의 대장군『열하일기』가 흥인 동문으로 짓쳐들어오고 있습니다."

"폐하, 신 이조판서 문필진한文必秦漢* 아뢰옵니다. 저뿐만 아니라, 여기 계신 호조판서인 사대주의나 병조판서인 북벌책도 연암체의 『열하일기』로 인하여 곤욕을 치른 적이 있습니다. 순정고문靜正古文* 대장군을 파견하여 일거에 섬멸하소서."

"순정고문을 급히 파견토록 하라."

*문필진한_문은 반드시 진나라와 한나라의 것을 모방해야 한다는 고문파의 전통적인 문체관.

*순정고문_당송고문을 문체의 모범으로 삼는 고문파의 전통적인 문체관.

"나도 연암체의 『열하일기』는 이미 여러 번 대면하였다. 지금 우리의 문풍은 모두 이 『열하일기』로부터 잘못되고 있다. 『열하일기』는 열하를 다녀 온 문자로 경자년(1780) 내가 보위에 오른 지 네 해째 문자 나라에 들어왔다. 그런데 저간의 여행 일기를 보자면 노가재 김창업은

편년체編年體*를, 담헌 홍대용은 기사체紀事體*를 따랐다. 또 다른 여행 일기도 이 두 형식을 크게 벗어나지 않거늘, 유독 『열하일기』만 이도

저도 아니다. 문장이 아름답고 화려하며 내용이 풍부하고 해박한 것은 인정한다만, 저토록 유달라야 하는 이유를 모르겠구나."

"폐하, 신 호조판서 사대주의事大主義*이옵니다. 『열하일기』를 보면 연

암은 요동遼東·열하熱河·북경北京 등지를 지나는 동안, 특히 이용후생정덕에 도움이 되는 청

나라의 실제적인 생활과 기술을 눈여겨 본 듯하옵니다. 『열하일기』는 날을 달에 연계하고, 또 달을 해에 연계하는 묘한 형식으로 우리 조선의 정치·경제·사회·문화 등 각 방면에 걸쳐 비판과 개혁을 솜씨 좋게 펼쳐 놓은 것은 좋습니다만, 문제는 그 문체입니다. 그런데 이런 연암체를 붙좇는 자들이 오이 붙듯 달 붙듯 불어나니, 우리 조선의 문풍을 버려 놓은 게 모두 이 연암체의 죄입니다."

"호판의 말이 옳다. 그런데 요즈음에는 내가 그토록 다정 다심히 대했던 규장각의 이서구, 이덕무, 박제가까지 모두 연암체를 스승으로 섬기고 모방하고 있더구나. 더구나 이서구는 자송문은커녕 오히려 세도와 문체는 상관없다고 '대책'을 올리질 않나."

"폐하, 신 좌의정 문이재도 아뢰옵니다. 이자들을 그대로 두면 아니 되옵니다. 슬쩍 보면 제 글에 대한 가치폄하적인 발언이나, 모두 거짓이옵니다. 연암체는 '한 자를 굽혀서 여덟 자를 펴는 따위' 자존심을 굽혀 이익을 얻는 짓을 할 자가 결코 아닙니다. 그런 그가 한가히 '글로써 희롱以文爲戲'하였다 함은 더욱 이치에 닿지 않습니다. 연암체 어느 글발 어느 책에서, 그렇게 흐느적흐느적 세상을 희롱한 허문虛文을 찾겠습니까?"

"그래, 그렇지. 내가 읽은 연암체의 글들은 죽비소리 쩡쩡하더구나. 연암체가 비록 정통 고문을 벗어났지만 눈총을 받아가면서도 붓머리를 재우지 않고 당대의 부조리를 발라낸 공은 인정해야 한다. 어찌 이러한 글을 진실되지 아니하고 장난짓인 흐락으로 여기겠는가. 여기 조정 대신들 그 누가 연암체와 같은 소리를 했는가? 오로지 파당을 가르고 패거리를 만들어 싸움만 일삼지 않았나. 그러니 진작부터 연암체가 세력을 형성하였거늘, 도대체 조정신료라는 대신들은 어디서 배만 불리고 앉았던 게냐."

"폐하, 황공하옵니다."

"폐하, 황공하옵니다."

"황공하옵니다. 황공하옵니다! 아는 말이 그것밖에 없다느냐. 이제 그만하라. 속맘 없이 혀로만 뱉는 그런 말 이제 듣기도 싫다. 연암체가 글로써 세상을 희롱했다는, '이문위희以文爲戲' 넉 자로 자기의 죄를 넘어가려 하는 것도 아니 될 말이다. 나는 스물여섯 편의『열하일기』를 모두 접견했었다.『열하일기』전체적으로는 전기체傳紀體지만「도강록」은 일

기체요, 「허생」은 패설, 「호질」은 우언 등으로 각 편의 체가 제 각각 개
성이 있더구나."

(한 군사가 뛰어 들어온다.)

"폐하, 순정고문이 대패하였사옵니다."
"뭣이! 자세히 아뢰어 보거라."
"예, 폐하. 『열하일기』는 바람 한 점 없는 종잇장에 찍힌 검은 먹물마
다 연암체의 정신과 이 시대의 풍경이 선명하고 문자마다 재미와 풍
자, 언어의 묘미가 생동했습니다. 『열하일기』는 정해진 격식을 따지지
않는 변체變體이지만 문기文氣와 문세文勢가 그야말로 넘치는 정예로운
문자들입니다. 순정고문이 대국의 문자를 섬기려 하지 않음을 꾸짖자
언어의 묘미가 달려들고 순정고문은 세 합 만에 황급히 등을 돌리고
말았습니다."

(조정은 점점 내홍에 휩싸였다. 이 때 또 한 파발이 들어온다.)

"폐하, 연암체의 한 장수인 '연암소설'이 아현동을 거쳐 숭례 남문으
로 들어옵니다. 저들은 모두 폐하의 백성 중 천한 자들로 인본주의 인정
물태로 무장하였사옵니다. 저들은 가난하고 천하며 근심으로 끼니 걱
정을 아침부터 저녁까지 달고 사는 슬픈 백성들이지만, 결코 굴하지 않
는 희망을 안고 있다 하옵니다. 만약 이들이 없다면 살풍경하여 국가는

곧 쇠망한다고 외칩니다."

"병조판서. 시필성당詩必盛唐* 병판은 어디 있
는가? 어서 나가 저 연암소설을 격파하라."

*시필성당_시는 반드시 당나라 것을 모방해야 한다는 고문파의 전통적 문학관.

(병판이 차갑게 재어진 언어들을 이끌고 나가자 정조의 말이 이어진다.)

"우의정, 도문일치. 연암소설에 대해 아는 대로 말해 보거라."

(우의정이 연암소설 12편 도표를 걸어 놓고 설명을 한다.)

"어허. 거, 연암체의 문자가 허연 백지에 온기를 불어 넣는 이유도 여
기로구나. 연암소설 열두 편에는 한 글자 한 글자마다 생기가 돌고, 도
탄에 빠진 당대를 짚어가는 양심이 저렇게 숨 쉰다. 이 세상의 도덕적
교화, 즉 세도世道*의 효용성에 뜻을 둔 것도 *세도_세상을 올바르게 다스리는 도리.
좋다. 병판의 상대가 아니다. 그래, 이 나라의 중신이라는 그대들은 저
러한 글을 한 번이라도 써본 적이 있나. 내 진작에 연암체의「능양시집
서」를 접견한 자리에서 연암체의 마음을 보았다. 연암은 "세상에는 달
사達士*는 적고 속인俗人은 많다. 그런즉 침묵하 *달사_세상 이치에 통달한 선비.
고 말하지 않음이 좋겠지만 그런데도 말을 그칠 수 없는 이유는 어째서
일까?世之達士少而俗人衆 則黙而不言 可也 然言之不休 何也"라고 하더구나. 연암소설은
글 쓸 수밖에 없는 마음을 저렇게 드러냈다. 출세를 위해, 가문을 위해,
파당을 위해, 입 다문 것을 세상 사는 요량으로 삼는 그대들과는 삶이

다르다. 연암소설은 '말해야만 한다!'고 하였다. 기개도 있고 뜻도 있고 심사도 곱지 않느냐."

(이때 또 한 군사가 들어와 아뢴다.)

"폐하, 돈의문으로 들어와 「답경지삼答京之三」이란 장군이 진을 쳤는데 참 흥미롭습니다."

"무어라, 흥미로워?"

"예. 폐하, 들어 보소서. "그대가 태사공*의 『사기』를 읽었다고는 하나 그 글만 읽었지, 그 마음은 읽지 못했는가 보오. 어째서 그러냐 하면, 「항우본기」를 읽고서 성벽 위에서 전투를 관망하던 장면이나 생각하고, 『자객열전』을 읽고서 고점리가 축筑*을 치던 장면이나 생각하니 말이오. 이런 것들은 늙은 선생들이나 늘 해대는 진부한 이야기이니, 또한 '살강 밑에서 숟가락 주웠다'는 것과 무엇이 다르겠소. 아이들이 나비 잡는 것을 보면 사마천의 심정을 깨닫는다오. 앞다리는 반쯤 구부리고 뒷다리는 비스듬히 추켜든 채 손가락을 벌리고 다가서서 막 잡았는가 싶었는데 나비는 날아가 버리지요. 사방을 돌아보매 아무도 없어 겸연쩍어 씩 웃다가 장차 부끄럽기도 하고 화가 나기도 하는, 이 것이 사마천이 글 지을 때라오"라 하였습니다."

"뭐라. 『사기』를 읽었다고는 하나 "글만 읽었지 그 마음은 읽지 못했다"고. 하면, 여기서 마음은 글을 짓는 저자 태사공의 마음일 터인데,

*태사공_사마천.

*축_옛 중국 악기의 하나. 가야금과 같은 열세 줄의 현악기.

제목	연도	의식	주인공의 사회계층	분량	소설의 시점	주제
마장전	1756년 (20세) 무렵	인본주의 사회비판	광인 (狂人)	단편 소설	3인칭 전지적 작가	양반사대부 우도의 변질에 대한 비판과 천인들의 바람직한 우도론
예덕선생전	1756년 (20세) 무렵	인본주의 사회비판 중농의식	중농 의식 천인 역부	단편 소설	3인칭 작가관찰자	천인역부의 긍정적 삶과 양반의 우도에 대한 비판
민옹전	1757년 (21세) 무렵	사회비판	중인 (무반)	단편 소설	1인칭 관찰자	무위도식하는 경화사족 비판과 신분적 한계를 절감하는 중인의 삶
양반전	1764년 (28세) 무렵	사회비판	몰락 양반	단편 소설	3인칭 전지적 작가	양반들의 부도덕함을 비판과 풍자
김신선전	1765년 (29세) 무렵	사회비판	중인	단편 소설	1인칭 관찰자	세상에서 뜻을 얻지 못하여 신선이 될 수밖에 없는 사회비판
광문자전	「광문자전」 (18세) 무렵, 「서광문전후」 (28세) 무렵	인본주의 사회비판	종로 거지	단편 소설	3인칭 전지적 작가 →1인칭 관찰자	천인 광문의 순진성과 거짓 없는 인격

제목	연도	의식	주인공의 사회계층	분량	소설의 시점	주제
우상전	1767년 (31세) 무렵	사회비판	중인 (역관)	단편 소설	1인칭 관찰자	신분적 한계를 절감하는 중인의 삶과 인재등용의 문제점
역학대도전	1767년 (31세) 무렵	사회비판	유실되어 구체적으로 알 수 없음			위선적인 학자 배격
봉산학자전	1767년 (31세) 무렵	사회비판	유실되어 구체적으로 알 수 없음			위선적인 학자 배격
호질	1780년 (44세) 무렵	사회비판	위학자	단편 소설	1인칭 관찰자→ 3인칭 전지적작가	위선적인 양반 사대부에 대한 비판
허생	1780년 (44세) 무렵	사회비판	몰락 양반	중편 소설	1인칭 관찰자→ 3인칭 전지적작가	정치·사회·경제적으로 총체적 문제점을 드러낸 당대 비판
열녀함양 박씨전병서	1793년 (57세) 무렵	인본주의 사회비판	과부	단편 소설	3인칭 전지적작가 →?인칭 관찰자	과부의 절열사상비판

그 이유를 「항우본기」와 『자객열전』 독서를 들고 나온 것은 또 무슨 말인가."

"폐하, 신 존화양이尊華攘夷* 적당들을 일거에 섬멸토록 하겠습니다. 「항우본기」를 읽고서 성벽 위에서 전투를 관망하는 것이 어째서 독서를 잘못한 것인지 알 수 없습니다."

"아니다. 나도 전선에 나가 보아야겠다"

*존화양이_중국을 존중하고 오랑캐를 물리친다는 뜻으로, 조선의 국제 관계에 대한 기본 정책을 이르던 말.

(잠시 후에 종각 네거리에서 비변문체와 연암체가 마주하였다.)

"폐하, 신 존화양이가 적진을 섬멸토록 하겠습니다. 「답경지삼」은 들거라! 여기 비변문체께서 직접 납시셨다. 주자朱子의 시문을 비롯하여 당·송 8대가唐宋八大家의 문과 두보杜甫의 시를 우리가 받들어야 한다. 너희들은 경박輕薄,* 비리鄙俚,* 촉급促急,* 초쇄噍殺*한 잡스러운 패관소품체로 어찌 문자 나라를 혼돈에 빠뜨리고 세도를 어지럽히는 것이냐. 그래 금상께서도 소품체의 해는 사학邪學*보다도 심하다고 하신 것이다.

*경박_가볍고 천박함.

*비리_속되고 촌스러움.

*촉급_매우 급함.

*초쇄_슬프고도 낮음.

*사학_천주학.

더욱이 네가 말한 장면은 항우의 군대가 거록에서 진秦나라 군대를 무찌를 때 아닌가. 항우의 기세에 눌린 다른 제후의 장수들은 성벽 위에서 그 전투 장면만 넋을 잃고 바라보는 것이 어찌 진정한 독서가 아니란 말인가."

(「답경지삼」이 '그 마음讀其心'을 집어 들고 달려오며 말했다.)

"비변문체는 문체를 국가가 지배하려는 암수暗數*이다. 문체는 생각

*암수_꼬임수.

을 나타내는 것이거늘 이를 획일화시킨다면 생각 또한 그렇게 된다. 문체의 변화를 받들어야 한다. 인정人情과 물태物態는 천태만상이다. 응당 문체 또한 천태만상이어야 한다는 말이다. 이렇게 문체가 자유로워야 독서 또한 깊어지고 새로운 해석을 읽어낸다.

「항우본기」의 이 장면에서 독서자가 읽어야 할 것은 '그 마음'인데 그대들은 이를 읽지 못하는구나. '그 마음'은 바로 '파부침주破釜沉舟', 즉 죽기를 각오하고 명령을 내린 항우와 그의 병사들의 마음이다. 항우는 진나라와 싸울 때, 타고 왔던 배를 부수어 침몰시키라고 명령을 내렸다. 그리고는 밥솥을 모조리 깨뜨리고 주위의 집들도 깡그리 불태웠지. 병사들 손에는 단 3일 분 식량뿐이다. 이제 돌아갈 배도, 밥 지어 먹을 솥도, 새벽 이슬 막아 줄 거처도 없다. 항우와 병사들은 결사적으로 싸우는 수밖에 없었고 결국은 승리를 쟁취한 것이다.

「항우본기」에서 읽어내야 할 '그 마음'이 바로 여기다. 그것은 항우와 병사들이 죽기를 각오하고 싸우는 마음, 그리고 이를 어떻게 하면 명확하게 기술할까 애태우는 저자 태사공의 마음이다. 그런데 성벽 위에서 전투를 관망하던 장면이나 생각하니, 「항우본기」를 읽었어도 읽지 않은 것과 다를 바 없지 않느냐."

"무엇이. 그렇다면『자객열전』에서 고점리高漸離가 축을 치던 장면을 생각한다고 꾸짖는 것은 무슨 이유에선가."

"이 역시 잘못된 독서다. 위나라 출신의 자객 형가荊軻는 축을 잘 치는 고점리와 절친한 사이 아닌가. 형가는 술이 취하면 곧잘 고점리가 치는 축에 맞추어 노래 부르기를 즐겼다. 어느 날 형가는 진시황 암살 임무를 띠고 떠나기에 앞서 고점리가 치는 축에 맞추어 비장한 노래를 부른다.

그러나 진시황秦始皇 암살은 실패하고, 형가는 진시황의 칼날에 8번이나 찔려 죽고 만다. 고점리는 축을 이용해 형가의 원수를 갚으려 진시황 앞까지 가는 데 성공하지만, 그 대가는 혹독하여 눈을 뽑혔다. 고점리는 납을 장치한 축으로 진시황을 내리치지만 실패하고 고점리의 목은 그 자리에서 떼인다.

『자객열전』의 축은 이렇듯 형가, 고점리, 진시황과 팽팽히 얽혀 냉엄한 현실의 비극성을 들려준다. 태사공이 『자객열전』에서 쓰고자 한 것은 바로 이러한 '비극을 담아낸 축소리'이다. 여덟 번 칼을 맞고 쓰러진 형가와 눈을 뽑히면서까지 진시황에게 다가가 축으로 내려친 고점리, 그리고 이 둘의 마음을 축 소리에 담아 보려한 태사공의 마음, 이 고심처가 바로 독서자가 읽어 내야 할 '그 마음'이다.

여기에 태사공太史公 사마천司馬遷이 이릉李陵을 변론하다 애꿎게 성기를 거세당한 궁형도 생각해야 한다. 궁형을 당한 사마천이 부끄럽기도 하고 화가 난 경지에서 쓴 글이 바로 이 『사기』와 『자객열전』이다. 사마천은 '하늘의 도리가 옳은가? 그른가?天道是耶 非耶'를 저술의 화두로 삼을 수밖에 없었다. 그래 '장차 부끄럽기도 하고 화가 나기도 하는' '장수장노將羞將怒'의 마음, 이 마음이 바로 내가 읽어낸 사마천의 마음이다."

(존화양이는 이 말을 듣고 사색이 되어 도망치고, 비변문체가 노하여 소리를 친다.)

"아! 이를 어쩌면 좋단 말인가. 그대들은 고루하게 형식에 얽매여 『자객열전』 하나 읽지 못하는구나. 연암체는 '장차 부끄럽기도 하고 화가 나기도 하는 것'이 사마천의 글 지을 때라고 하였다. 나비를 잡았으면 글은 이루어지지 않는다. 잡힐 듯 잡히지 않는 세상이다. 마음을 도스르

*도스르고_무슨 일을 하려고 별러서 마음을 다잡고.

고* 온 힘을 다하여 이제는 득의의 웃음을 지으려는 순간, 물거품이 되어버린다. 시대에 영합하는 글을 통해 출세와 영달은 결코 꾀하지 않겠다는 연암체의 다짐장 아닌가. 벼슬 못한 선비가 부조리한 세상을 향해 올곧은 소리를 내는 데서 오는 '부끄러운 듯 성난 듯한 마음'을 글쓰는 이로서 마음에 담겠다는 뜻이다.

그런데 이러한 『사기』, 『자객열전』을 그대들은 한낱 장면 묘사로만 읽어대는구나. 연암체 앞에 기세 좋게 펄럭이는 저 깃발에 무엇이라고 적혀 있는지 읽어들 보아라."

(비변문체, 문이재도, 숭정고문, 존화양이 등이 웅얼웅얼 읽어댄다.)

"'늙은 선생들이 늘 해대는 진부한 이야기'와 '살강 밑에서 숟가락 줍 듯'이라 적혀 있습니다."
"그래, 앞의 것은 알겠고. 뒤의 것은 아무 것도 아닌 일을 무슨 큰일이나 난 듯 떠들 때 쓰는 속담 아니냐. 그대들이 그렇다는 뜻임을 그대

들은 아는가! 사실 연암 글을 곱씹으면 처음엔 감때사나운[*] 듯하나 들음들음 옳은 소리만 한다. 글재주를 통한 조선 *감때사나운_험하고 거친.
후기의 권력과 환전을 차갑게 거절하는 연암 내면의 소리가 여기저기에 숨어있다. 입에 붙은 인사치레인 충신연주지사忠臣戀君之詞[*]나 이냥저냥 읊조리거나 실생활과 떨어진 자연예찬이 *충신연주지사_충신이 임금을 연모하여 지은 글로 지나치게 천편일률적이다.
아니다. 사실 문필진한 시필성당이 아니라도,

고문이 아니라도, 연암의 글은 이 시대에 충분한 가치가 있다."

"폐하, 신 이조판서 문필진한 아뢰오. 그렇다 하여도 이것은 아니옵니다! 그렇기에 이대로 두었다가는 이 조정을 흔들게 분명합니다. 특히 연암체에는 이 나라를 흔들 기개와 힘이 넉넉하기에 더욱 단도리를 해야 하옵니다."

"시끄럽다. 연암체야말로 이 나라를 사랑하고 내 백성을 문자로 기록하여 비민보세裨民補世[*]하잖는가. 그대들은 *비민보세_백성의 삶에 도움을 주고 세상을 바로잡는 데 보탬이 된다는 뜻.
백성들의 피땀으로 호의호식하며 한 일이 도대체 뭔가? 연암체가 당파를 초월하여 학자들과 교유하는 것도 그렇다. 가끔씩 난 북한산 자락을 깔고 앉은 그대들 노론체와 남산 자락에 몸을 웅크리고 기회를 엿보는 남인체들 사이에 낀 내 왕궁을 본다. 경복궁이라 이름한 내 왕궁은 왕궁이 아니라 '긴궁'이요, 큰 복 경복景福이 아닌 뒤집어져 망한다는 '경복傾覆'이 아닌가. 그대들에게는 이 궁은 탐욕을 채워주는 곳간일 뿐이다. 지금 이 나라는 바로 그대들로 몸살을 앓고 있다. 난 그대들의 구두선口頭禪이 된 말과 글을 더 이상 믿지 않는다. 글은 글대로요, 나는 나대로인 그대들이 떼를 지어 몰려다니며 패거리를 짓는 당파 싸움엔 이젠 진저리가 난다. 오죽하였으면 영종 선대왕께서는 노老·소小 자字조차도 말씀 않으셨고, 여러 신하들뿐만 아니라 나에게도 노소론에 대한 말을 금기시킨 뜻을 정녕 모른단 말인가."

"폐하! 신, 예조판서 북벌대의北伐大義* 한 말씀 아뢰겠습니다."

"닥치거라. 모두 입을 다물라. 이 일은 지금 심상히 넘어갈 문제가 아니다. 언젠가 그대들은 국가의 큰 병인病因이 될지도 모른다. 순박한 백성들이야 무엇을 알겠는가. 요마적* 꿈엔 그대들이 황충蝗蟲떼로 변하여 종로에서 이 대궐 지붕까지 까맣게 덮었더구나. 연암체는 그대들과 다르다. 연암체는 노론 낙론洛論 계열이면서도 학파를 초월하여 한원진체가 사망하자 호서지방의 위대한 선생이라며 장례에 참석하였다. 또 이광려李匡呂(1720~1783)체 같은 이는 당색이 소인이거늘 연암체가 먼저 찾아 평생지기처럼 지냈다. 연암체가 이용휴李用休(1708~1782)체의 문인인 서얼 역관 이언진李彦瑱(1740~766)체를 입전한 「우상전虞裳傳」은 내가 읽었고, 이가환李家煥(1742~1801)의 매부인 정철조체와도 막역한 사이라는 말도 들었다. 더욱이 이용휴나 이가환체는 노론이 가장 미워하는 남인체 아닌가. 이 나라가 붕당이 지배하는 사회라는 점을 생각한다면 연암체의 도량을 어림짐작하고도 남음이 있다.

또 연암체는 적서와 귀천을 따지지 않고 사귀더구나. 규장각 사검서四檢書 중, 이덕무·박제가·유득공체 등이 바로 연암체의 벗이며 제자이지만 신분으로는 서얼 아닌가. 우도가 오륜의 바탕이거늘, 그대들은 그 바탕은 모르고 군신과 부자의 도리만 찾지 않았는가. 사검서는 홍국영도 추천한 바 있지만, 내 이들을 일찍부터 들어 쓰려 했다. 지위 고하를 막론하고 이 땅에 사는 자는 다 내 백성들이다. 사람들이 이를 두고 연암체가 벗을 가리지 않고 사귄다고 비방하고 헐뜯는다는 말도 들었다. 참으로 하릴없는 황충 소리로다.

언젠가 경연經筵*에서 오륜의 차례를 논할 때 ***경연**_어전에서 경서를 강론하는 일에 붕우가 군신이나 부자보다 가볍다고 하는 자가 있었다. 그때 나는 "하늘이 정해 놓은 대륜大倫에 어찌 경중이 있겠는가. 붕우가 비록 오륜의 끝에 놓여 있지만, 임금을 섬기고 어버이를 섬기는 방법을 붕우에게 힘입는 경우가 많다. 이것은 오행五行이 토土가 아니면 이루어지지 못하고 오상五常이 신信이 아니면 확립되지 못하는 것과 같은 이치이다. 지금 사람들은 붕우 간의 도리가 중하다는 것을 모르기 때문에 습속이 옛날만 못한 것이다" 했다. 연암체의 벗 사귐이야말로 나의 백성들이 마땅히 본받아야 한다고 생각한다. 그래, 연암체가 연암소설 구전九傳 중, 맨 앞에 우도友道를 논하고 「마장전」을 둔 이유이다.

근래 올라 온 장계를 보면 더욱 가관이더구나. 어리석은 자들이다. 연암체가 아마 중국에 가서 벽돌 굽는 법을 익혔나보다. 그래 제자들과 꽤 연구를 많이 하여, 안의 관아의 낡은 창고를 헐어버리고 백척오동각百尺梧桐閣, 공작관孔雀館, 하풍죽로당荷風竹露堂, 연상각烟湘閣 들을 모조리 이 벽돌로 지었다고 한다. 이를 보고 또 어리석은 자들이 오랑캐짓이라고 장계를 올렸으니 어찌 저리도 딱하단 말이냐. 벽돌이야말로 우리에게 얼마나 요긴한 물건인가 말이다. 내년에 화성華城을 수축할 때 연암체가 만든 벽돌을 써야 하거늘 이를 아는가 모르는가! 응, 말들을 해 보거라, 말을……."

"폐하! 폐하! 괜찮으신지요."

"으음─. 연암체, 연암체는 어디로 갔느냐?"

"폐하! 무슨 말씀이온지. 가위눌리는 소리가 들리기에 들어왔사옵니다. 감환으로 상후上候 미령靡寧하옵실까 걱정되옵니다. 어서 침수沈睡*에 드시옵소서. 그리고 도승지는 어찌할까요."

*침수_잠자리

"문자전쟁이라. 허참, 맹랑한 꿈이로고. 괜찮다. 도승지는 물러가라 하라."

곡물가격을 인위적으로 통제해서는 안 됩니다

"폐하, 폐하! 연암이 찾아와 뵙기를 청합니다."

"그래, 어서 들라 하라."

"폐하! 그동안 성체 강녕하셨사옵니까. 신, 부름을 받고 달려 왔나이다."

"연암, 사실 짐은 음직蔭職을 얻어 벼슬살이하는 사람들이 가장 밉소. 제 조상 잘 만난 덕으로 오직 수령 자리 하나를 얻기라도 하면, 비단옷 입고 배부르기를 바랄 뿐인 자들이 내 조선에 막사발만큼이나 많구려.

저들의 뜻은 비열하고도 저급하오. 그렇지만 연암만은 다르게 생각하오. 유언호가 연암을 음직에 추천한 때부터 지금까지, 나는 연암을 크게 중용하려는 마음뿐이었소."

"폐하! 성은이 망극하옵니다."

"나는 연암을 대하기 전부터 이미 연암의 글을 읽고 내 조선을 가꿀 재목임을 알았소. 몇 해 전 기유년(1789) 주교舟橋를 건설하는 낙성식에 연암을 슬그머니 부른 것을 기억하오?"

"폐하! 아직도 생생히 기억하고 있사옵니다."

"음관으로 참석한 사람은 연암뿐이었지. 은밀히 부른 까닭은 연암을 보고자 함이었소. 이마적*에 연암이 되놈 **ㅡ*이마적_지나간 얼마 동안의 가까운 때.** 의 의복을 입고 백성들을 대한다는 호복임민설胡服臨民說과 오랑캐의 연호를 쓴다는 노호지고설虜號之稿說로 궁 안팎이 소란스럽구려. 경을 쳐야 하거늘 내 눈감아 준 것도 다 이런 연유에서라오. 이를 알고 있소?"

"폐하! 모르고 있었사옵니다. 백골이 난망하옵니다."

"나는 연암을 의금부도사로, 사헌부 감찰로 자리를 바꾸어 능력을 엿보았소. 사헌부가 연암 중부仲父(1707~1777)*와 이름이 같다 하여 사양하기에 제릉령으로 옮겨주었고, 신해년 **ㅡ*중부_박사헌(朴師憲).** (1791)에는 종5품 한성부판관漢城府判官으로 임명하였지.

연암은 역시 유능했고, 내 예상은 적중했소. 당시 흉년이 들어 곡물상들이 쌀을 비싸게 팔거나 매점매석하여 곡가가 폭등했을 때 일을 기억하오."

"폐하, 어찌 그때 일까지. 성은이 망극하옵니다."

"당시 곡가를 억제하고 매점을 금하려는 의견들이 지배적이었지. 그런데 연암은 이를 강력히 반대했잖소. 그때 연암은 "사세부득事勢不得*하옵니다만, 상인들이 다른 지역으로 쌀을 팔러 가 버릴 것이므로 도리어 쌀 품귀 현상이 심해질 것입니다. 또한 서울에 이미 집적되어 있는 쌀의 방출을 막으면 오히려 다른 지역의 백성들까지 굶주리게 될 수 있습니다"라 하였지. 나는 곡물 가격을 올리고 내리는 것과 곡물의 집산을 인위적으로 통제해서는 안 된다는 연암의 견해를 채택했고, 결과적으로 기근이 지금까지 이어지면서도 곡물 가격이 급등치 않음은 모두 연암의 공이구려."

*사세부득_일의 형세가 어쩔 수 없어 그렇게 할 수밖에 없음.

"폐하! 모두가 성은이옵니다. 상인들을 관청에서 조정하면 아니 되옵니다. 상인을 조종하면 생활필수품 조절 능력이 정지되고 조절 능력이 정지되면 상인들은 이익을 잃게 됩니다. 상인들이 이익을 잃게 되면 유통, 매매가 그치게 될 것이니 농민이나 공장이까지 모두 곤란을 겪게 됩니다. 이는 산돼지를 잡으려다 집돼지마저 잃는 격입니다. '서울은 돈으로 살고 8도는 곡식으로 살아간다京師以錢 八路以穀'는 말도 있지 않사옵니까."

"연암 말이 맞소. 하지만 이 일로 연암은 정적을 많이 만들었고, 짐은 더 이상 곁에 둘 수 없었소. 그해 섣달, 유한준 등이 연암의 품계가 원칙이 없이 올라간다고 소를 올렸기 때문이오. 9품 음관으로 벼슬길에 들어선 지 만 4년이요, 4단계를 뛰어 넘는 파격적인 인사에 대한 지적이기에, 비록 왕이라 하여도 원칙을 짚어 올라 온 소를 기각할 도리는 없는 법이오. 내 연암을 한시 바삐 들쓰고자 함이 이런 까탈을 낮게 했구려."

"폐하, 황공하옵니다."

"연암을 종6품으로 강등시켜 안의현감安義縣監*에 제수除授한 것은 그
나마 다행이었소. 연암이 안의 임지에 도착하
여 한 일도 나는 이미 보고 받아 소상히 알고
있다오."

*안의현감_현 경상남도 함양군 안의
면 일대.

*제수_천거의 절차를 밟지 않고 임금
이 직접 벼슬을 임명하는 것.

"폐하! 외람되오나 안의는 거창현과 함양군을 이웃에 두고 있으며, 가
구는 4~5천여 호 정도이지만 경치는 수려하고 민심도 평온한 곳이옵
니다. 폐하의 성덕으로 저는 임지에서 편한 나날을 보내고 있사옵니다."

"내 이미 알고 있으니 그리 말할 필요는 없소. 그곳이 의옥疑獄*과 송사
로 개구리 울음소리마냥 시끄러운 것을 내 이
미 들었다오. 연암은 부임 즉시, 죄의 유무를 판

*의옥_죄의 유무를 판명하기 어려운
사건.

명하기 어려운 의옥을 명쾌히 처리했고 송사를 해결하여 고을 백성들
간에 분쟁을 일삼던 풍조를 바로잡았다지. 여기에 관아에까지 출몰하
던 도적들을 퇴치하고 더욱이 아전들의 상습적인 관곡 횡령을 근절했
다는 보고도 진작에 받았구려. 연암도 알다시피 이 아전 문제는 우리 조
선의 골칫거리오. 아전은 교활한 데다 지방의 토착세력이 되어 그 힘을
억제하기가 쉽지 않잖소. 내 임지로 부임하는 관리들에게 누누이 이를
일러 보내지만 대개는 저들과 영합하거나 아니면 저들에게 쫓겨 벼슬
자리를 스스로 물러나기도 하니, 쯧쯧쯧. 그런데 연암은 저들을 잘 무마
하더구려. 더욱이 함양군의 봇도랑 공사에 백성들을 행군 대형으로 잘
지휘하여 공사를 완벽하게 끝냈다는 보고는, 짐의 한 근심을 덜게 했소.

함양군 제방은 매해 수재를 입는 골칫거리 중의 하나로 늘 백성을 동원하는 구폐를 반복하던 곳이었기에, 모두 연암의 선정 덕이라고 그러하더군."

"아닙니다. 폐하! 모두 폐하의 성덕이십니다."

해학으로 얼버무리지 않았다면 환난을 면키 어렵습니다

"그러고 보니 언젠가 김이소金履素(1735~1798) 형제에게 연암에 대한 평을 들은 기억이 새롭구려. 김이소가 그러더군. '연암은 벗을 사귐에 정성을 다하였고 일을 하면 박력이 있으며, 성격이 굳어서 남에게 굽히지 않으며 욕을 당하더라도 노여워하는 기색이 없습니다'라고. 그의 동생 김이도金履度(1750~1813)는 '연암같이 엄격하고 사나운 기상과 고고하고 준엄한 성격은 만약 해학으로 얼버무리지 않았다면 지금 세상에서 환난을 면키는 어렵습니다' 하였지."

"폐하! 김이소는 스무 살 무렵부터 저의 벗이고 이도 또한 형을 따라 가까이 하였기에 그런 말을 한 듯 싶습니다."

"아니오. 내가 본 바로도 저들의 말이 그릇된 것은 아니오. 특히 이도가 지적한 연암의 글에 보이는 해학과 풍자, 그리고 문체야 말로 내가 연암의 글을 비변문체로 주목하는 한 이유요. 연암의 글에 이마저 없다면 이 조선의 고약한 사대부들 손아귀에 연암의 목이 이미 넘어 갔을지도 모를 일이지. 아니 그렇소? 『열하일기』같은 경우는 약간의 해학과

'애고唉苦', '억지로勉强', '정말로眞個', '배암白巖', '갓벙거지笠範巨只', '배따라기排打羅其', '불쌍不祥', '사또使道', '서방書房' 따위 조선식 한자어와 '한무더기一團', '혼란스런 모양七升八落'과 같은 중국의 입말인 백화투, 여기에 '굿이나 보고 떡이나 먹고觀光但喫餠' 등 우리의 속담만 제한다면 그 자체로 고문과 다를 바도 없는 글이오. 따지자면 연암은 중국의 한자어를 내 조선식으로 바꾼 것뿐이고, 사실 이런 어휘가 백지장에 생기를 불어 넣고 창출신의創出新義와 연결고리를 형성하는 것도 사실이란 것쯤은 나도 모르는 바 아니라오. 또 『열하일기』에는 마부 이름까지도 모조리 넣었더구려. 인물도 생생하게 형상화시켰고. 가만, 그 요동벌에서 갑자기 말 앞으로 달려 나가 땅에 넙죽 엎드려 큰소리로 "백탑이 현신한다 아뢰오白塔現身謁矣"라고 한 것이 누구더라?"

"예, 어찌 그것까지. 태복泰卜이라고 정 진사의 마부였습니다. 「도강록」 부분입니다. 폐하."

"그래, 연암은 그 툭 트인 요동벌을 보고 "좋은 울음 터로다. 가히 한 번 울 만하구나好哭場 可以哭矣" 하였더군."

"폐하! 황공하옵니다."

"그러고 보니 연암은 요동벌이 우리 조선의 영토라고도 써 놓았더군, 김부식이 『삼국사기』에 양만춘 이야기를 하지 않은 것도 지적하고. 연암 말대로 김부식은 사관으로서 역사 의식이 결여되었어. 그건 그렇고, 나 역시 그곳에 있었다면 그러하였을 터. 읽는 내내 연암이 부럽더군. 이를 두고 순정醇正한 글이 아닌 패사체稗史體라고 연암을 그 먼 곳에서 이렇게 데려와 잘잘못을 운운한다는 것도 우습소. 그리고 거「동란섭필

銅蘭涉筆」에는「공무도하가公無渡河歌」등 다양한 이야기가 실렸더구려. 참, 내 묻고 싶은 것이 있는데, 청 황제의 신임을 받는 화신和珅(?~1799)*이란 자를 위태로운 처지가 될 것이라 했던데, 지금까지 세도를 잘만 누리고 있잖소?"

"폐하, 제가 책에도 썼지만 화신이 청 황제 생일연에 바친 진주로 만든 포도 덩굴은 초룡주장艸龍珠帳*이옵니다. 제 아무리 중국의 호부상서戶部尚書라 하나 일개 벼슬아치이옵니다. 황제조차 구할 수 없는 사치품을 갖고 있다는 것은 그가 뇌물을 받지 않고는 어렵습니다. 지금이야 황제의 총애를 받지만 언젠가는 화근이 되겠기에 그렇게 적어 둔 것입니다."

"음, 그래. 어디 두고 봅시다. 그리고 '섭필涉筆'이란 장르는 연암이 만든 거요? 거 독특한 표현 방식이더군."

"폐하! 성은이 망극하옵니다. '섭필'은 그저 무형식으로서 잡스러운 이야기를 두루 묶었다는 뜻입니다."

"내, 그러고 보니 『삼강행실도』를 『오륜행실도五倫行實圖』로 다시 합간할 때 일도 그렇더군. 연암도 알다시피 『삼강행실도』에 적힌 시찬詩贊이 꽤 촌스럽고 비속하지 않소. 그래 이번 기회에 이것을 빼자고 대신들 논의가 분분했지. 그때 짐은 '그 촌스러운 곳에서 옛사람의 질박·진실하며 꾸밈없는 본색이 드러난다. 그저 외면의 화려함만 숭상하는 지금 사람들의 작태와는 다르니 그 참된 기운을 귀하게 여길 만하다予則以爲於其朴野處 可見古人質實無華之本色 不似今人專尚浮華之態 眞氣可貴"(『일득록』권4) 했다오."

이미 그물로 잡을 수 없는 큰물고기로다

"폐하! 비록 글은 휘뚜루마뚜루 써 넣어 촌스럽지만, 그 속에 조선 백성의 질박하고 진실한 꾸밈없는 참된 기운은 귀하게 여길 만합니다."

"그렇지. 연암 말이 맞소. 연암과 이야기를 하니 오늘은 내 침실 바람벽에 붙은 저 '탕탕평평실蕩蕩平平室'과 '정구팔황庭衢八荒'이란 글자가 유난하구려. "편벽됨이 없고 편당함이 없으면 왕도가 크고 넓어지며, 편당함이 없고 편벽됨이 없으면 왕도가 예사롭고 평평해진다無偏無黨 王道蕩蕩 無黨無偏 王道平平." 『서경書經』 「홍범洪範」 구절에서 따왔지. '정구팔황'의 팔황은 여덟 방향이니 즉 팔방이 탁 트이게 뜰이 광활하다는 뜻 아니오. 벌써 10여 년 전에 쓴 글인지라 빛이 많이 바랬다오. 이 여덟 글자를 창문 위에 두루 써 붙인 이유는 사람을 등용하는 데 편벽되이 매이는 뜻이 없고 오직 인재만을 취하자는 뜻에서였소. 연암은 내 탕평책에 찬동을 하지 않더구려. 내 그 시비를 가리려는 마음은 사오."

"폐하! 황공하옵니다. 영조대왕께옵서 탕평이라는 두 글자를 50년간 이룩하셨고 폐하의 일념 또한 그렇다는 것은 만백성이 알고 저도 알고 있습니다. 다만 저는 제 집안의 신임의리를 지킬 뿐이옵니다. 통촉해 주옵소서."

"그만하오. 내 연암의 절개를 잘 아오. 사람만을 보아 택하고 재주만을 보아 취하여서, 온 조선이 힘을 합해 대도大道에 함께 이르도록 하자는 것이 내가 보위寶位에 앉은 이유이오. '만천명월주인옹萬川明月主人翁'이라 자호自號한 것도 그렇소. '달은 하나요, 강의 종류는 일만 개나 되잖소. 강은 백성들이요, 달은 태극이며 그 태극은 바로 나요. 내 백성 누구에게나 나는 그렇게 달이어야 하기에, 이 일곱 글자를 가슴에 새기는 이유도 여기에 있다오.

그런데도 이 나라의 양반들은 바뀔 줄을 모르오. 의논은 노당老黨·소당少黨·남당南黨·북당北黨으로 나뉘어 서로 충신이니 역신이니 대립하고, 명분상 차등을 두어 사당인四黨人·비사당인非四黨人·중인中人·서얼庶孼로 나누고, 의논이 대립되면 목숨을 걸고, 명분 구별은 명나라와 오랑캐 사이보다도 더 멀구려. 피차에 이름은 들으면서도 남의 이목에 드러날까 꺼리어 서로 알려고 하지도 않고, 교제는 하면서도 신분상의 차등에 구애되어 감히 벗으로 삼지도 아니하오. 그래, 어제도 오늘도, 아니 내일도 숨 쉬는 것만이 진실인 자들을 참 많이도 보았고 보겠지. 이래서야 나라의 탕평이 이루어지겠소. 하기야 더욱이 탕평을 한다는 자들도 모두 제 일신의 영화만을 꾀할 뿐이지. 심지어 규장각奎章閣의 각신閣臣*이나 초계문신들까지 짐을 등에 업고 호가호위를 하는구려. 그러나 연암은 어느 당이라도 의논을 하고 차등도 두지 않으며 명예와 벼슬을 구하지도 않더구려."

*각신_규장각의 벼슬아치

"폐하! 망극하옵니다."

"『열하일기』 소재 「허생」에서 시사삼책時事三策은 나에게 많은 생각거리를 주었소. 소설 속에서 허생과 이야기를 나누는 변승업卞承業이나 이완李浣(1602~1674)은 실존 인물 아니오."

"그러하옵니다. 폐하!"

*선문왕_효종.

"특히 이완은 선문왕宣文王*의 북벌정책 총 책

임자였잖소. 병법에 밝은 무장으로 선왕의 뜻을 받들어 북벌 계획을 추진한 것이 이미 한 세기 전 일이오. 하지만 10만 양병을 꾀하시던 선문왕의 갑작스런 붕어崩御와 함께 역사 속으로 사라진 이 북벌책北伐策은 지금도 꽤 유효하더군. 지금도 내 궁을 출입하는 자들은 자신들의 권력 보위를 위해 저 북벌책을 잘도 꺼내 든다오. 그러니 「허생」에 보이는 이완과 북벌책은 실상 저 시대의 이야기련만 이 시대의 이야기이기도 하지."

"폐하!"

"허생과 이완의 대화를 몹시도 생생히 적바림했더구려. 허생이 이완에게 준 두 가지 계책이 뭐더라. "와룡 선생 같은 이를 천거하겠으니 임금께 아뢰어서 삼고초려를 하게 하겠느냐?"와 "명나라 장졸들이 조선은 옛 은혜가 있다고 하여, 그 자손들이 우리나라로 망명해 와서 정처 없이 떠돌고 있으니, 조정에 청하여 종실宗室의 딸들을 내어 모두 그들에게 시집보내고 훈척勳戚 권귀權貴의 집을 빼앗아서 그들에게 나누어 주게 할 수 있겠느냐?"였지오. 허생은 최선을 다하여 구국의 방도를 제시하였소. 그래, 「허생」은 집권층의 무능을 예리하게 지적한 투계격문鬪鷄檄文*이요, 시사삼책으로 국가를 바로 세우려는 시대의 물음에 대한 답이요, 북벌책에 대

> *투계격문_왕발이 지은 글로 당시 왕족들의 자리다툼을 닭싸움에 비의한 것.

한 적절한 비판이라고 생각하오. 아울러 '해외통상론海外通商論', '용차론用車論' 등 연암의 실학자로서 경륜도 보았소."

"폐하!"

"그런데, 이완은 가볍게 "어렵다!" 한 마디로 끝내더군. 저러한 요량

으로 국가의 동량이라는 것이 안타깝소만, 이런 말을 하는 나 자신도 저 이완의 말에서 자유롭지 못하오. '조선국의 대장大將이라는 자가 그야말로 낡은 관습이나 지키면서 시대의 변화를 몰라서야 되겠느냐'라고 사정없이 면박을 주고 싶지만, 저 정도의 푼수만으로 이 궁궐을 드나드는 자들이 허다한 것도 사실이오. 모두 당파를 등에 업은 자들임을 물어 말할 것도 없구려. 제갈량을 얻는 데 삼고초려가 무슨 대수이며, 또 숭명崇明을 부르짖는 저들로서 은혜를 입은 명나라 사람에게 종실의 딸을 내어주고 썩어 문드러진 권문세가와 귀족의 집을 빼앗아주는 것이 무슨 대수란 말이오. 입만 턱없이 분주하게 '이민위천以民爲天'*을 설레발친들 무엇 하겠소. 참으로 답답하구려."

*이민위천_백성으로 하늘을 삼는다.

"폐하!"

"'시사삼책' 중, 마지막이 뭐였더라?"

"하나는, 천하의 호걸들과 접촉하여 결탁하고 먼저 첩자를 보내는 것이고, 둘은, 우리 자제들이 유학 가서 벼슬까지 하도록 허용해 줄 것과, 상인의 출입을 금하지 말도록 할 것을 요청하는 것이고, 셋은, 나라 안의 자제들을 가려 뽑아 머리를 깎고 되놈의 옷을 입혀서, 그 중 선비는 청나라에 가서 빈공과賓貢科에 응시하고 또 낮은 백성은 멀리 강남江南에 건너가서 장사를 하면서, 저 나라의 실정을 정탐하는 한편, 저 땅의 호걸들과 결탁하는 것이며, 마지막은 적당한 사람을 천거하는 것이옵니다."

"그래. 맞소. 허생의 말이 낱낱이 옳소. 그러나 이완은 "사대부들이 모두 조심스럽게 예법을 지키는데, 누가 변발을 하고 호복을 입으려

하겠소?" 거절하더구려. 아아! 생각조차 하기 싫소! 저 정묘호란과 병자호란으로 맺은 굴욕적인 정묘약조와 강화조약, 선왕께서 당하신 삼전도의 치욕, 주화파와 주전파의 대립, 수많은 백성들의 피로 물든 이 강토, 겨우 100년 전 이 나라에서 일어난 일이오. 그 원한을 갚자고 효종대왕께서 북벌책을 만들었거늘, 오늘날 대신들이라는 자들은 이를 보신의 방편으로만 이용하고 있으니. 연암! 「허생」의 결말을 그대가 들려주오."

"폐하! 저는 결말을 이렇게 썼습니다. "소위 사대부란 것들이 무엇하는 것들이란 말이냐? 오랑캐 땅에서 태어나 자칭 사대부라 뽐내다니, 이런 어리석을 데가 있느냐? 의복은 흰옷을 입으니 그것이야말로 상인喪人이나 입는 것이고 머리털을 한데 묶어 송곳같이 만드는 것은 남쪽 오랑캐의 습속에 지나지 못한데, 대체 무엇을 가지고 예법이라 한단 말인가? 번오기樊於期는 원수를 갚기 위해서 자신의 머리를 아끼지 않았고* 무령왕武靈王은 나라를 강성하게 만들기 위해서 되놈의 옷을 부끄럽게 여기지 않았다.* 이제 "대명大明을 위해 원수를 갚겠다" 하면서, 그까짓 머리털 하나를 아끼고 또 장차 말을 달리고 칼을 쓰고 창을 던지며, 활을 당기고 돌을 던져야 할 판국에 넓은 소매의 옷을 고쳐 입지 않고 딴에 예법이라고 한단 말이냐? 내가 세 가지를 들어 말하였는데, 너는 한 가지도 행하지 못한다

*번오기_번오기는 전국 시대 말기 사람으로 진(秦) 나라의 장군이었으나 왕에게 가족들이 모두 사형 당하자 연(燕)나라에 투항했다. 진나라 왕은 현상금으로 금 천 근과 읍만 가를 걸었다. 자객 형가(荊軻)가 진나라 왕을 죽이려 하였다. 번오기는 자기 목을 바쳐 진 왕에게 다가갈 수 있는 기회를 주겠다며 원수를 갚기 위해 스스로 목을 찔러 죽었다. 형가는 번오기의 머리를 들고 진나라 왕에게 다가갈 수 있었다.

*무령왕_무령왕은 전국 시대 조(趙) 나라 왕으로 백성들의 용맹성을 고취시키고자 하여, 자신이 직접 호복(胡服)을 입고 말 타고 활 쏘는 방법을 백성에게 교련시켰다. 이로 인해 조나라는 국토를 많이 넓힐 수가 있었다.

면서 그래도 신임을 받는 신하라 하겠는가? 신임 받는 신하라는 게 참으로 이렇단 말이냐? 너 같은 자는 칼로 목을 잘라야 할 것이다. 이 대장은 놀라서 급히 뒷문으로 뛰쳐나가 도망쳐서 돌아갔다"라고 하였습니다. 폐하! 통촉하옵소서."

"연암! 그러한 소리 마시오. 이러한 소설을 쓴 이유를 내 모르겠소? 이것이야말로 망극득모亡戟得矛* 아니오. 글은 불손할지라도 엄정한 훈

*망극득모_극(戟)을 잃고 모(矛)를 얻는다는 뜻이다. '극'과 '모'는 모두 창이란 무기이니 잃은 것과 얻은 것이 서로 같다는 의미이다.

계요, 문체는 자잘하지만 조선의 번성을 담았음을 내 어찌 모르리오. 글이 지향하는 바가, 한 세기 전의 인물을 등장시켜 나와 조정 벼슬

아치들을 비꼬려 함이오? 아니면 선비로서 불면不眠의 고민이요, 진유眞儒를 고대하는 이 나라 백성을 대신한 연암의 골기骨氣요? 연암, 걱정하지 마시오. 짐과 백성은 연암의 뜻이 후자에 있음을 모르지 않소. 내가 아는 연암은 조선을 사랑하는 선비요. 모두 정인군자正人君子*가 시

*정인군자_마음씨가 올바르며 학식과 덕행이 높고 어진 사람

폐時弊를 조목조목 지적하는 심력心力의 소리로 나는 듣는다오."

"폐하! 성은이 망극하옵니다. 신, 연암, 죽어 백골이 되어도 폐하의 성은을 잊지 않을 것이옵니다."

"그럴 것 없소. 죽음을 불사하는 결기를 가진 선비가 아니고서야 누가 이러한 글을 쓰겠소. 위로는 임금의 마음에 맞고 아래로는 여론에도 흡족한 글은 연암에게 글이 아니지요? 그래, 지금 내 곁에는 연암이 필요한 이유라오. 세 해 전, 박제가·이덕무·백동수를 시켜『무예도보통지』를 펴내게 한 일이 있지. 짐은 이 사람들이 모두 서얼이지만 영민한

고로 그 재주를 들어 썼다오. 더욱이 이들은 모두 연암의 제자들 아니오. 그 문체도 모두 연암체이고, 그런데도 짐은 "여러 편이 원만하고 좋구나. 이것은 연암체로구나" 칭찬해 마지않았소. 하지만 이들은 신분상한계로 규장각의 초계문신抄啓文臣*으로 만족해야 할 뿐이오. 연암처럼 큰 뜻을 펼 만한 정치적 문벌과 학문을 갖추지 못했단 말이오."

*초계문신_37세 이하의 연소한 문신을 선발하여 위로는 선왕을 받들고 아래로는 인재 양성을 목표로 하는 정조의 친위 세력.

"폐하! 성은이 망극하옵니다."

"연암, 어디 이뿐인 줄 아오. 세 해전(1790)에 금성위 박명원朴明源의 신도비명神道碑銘은 내가 짓고 묘지명을 연암이 짓도록 한 것도 다 생각이 있어서였소. 글을 받아 읽어보니 참 맑더구려. 오. 그러고 보니 내 맏아들 문효세자文孝世子가 죽었을 때 「문효세자진향문」을 쓴 것도 연암이었지."

"폐하! 황공하옵니다. 「문효세자진향문」은 금성위를 대신하여 쓴 글입니다."

"그래. 내 그 글에 "임금이 오시면은天顔載臨 / 기뻐하며 옹알대다婉愉言言 임금님이 가려 하면玉趾言旋 / 돌아보며 앙앙 우네顧懷喤喤"라는 대목에서 내 눈물을 금할 수 없었다오. 허, 그랬지."

"폐하!"

"연암, 이제 내 복심을 말하겠소. 연암이 안의현감으로 가기 전, 한성부판관을 맡길 때부터 나는 문임의 자리를 이미 생각해 두었소. 비록 원칙 없는 승급이란 상소로 연암을 안의현감으로 좌천시켰지만 내 생각은 더욱 확고했소. 나는 이제 때가 되었다고 생각하오. 연암을 국가의 문체를 다스리는 중책인 문임文任을 맡기고자 하오. 연암의 글은 돌팔매질로 바람을 잡을 수 없듯 이미 그물로 잡을 수 없는 큰물고기임을 온 조선이 다 안다오. 연암의 선악 시비를 분명히 가르는 성격 또한 나는 마음에 드오.

그러나 제 아무리 오추마라 해도 제 주인 항우가 음릉에서 길을 잃으면 하릴없는 법. 연암의 문체를 두고 호복임민이니, 노호지고니, 문둥이니 하는 시비소리가 끊임없다면 연암의 글은 결국 문자옥文字獄에 걸려 교살되고 저 사람들의 논척에서 목숨을 부지하기도 어렵게 되오. 더욱이 연암은 보호해줄 당색조차 없잖소. 내 남공철에게 그대의 자송문을 받아오라고 시킨 것도 모두 뜻이 있어서요. 남공철 또한 패관기서를 혹애惑愛*하지 않았소? 연암의 제자이기도

*혹애_끔찍이 사랑함.

하고. 사람이 심지가 없이 일순 패관소품체를 경멸하고 스승에게 자송문을 독촉하는 것은 못마땅하지만 또 그만한 사람도 찾기 어렵소. 그래 짐은 남공철을 규장각 직각直閣에 그대로 두었소. 이덕무, 성대중, 이상황, 성대중, 김조순 등에게 자송문을 받은 이유도 같은 경우요. 이들은 모두 내 옆을 지켜줄 사람들이지 내가 배척할 사람들은 아니오. 연암도 알다시피 지금 내가 비변문체와 서학 배척을 든 것은 고육지책이었소. 노·소·남 삼정승을 중심으로 한 탕평책은 지금 크게 흔들린다오. 비록 연암이 외직으로 나가 있으나 연암도 여기서 자유롭지 못함을 잘 알 것이오. 전에 홍국영이 연암을 노렸듯, 소론은 지금 그대를 노론의 한 축으로 보오.

작년 임자년(1792), 소론 이동직李東稷(1749~?)이 부교리로서『열하

일기』의 문체가 저속하다고 논박한 상소만 하여도 그렇소. 그때 채제공과 이가환이 함께 얽히지 않았으면 연암은 문자옥에 갇힐 뻔하였지. 마침 이동직이 이가환李家煥(1742~1801)과 함께 채제공蔡濟恭(1720~1799)도 서학에 물들고 패관소품을 숭상한다고 논척하였기에, 짐은 이를 소론인 이동직이 노론인 연암과 남인인 이가환, 채제공 간의 정쟁으로 처리하여 이동직의 상소를 받아들이지 않았던 것이오.

그러니 연암은 자송문을 올리기 바라오. 연암을 비변문체의 장본인으로 지목하여 자송문을 받기만 하면 문체 문제는 자연 사면되기에 문임을 준다 한들 시비 소리는 없을 게요. 그렇게 된다면 연암의 실학은 내 조정에서 큰 빛을 보게 되오.”

“폐하, 성은이 망극하옵니다. 저에게 그런 일이 있었는지 전혀 몰랐습니다. 저에게 문임을 맡기시려는 그 은혜 또한 백골난망이옵니다. 하지만 저는 서른 즈음에 이미 과거도 폐하고 오로지 글쓰는 일을 평생의 과업으로 삼았습니다. 저는 이서구와 달리 폐하의 말씀처럼 문체가 세도를 이끈다고 생각하옵니다. 폐하! 폐하께서 천주학인 서학西學을 사학邪學으로 규정하시고 정학正學으로 바로잡으시려는 뜻 역시 옳으신 처사라고 생각합니다. 다만 폐하의 비변문체가 탕평을 위한 고육지책이라 하심은 이해를 다르게 생각합니다. 비변문체는 폐하께서 문을 직접 통제하시어 세도를 폐하 일인의 치하에 두려 하심이라 사료되옵니다.

그러나 폐하! 비변문체에 저촉되는 글들은 하나같이 우리 조선 사람의 인정물태를 그렸습니다. 글 속에 우리 조선이 있고 백성들의 날숨

소리가 살아있습니다. 이제 문은 세상을 교화하는 보조 수단이 아니라 세상을 적극 담아내는 주된 수단이어야 합니다. 이 나라는 전하의 나라이지만 문은 개개인의 것이 아닌 공물公物이옵니다. 이러한 문을 문이재도와 도본문말로 통제하시고자 함은, 이제 긴 꿈에서 깨어나는 조선의 생기롭고 자유로운 사고를 말살하시는 겁니다.

폐하께서 말씀하시는 순정고문은 모두 중국에서 비롯되었습니다. 폐하께서 끝내 순정고문을 요구하신다면 조선중화주의는 더욱 깊어지고 모방주의와 형식주의에 얽매인 의양호로依樣葫蘆*의 문체만을 배출할 뿐이옵니다. 이는 우문정치右文政治*를 다짐하시는 폐하의 말씀과도 배치되는 정책이옵니다.

*의양호로_독창적인 면은 조금도 없이 남의 것을 모방함.

*우문정치_학자를 우대하는 정치.

폐하께서도 문은 세도와 관계있다고 말씀하시지 않으셨습니까. 조선중화주의의 순정고문은 이 조선을 중국의 정신적 속국으로 만들 뿐이옵니다. 폐하의 나라인 이 조선은 폐하의 백성인 조선인이 살아가는 곳입니다. 마땅히 조선의 문에는 조선 정신이 들어 있어야 합니다. 제 문을 연암체라 하지만 실상은 '조선체'입니다. 저는 문에 조선의 인정물태를 담았기 때문입니다. 폐하! 제가 고古와 금今을 상대적으로 여기는 것도 지금의 조선을 중히 여기기 때문입니다. 제가 챙기는 법고창신은 바로 이러한 문체를 지향합니다.

또 저는 조정 대신이 될 성격이 못 됩니다. 제 성격상 신료들과 다툼이 잦을 것이고 끝내는 폐하께 누만 끼치게 됩니다. 폐하의 말씀대로 지금 조정은 또 다시 붕당이 발호하고 있습니다. 저는 조선인을 쓰고 조선인을 먹물로 새겨 조선의 세도를 바로잡고 후일 이 나라의 미래를 열어 줄 글을 쓰겠습니다. 제가 폐하의 신민으로서, 이 나라의 백성으로서 해야 할 일은 이뿐이라 생각하옵니다. 만약 제가 임금의 부름이란 명분에 가탁하여 마음에도 없는 순정한 글을 거짓으로 지어 올린다면 이 또한 희기希覬*일 뿐이옵니다. 선비로서 거짓을 마음에 두었다면, 이야말로 향원이 아니겠습니까.

*희기_자기 분수에 넘치는 일을 바라는 것.

폐하! 부디 저에게 사이비 향원은 되지 말게 하옵소서. 폐하의 명을 어기는 신하가 되지도 말게 하옵소서. 통촉해주시옵소서, 폐하!"

"연암! 그대의 말을 겸허히 받아들이오. 그러나 이 나라 조선, 열성조께서 가꾸신 이 나라가 흔들리고 있단 말이오. 패관소품체는 이 나라의 풍기風氣와 습속을 흩트릴 뿐이오. 문체가 날로 난잡해지고 또 소설을 탐독하는 폐단은 끝내 서학에 빠져드는 원인이 됨을 연암은 모르오? 그러니 연암 문임을 맡으시오. 연암! …… 연암!"

"폐하! 폐하! 폐하! 또 꿈을 꾸셨나이까?"

"으음—. 연암! 연암은 어디로 갔느냐?"

"폐하! 어찌 하룻밤 사이에 두 번씩이나 이러시옵니까. 신열도 없으신 듯하옵니다만. 당장 내의원內醫院에 통지하여 의관을 들라 하겠사옵니다."

"아니다. 여진여몽如眞如夢*이로고. 괜찮으니

*여진여몽_꿈인지 생시인지 모름.

부를 것 없다. 내 어제의 근심을 꿈속에서 처결했도다. 날이 밝는 대로 남공철에게 사람을 보내어 입시하지 말라고 하여라."

괴괴한 궁궐을 덮은 졸음에 겨운 안개를 헤치고 먼동이 빗살처럼 내린다. 달빛 그림자를 단숨에 지운 한 줄기 아침 햇귀가 탕탕평평실 창에 나붓이 앉자 완자창살이 하나 둘 또렷하다.

이름은 성祘(당시에는 '셩'으로 읽었다. 현재 '산'으로 읽는 것은 잘못이다). 폐서인으로 뒤주에서 죽은 사도세자의 아들이다. 사도세자는 소설 읽기를 꽤나 좋아했다. 궁궐에서 소설을 쉽게 접하였던 까닭은 영조가 소설을 즐겼기 때문이다. 정조는 공허한 소설이 아버지 사도세자의 정신에 부정적인 영향을 미쳤고 죽음까지 이어졌다고 생각했다. 정조가 세도世道를 변화시키는 것이 문이라며 문치를 주장하면서도 소설에 대해서만은 탄압을 멈추지 않은 데서도 추론이 가능하다.

『정조실록』에 보이는 소설 금지는 세도世道와 정치政治, 서학西學과 연결된다. 비교적 자유로웠던 영조 때 소설에 대한 규제는, 정조 이후 정치적 격동기를 거치며 비판적 견해가 점차 심각하게 논의되었다. 그리하여 『정조실록』 10년(1786), 11년, 15년, 16년, 18년에는 중국으로부터 소설을 수입 금지하는 방책이 구체적으로 거론되기에 이른다. 이 소설류 수입 금지는 순조까지 이어지며 적어도 '소설' 두 글자는 사용해서는 안 될 금기어가 되었다.

정조가 소설 수입 금지 이유로 든 것은 서학, 즉 천주학과도 연결이 된다. 정조는 소설의 문체가 세도에 영향을 줄 뿐만 아니라 서학에도 직접 관련이 있다고 여겼다. 정조가 비변문체와 함께 내세운 성리학적 질서를 수호하려는 위정학衛正學은 이에 연유한다. 여기서 정조가 노론의 공격을 받던 남인의 서학 신앙과 노론과 소론의 실속 없이 겉만 화려한 문체를 동시에 문제 삼으면서 자신의 주도로 위기의 탕평정국을 돌파하려는 노회한 정치가로서의 정조의 내심을 읽게 된다. 정조의 위정학은 후일 전통 사회 체제를 고수하려는 수구당의 위정척사로 이어지고, 연암의 글은 손자 박규수를 거쳐 개화당의 갑신정변으로 맞서게 된다.

그러나 정조의 비변문체정책은 실패하였다. 비변문체의 장본인인 연암과 정조가 아끼는 초계문신이며 연암의 애제자인 이서구는 자송문 제출을 아예 거부하였다. 여기에 이서구는 「대책對策」까지 올려 정조의 면전에서 비변문체를 비판하였고 역시 초계문신이며 연암의 제자 박제가는 자송문인 「비옥희음송比屋希音頌」을 올렸으나 이 역시 비변문체의 잘못을 꼬집는 글이었고, 이옥李鈺(1760~1816) 같은 이는 귀양을 가면서까지 자신의 문체를 고집하였다. 비변문체를 강압적으로 펴기에는 정조의 문치왕권이 턱없이 약하였고 애초부터 연암을 벌주고자 함이 아니어서였다. 정조는 오히려 연암에게 정유재란 때 명나라 장군인 양경리楊經理와 형상서邢尙書에 대한 제문을 짓게 하거나 정사년(1797)에는 직접 궁궐에 들여 「서이방익사書李邦翼事」를 주문하기까지 한다.

연암을 같은 해 면천군수로 보낸 것도 정조의 배려였다. 당시 충청남도 당진 면천에는 천주학이 널리 퍼져 있었기 때문이다. 안의에서 연암의 선정을 믿은 정조의 생각은 틀리지 않았다. 연암은 천주교 신자들과 토론하고 깨우치게 하기를 반복하였고 끝내 이들을 회유시켜 개종케 한다.

1801년 신유사옥 때 면천군이 무사한 연유는 그래서다. 이후에도 정조는 연암에게 「과농소초課農小抄」와 부록 격인 「한민명전의限民名田議」를 짓게 하는 등 지근거리를 유지한다.

연암은 정조 승하 후에 「정종대왕진향문正宗大王進香文」에서 "천 년에 성인 한 분, 동방에서 왕위를 받으셨네" 하였다. 이 한 구절로 정조에 대한 연암의 마음을 어림작할 수 있다.

〈연암선생매화수선지도燕巖先生梅花水仙之圖〉
『한국학−연암특집』 23, 영신아카데미 한국학연구소, 1980, 삽화

박규수,『연암집』은 절대 간행할 수 없소

연암의 장손 박규수는 조선 후기의 개화를 적극 이끈 인물로 뜻한 바 있어 신진학자들을 모아『연암집』을 강독하였다. 이 신진학자들이 김옥균, 박영효 등으로 후일 갑신정변의 주역이 된다. 아들 하나를 두었으나 일찍이 죽자 아우 선수의 장남인 제정齊正으로 후대를 잇지만 제정 역시 19세로 요절하였다. 연암의 직계는 이렇게 끊어졌다. 이 장은, 1865년 3월 어느 봄볕 드는 날, 공조판서 박규수의 사랑채에서 『연암집』간행을 놓고 벌어지는 대담이다. 이 글에서 박규수는『연암집』간행이 실패한 연유와 연암 문학의 근대성, 개화기 지식으로서 고뇌를 연암 벗들의 후손인 홍량후, 김상현, 신석우, 아우 선수 등과 논의한다.

1

"아니 될 말이요."

"아니 됩니다."

"절대, 절대로 불가하오이다."

……

문중 회의는 그렇게 끝이 났다.

선비란 무엇을 하는 자인가? 선비라 함은, 살아가는 사람들의 큰 본이요, 도를 깨달은 사람의 아름다운 칭호이다.夫士何爲者也 夫士者 生人之大本 聞道者之美名也

2,000자에 달하는 꽤 긴 글,「범희문이 학교 건립과 과거제 개혁을 청하다范希文請興學校淸選擧」에서 나는 저러한 글을 썼다. 할아버지께서는 "선비란 하늘이 내신 작위士迺天爵"라 하셨다. 그러나 할아버지께서 이미 여러 글들에서 지적했다시피 오늘날 우리 조선에는 저러한 선비를 찾을 수 없다. 다만 양반만 있을 뿐이고, '양반' 두 자야말로 가장 수치스러운 이름이 되어버렸다. 할아버지께서는「양반전」에서 "양반이란 일전어치도 못 된다兩班不直一錢"라고까지 독한 말씀을 하셨다. 그로부터 한백 년도 못 되어 "양반 양반 / 개 팔아 두 냥 반 / 돼지 팔아 석 냥 반 / 소 팔아 넉 냥 반"이라는 경기도 민요 자락까지 돌고, 언젠가「봉산탈춤」을 보니 '개잘량이라는 양字에 개다리소반이라는 반字 쓰는 양반'이라고도 아예 드러내놓고 양반을 비아냥거리는 세상이 되었다.

개를 팔아 '두 냥兩 반半'을 받았고, 돼지와 소는 이보다 값을 후히 쳐 석 냥 반, 넉 냥 반이나 받았다. 그런데 양반兩班은 '냥兩' '반半'밖에는 값이 나가지 않는다는 소리다. 결국 '양반'은 '한 냥 반'이니 개 한 마리 값만도 못 된다는 뜻이다. 또 개잘량은 개 가죽으로 만든 방석이요, 개다리소반은 개 뒷다리처럼 생긴 다리를 한 머슴들의 밥상 아닌가. 양반이라면 역팔자 눈썹을 세우면서 팔 걷어붙이고, 복통깨나 난 낯빛으로 대들 만하지만, 누구 하나 이러한 치욕스런 현실을 아랑곳 않는다. 오히려 글깨나 배운 양반들은 세상의 그물이나 걱정하고 파당의 시선만을 경계하는 비겁한 배움만 할 뿐이다. 글 배운 이들 중, 그 몇이 검다 쓰다 제 소리를 내던가. 할아버지의 글들이 소중한 이유이다. 오죽하였으면 '관가 돼지 배 앓는 격官猪腹痛*'이라는 속담까지 생겨날 정도였다.

> *관가 돼지 배앓는 격_관가의 돼지가 배를 앓거나 말거나 자기와는 상관이 없다'는 뜻으로 자기와는 아무 상관이 없는 일이어서 아랑곳하지 않을 때 씀.

내 나이 이미 쉰아홉, 적지 않은 나이다. 지금까지 내 글들은 하나같이 할아버지의 가학家學을 바탕으로 지어졌다. 내 학문관도 할아버지와 다를 바 없이 실사구시를 추구한다. "소위 학문이란 모두 실사이다. 천하에 실이 없고서 어찌 학문이라고 하겠는가凡所謂學者 皆實事也 天下安有無實 而謂之學也者乎?" 이 말은 「고염무 선생의 「일지록日知錄」 '논화' 발錄顧亭林先生日知錄論畵跋」에 써 놓은 글귀이다.

나는 할아버지께서 돌아가신 한양북부 가회방 자택, 바로 그 집에서 2년 뒤 태어났다. 할아버지께서는 이 집을 계산초당桂山草堂이라 이름하였지만, 세간에선 당댁唐宅이라고들 불렸다. 할아버지께서 열하를 다녀오신 뒤라 중국의 집을 본뜨셨다. 가마에서 굽지 않고 햇볕에 말린 흙벽돌을 사용하였으며, 서쪽에 다락을 얹은 건물을 만들고 창문을 내었다. 집은 자그마했고 뜰 앞에는 할아버지께서 심어 놓은 반송盤松이 아직도 이 집을 지킨다. 나는 북한산 동남 기슭에 자리 잡은 이 계산초당에서 어린 시절을 다 보냈다.

나에게는 네 명의 스승이 계셨다. 할아버지, 아버지, 그리고 척숙戚叔이신 이정리李正履(1783~1843)와 정관正觀(1792~1854) 형제시다. 진외가인 정리와 정관 두 형제분은 내가 태어난 당댁에서 자랐다. 이 두 분의 아버지가 바로 연암 할아버지의 처남 되시는 중존 이재성 어른이시다. 이정리 어른은 무자년(1828)에 아버지와 함께 할아버지의 문집을 대충 꾸린 분이기도 하다. 할아버지께선 장인이신 이보천 어른에게 글공부를 하셨고, 이보천 어른은 조선의 걸출한 인재인 어유봉魚有鳳(1672~1744)의 사위이시다.

내 아명은 규학圭鶴이다. 아버지의 꿈에 할아버지께서 옥조각을 주는 길몽을 얻고 나를 얻었다 하여 '옥돌 규圭' 자를 넣었다. 아버지는 둘째셨지만 큰아버지 종의께서 큰할아버님에게 양자를 가셨기에 연암 할아버지의 장자가 되었다. 계산초당은 그렇게 할아버지, 아버지, 나 삼대의 삶을 갈무리한 안식처였다. 연암 할아버지의 장손자로 태어난 나는 어릴 때부터 훗날『연암집』을 간행해야 한다는 의무감을 가졌다. 이 생각은 내 나이 25세 되던 신묘년(1831), 아버지께서 할아버지의 언행을 기록한『과정록』을 탈고하시며 더욱 구체화되었다. 아버지께서는 이미 병술년(1826)에 1차로『과정록』을 수집하셨고 5년 뒤엔 일부를 수정하여 최종본을 만들어내셨다. 아버지께서는 짬짬이 할아버지의 글을 모아 오셨기에 문집을 간행하는 데도 큰 문제점은 없었다.

나는 이때부터 아버지께『연암집』출간을 청하였지만 돌아오는 대답은 늘 "좀 더 있다 하거라"였다. 그 이후에는 여러 일들로 경황이 없었다.

『연암집』을 간행해야겠다고 다시금 생각한 계기는 신유년(1861)에 연행사로 중국을 다녀온 뒤부터다. 내 나이 55세, 할아버지께서 44세에 열하를 다녀오셨으니 그만큼 내 견문이 늦은 셈이다. 할아버지께서

가신 길을 70여 년 만에 걷는 감회란, 연행한 사람 모두『열하일기』를 언급하며 나에게 이것저것을 물었다. 북경에서 사귄 문인들은 내 글이 할아버지 글에 잇대고 있음을 보고 매우 반가워하였다. 그리고 올 을 축년(1865) 2월 내가 정2품 자헌대부에 가자^{加資}되고 할아버지께서 이 조참판에 추증되셨다. 나는 이 일을 계기로『연암집』간행을 실행에 옮기기로 하였다. 아버지께서 모아 놓은『연암집』은 문고 16권,『열하일기』24권,『과농소초』15권 등 총 55권이다.

그동안 두 차례 문중을 모아 논의한 결과는 '불가' 두 자였다.

나는 오늘 연암 할아버님과 관계를 맺으신 후손과 우리 조선을 이끌 여러 신진학자들과 이 일을 결정지으려 한다. 이제 충청도 천안군 수촌 장명골로 심부름 간 막내아우 선수^{瑄壽}(1821~1899)만 돌아오면 된다. 막내아우 선수는 일능^{一能} 홍양후^{洪良厚}(1800~1879) 어르신을 모시러 갔다. 일능 어른은 담헌 홍대용 어른의 외아들이신 홍원^{洪遠}(1764~?)의 차남이다. 홍대용 어른과 연암 할아버지께서 북경을 앞뒤로 다녀오시며 우정을 쌓았듯, 홍양후 어른께서도 나보다 먼저 북경을 다녀오셨으니, 그 기이한 우정이야 세인들도 익히 아는 바다.

2

"홍양후 어른이 오셨습니다."

춘삼월 봄볕이 창호를 뚫고 사랑방에 들어와 앉은 지 오래다.

점심이 기울어서야 아우 선수가 일능 어른을 모시고 왔다.

"어서 오십시오. 그간 무양無恙하셨는지요? 먼 길을 왕림하셨습니다. 제가 내려가야 하는데 경황이 없어 박부득이 아우를 보내어 죄송합니다."

"무슨 말이오, 괜찮소. 내 할아버님과 연암 어르신의 우의를 생각한다면 수십 번이라도 찾을 수 있소만. 그나저나 총명한 아우를 두셨소. 심성도 좋고. 오면서 이야기해보니 후일 큰 인물이 되시겠소. 참, 저 마당가 반송의 기세가 청풍淸風이오."

"예, 할아버님의 기세를 그대로 닮았지요. 일단 들어가시지요. 여러 사람들이 기다리고 있습니다."

"홍양후 어른이십니다. 모두 인사하시지요."

"여기 위사渭師입니다. 다산 선생의 제자입니다."

"안녕하신지요. 김상현金尙鉉(1811~1890)이라고 합니다."

"오라. 김장생金長生 선생 후손 아니오? 증조가 그러니까 상相 자 악岳 자 되시지요. 거 다산 정약용 선생께도 배웠고. 내 일찍이 성함을 들었소만. 여기서 보는구료."

"예 맞습니다. 장長 자 생生 자 어르신은 9대조 되십니다. 다산 선생께서 아버지와 교분이 있으셔서 문하가 되었습니다."

"그리고 여기 성예成睿 신석우申錫愚(1805~1865)와 아우인 위사韋史 석희錫禧(1808~1873)도 벌써부터 기다렸습니다."

"오랜만에 뵙겠습니다. 일능 어르신. 먼 길 오시느라 수고 많으셨습니다. 저는 몸이 불편해서 벽에 기대고 있겠습니다. 연암 어르신과 제 큰

할아버님이신 원발元發 신광온申光蘊 어른과 염재念齋 신광직申光直 형제분께서는 지우셨고 담헌 어르신은 저희 집안과는 인척姻戚* 간이지요. 그러고 보니 오늘 삼대에 걸친 벗들이 이 자리에 다 모였군요."

*홍양후의 외할아버지가 신광온이다.

"그렇지요. 암, 그렇고말고요. 성예, 위사 두 형제분은 참 우의가 좋소. 지금도 한 집에 사시오?"

"예, 요즈음 형님 건강이 좋지 않으셔서 걱정입니다. 집에 계시라 하여도 굳이 참석하신다기에 모시고 왔습니다. 그런데 일능 어르신께서는 신수가 더 훤해 보이십니다."

"서울 북촌은 위사韋史요, 남촌은 위사渭師라는 말을 하더니. 그러고 보니 두 분 위사에, 같은 해에 문과에 급제한 환재와 성예까지, 장안의 내로라하는 노론분들이 예 다 모였소이다 그려. 이 늙은이가 낄 자리인지 모르겠구려."

"참, 일능 어르신이야말로 담헌 어른을 잇는 조선의 학자시지요. 말씀은 천천히 나누시고 일단 요기부터 하시지요. 일능 어른을 기다리느라 모두 점심을 못 먹었습니다. 아우는 나가서 점심상 내오라고 이르게. 그리고 왕복 먼 길을 수고했으니, 자네는 들어가서 좀 쉬게나."

"아닙니다, 형님. 형수님께 전갈하고 곧 나오겠습니다."

3

반찬 수는 없지만 정갈한 상차림이다.

상을 물리고 자리를 좌정하였다.

"이 자리에 꼭 있어야 할 사람이 있는데 없어서 서운합니다. 바로 풍석楓石 서유구徐有榘 어른의 자제인 서우보徐宇輔(1794~1827)입니다. 그 어른이 요절만 하지 않았어도 큰 힘이 될 텐데요. 풍석 어른이 18년 간 저술한『임원경제지林園經濟志』는 모두 이 서우보와 함께한 결과입니다. 113권 52책 250만 자에 이르는 방대한 저술이니 가히 우리 조선의 농업과 일상 생활의 집대성이자 연암 어른 실학사상의 정수입니다. 그러니 풍석 어른과 그 아드님이야말로 오늘이 있게 한 분일 겝니다."

"일능 어르신 말씀이 옳습니다.『임원경제지』는 연암 할아버님의 『과농소초』와 잇닿는 작품으로 연암사상의 정수입니다. 그 어른이 할아버님 글을 모두 모아 두셨기에 망정이지, 그렇지 않다면 아버지나 제 힘만으로는『연암집』간행은 난망한 일입니다. 풍석 어른은 젊은 시절 연암 할아버님의 허락을 받은 뒤라야 글을 공개했고 할아버님의 글은 모두 베껴두었지요. 제자로 스승을 이만큼 섬기는 분은 참 찾기 어렵습니다. 저는 풍석 어른께서『임원경제지』를 저술하시던 저 한강 상류 두릉에 여러 번 찾아가 배움을 청했습니다. 그때 다산茶山 정약용丁若鏞(1762~1836) 선생과 두 자제인 학연學淵(1783~1859)과 학유學游(1786~1855)도 만났습니다. 두 자제분 모두 풍석 어른 문하를 거쳤지요. 참, 다산 선생과 초정 박제가 어른은 나이를 초월한 사귐을 하셨으니 연암 어른과도 안면이 있으셨겠습니다. 다산 어른의 『경세유표經世 遺表』를 보니 『열하일기』의 내용을 많이 인용하셨더군요."

"어디 이르다 뿐입니까. 중국을 다녀 온 이들의 문집에는 도처에서 『열하일기』 인용이지요. 박사호朴思浩의 『심전고心田稿』나 서경순徐慶淳의 『몽경당일사夢經堂日史』 따위 등 일일이 거론 할 필요도 없습니다. 그래 김경선金景善은 「연원직지서燕轅直指序」에서 아예 김창업金昌業 어른의 『노 가재연행록老稼齋燕行錄』, 담헌 어른의 『을병연행록』과 『열하일기』를 3 대 기행문으로 적바림하며 "전기체傳紀體와 같은데 문장이 아름답고 화 려하며, 내용이 풍부하고 해박하다朴類夫立傳 而贍麗閎博"라고 했지요. 그건 그렇고, 그러고 보니 경기도 광주 두릉斗陵이 우리 조선의 문성文星이 빛 나던 자리군요. 풍석 서유구徐有榘 어른의 형님이신 좌소산인左蘇山人 서 유본徐有本(1762~1822) 어른도 생각납니다. 젊은 시절 관직에 나가 이름 을 얻으려고 변려문 짓기에 힘쓰다가 연암 어른께 혼쭐이 난 뒤로 맘 을 달리 잡수셨지요."

"맞습니다. 할아버님의 문학관이 온전히 담긴 「좌소산인에게 주다贈 左蘇山人」가 바로 서유본 어른에게 준 글이지요. 우리 집안과 달성 서씨 徐氏는 사돈이기도 합니다. 할아버님의 둘째 자형이 달성達成 서종수시 고, 또 연암 할아버님의 삼종제인 박내원朴來源 어른의 따님이 바로 풍 석 어른의 양어머니십니다. 그런데 서유본 어른의 부인이신 빙허각 이씨憑虛閣 李氏는 참 대단한 부인이십니다. 여인의 몸으로 우리 조선의 생활 경제 백과사전 격인 『규합총서閨閤叢書』를 저술하지 않으셨습니 까. 아마 연암 어른도 이 분의 실학정신을 높이 사셨을 겁니다. 참 시

동생인 풍석 어른도 이 분이 키우셨다고 합디다."

"그런데, 환재. 내 오며 아우에게 대충은 들었소만, 이제 이 늙은이를 예까지 청한 뜻을 들어 봅시다."

4

"예, 다름이 아니라. 사실 연암 할아버님의 문집을 내고 싶은데 고견을 듣고 싶어섭니다. 아시다시피『연암집』간행은 아버지께서 추진하셨으나 원고를 수집하는 데만 그치셨습니다. 사실 할아버님의 글은 여러 사람들의 문집에 들었을 뿐 아니라, 기축년(1829)에는 효명세자^孝

*효명세자_후일 익종(翼宗)으로 추존. 明世子(1809~1830)*께서 대리청정을 하시면서

『연암집』을 출간할 생각으로 할아버님의 정리되지 않은 원고까지 궁궐로 가져가셨습니다. 사실 효명세자께서는 을유년(1825)에 할아버님께서 사시던 이 계산서숙을 직접 찾기도 하셨지요. 또 저와는 연배가 한 살 적어 뜻 또한 통하셨습니다. 더욱이 순조 임금께서 효명세자에게 대리청정을 명하셨기에 국정쇄신을 단행하던 터, 이때야말로『연암집』간행의 호적기였습니다만, 하늘이 돕지 않으셨는지 다음해 효

*빈천_임금이 세상을 떠남. 명세자께서 빈천^{賓天}*하셨기에『연암집』간행

은 무위로 돌아갔지요. 제가 18년 동안이나 관계 진출을 포기하고 책만 읽은 것은 이 때문이었답니다.

그리고 아시겠지만『연암집』간행에 있어 유산^{酉山} 정학연을 빠뜨릴

수 없습니다. 유산은 『유산총서』에 『열하일기』와 「과농소초」, 『과정록』을 넣어 간행하려 했습니다다만, 뜻을 이루지 못해서입니다. 저는 이때부터 『연암집』 간행을 기필해야겠다는 생각을 했습니다만 형편이 곤궁하여 언감생심이었지요. 이제야 제 나이도 그렇고. 또 할아버님께서 이조참판에 추증되셨기에 차제에 『연암집』을 간행하여 만인들에게 할아버님 사상을 널리 일리고자 합니다. 일능 어른부터 말씀해 주시지요."

"연암 어른의 학문은 사실 이 박 씨 가문의 가학家學으로만 전수해서는 안 되지요. '홀로 우뚝 서서 두려워하지 않으며, 굳건하여 그 뜻이 뽑히지 않는' 그런 인물로 우리 조선인의 사표가 되실 분이지요. 그분의 글 전체가 우리 조선을 대표하는 학문의 우듬지입니다. 언젠가 내 일가붙이 항해沆瀣 홍길주洪吉周(1786~1841) 어른의 『표롱을첨縹礱乙䠶』 「독연암집讀燕巖集」이라는 글을 얻어 보니 이렇게 적어 놓았더군요.

이제 나는 거울을 가져다간 내 얼굴을 본다. 책을 펴 연암 선생의 글을 읽으니 연암 선생의 글이 곧 지금의 나로구나. 다음 날 거울을 가져다간 보고 책을 펴 읽으니 그 글이 내일의 나로구나. 다음 해 거울을 가져다간 보고 책을 펴 읽으니 그 글이 다음 해의 나로구나. 내 용모는 늙으면서 더욱 변하고 변하면서도 옛 모습을 잊지만, 연암 선생의 글은 변하지 않는다. 그리하여 더욱 읽으면 더욱 기이하여 내 얼굴을 따라서 달라질 뿐이다.

연암 어른의 글을 자신의 거울로 삼겠다는 뜻 아니오. 아마, 연암 어른의 글을 지극히 존경한 분들로는 홍길주 어른이 그 누구에게도 뒤지지 않으실 게요. 이 집안이 어떤 집안이오. 그런데 홍길주 어른 글은 그렇고. 그런 일이라면 집안 사람들과 의논하지. 내가 어찌 연암 어른의 문집 간행에 관해서 운운하겠소."

"예! 그렇지요. 홍길주 어른은 『수여난필』에서 할아버님의 문장을 "번개처럼 섬광이 황홀하다電霆閃恍惚"고도 하셨지요. 사실 이제야 말씀 드리지만 제가 이정리 형제분과 『연암집』을 간행하려 자료를 모을 때 홍길주 어른도 부분적으로 참여하셨습니다. 홍길주 어른이 『연암집』의 대략을 파악하고 일독한 것이 바로 이 시절입니다. 그때 홍길주 어른은 모아 놓은 할아버지 원고를 일독하고는 몇 달 동안이나 『산해경』에 나오는 신선 세계에 사는 듯하다고 말씀하신 기억이 납니다. 홍길주 어른의 「독연암집」은 할아버지의 글로 당신의 거울을 삼겠다는 다짐이지요. 이정리 어른은 홍길주 어른보다 세 살 위이신데 홍길주 어른의 글을 높이 치셨습니다. 두 형제분과 주고받은 편지도 꽤 될 겁니다. 또 길주 어른은 저와 스물한 살이나 왕청 나이 차이가 나는 데도 제가 쓴 『상고도尚古圖』에 「서序」를 써 주시기도 하셨고요.

어디 이뿐인가요. 저는 아버지의 『과정록』을 읽어 풍산豊山 홍 씨 일문이 연암 할아버님의 글을 가까이 했음을 진작부터 알고 있었습니다. 우리 조선식 글쓰기의 내재적 반성을 꾀한 홍길주 어른의 형님이 대문장가로 일컫는 연천 홍석주洪奭周(1774~1842)요, 아우가 정조 임금의 사위인 영명위 홍현주洪顯周(1793~1865)잖습니까. 더욱이 이분들의 조부는 판서를 지내신 홍상한洪象漢(1701~1769) 어른으로 연암 할아버님의 「총석정관일출^{叢石亭觀日出}」을 보시고 이런 필력^{筆力}이 있는 시는 그저 읽을 수 없다며 좋은 붓 이백 개나 보내신 적도 있으셨지요. 그 일이야 다 아실테니 이만하고, 『연암집』 간행 문제는 집안 사람들하고 이미 여러 차례 논의를 하였습니다."

"나는 「총석정관일출」을 읽을 때마다 이 시야말로 연암 어른의 기개를 보는 듯싶어 마음이 울렁인다오. 마치 암담한 조국의 미래를 열고자 어려운 길을 택했던 연암 어른의 삶처럼 여겨져서라오.

"한밤중 길 걷는 나그네들 서로 주고받는 말^{行旅夜半相叫膺} / 먼 닭이 울었는가? 아직 울지 않을 텐데^{遠鷄其鳴鳴未應} / 먼데서 꼬끼오 닭이 우니 이어드메냐^{遠鷄先鳴是何處} / 의중에만 있는 거라 파리 소리처럼 희미하고^{只在意中微如蠅} / 마을의 개 한 마리 짖다 이내 고요하네^{邨裏一犬吠仍靜}. 이렇게 운을 떼어 "그 누가 두 손으로 받들어 단번에 올려놨나^{有誰雙擎一躍騰}"로 마무리하셨지요. 닭 울음소리와 개 짖는 소리도 들리지 않는 이른 새벽, 광명한 세상을 여는 총석정의 일출을 보려는 발걸음, 그리고 두 손으로 번쩍 해를 들어 올리고픈 연암 어른의 기개지요. 아마 이때가 스물아홉이셨을 겁니다. 그래, 문중 사람들은 뭐라고 하던가요? 솔직히 말하여 좀 전에 말씀하신 홍길주 어른이 우리 조선의 문장가를 선별하여 편찬한 「대동문준^{大東文雋}」, 이정관 어른의 「동문소선속록^{東文小選續錄}」, 서유구 어른의 동생인 서유비^{徐有榘}(1775~1847) 어른의 「동문류^{東文類}」와 「동문팔가선^{東文八家選}」에서조차 연암 어른의 글은 보이지 않습니다."

"예, 맞습니다. 하기야 저의 문중조차 한사코 말리는 터라. 섭섭타 할 수는 없는 일이지요. 척숙들이 계시다면 도움을 주셨을 텐데……, 일

능 어르신도 아시다시피 아버님께서 돌아가시던 을미년(1835)에 제 바
로 아래동생 주수마저 요절을 했잖습니까. 다음해엔 제수씨마저 순절
하시고. 그래 저에게는 이제 일능 어른을 모시고 온 저 막내아우 선수
밖에는 없습니다. 일가붙이라야 제 잇속만 밝히려 드는 자들입니다.
한 달 전쯤 저희 두 형제가 『연암집』 간행 문제를 문중회의에 부쳤습
니다만, 두 차례를 모이고도 결과는 '불가' 두 자였습니다. 아시다시피
우리 집안인 산여山如 박남수朴南壽(1758~1787)는 할아버님에게 족손族孫
뻘인데도 여러 사람들 앞에서 『열하일기』를 태우려고 한 것이 남공철
南公轍(1760~1840)의 「박산여묘지명」에 그대로 보이잖습니까. 그때나
지금이나 우리 집안사람들은 남들보다 더 할아버님의 글을 꺼립니다.
연암 할아버님의 문집을 간행하면 저희들에게 피해가 올까 지레 겁
을 먹고 옥생각들만 하는지. 내 원 참, 그래서 어르신을 뵙자 하였습니
다. 저는 할아버님의 「과농소초」에서 농사의 피폐한 실정과 학문의 실
용성을 알았고, 「자소집서」에서 부인네의 복식을 고쳐야 된다고 생각
했습니다. 이승을 하직한 제 둘째 아우 주수와 지은 『거가잡복고居家雜
服攷』 상·하 두 책은 할아버님의 복식제도를 구체화한 것입니다. 물론
제 글쓰기는 연암 할아버님의 법고창신을 가학으로 이었습니다만."
　"남공철 어른의 「박산여묘지명」은 나도 읽어 잘 알고 있다오. 그때
연암 어른은 몹시 분노하셨고 당신이 글을 쓰신 뜻을 '꼭두각시의 불
평스런 마음傀儡不平之氣' 때문이라고 말씀하셨지요. 자신의 글을 꼭두각
시로 자조自嘲하시는 연암 어른의 심정이 어떠한지는 알고도 남음이 있
습니다. 내용으로 보암보암 남공철도 실상은 박남수와 심정이 같더군

요. 하기야 저런 이들이 좀 많았겠습니까. 그리고 동생 분 주수 군의 일은 참 안됐습니다. 지금 살아 있다면 큰일을 할 사람인데. 아, 연암 어른의 초상은 좀 잘 그렸나요."

"예, 그렇습니다. 우리 조선 백성의 구차한 삶은 다산 선생께서도 『경세유표』에 구구절절하게 적어 놓으셨습니다. 그리고 담헌 어른 또한 저에게는 스승이십니다. 사실 제가 열다섯에 도봉산을 여행하며 지은 습작 「도봉기유道峯紀遊」는 모두 연암 할아버님의 글과 담헌 어른의 「의산문답醫山問答」에서 받은 영향이기 때문입니다. 그래 이러저러한 여러 이유로 일능 어르신을 모시고자 하였습니다."

5

"음……, 환재, 고맙소. 내 생각을 그대로 말해도 좋으리까. 할아버님은 연암 어른이 오신다면 반드시 허둥지둥 빗자루를 끼고 맞으셨지요. 주인이 손님을 맞기 위해 집 안팎을 쓸어 손님을 맞으려는 경의이지요. 아마 연암 어른도 그러셨을 겁니다. 나이로 따지자면야 내 할아버님이 연암 어른보다 여섯 살이 위이시잖소. 허나 두 분은 나이를 잊고 사귀는 망년지교忘年之交셨지요. 환재보다 내가 일곱 해 먼저 세상을 구경했지마는 벗이 된 것도 이 두 분들의 우애 덕분 아니겠소. 그래, 내 환재에게 좋은 답을 주고 싶소만. 아직도 『연암집』의 시대는 오지 않은 듯싶소이다."

"저는 일능 어른께서는 기뻐하실 줄 알았습니다. 집안사람들이야 제 잇속을 차리느라 그랬다지만, 어르신 생각 또한 이렇단 말씀입니까. 허어."

"여보시오. 환재, 노여워 말고 내 말 좀 들어 보시오. 지금 시절이 하수상하잖소. 중국은 경자년(1840)을 전후하여 아편전쟁을 치렀고 현재도 태평천국太平天國의 난 등으로 어수선하오. 환재가 경신년(1860)에 다녀온 연행만 하여도 양이洋夷들이 북경을 점령하여 피난 간 청 황제를 위문하러 간 일이잖소. 우리 조선은 또 어떻소. 이런 말하기는 뭐하지만, 민란의 시대 아니요. 이미 신미년(1811) '홍경래난'부터 나라 안팎이 뒤숭숭하더니. 아, 그 병오년(1846)엔 법국法國* 함선이 들어와 조야朝野가 얼마나 시끄러웠소. 여기에 세 해 전, 임술년(1862) 진주민란은 엊그제 일 아니요. 우리 조선은 지금 중병 환자요. 계해년(1863)에 지금의 상감께서 등극하시고 대원이 합하가 김조순부터 시작한 안동김씨安東金氏의 세도정치를 끝장냈다지만, 아직도 나라는 벌집을 쑤셔놓은 듯하오. 여기에 천주교와 아까도 말했지만 삼정三政*의 폐단은 또 어떻소."

*법국_프랑스.

*삼정_전정(田政)·군정(軍政)·환곡(還穀)이다. 전정은 토지에서의 조세 제도, 군정은 병역을 치르는 대신 군 포를 바치는 제도, 환곡은 가난한 농 민에게 미곡을 대여해 주었다가 가을 에 이자를 붙여 회수하는 제도.

"예, 저도 계축년(1853) 경상좌도 암행어사로 나가 잘 알고 있습니다. 연암 할아버님의 말씀대로 이 조선의 기틀은 농민인데 그 생활이 말이 아닙니다. 논 열 마지기를 경작하면 대략 스무 섬을 거두는데, 그 중 열 섬은 지주인 양반에게 바치고 두 섬은 종자로, 두 섬은 환자미還子米 갚고 두 섬은 잡다한 세금 내고 나면 남는 건 겨우 서너 섬에 불과하지요. 그러니 십 분의 칠팔을 내놓고 초근목피로 연명하는 게 이 나라 조선 농투성이들의 삶입니다. 더욱이 잡다한 세금 징수는 연암 할아버님께서 「하삼종질종악배상인론사노서賀三宗姪宗岳拜相因論寺奴書」에서 백골징포白骨徵布,[*] 황구첨정黃口簽丁[*]의 폐단을 조목조목 써 삼종질 되는 종악宗岳이 정승에 제수됨을 축하하고 이어 사노寺奴 문제를 논한 편지에 조목조목 적어 놓으신 지 반백 년이 흘렀는데도 고

*백골징포_이미 죽은 사람을 생존해 있는 것처럼 명부에 등록해 놓고 강제로 군포를 징수하던 일.

*황구첨정_다섯 살 미만의 젖내 나는 사내아이를 군적에 올려 군포를 징수하던 일.

칠 줄을 모르고 있습니다. 저도 이 문제는 여러 차례 그 폐단을 지적했으나 요지부동입니다.

더욱이 진주민란 때, 제가 안핵사按覈使로 파견되어 2개월간 조사해서 그 속사정을 잘 알고 있습니다. 그리고 보니 지금까지 석우는 입을 다물고 있는데, 석우의 생각도 한번 들어 보지요."

"환재! 정말 이 조선의 앞날이 걱정일세. 어린 애에게 군포를 징수하니 참다못해 제 생식기를 잘랐다는 다산 선생의 「애절양哀絶陽」이란 시도 있잖은가. 참 딱하디 딱한 일일세. 나는 연암 어르신을 생각하면 만감이 교차한다네. 내가 임인년(1842) 이천부사로 재직할 때 연암협을 찾은 것은 자네도 알걸세. 그 이태 뒤인 갑진년에 자네가 연암협을 방문하고 직접 그린 〈연암산거도燕巖山居圖〉에 발문을 쓴 일도 벌써 꽤 시간이 흘렀네. 자네가 그린 연암협의 실경도 그렇지만, 연암 어른이 연행을 하며 본 청나라 벽돌집과 수차와 도르래 등을 그려 넣은 농가의 모습은 아직도 기억에 또렷하다네. 몇 해 전 병진년(1856)엔 자네가 그린 그림을 보고 안의 관가를 찾기도 하였지. 연상각이니 하풍죽로당

등 건물은 이미 낡았고 연암 어른의 이름조차 잊혔더군.「안의현치기安義縣治記」에 내 이를 적어 두었네. 또 나는 연암 어른과 연암협을 어른의 글에서 발췌하여「연암기燕巖記」를 짓기까지 하였으니 자네가 내 맘을 모르지는 않을 걸세. 하지만 지금은 노론과 소론의 대립이 자심한 상황일세. 더욱이 자네가 암행어사로 있으면서 처결한 사건으로 소론은 자네를 호시탐탐 노리고 있는 상황 아닌가."

"「안의현치기」는 나도 읽어 보았지. 맘이 편치 않았네. 아, 그리고, 그 의성 현령인 조철림趙徹林 문제는 이렇게 된 일일세. 내 그때는 그 자가 탐관오리로 원성이 자자하다고 여겨 탄핵하는 데 추호의 망설임도 없었네만. 그렇게 따지자면 전전前前 밀양부사로 뇌물을 먹었다고 탄핵받은 서유여徐有畬 씨가 더 가슴 아프네. 자네도 알다시피 이분은 내 스승이신 서유구 어른의 일족이요, 나와 동문수학한 서승보徐承輔(1814~1877)의 부친 아닌가. 그 바람에 서승보는 나에게 절교를 선언했으니 내 지금도 이 일만 생각하면 마음이 아프다네."

"환재, 그것은 자네의 심사지. 자네야 암행어사로 할 일을 했다지만 당하는 쪽에서는 어디 그런가. 그때 자리에서 탄핵받은 자들이 어디 조철림과 서유여뿐인가. 경상감사 조석우曹錫雨, 전前 경주부윤 남성교, 전前 대구판관 심영택 등 무려 17인이었네. 물론 자네는 이 공으로 정3품 당상관인 동부승지에 올랐고. 특히 경상감사 조석우 같은 경우는 출판 명목으로 거둔 보간미補刊米로 출간한 그의 고조 조하망의『서주집』문제는 소론 전체와 관련하는 일 아닌가. 나야 자네의 그런 처결 덕으로 경상 감사로 나갔으니 좋은 일이네만, 저 사람들은 아직도 그

앙금이 가시지 않을 걸세. 만약에 『연암집』을 간행하게 된다면 반드시 저들의 입방아에 오를 빌미를 주는 셈 아닌가.”

“조하망의 『서주집』 문제는 지금 생각해도 그렇네. 보간미로 제 할아버님의 문집인 『서주집』을 출간한 것도 그렇지만, 우리 노론의 영수이신 송시열宋時烈(1607~1689) 선생을 비방하는 글을 암암리에 넣을 게 뭐란 말인가. 더욱이 송시열 어른은 연암 할아버님께서 그렇게 존경하는 분 아니신가. 이런 문집 간행은 소론의 당파적 행위로 보아야 마땅하네. 그리고 이 문제는 이미 조석우가 파직되고 유배로 끝난 일 아닌가.”

“여보게. 환재, 그게 어디 그렇게만 생각할 건가. 상감께서도 이 일은 노론과 소론의 당파 분란으로 여기시지 않았나. 이런 점도 생각해야 하네. 또 자네가 진주민란에 안핵사로 내려간 일도 여파는 만만찮네. 자네야 이 또한 정당하게 판단하여 민란을 조사하고 무마시키는 안핵사按覈使*의 임무를 대했다고 하겠지만, 그 때 이만운李晚運 등 영남의 유림들이 자네를 규

> *안핵사_지방에서 사건이 발생하였을 때에 이를 처리하기 위해 파견한 임시관직.

탄한 상소는 또 무엇이란 말인가. 상소의 내용은 자네가 민란의 주도층을 양반 사족층으로 지목한 데 대한 반발이었네. 영남 사림 전체를 욕보였고 나아가 사화士禍까지 꾸미려 했다는 극단의 내용이 아니었던가. 결국 이 일로 자네는 탄핵을 받아 삭직되었고. 이런 정세인데 『연암집』 간행이 가능하겠는가? 게다가 연암 어른의 글이 대부분 양반들의 각성을 촉구하거나 닦아세우며 이 시대의 상식의 궤를 파죽지세로 가르는 글 아닌가.”

6

"석우 어른의 말씀을 들으니 제 스승이신 다산 선생님과도 관련되어 한 말씀 올리겠습니다."

"오, 위사渭師. 그래 어디 말씀해 보시오. 할아버님과 다산 선생이 뭔 일이 있으셨소."

"예. 그렇지요. 있으신 거나 마찬가지지요. 『천자문』 말입니다."

"아. 그 유한준에게 준 편지글 사단 말입니까?"

"맞습니다. 마을의 학동이 『천자문』을 배우는데 읽기를 싫어하여 꾸짖었더니 하늘을 보니 파랗기만 한데 '하늘 천天' 자는 푸르지가 않다며 읽기 싫다 했다는 그 편지입니다. 연암 어른은 학동과 선생의 재미 있는 대화를 통해 『천자문』의 병폐를 읽어 내셨습니다. 사실 『천자문』은 허가 숭숭 뚫린 글입니다. 어린 학동의 마음으로 본 하늘은 그저 파랄 뿐이지요. 그런데 '하늘 천' 자에는 전혀 그런 내색조차 없잖습니까. 하늘 천, 따 지, 검을 현, 누를 황. 이 '천지현황天地玄黃'이란 넉 자의 풀이는 쉽지만, "왜 하늘은 검고 땅은 누른가?"를 물으면 어찌 답하시겠습니까. "하늘이 왜 검지요?" 아마도 답을 내려면 동서고금을 넘나들이 하는 석학 선생이라야 가능하지 않겠습니까. 이 조선에서는 저런 우주의 진리를 담은 묘구를 어린 학동들에게 주야장천晝夜長川 가르칩니다. 저 아이만 나무랄게 아닙니다. 선생이 무어라 했겠습니까. 제대로 설명치 못하니, 그저 "나도 그렇게 배웠다" 하며 학동에게 외우라 했겠지요. 학동은 다음부터 "공부란 그러려니" 하고 그저 중 염불 외듯 읊어

댈 뿐입니다.『천자문』의 첫 자부터 이러하니 999자를 어떻게 뒷갈망해 내겠습니까. 그러니 "읽기 싫어요!" 외치는 학동들의 내심을 똥겨주는 연암 어른의 편지입니다."

"그렇지요. 위사 말씀이 맞습니다. 유한준이 그 편지를 공개하여 이제 온 조선이 다 아는 얘기가 됐지만,『천자문』은 글자를 적어 놓은 치부책에 불과하지요. 지금도 할아버님의 뜻대로 우리 집인은『천자문』을 배우지 않습니다."

"제 스승이신 다산 선생께서도 연암 어른의 말씀을 따르셨습니다, 스승께서는『담총외기談叢外記』에 실린「천자문불가독설千字文不可讀說」에서『천자문』의 폐해를 명확히 짚었습니다.『천자문』이 아이들에게 암기 위주의 문자 학습을 강요하여 실제 경험 세계와 동떨어지게 한다는 지적입니다.『천자문』은 천문 개념에서 색채 개념으로, 또 다시 우주 개념으로 급격한 사고 전환을 하기에, 어린 학동들이 일관성 있게 사물을 이해하지 못한다 하셨지요. 선생님은 그래「증언贈言」'반산 정수칠에게 주는 말'에서 아예 "『천자문』을 읽는 것이 우리나라의 제일 나쁜 더러운 버릇最是吾東陋習"이라고 극언을 하셨습니다. 물론『주역』「곤괘」「문언」에 "무릇 검고 누런 것은 하늘과 땅 색깔 섞임이니 하늘은 검고 땅은 누르다夫玄黃者 天地之雜也 天玄而地黃"하였지만 이를 아이들이 이해할 리 만무하지요."

"그렇지요. 그래, 다산 선생께서 '이천자문'인『아학편兒學篇』까지 만드셨지요."

"예, 그렇습니다. 환재 어른도 아시다시피 이 문제도 아직 양반네들은 받아들이지 않고 있습니다. 오히려 서당 선생들은 『천자문』을 가르치며 연암 어른과 제 스승님을 욕보이지요. 그래서 말입니다. 제 생각에도 『연암집』은 아직 때가 아닌 듯합니다. 논리가 명확한 『천자문』의 경우도 이렇게 이해하려 들지 않는데, 하물며 「양반전」이나 「허생」·「호질」은 어떠하겠습니까?

유득공柳得恭(1749~1807) 어른도 『고예당필기』 권3, 「열하일기」조에서 「상기象記」·「야출고북구기夜出古北口記」와 함께 「호질」을 들고는 "기뻐서 웃고 성을 내어 욕하고 꾸짖음이 우언으로 섞여 있다嘻笑怒罵 雜以寓言"라고 하시지 않았습니까. 우언이란, 사물을 바르집어 말하지 않고 들떼놓고* 말하는 수법입니다. 연암 어른께서도 비분강개한 마음을 정공법으로 풀자니 시휘時諱*에 저촉될까 염려하여 만부득이 우언을 쓰셨습니다만, 이 우언이 철저한 타자 지향의 글쓰기임을 상기한다면 오히려 상황은 더욱 좋지 않습니다. 우언의 목적은 언어의 이면에 감춰진 참다운 의미를 통해 보편적인 진리를 깨닫게 하는 수법 아닙니까. 이 조선을 이끄는 양반네들 중 몇이나 연암 어른의 이 우언을 챙기려 들겠습니까? 저 시대의 시휘는 이 시대에도 그대로입니다. 외람된 말씀을 올렸습니다."

"아니에요. 위사渭師. 그런 이야기를 하자고 이 자리에 모인 것 아닙니까."

"남촌 위사가 하셨으니, 북촌 위사韋史도 한 말씀 올리겠습니다. 위사渭師께서도 말씀하셨지만 연암 어른의 글은 양반들로서는 읽어 내기가

*들떼놓고_꼭 집어 바로 말하지 않고 우회적으로 말하는 방법.

*시휘_그 시대에 저촉되는 언행.

여간 고역이 아닌 게 사실입니다. 어찌 우언뿐이겠습니까. 양반들로서
야 구구이 가슴을 움찔케 하는 자골구刺骨句요, 자자이 양심을 찌르는 자
골어刺骨語 아닙니까. 어떤 부분에서는 저도 움찔할 때가 많습니다. 또
연암 어른이 주장하시는 지동설地動說과 자전설自轉說도 수긍하기 어려운
데 오행상생설 부정은 어떻습니까. 나는 어른께서 오행설五行說*을 부정
하시는 「홍범우익서洪範羽翼序」를 보고 깜짝 놀
랐습니다. 어른께서는 "만물이 흙에서 나지 않

> *오행설_목·화·토·금·수가 목생
> 화(木生火)·화생토(火生土)·토생금
> (土生金)·금생수(金生水)·수생목(水
> 生木) 순으로 서로 상생한다는 설.

는 것이 없는데 어찌 유독 쇠만이 이를 모체로
삼는다 하겠는가. 쇠란 딱딱한 물질이니 불을 만나 녹아내리는 것은 쇠
의 본성이 아니다. 저 넘실거리는 강과 바다, 황하黃河와 한수漢水를 보
라. 이게 다 쇠에서 불어났단 말인가?" 하셨잖습니까. 이는 오행설 중,
'토생금*'과 '금생수*'를 부정하시는 말씀입니

> *토생금_흙은 쇠에서 나온다.
> *금생수_쇠는 물에서 나온다.

다. 결국 연암 어른은 오행 상생도 오행 상극도
없다는 말씀 아니십니까.

　특히 「북학의서」에서 "진실로 법이 훌륭하고 제도가 좋으면 장차 오
랑캐 앞에라도 나아가 스승으로 삼아야 한다"고 말씀하신 것은 저도
받아들이기 쉽지 않습니다. 이것은 완전히 개화사상을 역설하시는 게
아닙니까. 지금 그렇잖아도 조정에서 개화 운운에 촉각을 곤두세우고
있잖습니까. 이러한 상황에 『연암집』을 간행하게 된다면 기름에 불을
붙이는 격입니다. 이는 오히려 연암 어른에게 누가 될 빌미를 주는 것
일 뿐 아니라, 환재 어른과 여기 아우이신 선수 군에게도 앞날에 큰 부
담이 될 것입니다. 연암학을 잇는 저희들도 그렇고요. 그러니 좀 더 때

를 기다려 보심이 어떠신지요."

"걱정해주셔서 고맙습니다."

"형님, 저도 한 말씀 올리겠습니다."

"그래, 제 아우 선수의 의견도 한번 들어 보시지요. 사실 일능 어른을 모시러 간 것도 아우의 의사에 따른 것이었습니다."

선수는 강개한 얼굴빛으로『연암집』을 간행해야 한다고 끝까지 주장을 굽히지 않았다.

무척 긴 밤이다. 사랑을 나선다. 공기가 차다. 온몸에 소름이 돋는다. 내 집 사랑을 무겁게 누른 검은 하늘엔 별빛들이 잔뜩 물기를 머금었다. 증조부님부터 당부하셨다던 "과거나 보는 쩨쩨한 선비가 되지 말라"라는 말씀이 귓전을 친다. 별똥이 긴 선을 그으며 남산으로 떨어진다. 봄 가뭄이 심한데 모종비라도 내렸으면 좋겠다. 내 생전 말씀으로만 듣던 할아버지의 얼굴에 조선 백성들이 흐릿하다.

6

『연암집』 간행은 그렇게 수포로 돌아갔다. 아버지께서 그토록 바라던『연암집』을 손자인 나도 역시 만들지 못하는 세상이다. 연암 할아버지께서 꿈꾸던 세상은 언제쯤 올까? 이미 우리 조선은 기울대로 기울어진 폐가이다.

『연암집』 간행은 1900년 문장가인 김택영金澤榮(1850~1927)을 기다려야 했다. 그러나 온전한 본은 못 되었다. 김택영의 자는 우림于霖, 호는 창강滄江, 또는 소호당韶濩堂이며 개성 출생이다. 벼슬은 중추원 참서관에 이르렀다. 김택영은 중국으로 망명했다.

이후 1932년에 박영철이 돈을 대어서야 불완전하나마 모습을 갖춘 『연암집』이 간행되었다. 박영철朴榮喆(1879~1939)은 1932년 5월에 17권 6책으로 된 연암집을 간행하였다. 그 이전까지 『연암집』은 필사본으로만 전해 왔다. 박영철은 이후 연암의 서간첩을 후손 박기양에게 받았다. 이 자료는 지금 서울대박물관에 소장되어 있다. 박영철은 일본제국으로부터 1907년 훈5등 쌍광욱일장雙光旭日章, 1912년 한국병합기념장, 1915년 다이쇼大正대례기념장, 1919년 훈4등 서보장瑞寶章, 1926년 훈3등 서보장, 1928년 쇼와昭和대례기념장, 1935년 조선총독부 시정 25주년 기념표창, 사망한 뒤 일본정부로부터 욱일중수장旭日中綬章 등을 받은 이이다. 그는 3·1운동을 망동이라 꾸짖고 내선일체內鮮一體를 힘써 주장하기도 한 전형적인 친일파다. 조선을 사랑한 연암의 글은 저렇게 조선을 판 친일파에 의해 빛을 보았다. 세상사 이렇듯 엇박자가 다반사니 더 첨언을 하여 무엇 하리오.

박규수朴珪壽(1807~1876)

박규수는 오경석吳慶錫(1831~1879), 유홍기劉鴻基(1831~1884)와 함께 한국의 개화를 이끈 3인 중 가장 앞선 이이다. 연암의 손자로 집안이 가난하여 어려서는 주로 아버지에게 배웠다. 초명은 규학珪鶴, 초자初字는 환경桓卿, 초호初號는 환재桓齋, 후일 환재瓛齋로 바꾼다. 동생 선수에게 보낸 글에서 가족을 생각하는 자상함이 드러나는 것을 보면 조부 연암의 성향을 많이 닮았다. 15세 무렵 학문적 성장을 거쳐, 20세 무렵 효명세자와 교유하면서 문명을 떨친다. 세자의 갑작스런 죽음에 이은 어머니·아버지의 죽음으로 상심하여 20년간 칩거하면서 할아버지 박지원의 『연암집』을 읽고 실학 학풍에 눈을 뜬다. 그 뒤 당대의 학자들과 학문적 교류를 하면서 연암 실학을 한층 심화시켜 개화사상으로까지 이어 놓았다. 개화사상의 선각자로서 실학정신을 갑신정변의 주역들에게 전한 박규수는 그의 『문집』 제4권 「녹고정림선생일지록논화발」에서 "소위 배움은 모두 실사實事이다. 천하에 실이 없는데 일컬어 학이라고 하겠는가?" 하였다. 분명히 자신의 학문을 실학으로 규정하는 발언이다. 그러나 뿌리 깊은 소중화 인식을 지닌 유학자로서 한계성도 보인다.

1848년 42세가 되어서야 문과에 급제, 그해 사간원 정언으로 벼슬길에 나간다. 1861년과 1871년 두 번에 걸쳐 북경을 다녀온 뒤 개화의 필요성을 절감한다. 1863년 고종이 즉위하며 대왕대비 조씨의 수렴청정을 시작으로 관운이 활짝 열린다. 1864년 1월 종2품 가선대부에 가자加資(관원들의 임기가 찼거나 근무 성적이 좋은 경우 품계를 올려 주던 일)되고 도승지 임명을 시작으로 격월로 벼슬을 높이더니, 1865년 1월엔 종2품인 대사헌, 2월에는 자헌대부資憲大夫(정2품 하의 품계)를 거쳐 한성판윤에 특별 임명된다. 3월 7일에는 등과한 지 16년 만에 공조판서직에 오른다. 정6품 정언에서 정2품 판서까지 파격적인 벼슬 행보다.

60세인 1866년 2월 평안도관찰사로 전임되고 7월 미국의 무장상선 제너럴셔먼General Sherman 호 사건이 발생하였다. 셔먼호의 난폭한 행동으로 평양 군민이 사상자가 발생하자 박규수는 셔먼호를 불태워버린다. 또 이때 대대적인 천주교 박해가 있었지만 희생자를 한 명도 내지 않을 정도로 선정을 베풀었다.

박규수는 이후 대원군과 고종의 신임으로 67세엔 우의정에 임명되었다. 이 무렵부터 박규수는 박영효, 김옥균 등 개화파를 육성하고 이들이 1884년 갑신정변을 일으킨다. 규수는 70세인 1876년 12월에 사직 상소를 올리고 같은 달 27일 북부 재동 자택에서 유명을 달리한다. 1878년 '문익文翼'이라는 시호가 내려졌다.

〈환재 박규수 초상〉

누가 그렸는지 알 수 없다. 연암의 아들 종채가 『과정록』에 적어 놓은 연암의 상과 기름한 얼굴하며 모습이 엇비슷하다. 제너럴셔먼호가 무력 행동을 보이자 불에 태워버렸으며 자주적인 개국을 주장한 강개한 모습을 보인다. 여러모로 증조부 장간공과 조부 연암의 단연함이 보인다. 부인 연안이씨와 사이에 아들 하나를 두었으나 요절하고 아우 박수주의 아들을 입양했으나 그 또한 19세의 나이로 요절하였다. 실학박물관 소장.

박규수, 『연암집』은 절대 간행할 수 없소

通德郞崔公墓誌銘幷序

近世有效年志道實心斷學將大有成立之望而不
幸短命死爲師友所痛惜者曰通德郞崔公應聖字
景仲其容直副使封陽川伯諱遠顯於高麗五傳而
有諱淑精我成宗朝弘文館副提學再傳而
流寓開京又五傳而有諱天立贈司憲府執義是
爲高祖曾祖諱日新贈承政院左承旨祖諱巍
衡贈戶曹叅判考諱錫華通德郎妣清風金氏學
士金時鐸講學鄕社社淫之遊挺僑友數十人特
見頭角豪士起敬曰其非能蓋吾師陶養先
生在寒泉盡性讀書遂引與偕詣先生一見喜曰是
可愛和愛采鄕喊彪然不在明師那院
居事親接物之外其日夜所俯讀書山下藍泉之上讀書其中年
受業而退葉散精含龍首山
堂鄰里海循嫺溂而其嬝屏圍殊寓目有敬義二
字甲子丁父憂終事以禮竟以望年十月二

日不起疾壽僅二十七蓋豐德府法華坐家之原嗚
呼公死而父喪未練母病在堂妻弱女榜恆爲殆
幸人朴氏茹衷忍死文柱補架終能植嗣續義
方倖不墜其門戶此蓋之躬修之實有之以刑于家
而詒穀厥後此方孤人之鞠其子也每事必稱曰此
汝先考之志也此汝先考之所不可也云繼子鎭觀
進士女適金光禄頎男大羽漸生柱
金光禧男致章致夏致樂女爲周大羽漸生柱
溎桂臣萬漸生植眞公之資織行治可以想見於後
者故諭善廣嚴朴公聖源先有顯刻朴貞介於人
非高可省宜不以同門故而有溢辭是可以徵公矣
銘曰壽考者未必名存多男者未必其門公秀
身夭實其子孫可以爲壽可以爲後嗚呼天道悠

通訓大夫行沔川郡守朴趾源撰
進士韓宗樂書
上之二十四年庚申   月   日

연암이 지은 묘지명 1

「통덕랑최공묘지명병서通德郞崔公墓誌銘幷序」탁본 상지이십사년경신上之二十四年庚申

통훈대부면천군수通訓大夫沔川郡守 박지원朴趾源 찬撰, 진사進士 한종락韓宗樂 서書

최응성應聖 의 묘지명이다. 최응성은 최진관의 양부이다.

"上之二十四年庚申"이란 간지로 보아 정조 즉위 24년인 1800년이다. 묘지명 글씨는 진사 한종락으로 김택영이
지은 『송도인물지松都人物志』에 이름이 보인다.

II

성정,
개를 키우지 마라

〈연암 박지원의 흉상〉

경상남도 함양군 안의면 상림숲. 연암은 1792년에서 1796년까지의 5년 동안 함양의 안의 현감으로 재직하였다. 연암은 이 시절 자신의 실학을 실천에 옮기는 한편 문집을 정리하였다. 관아를 중국식으로 짓고 베틀 양수기, 물레방아 등 새로운 농기구를 제작하는 한편, 인상각선본欄祥閣選本 「공작관문고孔雀館文稿」 등도 이 시절 작품이다.

04
오복, 연암을 얻다

박종채의 『과정록』에는 오복에 대한 기록이 분명 보이는데, 연암의 글에는 어찌된
영문인지 전연 나타나지 않는다. 이 장에서 오복은 연암이 사망한 날, 연암이란 호를
얻게 된 경위와 낮은 백성들을 그린 「마장전」을 통해 연암을 이야기한다.

세상에선 우리 영감마님을 연암燕巖이라 부른다.

"깨끗이 목욕시켜 다오."

목소리는 맑고 얼굴은 평안하셨다.

영감마님께서 세상에 머무른 지 예순아홉 해째, 을축년(1805) 시월
스무날, 진시辰時. 종의 큰서방님의 곡성이 가회방 재동집 정침 문틈으
로 느릿느릿 빠져나갔다.

종채 작은 서방님은 영감마님의 손을 꼭 잡고, 멍하니 서 있는 나를
올려다봤다.

"오복이, 어서 준비하게."

어제부터 가락오락 내린 눈으로 밖은 희뜩번뜩 온통 하얀 세상이
다. 되먹지도 않은 된바람이 반쯤 열린 대문을 밀어 젖히고 성큼 들어

섰다.

마당 귀퉁이의 반송 옆, 늙은 등걸을 따라 붙은 여윈 매화가지에 핀 하얀 눈꽃이 진저리를 치며 떨어지는 게 어롱어롱거렸다. 한 때 구름 같은 꽃을 피워 암향을 넉넉히 주던 매화도 이제는 하릴없나 보다.

영감마님은 매화와 파초를 몹시 좋아하셨다. 안의현에 계실 때부터 함께한 크고 작은 매화 화분 두 개와 파초 화분은 지금도 영감마님의 머리맡에 놓여 있다. 너붓한 큰 화분의 매화는 아내요, 동그마니 작은 화분의 매화는 그 시녀이며, 도톰한 화분의 파초는 벗이라 하셨다. 파초는 백 겹으로 돌돌 말려 있지만 가운데가 본래 텅 비어 한번 잎을 펼치면 아무런 꾸밈이 없기에 마음을 터놓는 벗으로 삼는다고 하셨다.

저 매화는 두 해 전 연암골에서 캐 온 매화다. 언제부터인가 매화도 영감마님을 따라 늙고 황소힘깨나 쓰던 나도 이제는 나뭇짐조차 이기지 못한다.

세상에선 우리 영감마님을 연암燕巖이라 부른다. 영감마님이 연암이란 호를 얻은 해, 나는 영감마님이 사시는 탑골 댁으로 왔다. 벌써 서른다섯 해 전이다.

연암을 만나다

옹송망송* 가물가물한데, 아마 신묘년(1771) 꽃 피는 춘삼월이었나 보다. 당시 나는 영숙永叔 백동수白東修 어른 댁

*옹송망송_뒤숭숭하게 생각이 잘 떠오르지 않고 흐리멍덩한 모양.

청지기로 열서너 살쯤 되는 솔붕이었고, 연암 어른은 서른다섯이나 잡수셨다. 그해 탑골 사시는 어른과 여행을 하신다기에 따라나선 게 오늘까지다. 나는 탑골 어른(연암)을 참 좋아했다. 양반은 일반이라지만 탑골 어른은 달랐다. 쥐뿔 잘난 것도 없는 하인 녀석이 가래톳이 서도록 뛰어다니며 길가는 사람들에게 곤댓짓이나 하게 하고 '물렀거라' 권마성勸馬聲이나 질러대는 양반네가 아니다. 어쩌다 심부름을 가면 탑골 어른은 늘 내 머리를 쓰다듬어 주곤 하셨다. 무엇보다 탑골 어른 댁은 개를 키우지 않아서 좋았다. 젠장맞을 그놈의 개들이 어찌나 사나운지. 야문 박제가 도령 집에 어찌어찌 심부름 갔다가 개에게 물린 자국은 지금도 내 허벅지에 흉하게 한 자리 차지하고 앉았다.

우리집 마님은 탑골 어른보다 여섯 살 아래였다. 비록 서얼이기는 하나 우람스런 몸짓에 힘도 세고 날래며 거, 성깔머리가 꽤 사나웠다. 더욱이 『무예도보통지武藝圖譜通志』인가 뭔가라는 책을 만들 정도로 무예 또한 뛰어났기에 웬만한 양반들에게 결코 허리를 굽히지 않았다. 그런데 이상하게 탑골 어른한테만은 어찌나 깍듯한지 비장이 장군을 섬기는 듯했다. 그리고 훗날 일이지만 술주정을 하다가 연암 어른에게 볼기를 열 대씩이나 맞는 혼찌검을 당하면서도 끝까지 그 마음을 변치 않았다. 오히려 사람들에게 "내가 연암 어른에게 술주정하다 혼찌검을 당했네. 당해도 싸지 싸" 하고 잘못을 자기에게 돌렸다. 사실 양반네치고는 연암 어른을 이토록 지극정성으로 섬긴 양반도 찾기 어렵다. 하기야 서얼이니 반푼이 양반이시지만.

우리가 종탑 앞에 도착했을 때, 이미 탑골 어른은 저만큼 서 계셨다.

아무리 종탑 앞에 사람들이 많아도, 아니 육의전 앞에 서 계셔도, 입성이 추레해도, 나는 탑골 어른은 탁 알아본다. 키가 커 훤칠하시고 살진 몸집에 어깨와 등이 곧추선 것만 보아도 척이다. 탑골 어른은 남자인 내가 보아도 참 깎은 밤같이 잘생기셨다. 얼굴빛은 불그레하며 활기가 돌고 눈자위는 쌍꺼풀이 졌으며 귀는 크다. 광대뼈는 귀밑까지 이어졌고 기름한 얼굴에 수염이 듬성듬성 나셨다. 이마 위에는 옅은 주름이 하나 있는데 마치 달을 쳐다 볼 때 그려 넣은 듯했고 늘 표정이 준엄하시다. 목소리는 성량이 크고 밝으셨다. 깜냥 없는 내가 보아도 생김생김 아무나 범접할 상은 아니시다. 더욱이 그 눈으로 상대를 쏘아 볼 때는 카랑카랑한 겨울 햇살이 이른 아침 창호문을 꿰뚫는 듯해 가끔씩 나는 움찔움찔하였다.

김건순金建淳(1776~1801)의 경우만 해도 그렇다. 김건순은 재주와 학문으로 그 이름이 장안에 왁짜했다. 탑골 어른은 김건순과 몇 마디 말을 나누고는 "보배를 담기에는 부족하니 슬프구나" 하셨다. 김건순은 그로부터 5년 뒤 신유사옥에 죽었으니 제 명에 못 죽은 셈이다.

탑골 어른은 괴나리봇짐 하나만 달랑 어깨에 질끈 동여 매셨다.

"이놈 너 오복이 아니냐. 그래 여기서 황해도까지 거리가 얼만데, 네가 따라 갈 수 있겠느냐?"

참 말씀도 다정하시다. 내 신세가 신세인지라, 늘 양반들 앞에만 서면 매에게 쫓긴 가토리 마음인데 탑골 어른만 만나면 편안하다. 그래, 내가 개처럼 밖을 쏘다니는 게 즐거워서 이 여행을 따라나선 게 아니다. 사람은 자고로 이렇게 탑골 어른처럼 정이 있어야 한다. 탑골 어른은 목침돌림하듯 만나는 예사 분이 아니다. 나는 한껏 목소리를 높여 냉큼 대답했다.

"야. 그럼유."

"아, 글쎄 말입니다. 내가 그렇게 오지 말라고 말려도 부득불 간다는 군요. 아마도 어르신 때문에 그런 듯합니다."

영숙 어른이 내 머리를 툭 치며 말했다. 하는 말이 아니라, 사실 연암 어른은 정이 많다. 두 해 전 내가 탑골 어른 댁에 심부름을 갔을 때다. 탑골 어른의 목소리가 울타리를 넘어왔다. 누군가에게 꽤 경을 치나 보다 하고, 수수깡 울타리에 겨우 기대있는 사립문을 열고 들어섰다. 칠복이 아범과 이 서방이 꽤 난처한 얼굴로 수굿하니 고개를 숙이고 엉거주춤 서있다.

연암 어른은 몹시 역증이 나셨는지 얼굴빛이 꼭 앞마당의 대춧빛이었다.

"그래, 이 사람들아! 사람과 짐승이 비록 차이는 있네만. 자네들과 생사를 함께하다 죽은 말을 꼭 잡아먹어야 했나. 내 그렇게 고이 묻어주라 일렀거늘. 예끼! 몹쓸 사람들. 아무리 배가 고파도 그렇지. 사람이 사람인 이유가 뭔가? 앞으로 내 집엔 얼씬도 말게."

연암 어른 댁에 딱 한 마리밖에 없는 그 비루먹은 말이 드디어 죽은 모양이다. 칠복이 아범과 이 서방은 연암 어른 댁 일을 봐주기에 그 비루먹은 말과는 꽤 가까이 지냈다. 사실 배곯는 거야 옹색한 살림살이인 연암 어른이라고 다를 바 없으니 도긴개긴이다. 한 자 한 자를 짚어가며 들을 필요도 없이 죽은 말에게까지 따뜻한 마음결로 다가가는 연암 어른이다. 난 그때 연암 어른이 내 생각보다도 더 정이 많은 분임을 알았다. 칠복이 아범과 이 서방은 그 뒤, 근 일 년이나 탑골 댁을 드나들지 못했다.

동대문에서 무관懋官 이덕무李德懋 어른과 이서구李書九 도령이 기다리고 있었다. 두 분 모두 탑골 어른의 제자이다. 무관 어른은 껑충하니 큰 키가 더 여위어 보이는 퍽 참 점잖은 이다. 나이는 우리 주인어른보다 겨우 네 살 적었지만 탑골 어른을 대하는 태도는 꼭 훈장님을 모시듯 했다. 영숙 어른의 자형姊兄 되신다. 배움이 넓었으나 서얼이어서인지, 아니면 성격이 그러한지 늘 얼굴빛이 어둡지만, 양반이 참 진국이다. 무관 어른은 영숙 어른이 처남이기도 하지만, "오복아! 영숙은 참 인품이 좋더구나"라고 높이 평가했다. 내가 청지기로 있는 영숙 어른도 서얼로 훗날 무과에 합격하고 비인 현감과 박천 군수를 지냈다.

이서구 도령은 나보다 네댓 살 정도 많다. 막 인중 언저리와 턱에 수염발이 돋아 감숭하지만 희멀끔한 외모에 지체 높은 도령으로 훗날 대사헌, 우의정 등을 두루 역임한다. 나중에 알고 보니 나보다 몇 살 많은 솜털이 까시시한 애송이 도련님짜리였다. 재주가 몹시 뛰어나며 침착하고 조용한 성격으로 연암 어른께서는 매우 사랑하고 아끼셨다.

난 연암 어른이 이서구를 아끼시는 것이 못마땅했다. 뜨덤뜨덤 뜯어보니 상글상글 웃는 얼굴도 좀 교만한 듯 보이고, 하여튼 이런 치로는 초정 박제가 도령과 비슷하니 설익은 유이다. 이 이들을 만나면 반갑도 안 하고 안 반갑도 안 한 것이 여간 고역이 아니다. 나는 그래 이 이들에게는 대거리도 않는다. 나이는 박제가 도령이 한 네 살쯤 위지만 하는 짓이 어금버금하다. 박제가 도령은 키는 작으나 다부진 몸집에 발룩한 코하며 야무진 눈빛을 지녔다. 물소 이마에 칼날 눈썹이며 눈동자는 댕글댕글하니 여간 까맣지 않고 귀는 하얗다. 가끔씩은 시룽대는 소리로 나를 놀려대거나 수다스럽고 망령된 행동으로 세상을 을러대는 폼이 여간 꾀바른 불깍쟁이가 아니다. 오랑캐들의 풍습을 지나치게 따라한다고 당벽唐癖이니 당괴唐魁라고도 불렀다. 박제가 도령도 서얼이다. 혹씨나 박씨나 했더니 역씨나 검측스럽다. 그러고 보니 탑골 어른 제자들은 태반이 서얼들이다.

귀엣말이지만 탑골 어른도 박제가 도령을 귀히 여기면서도 썩 마땅치 않아하셨다. 근래 일이지만 내가 탑골 어른의 심부름으로 박제가 도령에게 중국 사람이 썼다는 시필첩인가를 좀 빌려 달랜 적이 있는데 싹 거절하는 게 아닌가. 그러고는 그 댕글댕글한 눈에 묘한 웃음기를 담고 나를 내려다보았다. 내가 이러지두저러지두 못 하고 머뭇거리니깐두루 이제는 가라고 손모가지를 까닥까닥 해댔다. 그래 나도 화가 나 "시방 누굴 말귀도 못 알아 듣는 손방으로 아남" 하고 노려보았더니, "이런 경을 칠!" 하며 문간 옆에 있는 빗자루를 들어 치려는 게 아닌가. 하여간 그때 탑골 어른은 몹시 화를 내며 "꼴같잖게 막되먹은 놈罔狀無道!"이라고까지 했다. 사실 연암 어른이 이렇게까지 말씀하신 까닭은 박제가 도령에게보다는 책 빌려주지 않는 세태를 몹시 못마땅하게 여겨서기도 하다. 어디 그뿐인가. 한번은 연암 어른이 정말 돈 한 푼 없어 돈과 술을 꾸어달란 적이 있었다. 그때 내가 찾아가 "그간 만안萬安하시온지요" 하고 내 딴에는 입인사를 댓 자나 구부리고 사정 이야기를 했건만 겨우 200냥만 꿔주며 "세상에 양주楊州의 학은 없는 법이지 요"라는 글*을 써서는 연암 어른께 갖다 드리라 했다. '양주의 학은 이 것저것 한꺼번에 누린다'는 뜻이니 술과 돈을 모두 줄 수는 없다는 말이라며 연암 어른은 내 게 그 편지를 읽어주고 무던히도 섭섭해 하셨 다. 박제가 어른이 제법 밥술깨나 먹을 때기에, 이게 어디 스승에게 할 행동인가 말이다. 박제

*세상에 양주의 학은 없는 법이지요_제 가의 편지 내용이다. 한자로 겨우 32 자로 "열흘 간 장맛비에 밥 싸들고 찾 아가는 벗이 못 되어 부끄럽습니다. 200냢의 공방(孔方, 돈)은 편지 들고 온 하인 편에 보냅니다. 술병은 일 없 습니다. 세상에 양주의 학은 없는 법 이지요"라 적혀 있었다.

가 어른은 연암 어른을 잘 섬기면서도 가끔씩 저러한 도섭스러운* 행 동을 거리낌없이 해댔다. 연암 어른에게 "꼴같 잖게 막되 먹은 놈!"이란 욕을 먹어도 싸다.

*도섭스러운_주책없이 능청맞고 수선 스럽게 변덕을 부리는 태도.

여하간 훗날 이 셋은 유득공 어른과 함께 4가시인四家詩人으로 장안에 짜하게 이름을 들날렸다. 이서구 도령을 제하고는 셋 모두 가난이 앞 서거니 뒤서거니 한다. 어찌됐건 이 이 양반들은 마실돌이*일망정 허 고 헌 날 만났다.

*마실돌이_이웃을 돌아다니면서 노 는 일.

연암燕巖이란 호를 얻으셨다

여행을 하며 나는 우리집 어른보다는 탑골 어른의 시중을 더 들었 다. 그럴 때면 우리집 영숙 어른은 "허, 오복이 너. 아예 탑골 어른 댁에 가서 살아라. 이놈아!" 하고 괴덕스럽게 통박을 주면서도 웃어제꼈다. 우리는 개성을 지나 30리쯤 더 들어 갔다.

황해도 장단군 보봉산이라는데, 겨우 집 두어 채 밖에 없는 두메산골
이었다. 아침 일찍이 탑골 어른이 화장사華藏寺에 올라 일출을 본다기에
나도 부랴사랴 행장을 두고 따라나섰다. 하늘에는 성근 새벽별이 아슴
푸레하고 갓밝이의 냉기와 작당한 찬바람이 웅웅 지나갔다. 새벽이슬
을 맞으며 화장사에 오르자 동쪽에서 붉은 아침햇살이 나뭇가지 사이
로 퍼져 나왔다. 햇살에 모습을 드러낸 산은 안개가 산 중턱까지 뱀 똬
리 틀듯 감아 올랐고 산봉우리는 하늘에 꽂힌 듯하였다. 초목은 울울
하고 길도 없었다. 나지막한 계곡을 따라 산비탈과 나무들을 어룽어룽
잠재운 맑은 시냇물이 이어졌다.

탑골 어른이 타신 말은 성큼성큼 잘도 걸었고, 나도 뒤질세라 부리나
케 쫓아갔다. 시냇물을 따라 얼마간 올라가자 별천지가 나타났다. 깨
끗한 모래톱에 큼지막한 너럭바위가 있는데 희고 펑퍼짐한 언덕을 뒤
로하여 산세가 제법 수려했다. 검푸른 절벽은 깎아질러 병풍을 펼쳐
놓은 듯했고 여기저기 제비들이 둥지를 틀었다. 둘레를 갈대로 덮은
한가운데는 잡초만 우거진 빈터로 제법 널찍하여 집을 지을 만하였다.

어느새 따라왔는지 영숙 백동수 어른이 옆에 서 있었다.

탑골 어른께서는 갈대밭으로 들어가 말을 세우고 서서 채찍으로 높
은 언덕배기를 가리켰다.

"여보게. 영숙! 저기에다 뽕을 심어 울타리를 세울 만하군. 갈대를 불
사르고 밭을 일구면 한 해에 조 천 석은 얻지 않을까."

"예? 조 천 석은커녕……? 백 년도 못 사는 인생 아닙니까? 어찌 답
답하게 목석과 함께 살며 조 농사나 짓고 꿩과 토끼 사냥으로 나날을

오복, 연암을 얻다

137

보내시겠는지요."

"그저 그렇다는 이야기일세. 오복아! 부시 좀 이리 다오. 어디 밭뙈기는 나올 만한가 보세."

부시를 쳐서 불을 놓자 바람을 따라 불길이 번졌다. 꿩이 놀라 푸드덕 날아오르고 작은 노루가 튀어나와 냅다 달아났다. 우리는 팔을 걷어붙이고 뒤쫓아 가다가 시냇물에 막혀 돌아오며 서로 보고 웃었다.

탑골 어른은 한참을 나무둥치 모양 서 계시더니 나와 영숙 어른을 쳐다보셨다.

"여보게 영숙, 어떠한가. 저 제비들이 많으니 내 이제부터 '제비 연燕'자에 '바위 암巖', 연암이라고 호를 해야겠네."

"연암이라, 참 좋으신데요. 저도 이제부터는 연암 어르신이라 부르겠습니다. 그러고 집터는 이쯤이 좋겠는데요."

영숙 어른이 걸걸하니 말했다.

탑골 어른이 연암이란 호를 얻던 날, 우리집 어른은 돌아가면 너는 연암 어른 댁에서 살라고 했다. 나는 속으로 생게망게*하면서도 기뻐서 가만히 연암 어른의 기색을 살폈다.

*생게망게_ 갑작스럽고 터무니없는.

"영숙, 자네 나중에 딴소리하기 없네. 오복아! 너 그럼 우리집에서 살래. 그런데 내 사는 형편이 네 배를 족히 주릴 만한데도 괜찮겠니."

"야. 좋구만유."

나는 연암 어른과 함께라면 며칠 배곯는 것쯤이야 얼마든 참는다. 또 사실 말이지 이제껏 뱃속이 그들먹하니 푸만하게 먹은 때도 별로 없다.

우리는 북으로 송도, 평양, 천마산, 묘향산을 두루 돌고 남으로는 속리산, 가야산, 화양, 단양 등지를 유람하였다. 연암 어른은 나에게 "오복아! 내 일찍이 과거에 뜻을 접으니 참 좋구나. 마음이 한가하고 거리낌이 없단다"고 말씀하셨다. 나야 언문도 못 읽는 까막눈이지만 어디 귀까지 막혔는가. 사람들이 수군거리는 말로는 연암 어른이야말로 장원감이란다. 아, 그 뭐냐. 벼슬 같지도 않은 참봉조차 돈으로 사서는 벼슬이랍시고 거드름을 피우던 '개다리참봉'들이 좀 많은가 말이냐. 그러니 연암 어른이 과거 시험을 보시면 댓바람에 장원급제는 떼어 놓은 당상일 듯한데. 왜 과거 시험을 접었는지 잘 모르겠다. 그러면 이 지긋지긋한 가난도 그만인데…….

가만 생각해 보니, 아니다. 연암 어른이 과거를 본다니. 안 될 말이다. 과거가 좀 난장판인가. 부동역서符同易書,* 차술차작借述借作,* 수종협책隨從挾冊,* 입문유린入門蹂躪,* 정권분답呈券分遝,* 외장서입外場書入* 따위 말들은 나 같은 무지렁이들도 다 안다. 더욱이 전문적으로 과거 대리 시험을 보는 거벽巨擘이나 전문적으로 과거 답안 글씨를 써 주는 사수寫手까지 있다니. 조상의 뼈를 팔아 무위도식하며 글이나 읽어대는 양반네들이 참 안쓰럽다. 하기야 무혈복無穴鰒*이라는 말도 없지는 않지만, 이 또한 과거는 난장판이란 소리가 아니고 뭐란 말인가. 오죽하였으면, 〈어사화야 금은화야〉라는 노래는 성 밖 아이들까지 모두 안다. 과거에 급제하여 머리에 꽂는 꽃이 돈을 주고 산 게 아니냐고 비웃는 노래이다. 그러고 보니 저 못된 과거

*부동역서_시험지 바꿔치기

*차술차작_대리시험.

*수종협책_시험장에 책 반입.

*입문유린_시험장에 드나들기.

*정권분답_답안지 바꿔치기.

*외장서입_시험장 밖에서 답안작성.

*무혈복_'꼬챙이에 꿰지 않고 그대로 말린 큰 전복'이라는 말로 과거를 볼 때 감시를 엄하게 하여 협잡을 부리지 못하게 하던 일을 비유적으로 이르는 말.

가 연암 어른을 저버린 건지도 모른다. 연암 어른이 좀 깨끗한 분인가.

하여튼 나는 연암 어른과 여행하는 게 즐거웠다. 조선 천지가 이렇게 넓은지 난생처음 알았고 연암 어른의 품은 이 땅보다 더 넓음을 알았다. 잘 이해는 못하겠지만 이러한 연암 어른이었기에 광문이나, 조탑타, 예덕 선생 같은 각다분한 삶을 사는 상사람들에 대한 책도 쓰신 게 아닌가 한다.

「마장전」*을 듣다

나는 연암 어른의 글 중, 「마장전」이 가장 좋다.

그 다음 핸가? 하루해가 손톱만큼 짧은 이른 봄날이었다. 나는 양지쪽 추녀 밑에 멀뚱멀뚱 앉아 손톱여물을 썰며, 멀끔히 떨어지는 고드름 물방울만 세고 있었다. 그날은 온종일 사람 그림자도 비추지 않았다. 하다못해 늘 제집처럼 드나들던 찰깍쟁이 박제가 나리님짜의 코빼기도 안 보인다.

"얘, 오복아. 너 내가 지은 소설 한 편 들어 보지 않으련."

연암 어른도 꽤 무료하셨나 보다. 언제 오셨는지 내 옆에 슬그머니 앉아서는 소매춤에서 종잇장을 꺼내들고서는 군수작을 붙이셨다.

"에이, 제가 뭘 아나유."

"너, 저 광통교 사는 조탑타라고 모르냐?"

"야? 저 광통교 거지 중에 상거지 말씀하시는 거잖아유."

"그래, 맞다. 내 그 조탑타 이야기를 썼는데."

"예, 아니 그 가가 뒷다리도 모르는 멀쩡한 무식쟁이 이야기를 왜 씨유?"

"아, 이 녀석, 웬 말이 이렇게 많아. 들을래, 말래."

"아, 예예. 듣지유. 그런데 제가, 뭐 듣는다고 아나유."

그렇게 해서 내가 들은 이야기가 「마장전」이다.

연암 어른은 입맛을 쩍 다시더니, 두어 번 마른기침을 하고는 말씀하셨다.

"「마장전」이 무슨 말인고 하니, '말 장사꾼 이야기'쯤으로 생각하면 되고. 등장 인물은 너도 잘 아는 저 광통교의 미치광이 3인방 송욱, 조탑타, 장덕홍이라 이 말씀이다."

"야, 저는 엊그저께도 종탑에 나갔다가 보았는데유. 어휴! 그 사람들, 이제는 무척 늙은이들이 다 됐더구만유."

"오복아! 사람은 말이다. 겉만 봐선 모른다. 실상 저들은 우도를 논할 만큼 지식을 지닌 걸인들이야. 그러니 녹록히 볼 사내들이 아니란다. 이 세 사람의 미치광이는 서로 벗이 되어 세상을 피해 떠돌며 인간들의 아첨하는 태도를 꾸짖으니 정말 참사내들 아니겠니. 이것이 내가 「마장전」을 쓴 이유란다.

자, 그럼 「마장전」 이야기를 할 테니 잘 들어 보렴."

마장은 말거간꾼, 혹은 사쾌라고 한단다. 그런데 이 마장 따위가 우정으로 유명짜한 관중管仲과 입 하나로 육국의 재상이 된 소진蘇秦을 흉내 내서는 '닭·개·말·소의 피를 온몸에 바르고 맹세 짓거리를 한다'라고 한다더니 정말 그러하단 말이지.

귓결에 '이별한다'라는 말을 듣자마자 가락지를 빼 팽개치고 수건을 찢으며 등잔불을 등진 채 벽을 향하여 고개를 푹 숙이고 울음을 삼키는 여인은 믿을 만한 첩이 되고, 간을 토하고 쓸개를 쏟아 놓으며 손을 꾹 쥐고 묵묵히 서서 마음을 드러내면 믿을 만한 친구로 여기는 게 세상이치 아니냐. 그런데 콧등까지 부채를 가리고 두 눈알을 이리저리 굴리고 끔적끔적한다면, 말거간꾼과 집주름의 술수지 뭐겠니.

세상에는 위협적인 말로 사람의 마음을 흔들어 놓고 남이 꺼리는 곳을 슬쩍 건드려 속을 떠보며, 강한 놈은 위협하고 약한 놈은 억압하며, 친근한 사이는 떼어 놓고, 다른 놈은 모이게 하는 불깍쟁이 같은 놈들이 늘 있지. 이치들은 힘으로 세상을 다스려보려는 패자覇者나 세치 혀를 능란하게 놀려대는 세객說客들로 못된 짓만을 골라 한단다.

옛날 어떤 사람이 있었단다.

심장에 병이 있어 부인을 시켜서 약을 달이게 했는데 약의 양이 많았다 적었다 맞지 않더란 말이지. 그래, 이 사람이 화가 나서는 그 일을 첩에게 시켰겠다. 그러자 첩이 달인 약물은 많지도 적지도 않고 한결같더라. '이상타!' 여긴 이 사람이 어느 날 창구멍을 뚫고 몰래 보지 않았겠니. 허참, 그랬더니, 많으면 땅에 쏟아 버리고 적으면 물을 붓더란 말이지.

그러므로 귀에 입을 대고 속삭이는 말은 지극한 말이 아니요, 비밀이 새나가지 않도록 하라는 말은 깊이 있는 사귐이 아니요, 정이 얕은지 깊은지 밝히려 듦은 참다운 벗이 아니란다.

그런데 이 벗 사귐에 대해 송욱宋旭과 장덕홍張德弘, 그리고 조탑타趙闒拖, 이 셋이 광통교 위에서 이야기를 하잖겠니.

탑타가 먼저 말했다. 너도 알다시피 조탑타는 이 세 친구 중 가장 소박하고 순진한 숫보기 아니냐. 사람은 좋지만 어수룩하니 세상물정 모르는 맹탕이지.

"내가 아침나절에 표주박을 두드리며 구걸을 나가서는 포목전에 들어갔다가 누각이 있기에 올랐지. 마침 베와 무명을 흥정하는 사람이 있잖겠나. 그런데 그 사람이 포목을 골라 혀로 핥고 허공에 비추어 보고는 마음속으로 이미 값을 매겨 놓았으면서도 주인에게 먼저 부르라고 양보하더군. 나중에는 둘 다 포목에 관한 일을 잊어버리고 딴전을 부리데. 그러더니 포목전 주인이 갑자기 하늘가에 마치 긴 눈썹이 검푸르게 드리워져 있는 먼 산을 바라보며 '구름이 나왔네'라고 흥얼거리고, 포목을 사려던 사람은 손을 뒷짐 진 채 서성거리며 벽 위의 그림만 바라보더군."

"자네가 벗을 사귀는 태도는 보았네만, 벗을 사귀는 방법에 관해서라면 아직 멀었어."

송욱이 퉁명하게 말을 받더구나. 너도 알다시피 송욱은 세 사람 중 가장 지식이 풍부하며 그래도 세상물정에 해박하지 않니. 나이는 서른이지 아마.

송욱
세 사람 중 가장 지식이 풍부하며 은어를 사용할 정도로 해박하다.
나이는 30세이다.

그랬더니 이제는 덕홍이 말을 받았다.

"꼭두각시놀음을 할 때 장막을 가리는 짓은, 뒤에 숨어서 줄을 잡아당기려는 꼼수렸다."

송욱이 이 말을 듣고 슬며시 웃음을 놓으며 말하더구나.

"자네도 면교面交는 알고 있네만, 도에 이르려면 아직 부족해. 무릇 '군자君子의 사귐'에는 세 가지가 있고 그 구체적 방법은 다섯 가지란 말씀일세. 그러나 나는 이 중 한 가지도 능하지 못해. 내 낫세가 서른이 되도록 친구 한 사람 없는 이유가 여기에 있네. 그렇지만 내 벗 사귀는 방법은 몰래 주워들은 적이 있지. 팔이 바깥쪽으로 굽지 않는 까닭은 확실히 술잔을 잡기 위해서야."

덕홍이 말했다.

"그렇고말고. 아, 『시경』에도 있잖나. "우는 학이 그늘에 있으니, 그 새끼가 이에 화답하고 내게 좋은 벼슬이 있으니, 내 너와 함께 얽어매리라"라고 하였으니, 바로 이를 두고 하는 말이렷다."

덕홍은 송욱의 말을 재빨리 해득하였다. 그리고 시문을 인용할 정도로 지식도 적지 않더구나. 노래도 썩 잘 부르고.

송욱은 이 말을 듣고 활짝 웃었지.

"자네야말로 벗에 대하여 말할 만하군. 내가 방금 한 가지를 말했더니, 자네는 두 가지를 아네그려. 온 세상 사람들은 '형세'를 따르고, 머리를 맞대고는 '명예'와 '잇속'을 짜내지. 술잔이 입과 공모해서가 아니야. 팔이 제 스스로 굽는 이치는 응당 '형세'가 그렇기 때문이지. 그렇다면 저 학이 서로 울어 화답하는 것은 '명예' 때문이 아니겠나? 대체 좋은 벼슬에는 '잇속'이 있지. 그러나 붙좇는 자가 많으면 형세가 분산되고, 모의하는 자가 여럿이면 명예와 잇속에도 제 차지가 없단 말이지. 그렇기 때문에 군사는 형세·명예·잇속, 이 세 가지에 대해서 오랫동안 말하기를 꺼린 게야. 내가 자네에게 은밀히 변죽만 울렸는데, 자네는 금방 알아듣는군.

내 자네에게 남과 사귈 때 조심해야 할 세 가지 방법을 일러줌세.

첫째, 이미 지나간 일일랑 칭찬하지 말게나. 이미 지나간 일을 칭찬한대야 상대방이 싫증을 느껴 효과도 없거든.

둘째, 남이 미처 생각지 못한 것은 아예 깨쳐 주지 말게나. 앞으로 그이가 그 일을 행하여 안다면 크게 낙담하기 때문이지.

셋째, 또 사람들이 많이 모인 곳에서는 어떤 사람을 '자네가 제일일세!'라고 첫손꼽지 말게. '제일'이라고 함은 위에 더 나은 이가 없다는 뜻이니, 다른 사람들은 침울해지고 기운이 없어지거든. 그러므로 벗을 사귀는 데는 다섯 가지 방법이 있는 게야. 내 그 방법도 일러줌세.

첫째로 장차 그를 칭찬하려고 한다면 먼저 잘못을 드러내어서 꾸짖음만 못 해.

둘째로 장차 기쁨을 보여 주려면 먼저 성난 모양을 드러내야 해.

셋째는 장차 친하게 지내려고 한다면 먼저 꼼짝없이 서서 뚫어질 듯이 쳐다보다가 부끄러운 듯이 돌아서야 하고,

장덕홍
송욱의 은어를 재빨리 해독하였고 시
문을 인용할 정도로 지식도 적지 않다.
특히 노래를 잘 부른다.
나이는 31세이다.

넷째는 남들이 나를 믿게 하려면 짐짓 의심을
사도록 해놓고 기다려야 하는 게야.

마지막 다섯째는 대개 지조 있는 선비는 슬픔
이 많고 미인은 눈물이 많아야 한단 말이야. 영웅
이 잘 우는 까닭은 남의 마음을 움직이려고 하기
때문 아니겠나.

이 다섯 가지 방법은 군자의 조그만 꾀라 하겠
으나 세상을 살아가는 방법達道에는 통달한 거야."

고개를 갸우뚱하니 송욱의 말을 듣던 탑타가
잔뜩 눈살을 찌푸리며 덕홍에게 말하더구나.

"대체 송 선생의 말이란, 그 뜻을 곧장 말하
지 않고 빙 에둘러서 감추니 내가 통 알아듣지
못하겠수."

그러자 덕홍이 안타깝다는 듯이 말하였다.

"자네가 어찌 충분히 알아듣겠나? 무릇 어떤 사람의 착한 일을 소리
내 책망하면 그보다 더한 칭찬은 없을 걸세. 대체로 노여움은 사랑하
는 데서 생기고, 정은 나무라는 데서 나온단 말이지. 왜 한집안 식구끼
리는 아무리 잔소리를 해도 싫어하지 않잖나. 이미 친하면서도 싫은
듯이 하면 그 친함이 이보다 더함이 없으며, 믿으면서도 아직 의심스
러운 듯이 하면 그 믿음보다 더 이상 확실함은 없다는 말이지.

술자리가 저물어 밤이 깊어지면 사람들이 모두 잠들고, 두 사람이 말
없이 서로 마주보다가는 취한 기운을 빌려 슬픈 심사를 자극하면 처연

해져서 감동치 않을 사람이 그 누가 있겠
나. 그래, 벗을 사귀는 데는 서로를 알아줌
이 귀하고, 서로를 감동시키는 것보다 더
즐거움은 없다 이 말이지. 속 좁은 사람의
꽁한 마음을 풀어주고 남을 해치려는 사람
의 원망을 풀어주는 데는 그지 울기보다
나은 게 없잖나.

　나도 남과 사귀면서 일찍이 울고 싶은
마음이 없지는 않았지. 그런데 울려고 해
도 눈물이 안 나와, 내가 이 나라를 떠돌아
다닌 지 서른하고도 한 해나 되었지만 아
직도 벗이 없는 이유일세."

조탑타
세 사람 중 가장 소박하고 순진한 숫보기요,
'가갸 뒷다리도 모르는' 무식쟁이로 송욱의 말
을 알아듣지 못한다. 그러나 그의 말을 통하여
진정한 우도가 드러나니, 짐짓 못난체 어리눅
게 구는 것임을 알 수 있다. 물색없는 그의 말
속에 우리의 미래가 있다.

탑타가 고개를 주억거리더니 냉큼 말하더구나.

"그렇다면 충忠으로 벗을 대하고 의義로 벗을 얻는다면 어떻겠수?"

그러자 덕홍이 냅다 탑타의 얼굴에 침을 뱉으며 꾸짖었다.

"이런 말본새하고는. 더럽다! 더러워! 네 말이. 그걸 말이라고 해? 자
네 내 말 좀 들어봐. 대체로 가난한 사람은 바라는 게 많기 때문에 한없
이 의를 사모하는 거야. 왜 그런고 하니, 하늘을 쳐다보면 막막하건만
오히려 곡식이라도 쏟아질듯 생각하고, 남의 기침소리만 들어도 '무엇
을 주지 않나' 하고 목을 석 자나 뽑곤 하잖나. 반대로 대체 재산을 지
닌 자는 인색하다는 이름쯤은 부끄러워하지도 않아, 남들이 자기에게
바라는 것을 아예 끊어버리려 하기 때문이지. 대개 천한 사람은 아낄

게 없어 어려움도 마다하지 않고 충심을 다하는 게
야. 아, 왜, 물을 건널 때 바지춤을 걷지 않는 이유는
헌털배기 바지를 입었기 때문이 아닌가. 거꾸로 수
레를 타는 사람이 가죽신 위에 덧버선을 신는 이유
는 진흙이 묻을까 염려해서고. 신발 밑창도 이렇게
사랑하는데 하물며 그 자신이야 오죽 아끼겠나. 이
런 이유로 충이니 의니 떠들어 대는 짓은 빈천한 사
람들의 문제일 뿐이야. 부귀한 사람들에겐 논할 바
가 아니지."

얼굴이 벌겋게 달아 덕홍이 말하니, 탑타는 정색
을 하고 이렇게 벌컥 말을 하더구나.

"내 차라리 이 세상에서 벗을 사귀지 못할망
정 군자의 벗 사귐은 안 하겠수."

그리고 그들은 서로 갓을 망가뜨리고 옷을 찢은 후, 때 묻은 얼굴에
머리를 풀어 헤치고 새끼줄을 허리에 질끈 동여매고는 노래를 부르며
저잣거리로 사라졌다.

송욱과 탑타는 길에서 음식을 빌어먹고, 덕홍은 시장에서 미친 듯이
노래를 부를지언정, '말 거간꾼의 야비한 술수'는 쓰지 않을 게다. 하물
며 글을 읽는 군자야 말해 무엇 하겠느냐.

여기까지가 「마장전」의 내용이다. 이야기를 마치고 연암 어른은 나
에게 이런 말씀을 하셨다.

"오복아! 어떠냐? 이런 자들이야말로 비록 배우지 않았어도 나는 반드시 배웠다고 한단다. 세상에서 떠드는 쓸모 있는 사람이란 반드시 쓸모없는 사람이며, 세상에서 떠들어 대는 쓸모없는 사람이란 반드시 쓸모 있는 사람인 경우가 많단다. 입성이 좋고 신분이 좋다고 인품이 높은 게 아니란다. 요堯임금은 황제이지만 일개 필부인 순舜을 벗하였고 두 딸을 시집보냈으며 후일 황세의 자리까지 주었단다. 그러니 모쪼록 사람을 사귈 때 조탑타 같은 사람을 사귀거라."

그리고 이런 말씀도 하셨다.

"오복아! 친구朋友란 피를 나누지 않은 형제요, 한집에 살지 않는 부부란다. 그래 '제이오第二吾'*요, '주선인周旋人'*이라고도 하지. 이런 까닭에 '깃 우羽' 자를 빌려와서 '벗 붕朋' 자를 만들고 '손 수手' 자와 '또 우又' 자로 '우友' 자를 만들었지. 마치 새에게 두 날개가 있고 사람이 두 손이 있는 것과 같단다. 그런데 요즘 사람들은 지금의 벗 사귐도 못하면서 '상우천고尙友千古'*라고만 하니 답답하구나, 천고의 고인은 이미 죽어 변하여 흩날리는 티끌이나 서늘한 바람이 되지 않았니? 그러니 어찌 나를 위해 제이오가 되며, 내 주위를 맴도는 주선인이 되겠니. 그래 친구는 늘 내 곁에서 찾아야 한단다. 옛사람이 아니지."

> *제이오_제2의 자아.
> *주선인_자신의 일처럼 돌보아 주는 사람.
> *상우천고_천고의 고인을 벗한다.

그때, 내가 말말끝에 이렇게 물었다.

"그렇다면, 내 마음에 쏙 드는 사람을 사귀면 되지유?"

"이 녀석아, 네 마음에 쏙 드는 사람이 어디 있겠니. 친구 간에는 틈이 있어야 한다. 산천이 가로막고 있어야 틈이 있는 게 아니요, 또 지금 우리처럼 무릎을 맞대고 함께 앉아 있다고 틈이 없는 게 아니잖니. 천지사물이 제 각각이기에 반드시 틈은 있게 마련이란다."

"아! 그러니까 이 서방네 부부가 만날 싸움질하는 게 밴댕이 소갈머리라 그런 줄 알았는데, 알고 보니 그 틈 때문인가 부군요?"

"허, 이 녀석 보게. 그래, 그렇지. 이 서방네 부부 사이 틈이 너무 멀어. 그러니 너도 친구를 사귈 때는 반드시 이 틈을 잘 메우렴."

나로선 쇠 귀에 경 읽기지만, '연암 어른께서 양반이나 상놈, 나이, 서얼 등을 가리지 않고 사귀는 이유가 이 말씀 속에 들었구나' 하고 어렴풋이나마 이해하게 되었다.

또 언제이던가. 홍덕보 어른의 벗함을 보고 벗 사귀는 도리를 알았다고 하시면서 "그가 누구를 벗하는지 살펴보고, 누구의 벗인지 살펴보며, 또한 누구와 벗하지 않는지를 살펴보는 것이 바로 벗 사귀는 방법이다"는 말씀도 하셨다.

그건 그렇고, 나는 비록 언문 한 자 못 익는 까막눈이지만 연암 어른에게 「마장전」을 듣고 '참, 글이 그깟 것 별거 아니로구나' 하는 생각을 했다. 난 그때까지 글은 '에헴―' 한 자락 뽑고 공자왈 맹자왈만 나오는 줄 알았다. 사실 난 연암 어른의 글 읽는 소리를 건성건성 스님 빗질하듯 듣고도 상갓집 국숫발처럼 몸이 늘어졌는데, 「마장전」 이야기는 너무 놀랐다. 내가 잘 아는 하늘님의 저주를 받아 태어난 줄만 알았던 잡성스런 따라지목숨들이 글에 나오다니, 더구나 못하고 더할 것도 없는 거지 중에 상거지 아닌가. 반벙어리 축문 읽듯 사는 나지만 내 벗들에게 이 「마장전」 이야기를 해 주며 어깨를 으쓱댄 적이 한두 번이 아니다. 내 글눈치는 없지만 말눈치는 좀 있나 보다. 여하간 요즈음은 내친 김에 「호질」도 들려준다. 아무튼 나는 조선 천지 글 중, 이 「마장전」이 최고라고 생각한다. 내 벗들 이야기여서이다. 옹송망송하지만 가만 생각해보니 연암 어른과 나 사이에 틈은 그 날부터 사라진 것 같다.

　연암의 집에서 청지기 노릇하던 이다. 연암의 상喪이 있은 다음날 사망하여 사람들이 이상히 여겼다는 기록이 『과정록』에 보인다. 연암이 35세 무렵 여행할 때 어린 종으로 동행했다 하니 40세 후반쯤에 사망한 듯하다. 오복은 평소에 연암을 지성으로 섬겼다고 한다. 연암이 평소에 사람 대하는 면면으로 미루어 오복과 연암은 꽤 살가운 사이인 듯하다. 그래서인지 급작스러운 그의 죽음을 두고 사람들은 '연암과 푼푼한 정리'로 이해하였다는 데서도 연암이 그를 어떻게 대했는지 읽는다. 많은 사람들이 연암을 껄껄하니 대하기 어려운 이로 여긴 것과는 상반하는 모습이다.

　안타까운 것은 이 오복에 대한 기록이 『과정록』 외에는 전연 보이지 않는다는 점이다. 『열하일기』 「도강록」에서 연암의 말고삐를 잡은 마부는 창대昌大이고 하인은 장복張福이다. 연암은 먼 길을 떠나며 장복과 창대에게 탈이 없기를 빌며 문루에 술을 붓는 장면이 나온다.

이씨 부인,
문 앞엔 빚쟁이가 기러기처럼 줄 섰고

연암과 동갑내기인 이씨 부인은 51세로 사망하였다. 시집와서는 집이 좁아 친정에 가 있었으며, 중년 이래 몹시 가난하여 자주 이사 하는 등 고생이 심했으나 잘 견디어 내었다. 집안 살림을 주도한 큰동서를 공경하여 우애가 좋았으며 큰동서가 후사 없이 죽자, 당시 십여 세밖에 안 되는 아들 종의를 상주로 세우도록 했다. 이 장에서 이씨 부인은 남편 연암이 첫 벼슬길을 배웅한 날, 인간적인 면모와 가풍으로 잇는 가난과 사랑을 이야기한다.

붓으로 오악을 누르리라

"부인, 어서 들어가오. 이러다 병이 더치면 어쩌려고 그러시오. 종채야! 어서 어머니 뫼셔라. 내 다녀오리다."

문밖을 따라 나서려는 내 손을 꼭 잡아주시는군요. 따뜻해요. 언제나 그이의 손은 따뜻하지요. 하얀 저고리 고름이 그이를 따라 골목을 돌아섭니다. 여인인 내가 보아도 뒤태가 고운 분이에요.

"쓰람, 쓰람……."

아침나절부터 쓰람이 우니 가을인가 보군요.

혼인을 하고 두어 해쯤이던가요. 그이는 아버지와 숙부께 공부하는

재미를 한참 붙여서인지 아예 생관甥館*에서 숙
식을 해결하였지요. 하루는 부엌까지 들어와 내 허리춤을 끌며 싱글싱
글하였어요. '꿈을 꾸었다고. 서까래만 한 붓대 다섯을 얻었는데, 그 붓
대롱에 "붓으로 오악을 누르리라"라는 글귀가 쓰였더라'고. 그 이의 손
에 서까래만한 붓대를 쥘 수 있으리라 믿었지요. 이십대와 삼십대가
그렇게 흘렀어요.

연암협, 철골 같은 가난의 사십대 시절이었지요. 가난이 오복 조르듯
하는 가운데서도 벗들은 그이를 찾았고 술 한잔 먹고 세상을 이야기하
다 쓰러져 잠이 들었어요. 박제가의 「기연암寄嚴集」이란 글은 그이의 저
러한 삶의 일면을 보여 주지요.

영락한 시절 주광이라 불리니	落魄時時號酒狂
인간세상 어느 곳이 밭가는 곳이랴	人間何處耦耕堂
젊어서는 도리어 세상을 탄식하더니	少年却抱乘桴志
중년에는 도리어 신선이 되려 하네	豊歲還求辟穀方
차라리 경륜으로 세상에 지낼망정	寧以經綸爲市井
과거 보아 문장으로 인정받진 마소서	莫將科擧認文章
흰머리 남루한 옷 아이들도 비웃지만	白頭屢被兒童笑
벌열로서 이 같음에 부인께 부끄럽네	閥閱如今媿孟光

한번은 그이가 "문 앞엔 빚쟁이가 기러기처럼 줄 섰고門前債客鴈行立 방 안의 취한 놈들 고기 꿰미마냥 잠자네屋裡醉人魚貫眠"라며 웃었지요. 이 시는 당나라 때 이파李播라는 시인의 작품이라 했어요. 그이는 이 시인이 큰 호걸 사내라고 했지만, 궁색하기로는 우리와 다를 바 없었던 이였나 보아요. 이 시절 그이는 서양금西洋琴을 쟁반 삼아 그 위에 꽁보리밥 사발을 놓고 먹으면서 젓가락으로 서양금을 호기롭게 두들기곤 해댔지요. 그이 말에 따르면 이 서양금을 우리 조선의 곡조에 맞추어 풀어내기는 홍덕보洪德保 어른이 시작했다고 해요. 그 해가 임진년(1772) 유월 열여드레, 유시酉時*쯤으로 덕보 어른 집에서 직접 보 　　　*유시_하오 6시.
았다고 했지요. 그이는 연주법을 개발하여 서양금을 탔는데 그 소리는 맑고도 투명하였어요.

　　그이는 연암협의 계곡 이름을 엄화계罨畵谿*　　*엄화계_화려한 채색 그림으로 산수
라 하고 집 북쪽에는 하당荷堂과 죽각竹閣이란 조 　　　의 뛰어난 경치를 말함.
그만 정자도 지었어요. 집 이름은 고반정考槃亭이었지요. 본래 고반이란, 『시경詩經』 「위풍衛風」에 보이는 말로 산림에 은거하는 현자의 즐거움을 노래한 시라더군요. 그이는 이 고반을 '두드릴 고'와 '쟁반 반' 자인 고반叩盤으로 풀이하고는 서양금을 젓가락으로 두드리며 세상에서 멀어지고자 한 것이지요. 서양금에는 "오음서기五音舒記"라는 낙인이 찍혀 있었고요.

　　이제 그이의 나이 쉰, 이제야 그이가 벼슬길에 처음 나가세요. 종9품 벼슬인 선공감 감역, 건물의 신축과 보수 업무를 감독하는 미관말직이지요. 그이의 단정한 옷매무시 뒤태가 남기고 간 바깥 담장 머리에 걸

친 앞집 지붕에, 여물어 가는 박이 넝쿨에 힘없이 매달렸어요. 그래도 계절은 시나브로 넘어가는지 별 사이로 가을을 알리는 쓰르라미 소리가 아침부터 들리네요. '겨우 한 철을 살아 그런가?' 그이와 동갑이니 내 나이도 쉰이지요. 몇 해 전부터 시나브로 아픈 몸, 며칠 전에는 아예 거동을 못했는데, 오늘은 그만해 배웅을 하니 참 다행이에요. 몸도 개운하고 머리도 맑지만 그이를 생각하니 가슴이 깎아내듯 에입니다. 지금껏 곧은 선비로 여길한 그이에요.

그이가 20살이 되던 해, 한번은 강한江漢 황경원黃景源(1709~1787) 어른을 찾아 뵌 일이 있었지요. 당시 강한 어른은 대제학이셨지요. 그 이가 지은 글을 보이자 강한 어른은 크게 감탄하며 "뒷날 내 자리는 자네 것일세"라 하셨다더군요. 그런 그이가, 나이 쉰에 첫 벼슬, 그것도 종9품. 그이는 내색을 않았지만, 어찌 마음이 편하겠어요. 호구지책으로 하릴없이 나선 벼슬길이기에, 처음 이야기를 들었을 때는 마음이 선뜩했지요.

박·지·원이라는 이름 석 자를 처음 듣다

강산이 세 번이나 바뀌었건만 내 마음에 곱게 묶어둔 인연의 기억은 새록새록 떠오르는군요. 동생 재성이를 업고 있는데 아버지께서 부르신 날도 이맘 때지요. 그날도 꽤 쓰르라미가 울어댔지요.

"네 혼처를 정했다. 신랑감은 호조·병조참판을 역임하고 대사간으로 계시는 반남潘南 박 필弼 자 균均 자 어른의 손자니라. 이름은 지원趾源 이라는데 그리 알아라."

임신년(1752), 자줏빛 갑사댕기를 늘이고 잠자리 잡듯이 걷던 내 나이 열여섯, 나는 박·지·원이라는 이름 석 자를 처음 들었지요. 그날 이후 나는 그이와 함께 했고, 그이의 아이를 낳고 오늘까지 살았으며, 그이의 옆에서 생을 마감할 거에요. 우리 부부는 그렇게 돌쩌귀 연분이 되었지요.

처음 본 혼례 날, 나는 너무 당황스러웠어요. 나는 장녀였고 성격은 서글서글하였지요. 더욱이 아버지께서는 여식이지만 매우 귀여워해 주셨기에 또래의 새침데기와는 달랐어요. 부끄러우면서도 '어떻게 생겼을까?' 하는 호기심이 생겨, 합근례할 때 술잔을 입에 대며 살짝 본다는 게 그만 그이와 눈이 마주쳐 버렸지요. 생김생김이 시원시원하며 골격이 큼은 이미 보았고, 그이는 해끄무레한 얼굴에 영채가 도는 동그마한 눈망울로 방그레 웃었지요. 그 웃음이 두 살된 내 동생 같았어요. 사실 그이는 나를 처음부터 빤히 보고 있었지요.

그날 밤에 그이는 인사성 있는 웃음으로 내 저고리를 벗기며 짓궂게 이렇게 물었지요.

"아까 낮에 상 밑으로 나를 봤지요. 그런데 합근례 술은 다 마신 게요. 왜 그렇게 얼굴이 붉소?"

그이도 열여섯이었어요. 다음날, 나보다도 일찍이 일어나 세수를 하고는 집 안팎을 쓸었어요. 개구쟁이 같으면서도 제법 행동이 너볏하였지요. 그이는 잠이 적었어요. 언제나 닭이 홰를 쳐야 잠이 들고 새벽녘

이 못 돼서 일어났지요. 일어나면 반드시 문을 활짝 열어놓고 소쇄掃灑*

*소쇄_비로 쓸고 물을 뿌림.를 한 다음 책을 읽거나 마당가를 서성거렸어요. 책 읽는 목소리는 어찌나 크던지 담장을 넘길 정도로 크고 맑았지요. 옷과 이불은 두껍거나 비단은 꺼렸으며, 한겨울이라도 가을 옷에 이불 역시 홑이불이었어요. 신혼 다음 날 본 정경이 오늘까지 매일이 같고 네 계절이 판박이에요.

집안 사람들은 '반달 같은 딸에 온달 같은 사위'라고 덕담을 했지요. 내 신혼 생활이 시작되고 그이는 아버지와 작은아버지 처소에 가서 학업을 닦았어요.

혼례를 올린 얼마 뒤였어요.

그이가 아버지를 모시고 앉은 자리에 친척 한 사람이 다녀간 뒤, 그이가 대뜸 "저분은 곧 돌아가실 겁니다" 하였지요. 아버지께서는 놀라셔서 그이의 경솔함을 나무랐고 나 역시도 실망했지만, 그 친척의 부고장이 이레가 못 되어 왔어요. 아버지와 나를 포함한 집안 식구들은 모두 놀랐어요.

행동거지를 보고 알았습니다

아버지가 그이의 경솔함을 나무랐을 때 그이는 "행동거지를 보고 알았습니다" 하더군요. 그이는 사람의 얼굴 표정, 옷차림, 대화 따위를 치밀하게 관찰하고 이를 다시 묶어 미루어 생각하는 버릇이 있어요. 관상을 본다는 뜻이 아니에요. 그이는 관상, 점치기, 풍수지리설은 물론 바둑이나 장기 같은 것을 멀찍이 하였어요. 다만 젊었을 때 〈군선도〉나 〈일출도〉, 〈구룡연도〉, 〈신선도〉, 〈매화도〉, 〈국화도〉 같은 그림은 여가삼아 그렸을 뿐. 지금도 기억에 남은 그림은 〈어촌쇄망도漁村曬網圖〉에요. 매우 사실적인 그림이었어요. 사람은 기척도 없고 물결만 쓸쓸한 어촌, 긴 낮에 버들개지는 미친 듯 흔들렸지요. 복숭아꽃 잎이 떨어지는 물가에는 고기들이 뛰고, 볕에 고기 그물을 말리니 흔들거려 꼭 연기처럼 보였어요. 이 그림에는 이무관李懋官* 　　　*이무관_이덕무.
의 「연암 박지원의 어촌쇄망도에 쓰다題朴燕巖漁村曬網圖」라는 시가 이렇게 적혀 있었어요.

> 인기척 하나 없는데 물결만 쓸쓸하고　　　了無人響翠泠然
> 긴 낮 몽롱하고 버들개지 미친 듯해라　　　永晝曚曨柳絮顚
> 복사꽃 삼킨 고기들 모조리 깨었으니　　　唼呷桃花魚盡悟
> 볕에 말리는 어망이 흔들려 연기인 듯　　　漁罾閒曬漾如煙

　그이는 늘 말하기를 "선악은 숨겨도 얼굴에 드러나고, 군자와 소인배는 마음에 달려 있소. 관상이 무슨 상관이겠소. 화와 복 또한 선을 추구함으로써 제 운명을 만들어 가오" 하였지요. 시조부이신 장간공께서도 무당이나 점술가를 극히 혐오하셨지요. 또 "진실하고 성실한 사람은 반드시 보응이 있고, 침착하고 조용한 자는 반드시 수양이 있고, 너그럽고 후한 자는 반드시 복이 있고, 부지런하고 검소한 자는 반드시 이룸이 있다", "근엄하고 공경한 자는 반드시 실수가 없고, 청렴하고 근신한 자는 반드시 허물이 없고, 자상하고 신중한 자는 반드시 뉘우침이 없고, 겸손하고 화순한 자는 반드시 욕보는 일이 없다"는 말을 외우고 다녔지요. 언젠가 물어 보니 앞 말은 감경世京의 말이고, 뒤의 것은 감경의 스승 정산程山의 말이라 했지요. 이 말을 듣고 아버지께서는 "어찌 반드시 그렇게 할 수 있겠느냐마는 기필코 이와 같이 하려고 할 따름이지"라고 말씀하셨어요.

한번은 그이가 포도대장 서유대徐有大(1732~1802)의 얼굴을 보고 "포도청에서 사람이 죽을 것"이라 하고, 한 종의 얼굴을 보고는 "기상이 매우 나쁘다"고 하였지요. 과연 얼마 후에 포도청에서 사람이 죽었으며 종의 아비 부음이 왔어요. 이외에도 그이의 사물을 꿰뚫어 보는 안목과 식견으로 놀란 적이 여러 번이에요. 언젠가 그이는 웃으면서 "이것은 관상이 아닌 관찰이지요. 관찰이야 말로 내 글쓰기 비결이라오"라고 넌지시 말해 주었지요.

내 아버지는 전주이씨 유안재遺安齊 이보천李輔天이시지요. 아버지께서는 출세와 영달을 위한 과거를 매우 못마땅히 여기셨지만 공부를 게을리 하지 않으셨지요. 특히 첫사위인 그이에게는 한량없는 애정을 쏟으셨어요. 그이는 우리 집에 거처를 마련하고는 아버지께 나아가서야 비로소 『맹자』를 중심으로 학문에 정진하였지요.

아버지는 그이의 첫 스승이에요. 그이는 늘 "장인어른께서는 진정한 처사셨다"고 말했지요. 아버지께서는 늘 나랏일을 걱정하셨고 법도에 맞는 행동과 빼어난 기상으로 근엄하셨으며 그이가 중도를 지나치면 준절히 책망하셨지만 문 밖이라도 나서면 부드러운 웃음으로 배웅하셨어요.

그이는 한골 나가는 양반가 자제이면서도 일찍이 학업을 하지 못했어요. 이유는 정치 참예를 바라지 않았던 조부의 뜻이라고 들었어요. 여기에 가난도 한몫 단단히 거들었지요. 그이의 집안은 본래부터 청빈했으며 조부 장간공章簡公께서는 청렴결백하고 검소하셨어요. 자연 집안은 가난하였지요. 그이 형제는 책을 펴놓고 공부할 방조차 없었어요.

양반자제로서는 늦깎이 공부를 시작한 셈이지만 그이의 공부를 해내는 글구멍은 여간 아니었어요. 작은아버지 양천亮天(1716~1755) 어르신도 학문이 높고 고결한 성품을 지닌 분인데, 그이는 작은아버지께도 수학을 했지요. 작은아버지의 호는 영목당榮木堂이시며 문장에 뛰어나 "문장은 한퇴지의 뼈를 깎고 시는 두보의 뼈를 깎았다"라는 평을 들으셨지요. 나이 서른에 문과에 급제하여 홍문관 교리를 지냈으며 상소를 올렸다가 유배되셨어요. 이 해가 임신년(1752)으로 그이와 내가 혼례를 올린 해였지요. 작은아버지께서는 흑산도로 유배 가셨다가 다음 해 풀려나셨고, 세 해 뒤, 필선弼善*으로 복 직되셨으나 끝내 그해 사망하셨지요. 그이가

*필선_왕세자의 교육을 담당하는 세자시강원(世子侍講院)의 종4품 벼슬.

작은아버지를 뵌 해가 네 해요, 가르침을 받은 것은 불과 두 해에 지나지 않았지만 이 시기 그이의 학문은 큰 진보를 이루었고, 작은아버지의 꼿꼿한 기개는 그이에게 큰 감화를 주었지요. 작은아버지의 죽음은 그이에게 꽤 큰 충격이었어요. 한동안 그이는 정신적으로 방황을 겪어야 했지요. 그이의 「제영목당이공문祭榮木堂李公文」은 그이가 지은

작은아버지의 제문이지요. 동생 재성在誠이는 매형을 어려서부터 무척 따랐지요.

나는 일평생 그이를 사랑했고 그이 또한 나에 대한 애정이 깊었어요. 이것이 그토록 궁색한 삶도 이겨내게 했는지 모르겠어요. 생각해보면 나는 시집 온 날부터 오늘날까지 모진 가난을 이고 살았지요. 가난으로 인하여 눈물을 흘린 날은 셀 수조차 없지요. 그 낫낫한 심정이야 필설로 다하지 못하고 그럴 때면 언제나 그이는 따뜻한 숨결로 다가와 은근히 내 손을 꼭 쥐어주곤 했지요.

그이는 부모님은 물론이고 형님, 형수님, 그리고 누이까지 각별한 애정을 주었어요. 그이는 큰 소리를 내는 성격도 아니었지만 특히 여인들에 대한 배려는 도타웠고 형수님께는 지극 정성을 다하였지요. 아마도 형수님이 그이를 키우셔서인 듯해요.

그때 일을 생각하면 지금도 조금은 야속하지요. 언젠가 한번은 그이가 밀랍으로 절지매折枝梅 11송이를 만들었어요. 촛농으로 꽃받침을 만들고 노루털로 꽃술을 삼고 부들가루로 꽃심을 만들어 윤회화輪回花라 하였는데 꽤 보기가 좋았어요. 그이는 이 꽃을 벗 서상수徐常修(1735~1793)에게 팔아 20전이라는 높은 값을 받았어요.* 그런데 나에게 3전, 딸애에게 1전, 형님 방 땔나무 값이라며 2전, 가난하기로는 우리보다도 더한 이덕무에게 1전, 당신 남령초南靈草* 값으로 2전을 제한 나머지 10전을 모두 형수님께 올려 보냈어요. 내색은 않았지만 셋집에 몸을 붙여 근근이 연명할 때였기에 살림을 꾸리는

*서상수는 서자이지만 꽤 부유하였고 서화(書畵)와 골동(骨董)에 꽤 조예가 깊었다. 연암은 「필세설(筆洗說)」에서 그를 우리나라 감상지학을 학문 차원으로 끌어올렸다며 칭찬한다.

*남령초_담배.

나로서는 한 푼이 여간 아쉽지 않았지요.

　나와 그이 사이에는 2남 2녀를 두었어요. 맏딸(1759~1788)은 전주 이씨 이종목李鍾穆(1761~1833)에게, 둘째딸은 연안이씨 이겸수李謙秀(1776~1841)에게 출가하였지요. 둘 다 사는 것이 고만고만한데 맏딸에게 요즈음 건강이 안 좋다는 기별을 받았어요. 고생만 하다 시집을 가서 그런지 마음이 편치 않아요. 장남 종의宗儀(1766~1815), 차남은 종채宗采(1780~1835)지요. 종채는 이제 겨우 일곱 살인데 나이에 비해 숙성하여 제법 집안의 장남 역할을 하려 들어요.

　맏이 종의는 형님喜源(1722~1787)에게 출계시켰어요. 형수님(1724~ 1778)*은 후손을 두지 못하고 돌아가셨지요. 나　　*형수님_전주 이씨 부인.
는 그이의 형님, 형수님에 대한 각별한 정을 알기에 맏이 종의를 그날로 양자 보내어 상주로 삼았지요. 당시 종채는 태어나지도 않아 우리에게는 종의뿐이었고 종의는 나이 겨우 열 살에 불과하였지요. 아주버니는 극력 반대하셨고, 그이도 아무런 말이 없었지만 내가 우겨야 된다고 생각했어요. 그이의 속내를 알고 있었기 때문이지요. 그이는 형수님의 시신을 운구하여 구월 초열흘, 연암협 북쪽에 장례 치렀고 한동안 아무것도 먹지 못하였어요. 그 형수님이 병들어 계실 때 연암협에서 함께 살자고 하였으니, 생전의 약속을 사후에 지킨 셈이지요.

　하루는 나와 병문안을 가서 그이는 형수님의 손을 잡고 이런 말을 하였어요.

　"형수님, 형님도 이제 늙으셨으니 저와 함께 연암협으로 내려가 사십시다. 담장에는 빙 둘러 뽕나무 천 그루를, 집 뒤에는 밤나무 천 그루를 심지요. 문 앞에는 배나무 천 그루를 접붙이고, 시내의 위와 아래로는 복숭아나무와 살구나무 천 그루를 심어 보지요, 세 이랑 되는 연못에는 한 말의 치어稚魚를 뿌리고, 바위 비탈에는 벌통 백 개를 놓고, 울타리 사이에는 세 마리의 소를 매어 놓고서, 아내는 길쌈하고 형수님은 그저 여종이나 시켜 들기름을 짜게 재촉하세요. 밤이 되면 제가 옛사람의 글을 읽어드리겠습니다."

그이가 이런 말을 하자, 병으로 자리보전을 몇 달이나 하셨는데도 벌떡 일어나 웃으시며, "아이고 서방님, 이것은 제 오랜 뜻이었소!" 하셨지요. 하지만 무술년(1778) 칠월 스무닷샛 날, 끝내 이승을 하직하셨어요. 그이는 「제오천처사이장문祭梧川處士李丈文」에서 형수님을 잃은 슬픔을 적었어요. 오천梧川 처사 이장李丈은 형수님의 아버님이신 이동필李東馝(1724~1778) 어른이시지요. 이 어른은 시아버님과 퍽 가깝게 지내셨어요. 따님과 아버지가 같은 해 돌아가셨기에, 그이는 하나의 제문에 부녀의 사연을 함께 기록했어요.

그이는 이 글에서 형수님에 대한 정을 어머니라고 했지요.

아아!	嗚呼
어머님 같으셨지	先妣之似
나에게 형수님은 어머니	母我嫂氏
우리 집에서 형수님은	嫂氏於家
옛 충신과 같구나	如古藎臣

그이의 벗 유언호 규장각 직제학께서는 이런 사정을 잘 알아 묘지명을 이렇게 썼어요.

연암 골짜기는 산 곱고 물 맑은 곳	燕巖之洞山窈而水渌
여기에 시동생이 터를 닦아놓았지요	繄惟小郎之所營築
아! 가족이 다 함께 살려 했거늘	嗚呼鹿門盡室之計
마침내 여기에 몸을 맡기셨구나	竟於焉而托體
계시는 곳 안온하고도 굳으시니	旣安且固
모쪼록 후손들을 돌봐주소서	以保佑厥後

그이는 4남매 중 막내였어요. 맏이는 희원 아주버님이시고, 둘째는 덕수德水 이현모李顯模(1729~1812)의 부인 박씨(1729~1771)요, 셋째는 대구大邱 서중수徐重修(1734~1812)의 부인 박씨(1733~1809)이고, 막내가 바로 그이에요. 막내이기에 집안의 귀염을 독차지하고 가족의 사랑을 한량없이 받고 자랐겠지만, 도타운 정 또한 천연天然인 듯해요.

큰 누이가 돌아가셨을 때 그이의 애통함은 필설로 표현하기 어렵더군요. 큰누이 정부인 박씨에게 드리는 묘지명인 「백자증정부인박씨묘지명伯姉贈貞夫人朴氏墓誌銘」은 누이에 대한 그이의 마음결이 그대로 드러나지요. 큰누이의 운구를 실은 배를 보고 지은 글인데, 누이에 대한 정이 진솔하고도 낱낱하더군요.

아아!

누이가 처음 시집가는 날 새벽에 화장을 하던 일이 어제와 같다. 그때 내 나이 막 여덟 살이었다. 어리광을 피며 떠나는 말 앞에 누워 뒹굴면서 신랑의 말을 흉내내어 점잖이 떠듬적거리니, 큰누이는 부끄러워 얼레빗을 내 이마에 떨어뜨려 맞추었다. 나는 골이 나 울면서 먹을 분가루에 개어놓고 거울 가득히 침을 뱉어 놓았더니, 누이는 옥으로 만든 오리와 금으로 만든 벌을 꺼내서는 나에게 넌지시 건네어 울음을 그치게 하였다. 지금 벌써 스무 여덟 해가 되었다.

*명정_죽은 사람의 관직과 성씨 따위를 적은 기.

말을 강가에 세우고 멀리 바라보니, 명정銘旌*이 펄럭펄럭 날리고 돛대 그림자는 강물에 구불구불하더니 언덕에 이르러 나무를 돌아서자 가려서 다시 볼 수가 없게 되었다. 강 위의 먼 산이 검푸르러 마치 누이의 큰머리채와 같고 강물 빛은 누이의 거울과 같았으며 새벽달은 누이의 눈썹과 같았다.

가슴 저미는 누이에 대한 애틋함이에요. 이 누이는 열여섯에 시집가서 1남 1녀를 두고 마흔세 해를 사셨지요. 이 큰누이가 시집가는 날, 누이를 뺏겨 샘이 난 소년의 짓궂은 장난질과 부끄러워하는 누이의 모습이 잘 드러났어요. 이때 그이의 나이 서른하고도 다섯, 그런데도 내면의 동심세계를 그대로 드러내었으니 그이가 품고 있는 그리움이 얼마나 깊은지. 동생 재성이도 이 글을 "정을 따른 지극한 예"라고 평한 바 있고 이무관李懋官은 "작은 겨자씨 안에 수미산을 품고 있는 형국"이라며 저도 모르게 글줄을 따라 눈물 흘렸다고 하였지요. 이덕무는 그이의 제자 중 나이는 가장 많았지만 성격이 여린 샌님으로 책 보는 것 이

외에는 아무것도 할 줄 모르는 손방이었어요. 오죽하였으면 자신의 호를 간서치看書癡*라 하였을까?

*간서치_책만 보는 바보.

무관의 감성이 여린 면도 있지만 그이의 글에는 이렇듯 사람을 감동시키는 진정성眞情性이 있지요. 난 글을 잘 모르지만, 이 진정은 그이의 행동과 글이 일치하는 데서 나온다고 생각해요.

그이의 형님에 대한 마음도 다를 바 없었지요. 많은 이들은 그이를

『**종북소선**繩北小選』의 「망자유인박씨묘지명亡姉孺人朴氏墓誌銘」

『종북소선』은 좌소산인左蘇山人 이덕무가 1771년 10월 경, 연암의 글 10편을 뽑아 평점을 붙여 필사한 책이다. 좌소산인이란 호는 서유구의 호이기도 하지만 이덕무도 사용하였다. 윗부분의 글은 이덕무의 평이다. 자기는 누님이 없다 하며 연암 선생의 묘지명을 읽고 통곡하고 싶다고 적어 놓았다.

이에 관해서는 이덕무 평선, 박희병 외역, 『종북소선』(돌베개, 2010, 124~131쪽) 참조.

이씨 부인, 문 앞엔 빚쟁이가 기러기처럼 줄 섰고

종신토록 형형한 눈길로 노기 띤 숨 몰아쉬며 바람살 눈살 몰아치는 이 시절을 허랑허랑 걸어 간다고만 알아요. 그렇지 않아요. 비록 잔재미라곤 없는 사내지만, 속정은 그윽하니 깊고도 깊었어요.

그래, 지금 아주버니 희원 어른도 병증이 깊어 걱정이에요. 아주버니는 돌아가신 시아버님과 꼭 닮으셨지요. 그래서 그이는 아버지가 그리우면 늘 형님의 얼굴을 물끄러미 바라보았어요. 그 형님이 나하고 이승 떠나기를 앞서거니 뒤서거니 할 듯하니. 그이는 형님이 돌아가시면 형님을 그리는 글 한 편을 지어 두고두고 가슴 아파하겠지요.*

*이씨 부인의 말대로 그 해 7월, 형 희원이 사망하자 연암은 「연암억선형(燕巖憶先兄, 연암이 돌아가신 형님을 생각하여 지음)」을 짓는다.

내 형님의 모습이 꼭 누구와 닮았던고(我兄顔髮曾誰似).
아버지 생각날 젠 우리 형님 보았다네(每憶先君看我兄).
오늘, 생각나는 형님 어디서 본단 말가(今日思兄何處見).
의관을 갖춰 입고 시냇가로 달려가네(自將巾袂映溪行).

혹 자기의 얼굴에서 형의 모습을 볼 수 있지 않을까 하여 주섬주섬 옷을 챙겨 입고 시냇가로 부리나케 달려가는 연암의 모습이 그대로 드러난 시다. 무관 이덕무가 두 번이나 눈물을 흘렸다는 글이 바로 이 글과 앞의 「백자증정부인 박씨묘지명」이다.

내 집은 가난했지만 생황이며 가야금 등 여러 악기가 있었어요. 특히 담헌 홍대용 어른이 찾아온 날이면 한바탕 연주에 술상도 길어지고 그이는 풍류남아였지요. 그이의 노랫소리는 맑고도 기개가 넘쳤고 악기소리는 저고리 곡선마냥, 버선코마냥 부드럽게 솟구쳤지요. 그럴 때면 나는 술상을 차리다가 가만히 엿들었어요. 가만 생각해 보니 그이의 노랫소리를 못들은 지도 서너 해는 된 듯해요. 담헌 어른이 세상을 떠난 뒤, 그이가 모든 악기를 치워 버려서지요. 그 뒤론 늘 혀끝에 담아 두던 담헌이라는 정겨운 이름도 들을 수 없었지요. 백아절현伯牙絶絃이 이를 두고 하는 말임을 나는 그제야 알았어요.

그이에게서 나 이외의 여인을 본적이 없다

나는 지금까지 그이에게서 나 이외의 여인을 본적이 없어요. 오늘도 조선 양반들의 후원에선 노랫소리 드높고 기생집은 도처에 넘치지만 그이와는 별 세계였지요. 비록 혀끝에 바늘을 숨기고 눈썹 사이에 도끼를 희롱하는 여인이라도 그이의 처신을 욕되게 하지는 못해요. 그이가 가장 즐거워하는 일은 득의得意의 문자를 얻어 한두 사람 술상을 마주하고 글읽고 감상하는 일뿐. 술상을 차리는 나에게 상냥히 건네는 웃음도 늘 잊지 않았지요.

이제 내 몸이 시나브로 쇠약해짐을 느껴요. 정신이 까무룩한 것이 잠시 마루에 앉아 있는 것조차도 힘겹군요. 그이와 내가 함께할 날이 얼마 남지 않았단 뜻이지요. 내 죽은 뒤 그이를 모실 새 여인이 생겼으면, 그이가 돌아오면 오늘은 말을 해야겠어요.

내 삶은 가난으로 시작해서 오늘까지 가난이란 두 글자와 살아 왔지요. 가난한 선비 집안의 부인네들에게는 가난이 바로 병이요, 병이 바로 가난이에요. 나는 친정도 가난했고 시집도 가난했지만 내 삶은 친정에서도 시집에서도 병이 들었다고 생각한 적은 한 번도 없어요. 나는 가난이란 무서움보다 내 아버지와 그이의 사랑이 더 행복했기 때문이지요. 나는 그렇게 가난을 사랑 속에 묻고 살았어요. 그리고 그이의 말처럼 집안의 가학家學인 청빈을 본분으로 하고 독서하는 후손讀書種子을 키운 삶이었기에 여한이 없어요. 인생고초 누군들 없겠는지요.

"쓰람, 쓰람……"

'어정칠월 건들팔월'이라는데, 쓰람은 제 목숨 다한다고 애처롭게 울고, 팔월의 햇살은 기세 좋게 마당가에 내리 부어요. 쇠뿔이라도 녹일 듯. 삶의 여운일랑 멍석에 널어 저 햇살에 말리면 좋겠어요. 담장에 기댄 해바라기는 노란 얼굴을 곱게 들었네요.

그러고 보니 안마루에서 올려 본 추녀 끝의 하늘은 구름 한 점 없이 파랗기만 해요.

연암의 부인으로 동갑내기이다. 연암의 집안에 시집와서 온갖 고생을 다하다 연암이 벼슬길에 나간 지 반년도 못 되어 이승을 달리한다. 가난으로 이곳저곳 거처를 옮겨야 했지만 눈썹조차 찡그리지 않는 여인이었다. 사람들은 여자이지만 독서군자 같다고 하였다. 겨우 궁꿉을 면하자 곁을 떠났으니 연암의 마음이 여북했겠는가.

연암은 평생 이씨 부인 외에 여인을 마음에 두지 않았다. 지방 수령으로 있을 때 관기들이 무시로 시중을 들었으나 집안 식구처럼 지낼 뿐이었다. 가끔씩 술자리에 흥이 돌고 여인들의 노랫소리가 드높아지기라도 하면 연암은 장엄한 얼굴로 꾸짖어 물리쳤다. 이재성은 이를 두고 "마음 다스림이 이 정도는 되니 대장부시다!"라고 하였다. 연암의 이러한 마음은 평생을 지속하여 첩조차 두지 않았다.

연암은 이씨 부인을 잊지 못했고 20여 편의 시를 남겼으나 현재 단 한 수도 남아 있지 않다. 연암이 후일 정3품 당하관堂下官에 올라 죽어서야 숙인淑人이 되었다. 반남 박씨 선영이 있는 경기도 장단 송서면 대세현 남향에 묻혔다. 1805년 12월 5일, 연암 또한 먼저 기다리고 있던 부인의 묘에 합장되었다.

〈연암선생국죽지도燕巖先生菊竹之圖〉

고결함을 상징으로 하는 문인화의 대표적 소재인 사군자四君子(매난국죽) 중 국화와 대나무를 그린 그림이다. 문인화란文人畵란, 학문과 덕망이 높은 선비가 풍류를 즐기면서 그렸던 그림인데 시詩 · 서書 · 화畵를 두루 익혀야만 가능하였다. 두 송이 국화 사이로 대가 반원을 그리며 나란히 어울리고 좌측의 국화 위에는 두어 마리 나비도 보인다. 본래 이가원 선생이 소장하던 자료로 현재는 단국대도서관에서 소장하고 있다.

06

박종채, 개를 키우지 마라

연암의 둘째 아들인 박종채는 형인 종의가 양자를 가 장자로서 연암학을 이었다. 학문에
대한 식견이 매우 높아 연암의 일대기를 엮은 『과정록』을 지었으며 맏아들 박규수에게
연암의 학문을 가학으로 계승케 하였다. 후일 장남 박규수는 우의정에, 차자 선수는
공조판서, 형조판서 등을 두루 역임하였다. 이 장에서 박종채는 아버지를 어머니와
합장해 드린 날, 아들로서 본 연암의 인품과 가족사를 중심으로 이야기한다.

깨끗이 목욕시켜다오

"깨끗이 목욕시켜다오."

아버지께서 돌아가실 때 남기신 한마디다. 그 날로부터 한 달 보름
이 지난 을축년(1805) 섣달 초닷새, 오늘. 아버지를 장단 송서면 대세현
에 있는 어머니와 합장해 드렸다. 아버지께서는 임술년(1802) 할아버
지 장간공 묘소 문제로 유한준과 대두리*가 났다.   *대두리_큰 다툼.
이후 내내 몸이 좋지 않으셨다. 팔다리에 마비가 오는 풍담기와 가슴
이 무시로 두근거리는 정충기도 보이셨다. 여기에 치질이 꽤나 아버지

를 괴롭혔다. 작년 여름부터는 말씀까지 어눌해지시더니 환후가 심중
해지고 끝내 올해 시월 스무 날 돌아가셨다.

염습할 때 보니 아버지의 피부는 희디희셨으며 안색은 마치 잠드신
듯하였다. 아버지께서 돌아가실 때 남기신 저 말씀 한 마디에 당신의
명쾌하고 개결한 성품이 보인다. 아버지의 유언대로 반함은 하지 않
았다.

"반고와 사마천 같은 문장을 타고 났지만 까닭 없이 비방을 당한다."
집안사람이 북경의 점쟁이에게서 얻어낸 아버지의 점괘란다. 맞지 말
아야 할 점이건만 아버지의 삶은 저 점괘에서 벗어나지 못하였다.

아버지는 많은 이들에게 평생 동안 적의에 찬 빈정거림을 당했다.
그중 가장 대표적인 이가 창애菖厓 유한준兪漢雋(1732~1811)이다. 이 이
가 일으킨 사단은 '네 집 쇠뿔이 아니면 우리 집 담장이 왜 무너지랴!'
는 격으로 아버지의 명을 끝내 재촉하였다. 고상한 선비 담옹澹翁 김기
순金記淳(1749~1827) 어른께선 의학에 뛰어나셨는데 아버지를 송강 정
철鄭澈(1536~1593)과 남명 조식曺植(1501~1572)에 비기며 "마음속에 억
눌려 감춘 게 있는데 풀어버리지 못하여 뒷날 화병이 날 것"이라 하셨
다. 이 말이 꼭 들어맞은 셈이다.

유한준, 이 자는 우리 집안과 백대의 원수이다. 할아버지 장간공 묘
소 문제로 유한준이 우리 집안을 해코지한 일은 임금께서도 세상 사
람들도 다 안다. 발단은 사실 작은 일에서 비롯되었다. 내가 후일 유 씨
집안사람에게 들은 바로는 아버지께서 젊으셨을 때 유한준의 글을 두
고 폄하한 일 때문이라 한다. 아버지께 들으니 유한준의 글이 전고典故

가 맞지 않아 이를 넌지시 지적하신 일이 있다고 한다. 이 자는 끝내 분함을 삭이지 못하였고 이후 사사건건 아버지와 우리 가문을 욕보였다. 특히 아버지께서 포천에 증조할아버님 장간공 묘지를 만들 때 일을 생각하면 지금도 치가 떨린다.

유한준은 일족을 시켜 고의로 증조할아버님 묏자리를 파내 집안 간에 돌이킬 수 없는 심각한 대립을 빚었다. 아마도 증조할아버지의 묏자리가 풍수지리상으로 좋았나 보다. 아버지께서는 다투기도 싫고, 또 후손들이 자신들의 복을 빌기 위해 묏자리를 구하는 풍수지리설을 아주 싫어하셨다. 급히 묏자리를 알아보고 양주楊洲 성곡리星谷里로 옮기기로 하였다. 그러나 유한준은 택일한 날을 겨우 아흐레 남겨두고, 기필코 증조할아버님의 묘를 파헤쳐 관을 드러내 놓고야 말았다. 이 일로 아버지는 크게 상심하셨고 끝내 돌아가셨다. 속담에 '범도 상주는 잡아먹지 않는다' 하거늘 어찌 이런 일이 있는가. 우리 집안의 원수가 아닐 수 없다.

반함飯含을 하지 마라

아버지께서는 반함을 하지 않으셨다. 반함은 염할 때 돌아가신 이의 입 속에 구슬과 쌀을 물리는 저승 노자이다. 아버지께서는 올바른 삶을 사는 유자들로서는 낯뜨거운 짓이라며 반함을 말라고 단호히 말씀하셨다. 반함을 하지 말라는 아버지 말씀은 홍대용洪大容(1731~1783) 어른과 한 약속이기도 하다. 아버지께서 연암협에서 궁색한 살림을 이으실 때 당시 영천 군수로 있던 홍대용 어른은 얼룩소 2마리, 공책 20권, 돈 200민繃 등을 보내면서 아버지의 저술을 격려해주셨다.

홍덕보 어른의 자는 덕보德保, 호는 홍지弘之로 풍채가 좋고 은은한 수염이 꽤 멋진 분이셨다. 본관은 남양南陽으로 당호인 즐거운집湛軒으로 널리 불린다. 아버지께서는 이 어른을 천하지사天下之士라 하였고, 이 어른은 아버지의 "문장 품위와 인망을 저는 존경합니다" 하고 "역경에 빠져 알아줌을 만나지 못하였으나 사내다운 기개와 도량이 확 트였다" 하였다.

덕보 어른의 스승은 미호渼湖 김원행金元行(1702~1772) 선생으로 낙론洛論*의 대표적 학자였다. 한번은 아버지께서 소를 타고 미호 어른 댁을 방문하자 "내 오늘 빼어난 인물을 보았다"라고 여러 제자들에게 말씀하셨다고 한다.

아버지가 돌아가신 뒤 족숙族叔인 준원準源 어르신이 지은 「소를 타고 미호 선생을 찾아뵈었더니 빼어나다는 평이 그 자리에서 높았네」라는 만사輓詞*는 이를 두고 말함이다.

덕보 어른은 아버지와 매우 친분이 깊으셨는데 바로 이 미호 어른의 제자이다. 덕보 어른은 을유년(1765) 북경을 방문하였고, 이때 중국학자들 및 독일계 선교사들을 만나 서양 문물에 대한 견문을 넓혔다. 귀국 후 유학보다도 군국軍國과 경제에 관심이 깊었으며, 신흥 상공인의 처지를 응원하는 사회개혁사상을 펴기도 하셨다. 덕보 어른은 과학사상이며, 수학, 천문에 대해서도 조예가 깊으셨다.『주해수용籌解需用』과『의산문답醫山問答』은 조선 안의 유자라면 모르는 이가 없다.

이러한 덕보 어른의 혁신적 개혁사상은 아버지 뜻과도 일치한다. 이두 분의 주위로 사람들이 모였고, 이분들이 세칭 북학파北學派라 불리는이덕무, 박제가, 유득공, 이서구, 서유구 어른이다. '북학'이라는 말은『맹자』「등문공 장구상」의 "진량은 초나라 태생이니, 주공 및 공자의도를 좋아하여 초나라의 북쪽인 중국에 와서 배움을 구하였는데, 북방중국의 학자들도 그보다 앞선 자가 없었다陳良 楚産也 悅周公仲尼之道 北學於中國, 北方之學者, 未能或之先也"란 대목에서 따온 말이다. 풍석楓石 서유구徐有榘(1764~1845) 어른에게는 내 아늘 규수를 보내어 학문의 연을 잇게 부탁하였다. 풍석 어른은 개인적으로 우리 집안과 인척이다. 내 둘째 고모부가서중수徐重修이고 아버지와 함께 연행한 집안 어른 박래원朴來源이 풍석어른의 양부養父 서철수徐澈修 어른의 장인이다. 어른은 「자연경실기自然經室記」에서 도道가 "기와, 벽돌에도 있으며 오줌에도 있으며 하물며 벼루, 안석, 종묘의 솥 등에 있다"고 하였다. 트인 사고를 지니셨으며 광괴光怪*를 매우 중요시여긴 분이다. 풍석 어른은 *광괴_작가의 독특한 정신.늘 아버지의 말솜씨가 글솜씨보다 더 넉넉하다고 하셨다. 실상 아버지가 한번 말씀을 하시면 그 도도함은 장강長江이요, 변화함은 소나기가퍼붓는 듯하고, 핵심을 찌르기는 번개가 내리치는 듯하고, 무궁한 언술은 안개가 피어오르셨다.

특히 아버지께서는 덕보 어른과 만나면 현하지변縣河之辯이 끝 간 데 몰랐다. 덕보 어른은 아버지께서 가장 믿고 따랐던 스승이며 벗이다. 아버지께서는 이 덕보 어른의 장례를 치를 때 아드님인 원薳(1764~1818)에게 반함을 못하게 하셨다. 원 어른은 아버지의 벗인 신광온申光蘊 어른의 사위이다. 아버지께서 지으신 덕보 어른의 뇌誄 한 구절이다.

| 죽었지만 입안에 구슬도 머금지 않았으니 | 口中不含珠 |
| 보리시나 읊조리는 타락한 선비를 슬퍼해서라네. | 空悲詠麥儒 |

개를 기르지 마라不許畜狗

반함과 함께 아버지의 인품을 바투 들여다 볼 수 있는 게 개다. 우리의 삶에 푼푼한 이야깃거리를 건넨 개들은 즐비하다. 개에 대한 속담도 그만큼 된다. 대부분 상대의 허물을 꾸짖는 비유로서 등장하지만, 우리와 삶을 같이하는 동물이라는 반증이기도 하다. 그중 "개 같은 놈"이니, "개만도 못한 놈"이라는 욕이 있다. 앞 것은 그래도 괜찮은데, 뒷욕을 듣는다면 정말 삶을 다시 한번 생각해보아야 한다. 그런데 빈 말이 아니라 후자 쪽의 욕을 잡수실 속유俗儒들이 지금 세상에는 넘쳐난다. 내 후대에는 그런 부류의 유자가 없었으면 하는 마음에서 이 이야기를 하나 지금도 이런 세상, 후손들이라고 다를까 싶기도 하다. 내 말만 귀양 보냄을 알면서도 말하니, 사람 사는 세상 그야말로 개가 웃을 일이다.

내 아버지께서는 "개를 기르지 마라"고 하셨다. '개를 기르지 마라'는 아버지의 성품을 단적으로 드러내는 결절結節이다. 나는 이 말씀이 아버지 삶의 동선이라고 생각한다. 나는 아버지께서 켜켜이 재어놓은 언어들 중, 저 말로 아버지의 삶을 따라가는 출발점을 삼는다.

한번은 내가 그 이유를 물었더니 이렇게 말씀하셨다. "개는 주인을 따르는 동물이다. 또 개를 기른다면 죽이지 않을 수 없고 죽임은 차마 못 할 일이니 처음부터 기르지 않느니만 못하구나."

내 그때 여남은 살이었지만 말눈치로 보아 정을 떼기 어려우니 아예 기르지 마라는 소리쯤은 알아들었다. 계층이 지배하는 이 시대, 양반이 아니면 '사람'이기조차 죄스럽다. 그런데 누가 저 견공들에게 곁을 주겠는가. 학문을 하는 이조차 허명虛名과 부귀에 기식하는 지식상知識商이 된 지가 얼마이던가. 정녕 몇 사람이 저 개와 정을 농하였겠는가? 이미 저들에게 자득지학自得之學은 말뿐이요, 이방의 외피만을 추수하는 의양지학依樣之學의 노예가 된 지 400년이다.

아버지는 또 기러기는 형제를 뜻한다고 잡숫지 않으시고 까마귀는 새끼가 자라서 늙은 어미에게 먹이를 물어다 주는 반포지효反哺之孝의 새라며 애틋하게 대하셨다.

나는 아버지 이외에 이런 분을 본 적이 없다. 그리고 이 한마디가 아버지의 삶, 아버지의 문학, 아버지의 사상이라고 확언한다. 많은 이들은 아버지께서 불의를 보면 몸을 파르르 떠는 의협인이요, 경골한硬骨漢으로 본다. 잘못 보았다. 이것은 아버지의 단면에 지나지 않는다. 아버지의 글도 그렇듯, 아버지의 심중은 여간해 헤아리기 어렵다.

아버지께서는 사방관四方冠* 이니 정자관程子冠* 이니 하는 사대부가의 격식 있는 차림을 평소에도 싫어하셨고 망건조차 오랑캐의 풍습이라 하셨다.

흰옷은 우리 풍습이 아니다

아버지께서는 「허생」에서도 "소위 사대부가 뭐하는 것들이란 말이냐? 오랑캐 땅에서 태어나 자칭 사대부라 뽐내다니, 이런 어리석을 데가 있느냐? 의복은 흰옷을 입으니 이것이야말로 상인喪人이나 입는 것이고 머리털을 한데 묶어 송곳같이 만드는 것은 남쪽 오랑캐의 습속에 지나지 못한데, 대체 무엇을 가지고 예법이라 한단 말인가?"라고도 하셨다.

선학자이신 이수광李睟光(1563~1628) 어른도 『지봉유설芝峰類說』 「제국부諸國部」 「풍속風俗」에서 "우리나라 사람들이 즐겨 입는 흰옷은 아마도 '은나라 태사太師, 기자箕子'가 남긴 풍습이 아니겠는가東方人好着白衣 豈亦殷太師之遺風歟" 하였으니 그 연원이 꽤 오래이나 우리 본래의 것이 아님을 알 수 있다. 또 이수광의 같은 책, 『군도부君道部』 「법금法禁」을 보면 선왕조에는 '백의금난白衣禁亂', 즉 흰옷 입는 것을 금지 단속하는 법이 있었고 흰옷을 입는 풍속이 완연하게 된 것은 "가정嘉靖(1522~1566) 을축년(1529) 이후 여러 번의 국상을 당하여 계속해서 흰옷을 입은 것이 드디어 풍속을 이루게 되었다嘉靖乙丑以後 累經國恤 仍着素衣 遂成風俗" 적어 놓았다.

이로 미루어 볼 때, 국상으로 인한 잦은 소복이 내쳐 풍습으로 변하였음을 알 수 있다.

그래 아버지께서는 우리의 몸에 맞는 옷을 해 입으셨고 안의 벼슬길에 나아가서서는 잔심부름을 하던 아이들에게 땋은 머리를 풀고 머리를 양쪽으로 갈라 뿔처럼 동여맨 쌍상투를 틀게 하였다. 이때 아버지께서는 나에게도 변발을 풀고는 쌍상투를 시켰으며 관례冠禮 때 입던 예복인 사규삼四揆衫을 입도록 하셨다. 상투에 대해서 아버지는 깊은 뜻이 있으셨다. 오랑캐 청나라는 명나라를 점령하고 우리 처지와 같은 한족의 상투를 모조리 잘랐다. 지금 중국은 하나같이 변발을 한 자들뿐이다. 청은 우리 조선을 두 차례나 침입하여 능멸하였으나 상투만은 그대로 두었다.

『열하일기』「동란섭필」을 보면 청 태종太宗에게 신하들이 여러 번 우리나라 사람들의 머리를 깎도록 권했다고 한다. 그때 청 태종이 "조선인은 예의를 중히 여겨 머리털을 자기 목숨보다 사랑하니 만일 억지로 꺾는다면 우리가 철수한 뒤에는 반드시 반복할 터다. 그들의 풍속에 따라 예의로서 얽매어 두는 것만 못하다. 저들이 도리어 우리 풍속을 익혀 말을 타고 활쏘기에 편리해진다면 우리에게 이로울 게 없다"고 하였다며, "우리 쪽으로 보면 상투와 망건을 하는 것이 더없이 다행인 듯하나 저쪽의 계책으로 보자면 우리들의 문약文弱함을 그대로 두려던 것이니, 실상은 우리의 다행이 아니다" 하셨다.

또 같은 글에서 우리의 도포나 갓 또한 중국에서는 중의 옷차림이라 비웃음을 당한 일도 써놓으셨다. 사람들은 아버지의 이러한 깊은 뜻을 전혀 모르고 객쩍은 비방들만 해댄다.

유한준이 아들 유만주를 아버지에게 보내 글쓰기를 물은 것도 그렇다. 유한준 부자는 아버지의 편지를 보고 몹시 불쾌했다고 한다. 글 짓는 법을 물었는데 아버지께서 "예禮가 아니면 보지 말고, 예가 아니면 듣지 말고, 예가 아니면 움직이지 말고, 예가 아니면 말하지 말라"는 『논어』「안연」구절을 일러 주었기 때문이다.

사실 이 문제는 전혀 유한준이 화낼 일이 아니다. 아버지는 분명히 글 쓰는 방법을 가르쳐주셨기 때문이다. "예가 아니면 보지 말고, 예가 아니면 듣지 말고, 예가 아니면 움직이지 말고, 예가 아니면 말하지 말라"는 이렇게 하여 나온 말이기 때문이다. 안연이 인仁을 묻자, 공자는 "극기복례克己復禮*가 인을 실행함이니, 하루라도 자신의 사욕을 이겨 예로 돌아간다면 천하 사람이 모두 어질다고 하겠지" 한다. 다시 안연이 그 실행 조목을 구체적으로 묻자, 공자께서는 "예가 아니면 보지 말고, 예가 아니면 듣지 말고, (…후략…)" 하셨다. 안연은 이 "네 가지를 하지 않음四勿"으로써 극기복례를 실천하였다. '극기복례'는 공자의 최고 사상인 '인'이니, 우리가 세상을 살아가며 마땅히 추구해야 할 대상이다.

*극기복례_자신의 사욕을 이겨 예로 돌아가는 것.

아버지께서 이 말을 끌어 와 글쓰기 방법으로 알려 준 것은 결국 '바른 마음으로 사욕 없이 쓴 글', 그 글이 바로 인간의 궁극적인 가치인 '인'으로 이끈다는 뜻이다. 글을 써서 부귀영화나 명예와 잇속, 권세나 누리려는 사욕을 아예 버리고, 저 '인'과 '극기복례'의 마음으로 글을 쓰라는 주문이다.

유만주의 부친인 유한준은 진한고문秦漢古文을 추종하는 문장가로 진사시에 합격하였고 형조참의를 지낸 조선 유자의 전형적인 인물이다. 응당 낮은 백성에게 눈을 돌리고 양반들에게 붓끝을 겨눈 아버지의 글쓰기와는 다른 과거글을 문장으로 여겼다. 아버지의 글쓰기는 진한고문과는 멀찍이 있었으며 과거도 벼슬도 영 못마땅해 한다. 오직 맑은 마음으로 글쓰기에 임하여 사람 사는 세상을 그려낼 뿐 글을 통해 사욕을 취하려 하지 않았다. 그러니 만에 하나 유만주가 혹 제 아비처럼 과거나 생각하여 글만 웃자랄까 저어하는 마음으로 조심스레 '극기복례식 글쓰기 방법'을 일러 준 것이다.

아버지는 때론 저렇듯 매몰차시지만 한편으로는 여린 심성을 동시에 지닌 분이다. 아비지는 상대에 따라 극단으로 다른 모습을 보인다. 위선자들에게는 서슬 퍼런 칼날을 들이대는 단연함을 보이다가도 가난하고 억눌린 자, 심지어는 미물에게까지 목숨 붙이면 모두에게 정을 담뿍 담아 대하셨다.

아내와 편지 한 장 주고받지 못한 게 한이다

마흔두 살 되신 해, 아버지께서는 황해도 금천군 연암협으로 홍국영洪國榮(1748~1781)의 화를 피해 우리 가족을 이끌고 들어가 빈궁한 생활을 하였다. 아버지께서 연암 골짜기로 몸을 피한 이유는 다름 아닌 당대 세도가 홍국영 때문이다. 홍국영은 효의왕후孝懿王后를 독살하려다가 발각되어, 집권 4년만에 가산을 몰수당하고 고향에 내려가 병으로 죽었지만, 선왕先王* 시절, 한 때 홍국영은 이 조선을 쥐락펴락했다. 그는 선왕의 두터운 신임을 받으며 여러 개혁을 꾀했고 일시적인 성공을 거두었다. 조정의 백관은 물론 8도감사나 수령들도 그의 말이라면 감히 이의를 제기하지 못했다. '세도勢道'라는 말도 이 사람에게서 생겨났다. 그러나 개혁을 추구하던 그가 음험하게 자신의 누이동생을 후궁으로 바쳐 원빈元嬪으로 삼으면서 비틀걸음을 치기 시작했다.

*선왕_정조.

원빈이 1년 만에 병들어 죽자, 선왕의 동생인 은언군恩彦君 인裀의 아들 담湛을 원빈의 양자로 삼아 완풍군完豊君에 봉하고, 다시 상계군常溪君으로 고쳐 봉하여 왕의 후계자로 삼도록 함으로써 자신의 세도정권을 유지하려 했다. 이에 비분한 아버지께서 같은 노론이면서도 홍국영을 비난하는 상소를 올리셨고, 이 편지가 선왕이 아닌 홍국영의 손으로 들어갔다고 한다. 당시 절대 권력을 누리던 홍국영이 아버지를 미워한 것은 당연한 일이다. 호시탐탐 별렀을 테고 이를 안 칙지헌則止軒 유언호兪彦鎬 어른께서 황급히 아버지에게 몸을 피하게 하신 전말이 있으니, 아버지의 가난은 이미 아버지의 삶과 같이할 숙명이었는지도 모른다. 이때가 아버지의 생애 중 가장 고립과 침잠의 시기가 아닌가 한다.

'연암燕巖'이란 호는 연암협, 제비바위골에서 비롯되었다. 아마 우리 조선의 청빈淸貧 열전列傳을 짓는다면 아버지께서는 반드시 이 연암협 생활로 그 목록에 이름을 올리실 것이다. 그때 나는 이 세상에 태어나지도 않았는데 이서구 어른께 저 시절 이야기를 들었다. 이서구 어른이 한번은 연암골로 아버지를 찾아갔더란다. 아버지께서 사랑채 마당 가에서 여기저기 구멍 뚫린 중치막中致莫*을 걸치고 망건차림으로 조그마한 까치 한 마리와 농을 하고 앉아 계시더란다.*

아버지는 까치에게 "맹상군孟嘗君은 전연 없고 다만 평원객만 있구나" 하셨다. 돈은 없는데 손님이 찾아왔다는 말씀이다. 맹상군은 전국시대의 귀족으로 성은 전田, 이름은 문文이었다. 우리말로 돈을 전문錢文이라고 하기에 음의 유사를 들어 비유하셨고, 평원객平原客은 조나라 사람으로 손님을 좋아했기에 끌어 오신 비유이다. 결국 돈은 없는데 손님이 찾아왔다는 말씀이라, 이서구 어른이 그 연유를 물었단다.

"아, 며칠 전 보니 저 까치 새끼가 마당에 앉았는데, 그 걷는 모습 데똥데똥하는 게 되우 우습지 않겠나. 가만히 봤더니 다리가 부러졌지 뭔가. 그래, 내가 마침 밥 알갱이를 몇 개 던져줬지. 그게 그래서인지, 아 이놈이 날아가더니만 이제는 매일 오지 않나. 그런데 딱하게도 내 저놈에게 줄 밥이 없어" 하며 안쓰러워하시더란다.

당시 아버지께서는 끼니 때우기조차 어려웠다고 한다. 강산 이서구

*중치막_조선시대, 벼슬을 하지 않은 선비 계급에서 입던 겉옷.

*연암의 이러한 모습은 여러 곳에 보인다. 아래는 연암과 제비와 노니는 한 장면이다. 박남수에게 쓴 편지 「답남수」에 보인다.

문득 보니 발(簾) 곁에서 제비가 지저귀는데, 이른바 '회여지지 지지위지지(誨汝知之 知之爲知之)'라 하기에, 나도 모르게 웃음을 터뜨리며, "네가 글 읽기를 좋아하는구나. 그러나 '바둑이나 장기도 있잖니? 아무것도 하지 않는 것보다야 낫지 않겠니'라 하였네." 내 나이 사십이 못 되었는데 벌써 머리가 허옇게 세고 정신과 태도도 이미 노인 같으니. 제비 손님과 장난치며 웃으니 이것이 노인이 소일하는 비결이라네(忽見簾榜 語燕啁喃 所謂誨汝知之 知之爲知之 不覺失笑曰 汝好讀書 然不有博奕者乎 猶賢乎己 吾未未四十 白頭 其神情意態 已如老人 燕客嬉笑 此老人消遣訣也).

'회여지지 지지위지지'는 『논어』 「위정편」에서 공자가 자로에게 한 말이다. 공자는 '아는 게 무엇인지 가르쳐 주마' 하고는 "지지위지지 부지위부지 시지야(知之爲知之 不知爲不知 是知也 : 아는 걸 안다 하고 모르는 걸 모른다고 하는 것, 이것이 바로 아는 거니라)"라 하였다. 이 "지지위지지~" 음이 제비의 지저귀는 소리와 비슷하다 하여 끌어 온 말이다.

어른 말씀으로는 그때 아버지께서 사흘을 굶고 계셨다고 한다. 굶주린 아버지와 다리 부러진 까치 새끼—, 그 까치에게 밥알을 주며 농을 하시는 아버지. 아닌 말로 책력* 보아 가며 밥 먹던 시절 아니신가. 당신

*책력_달력.

도 사흘을 굶을 정도로 극도의 가난 속에 계시면서도 아버지는 다리 부러진 까치 한 마리에게조차 애정을 거두지 않으셨다는 말씀이다.

이서구 어른은 이때 기록을 「하야방연암장인기夏夜訪燕巖丈人記」에 기록해 두셨는데 "내가 연암 어른을 찾아 가보니 사흘 동안이나 아무것도 드시지 못하였다. 망건을 벗고 버선도 벗고서는 방의 창문틀에 다리를 올려놓고 누워서는 행랑의 천한 아랫것들과 말을 주고받으셨다"고 적어 놓았다.

연암골은 이웃집이라고 해야 숯을 구워 살아가는 가난한 민가 몇이 전부요, 호랑이가 출몰할 정도로 외진 산골이다. 아버지께서는 오두막을 지어 놓고 돌밭 약간을 개간하여 뽕나무를 심어 생계를 꾸리셨다고 하니, 굶는 날이 다반사요 서발 막대 거칠 것 없는 살림살이였다. 하기야 굳이 따지자면 이 가난은 아버지께서 초래하신 일이다. 아버지께서는 그렇게 세상에 대해 야멸차게 독을 품고 대드셨으니 재물이 따를 리 없었다.

아버지의 인품을 알 수 있는 일은 이외에도 많다. 아버지는 효성도 깊으셨다. 이것은 큰누이에게 들은 이야기인데, 할아버지께서 병환이 위중하여 오늘내일 하실 때 일이란다. 아버지는 약탕기에 당신의 손가락을 잘라 피를 떨어뜨리셔서는 할아버지께 드렸다. 할아버지께서는

이 덕분인지 회복하시어 종의 형님 돌까지 보셨다고 한다. 아버지의 자식으로서 부모에 대한 효성이 어떠했는지는 이러한 행적으로 보암 보암 미루어 짐작된다.

아버지께서는 어머니를 극진히 아끼셨다. 아버지는 어머니를 잃은 후 얼마 되지 않아서 또 형수님 상까지 당하셨다. 나는 그때 여덟 살이었는데 당장 음식을 챙겨줄 사람이 없었다. 사람들이 혹 소실을 얻으시라 권하였지만 아버지는 얼버무릴 뿐이시고 돌아가실 때까지 시중드는 첩조차 두지 않으셨다. 늘 어머니의 덕행을 말씀하면 불현듯이 처연하게 멍하니 하늘을 오래도록 올려다보신 기억이 지금도 새록하다. 어머니 이후 아버지에게 여인은 없었다. 아버지께서는 후일 지방 수령으로 계실 때도 시중드는 기생들조차 가까이 않으셨다. 기생들과 허여하며 집안 식구와 진배없이 지내셨지만 그 어떤 여인에게도 마음을 주지 않으셨다.

아버지의 글을 정리하다 「답족손 홍수 서答族孫 弘壽 書」라는 글을 보았다. "내 평생 언문이라고는 한 글자도 모르기에, 평생을 해로한 아내에게 끝내 편지 한 글자도 서로 주고받은 일 없었다. 지금에 와서 한이 되는구나"라는 글귀를 보았다. 이해 못 할 일이지만 아버지께서는 언문을 확실히 깨치지는 못하신 듯하다. 언문만 아셨던들 어머니와 주고받은 편지가 적지 않았을 터였다.

고기볶음 한 상자, 고추장 한 단지 보낸다

아버지의 성품을 알 수 있는 편지 한 통이 있다. 아버지께서는 임지
任地*에 계시거나 멀리 집을 떠나계시면 편지를
*임지_임무를 받아 근무하는 곳.
자주 보내셨다. 이 편지를 보면 가솔들에 대한 잔잔한 사랑이 그대로
드러난다. 이 편지는 병진년(1796) 삼월 초열흘날 형님께 보낸 편지 일
부이다.

> 초사흗날 관아의 하인이 돌아올 때 기쁜 기별을 가지고 왔더구나. '응애
> 응애' 하는 간난쟁이의 그 울음소리가 편지에 가득하더구나. 인간 세상의
> 즐거운 일이 이보다 더한 게 어디 있겠느냐? 육순의 늙은이가 이제부터
> 손자를 데리고 즐거워하면 됐지 달리 무엇을 구하겠니?
> 또한 다시 초이튿날 보낸 편지를 보니 해산한 며늘아기의 증세가 아직
> 도 몹시 심하다고 하니 아주 걱정이 되는구나. 산후복통에는 모름지기 생
> 강나무를 달여 먹여야 한다. 두 번만 먹으면 즉시 낫는다. 이것은 네가 태
> 어날 때 쓴 방법으로 노의老醫 채응우蔡應祐의 처방인데 신이한 효험이 있기
> 에 말해 준다. (…중략…) 병진삼월초열흘 중부仲父

이 편지를 보면 가솔들에 대한 잔잔한 사랑과 맏손자(효수)를 본 기
쁨과 며느리의 산바라지까지 세세히 걱정하는 모습까지 닮아 있음을
알 수 있다. 저 때 아버지의 연세 육순이셨다. 누구나 며느리의 산바라
지까지 저며 넣은 편지를 쓰지 않기에 형님과 형수님이 아버지의 인품

에 감격한 것이 어제 일인 듯하다. 편지 맨 뒤, 형님 종의에게 쓴 편지임에도 작은아버지인 '중부仲父'를 쓴 이유는 형님이 큰아버지께 양자를 가서이다.

한번은 아버지께서 손수 담근 고추장과 고기볶음, 감 따위를 보내셨다. 그리고는 우리에게 학문에 힘쓰라고 거듭 당부하는 편지를 보내셨다.

나는 고을살이 하다 한가한 틈이 나면 짬짬이 글을 짓거나 혹은 휘장을 내 놓고 글씨를 쓰기도 하는데 너희들은 해가 다 가도록 무슨 일을 하였느냐? 나는 4년 동안 『자치통감 강목』을 숙독하였단다. 두루 재삼 읽었지만 나이를 먹어서인지 책만 덮으면 금방 잊어버리니 부득이 작은 책자를 만들어서 요긴한 대목만을 가려 뽑아 적어두었지만 그리 긴한 것은 아니다. 비록 그러하나 기양技癢*이 시켜서 어찌할 수 없었단다.

*기양_지니고 있는 재주를 쓰고 싶어서 마음이 간질간질한 생각.

너희들이 하는 일 없이 날을 보내고 허송세월로 해를 보낼 것을 생각하니 어찌 안타까운 마음이 심하지 않겠느냐. 한창나이에 이러면 나이 들어서는 장차 어쩌려고 이러는 게냐? 웃음가마리지, 웃음가마리야.

고추장 작은 단지를 하나 보내니 사랑에 두고 밥 먹을 때마다 먹으면 좋단다. 이건 내가 손수 담근 건데 아직 온전히 익지는 않았다.

보내는 물건.

포脯 세 첩,

감편* 두 첩,

*감편_침감의 즙에 녹말과 꿀을 넣고 조리어 만든 떡.

고기볶음 한 상자,

고추장 한 단지.

아버지는 안의현감이셨다. 굳이 보내고자 하면 아랫것들을 시키면 될 것을 아버지는 손수 고추장을 담갔다. 자식에 대한 아버지의 사랑을 어찌 '고추장 한 단지'로 그치랴. 여기에 아버지는 우리들에 대한 따끔한 충고와 자신에 대한 경계도 잊지 않는다. 두 아들에게 공부를 면려하고 당신께서도 학문을 게을리 하지 않는다고 쓰신 게 그것이다.

쩨쩨한 선비는 되지 마라

지금 내 나이 스물여섯이건만 지금까지 과거를 보지 않았다. 내 형님도 마찬가지이다. 아버지께서는 우리 형제를 앉혀놓고 "남이 과거과거 하니까 나도 과거나 봐야지 하는 쩨쩨한 선비는 되지 마라. 웃음소리만 듣고 따라 웃는다는 격이라"고 늘 말씀하셨기 때문이다. 물론 아버지께서도 과거를 보지 않으셨다.

이런 나의 아버지시다. 그런데도 아버지를 '이단적' 혹은 '괴팍' 등의 치우친 성향의 어휘로 되질하려는 글을 본다. 아버지의 본 마음밭이 저렇게 순후하시거늘, 세상 말 잘 지어내는 호사가들의 할아다* 말이 참 어리석다.

내 아버지의 출생 증명은 양반임에 틀림없

*할아다_ 힐뜯다(남을 해치려고 헐거나 해쳐서 말하다).

다. 나의 7대조는 반남*박씨播南朴氏 박동량朴東亮

(1569~1635) 어른으로 금계군錦溪君에 책봉되고 호조판서를 지냈으며, 6대조이신 박미朴瀰(1592~1645) 어른은 선조 임금의 다섯째 딸인 정안 옹주貞安翁主와 혼인한 금양위錦陽尉이시다. 문자 그대로 우리 집안은 양반 가운데서도 으뜸가는 양반 집안으로 장안에 유명짜한 명문가이다.

이 시대 양반이라는 신분으로 태어났다 함은 분명 선택받은 인생이나 다름없잖은가. 더욱이 내로라 '한골 나가는 양반가'이니 특권층임에 분명하다. 그러나 고문갑제高門甲第라 하더라도 '어떤 양반들'만이 더욱 양반이던 시대였다. 우리 집안은 그 '어떤 양반'을 본체만체 여겼다.

아버지께서는 정사년(1737)에 할아버지 사유師愈와 할머니 함평이씨 咸平李氏 사이에서 차남으로 서울 반송방盤松坊 야동冶洞*에서 2남 2녀 중 막내로 태어났다. 22세 때부터 백탑白塔*에서 주로 살다 재동齋洞*에서 운명하셨다. 춘추 예순 아홉이셨다.

아버지 삶의 터전은 그야말로 조선의 국중國中임에 틀림없으나 삶은 누옥을 전전하셨다. 할아버지는 벼슬살이를 못한 포의의 선비였기에 생활 능력이 없었으므로 증조부인 지돈녕부사知敦寧府事 장간공章簡公 필弼자 균均자 어르신께서 아버지를 양육하셨다. 지돈녕부사는 정2품 벼슬이었다. 증조부께서는 당대 내로라하는 조선 예학의 대가인 종숙부 박세채朴世采(1631~1695) 어른께 수학하셨다.

증조부께서는 공조참판 등 관직에 있으셨음에도 할아버지는 물론 아버지마저 과거공부를 시키지 않으셨다. 할아버지께서는 당신의 종숙 되시는 여호黎湖 박필주朴弼周(1680~1748) 어른께 수학하셨는데, 이 어른은 이조판서와 우찬성을 두루 역임하셨다. 할아버지의 막내아우이신 사근師近(1715~1767)은 여호 어른에게 출계出系*하셨다.

*출계_양자로 들어 감.

할아버지와 아버지의 과거 배척에는 우리 집안의 가난도 한몫을 하였다. 아버지께 직접 들은 적은 없지만 살림이 어렵고 엄격한 가정 환경으로 책을 펴놓고 공부할 방조차 없었다는 것이 집안 어른들 말씀이다. 오죽하였으면 아버지께선 몇몇 동무들과 마당가에 서까래를 세워 얼기설기 집을 지었다고도 한다.

아버지의 학문이 늦은 것은 저러한 사연이 있었다. 아버지께서는 임신년(1752) 내 어머니이신 전주이씨全州李氏, 유안재遺安齊 이보천李輔天의 따님과 혼인하면서 비로소 『맹자』를 중심으로 학문에 정진하게 되었다. 외할아버지 이보천 어른은 대학자이신 기원杞園 어유봉魚有鳳(1672~1744) 어른의 둘째 사위이시다. 알다시피 기원은 김창협金昌協 어른의 제자이시다. 어유봉 어른은 과거 시험의 부정을 보고 대과 응시를 포기할 정도로 강직하셨다. 이 어魚 씨 집안은 우리와 겹사돈 관계이니 내 대고모부되시는 분이 바로 이 어유봉 어른의 장남인 어용림魚用霖(1721~1774)으로 아버지와는 고종 4촌 간이다. 더욱이 차남이신 어용빈魚用賓(1737~1781) 어른은 아버지와 동갑으로 그 외척 간의 친밀함이 남다르셨다. 어용빈 어른은 아버지께서 연암협에서 은둔하실 때도 편지를 주고받는 등 인척을 넘어 다정한 우애를 보이셨다.

외할아버지께서는 아버지의 첫 스승인 셈이다. 아버지께서 당시 양반네로서는 늦깎이 공부를 시작한 셈이지만 공부를 해내는 힘인 '글구멍'이 여간 아니었다.

가난이 가학家學이다

우리 집안은 본래부터 청빈했다. 가난이 가학이었다. 증조부 장간공께서는 청렴결백하고 검소하여 집안일에 마음을 쓰지 않았다. 집안의 법도 또한 엄격하여 조부님들 형제가 온종일 한 방에서 증조부님을 모셨으니 아버지 형제는 방이 있을 턱이 없었다. 말 그대로 뽕나무 지게문과 깨진 독 주둥이로 만든 봉창으로 매우 궁핍한 생활이었다.

그러나 가계의 빈곤이 아버지께서 학업을 하는 데 어려움을 주었을지라도 전부일 수는 없다. 더욱 큰 이유는 정치 참예를 극히 꺼리신 증조부 장간공의 뜻 때문이다. 조선의 국심에서 평생을 살다간 아버지시지만, 세상 풍파에 대껴나서 어수룩함이라고는 찾아볼 수 없이 되바라진 '서울까투리'*로 지내시지 않은 이유는 모두 이러한 내력이 있었다.

*서울까투리_ 수줍음이 없고 숫기가 많은 사람을 비유적으로 이르는 말.

아버지가 스물셋되던 해 할머니께서 돌아가셨고 서른하나에 할아버지마저 여의셨다. 아버지가 스물넷 되던 해, 증조부 장간공께서 돌아가셨는데 이때부터 우리 집안은 더욱 궁핍한 생활을 하였다.

아버지의 「증익장간공부군가장增益章簡公府君家狀」에는 이러한 곤궁함이 잘 드러나 있다. 이 글은 아버지께서 남긴 최후의 글로 내 손에 의해

쓰였다. 을축년(1805) 정월 초이레, 금상今上*께서 증조할아버지께 장간

章簡이라는 시호를 내리셨다. 아버지께서는 이 기회에 증조부님의 가장을 쓰시려 하였으나 이미 눈이 어둡고 팔은 마비되셨다. 허나 당신이 아니면 쓸 사람이 없기에 내 손을 빌려 구술을 받아쓰게 하셨다. 아버지께서는 이해 시월 스무날 별세하셨다.

벼슬한 지 30년에 밭과 재산은 물론 백금百金의 재산도 없었다. 성 아래의 낡은 집은 값이 궤미에 꿴 돈 30에 지나지 않았으나 돌아가시도록 거처를 바꾸지 않았으며 한 명뿐인 늙은 사내종에게 변변치 못한 밥조차 배불리 먹이지 못했다.

증조부님은 타고난 성품이 고결하고 담박하셨다고 한다. 일생 동안 세속의 영욕을 멀리하셨으며 예조·공조 참판, 동지돈녕부사同知敦寧府事 등의 벼슬을 두루 역임하셨으나 가난을 가훈인 양 남기셨다.

그래도 우리 조선의 양반들에게는 삶의 전환 기회가 한 번은 주어졌다. 과거라는 제도다. 아버지의 빼어난 글재주에 우리 집안이 노론임을 덧댄다면 아버지의 궁핍한 생활은 얼마든 면할 수 있음은 물론이요, 더하여 두길마보기*로 적당히 상사람들을 챙기고 집권자들에게 보

비위補脾胃*만 하면 일신의 영달도 얼마든 꾀할 터였다.

그러나 아버지께서는 벼슬자리에 욕기慾氣를 부리지 않았으며, 과거조차 탐탁스럽게 여기지 않으셨다. 사람들의 권유로 29세 무렵부터 과거를 보셨으나 여러 번 백지를 제출하신 것은 이 때문이다. 34세에는 감시監試*에 응시하여 1차

시험에 해당하는 초시初試 장원을 하기도 하셨으나, 몇 달 후 치른 2차 시험인 회시會試에는 아예 시험지를 내지조차 않으셨다.

아버지의 이러한 단안斷案 속에는 증조부 장간공의 가르침이 컸으나 과거 시험의 병폐와 제 편만의 이익을 농단하는 자들의 붕당도 적지 않게 작용하였다. 당시 조정에는 아버지의 문재文才를 탐하는 이들이 적지 않았다. 이들은 아버지를 반드시 회시에 끌어들여 합격시켜서는 조정에서 자신들의 입지를 강화하려 하였다. 아버지는 배를 주릴지언정 이들과 한 패가 될 수 없어 백지 답안을 내신 것이다.

꿈에 중을 보면 문둥이가 된다夢僧成癩*

아버지께서 연세 쉰에 벼슬에 나가신 것은 유언호 어른의 천거에 의해서였다. 그 첫 벼슬 은 선공감감역이란 말단 벼슬이었지만, 이때가 되어서야 비로소 우리 집안은 세 끼 밥을 챙겨 먹을 수 있었다.

아버지께서는 어머니께서 돌아가신 뒤, 종5품 한성부판관이 되셨으 나 유한준이 '원칙 없는 승진'이라 상소하여 안의현감으로 좌천되셨다. 아버지 연세 쉰다섯이 저물녘 일이다. 나는 겨우 열두 살로 아버지를 따 라 임지에서 생활하였다. 아버지는 이곳에서 쉰다섯 정월에서 예순되 신 해 봄까지 계셨다. 앞에서도 말했듯이 아버지께서는 심부름을 하던 아이들과 같이 나도 땋은 머리를 풀고 머리를 양쪽으로 가르고 양쪽으로 뿔처럼 동여 맨 쌍상투를 틀게 하고 옷도 사규삼을 입게 하였다.

아버지께서는 우리의 복식에 대해서 남다른 데가 있으셨다. 흰옷을 입고 일할 수 없다고 지적하시는가 하면 자신도 학창의를 만들어 입고는 관아에서 일을 보셨다. 사실 이 학창의鶴氅衣는 지체 높은 사람이 입던 옷옷의 한 가지로 흰 창의의 가를 돌아가며 검은 헝겊으로 넓게 꾸민 옷이지 별다른 것은 아니었다. 그러나 복식에 대해 잘 모르던 사람들은 이를 오랑캐 풍습으로 여겼다.

여기에 아버지께서 청에서 배운 벽돌을 사용하여 정각을 신축하자, '오랑캐 풍습을 조장하는 이'라며 수군들 댔다. 급기야는 이웃 함양군수였던 윤광석이 아버지께서 오랑캐 복장을 하고서 백성을 다스린다는 '호복임민胡服臨民'설을 지어 한양에 퍼뜨렸다. 들은 말로는 윤광석이 아버지의 선정을 경계하여 이러한 못된 짓을 꾸몄다고 한다. 윤광석은 이 외에도 아버지께서 살인 옥사를 처리하지 않았다고 비방하는 등 망령된 행동을 여러 차례 하였다.

이 말은 이내 『열하일기』에 대한 비방으로까지 비화됐다. 사실 『열하일기』는 애초에 세상에 전하려 쓴 것이 아니었다. 그런데 반도 탈고 못하여 남들이 전하고 베껴 세상에 두루 돌아다니게 되었고 아버지를 헐뜯어대는 글이 되었다. 아버지는 『열하일기』에 청나라 연호를 썼는데 이것이 사단이었다. 유한준은 이 '호복임민'에다가 명에 대한 의리를 망각하고 오랑캐인 청을 추종한 연호를 쓴 글이라는 '노호지고虜號之稿'를 덧붙여 비방하였으니, 아버지께서는 한 치의 명예를 얻자마자 한 자의 비방을 받은 셈이다.

당시 공식 문건이나 외교 문서에는 이미 청나라의 연호를 사용하였기에 사실 그리 큰 문제는 아니었지만 반청反淸 감정이라는 사회 풍조에 편승해서 아버지를 꽤 난처하게 하였다. 당시 선왕先王께서는 아버지가 문체에 대한 자송문만 바치면 크게 쓰시겠다고 하셨기에, 유한준이 이를 듣고 질투해서 저지른 일이 아닌가 한다.

'호복임민'에 '노호지고'까지 더하자 아버지를 비방하는 측들의 비방은 더욱 거셌다. 처벌을 원하는 상소까지 올렸으나 선왕先王의 지혜로움이 없었다면 아버지에게 어떠한 화가 닥쳤을지 모른다. 이러한 일이지만 아버지께서는 「답이중존서答李仲存書」에서 "꿈에 중을 보면 문둥이가 된다"라는 말로 일소에 붙이셨을 뿐, 소인배들의 행위에 일절 반응을 보이지 않으셨다. 우리 형제에게도 결코 남들에게 이러니저러니 변명치 말라는 당부의 말씀도 하셨다. 이 글에서 아버지께서는 '호복임민'을 의심받은 자신의 용모를 곽광霍光에 비기셨다. 곽광은 전한의 대장군이다. 황후의 외할아버지 신분으로 조정 일을 전담하여 20여 년간이나 여러 개혁을 꾀했다. 훤칠한 키에 얼굴이 해맑고 눈썹이 또렷하며 멋진 수염을 지녔다고 한다. 아버지께서 오랑캐 복장을 하고 백성을 다스린다고 하여 이 곽광을 끌어 비유하신 것이다. 그나마 이 편지도 외삼촌 재성 어른이 참다못해 아버지께 올린 편지에 대한 회신이다.

이때 한양 김이도 어른의 집에서 모임이 있었다. 이 자리에서도 이 말이 난 듯하다. 김이도 어른은 "상투 틀고 학창의 입은 오랑캐가 어디 있소. 또 오랑캐 연호라는 말도 가소롭소. 연암 어른은 오히려 오랑캐의 습속을 바꾸었고 『열하일기』는 오히려 춘추대의에 밝은 책이오"라고 좌중에 일침을 놓았다 한다.

이광현李光顯(1747~1809(1810?)) 어른도 처음에 아버지를 비방하였으나 만년에 찾아본 이후 "내가 같은 세상을 사는 현인 중에 하마터면 연암 어른을 잃을 뻔하였다. 내 비로소 근거 없는 비방을 듣고 사람을 논함이 망령된 일임을 알았다吾於幷世之賢 幾失燕巖丈 始知以浮謗論人者 妄也" 하고 지극히 존경하였으니 사우師友*의 예였다. 이 어른은 청안淸安* 현감을 지낼 때 깨끗한 관직 생활을 하셨다.

지금도 안의는 유명한 것이 있는데 바로 풍악이다. 아버지께서는 음악에 조예가 깊으셨지만 담헌 어른이 돌아가신 뒤로는 끊으셨다. 아버지께서는 이후 평생 동안 음악을 접하지 않았으니 담헌 어른에 대한 우의를 미루어 짐작한다. 아버지의 글 중, 「하야연기夏夜讌記」나『열하일기』의 「망양록忘羊錄」은 그 음악 세계의 깊이를 잘 보여준다. 특히 「망양록」은 중국인 윤가전尹嘉銓, 왕민호王民皥와 음악의 원리와 음악이 정치 문화 현상까지 영향 끼침을 논하는 글이다. 아버지께서는 왕민호의 입을 빌려 음악은 내용은 있지만 형태는 없기에 신비롭다 하며 음악을 들으면 "소름끼치도록 두렵고 떨리도록 놀랍다"고까지 하셨다.

아버지께서는 안의 지방은 산수가 빼어난데, 음악이 없다 하시고는 고을을 떠돌던 악공을 불러들여 서울의 음악을 모두 전수해주셨다. 이 악공이 고을마다 다니며 전수해서 안의의 풍악이 유명해졌다.

아버지께서 임기를 마친 뒤 고을 사람들이 선정비를 세우려 했지만 "주모자는 처벌하고 비는 깨부수겠다"고 엄히 말하신 기억이 어린 나

*사우_스승과 제자.

*청안_현 충청북도 괴산.

이였지만 아직도 잊히지 않는다.

박 등내等内*만큼이야 하겠어

갑신년(1824)에 안의 고장의 한 할미가 계산　　　　*등내_수령의 별칭.
동桂山洞, 濟生洞 내 집에 찾아 들었다. 이 집은 바로 안의 고을 정자와 같이
벽돌을 구워 만든 중국식 집이었다. 아버지께서는 서쪽에 작은 집을 만
들어 창문을 내고는 총계서숙叢桂書塾이라 하였다. '총계'란 은사가 사는
곳을 뜻한다. 할미는 안의의 관청 정자와 내 집이 비슷해서 찾아들었다
고 했다. 할미는 쌍쌍투를 틀고 있던 내 모습도 자세히 기억하였으며 지
금도 고을 사람들은 새 사또가 오면 "박 등내만큼이야 하겠어"라고들
한다 했다. 아버지 시절을 그리워함이다.

아버지께서는 정사년(1797) 연세 예순하나　　　　*면천_현 충청남도 당진군 면천면.
되던 해에 면천沔川* 군수로 자리를 옮겨 선정을 베푸셨다. 이때 내 나
이 열일곱이었다. 아버지께서는 이 면천 군수 시절에「한민명전의限民
名田義」,「안설按說」이 첨부된『과농소초課農小抄』를 지어 올렸다. 이는 아
버지께서 직접 보고 다스린 농촌의 실태를 소상히 적고 앞날의 대안을
제시한 농업서적이다.『과농소초』에 대해서 몇 자 더 첨언하자면 내
자형姊兄인 서능보徐能輔(1757~1824)께서 암행어사를 수행한 결과를 복
명復命할 때였다. 금상今上께서 백성들의 생활을 묻고 "이는 마땅히 박연
암의 작품처럼 기술해야겠다. 가장 잘 된 것은『열하일기』이고,『과농

소초』는 좋은 의논이 많더라" 하셨다고 자형이 전해 주었다.

아버지께서는 세 해 뒤인 경신년(1800) 8월에는 강원도 양양襄陽부사로 승진하셨다. 부사는 정3품의 대도호부사大都護府使이니 과거에 급제하지 않고 벼슬을 하는 음서제도의 혜택자로서는 결코 오를 수 없는 자리였다. 양양은 황장목黃腸木 숲이 많았다. 황장목은 관곽으로는 최고로 치기에 제 아무리 청렴한 수령이라도 이것만은 마련하였다. 사람들은 아버지에게 자못 궁금해 하며 여러 번 황장목 이야기를 하였다. 아버지께서는 이를 의식하신 듯 후하게 장사지내지 말라고 다짐을 두셨다. 아버지께서 돌아가셨을 때 관은 잣나무 송판이었고 덕보 어른처럼 저승노자인 반함도 없었다. 물론 모든 장례 절차도 유언대로 간소하고 검소하게 치렀다.

아버지의 양양부사 수행은 겨우 다음 해(1801)로 끝났다. 연세 예순다섯 되신 해 봄이었고 마지막 관직 생활이기도 하셨다. 그 일은 신흥사神興寺*의 승려 창오暢悟와 거관巨寬(1762~1827)이란 중으로 인해서였

*신흥사_현 강원도 속초시 설악산 동쪽 기슭 국립공원 내에 위치한 절.

다. 이 중들이 궁궐의 높은 이들과 결탁하고 왕실 일가붙이들의 명함을 얻어 사람들을 현혹하더니 심지어 관속을 구타하여 죽인 일이 발생하고야 말았다.

아버지는 이를 감사에게 알렸으나 감사는 꺼리는 바가 있었던지 흐지부지하였다. 아버지께서는 몹시 노하셨다. "관장으로서 궁궐의 아전과 중의 무리에게 제어당하며 백성을 어찌 다스리겠느냐!" 하시며 병을 빙자하여 사직하시고야 만다. 아버지께서 벼슬을 내놓게 된 동기인 신흥사의 중 사건만으로도 알 수 있지만, 벼슬길은 결코 녹록지 않았다.

굳이 따지면 아버지의 직업은 독서인이었으니, 벼슬살이로서 이만하면 부업치고 괜찮은 삶인 듯도 싶다.

당시 사람들은 관리 봉급의 많고 적고를 따져 우열을 가리곤 했다. 아버지께서 양양부사를 다녀와서는 부쩍 사람들이 이에 대해 물었다. 그럴 때면 아버지께서는 "금강산과 맞서지요"라고 말씀하셨다. 사람들이 의아스러워하면 "바다와 산의 빼어난 경치가 만 냥이요, 고을 봉급이 또 이천 냥이니, 그야말로 금강산 일만이천 봉과 맞서지 않겠소" 하고 웃어버리셨다. 나라의 녹을 먹는 사람들이 봉급 운운하는 것을 못마땅하게 여기신 때문이다.

벼슬살이 10여 년에 좋은 책 한 권을 잃어버렸다

아버지께서는 연암협에 사실 때 늘 냇가에 앉으셔서는 무엇인가를 읊조리고 문득 깨달은 바가 있으면 기록해 두셨다. 어느 날 아침이었다. 아버지께서는 푸른 나무 그늘진 뜰에서 이따금 새가 지저귀니 부채를 들어 서안書案을 치며 외치셨다.

"이게 바로 내가 말하는 날아가고 날아오는 글자요, 서로 울고 서로 화답하는 글자로다. 오늘 아침 나는 참 좋은 책을 읽었구나." 내가 아버지께 그게 무슨 말씀이냐고 여쭈니, "오채색을 문장이라고 하잖니. 검붉고, 파랑, 노랑, 잿빛인 새의 빛깔이 보이느냐. 이것이 오채색이 아니고 무엇이냐. 그러니 저 새가 곧 문장이고 더욱이 펄펄 살아 날잖니. 그러니 문장으로 이보다 더한 것이 어디 있겠느냐" 하셨다.

아버지의 사물 보시기는 이렇듯 남다른 데가 있었다. 언젠가 보니 감나무잎에 깨알같이 쓴 글씨가 글항아리를 차고도 넘쳤다. 뒷날 아버지께서 이 글들을 다시 꺼냈을 때는 이미 노안으로 보지를 못하셨다.

그래서인가 아버지께서는 벼슬에서 물러나 연암골에 살던 시절에 지은 글들을 꺼내보실 때면 "안타깝도다! 게도 잃고 구럭도 잃는다더니, 벼슬살이 10여 년에 좋은 책 한 권을 잃어버리고 말았구나!" 탄식하시곤 하더니, 끝내 냇물에 모조리 띄어 보내셨다. 아버지께서는 "혹, 헛되이 사람들을 어지럽히게 될지도 모른다" 하셨다. 그 생각을 적바림해놓은 글들이 지금 있다면 『연암집』은 더욱 거질巨帙이 되었을 것임은 분명하다.

아버지께서는 벼슬길에 나간 것을 몹시 안타깝게 여기셨다. 아마도 '차라리 책이나 지었으면 한 권은 족히 될 터인데……' 하는 생각이시리라. 그렇다면 아버지께서는 어떠한 책을 지으셨을까?

끝으로 아버지께서 만년에 자주하시던 말씀으로 휘갑*을 삼는다. 아

*휘갑_뒤섞여 어지러운 일을 마무리함.　　버지는 공자님의 이 말씀에서 더욱 의미 있

음을 깨닫는다 하셨다.

아침에 도를 들으면 저녁에 죽어도 좋다.　朝聞道 夕死可矣

『영대정집』의 서문 「영대정집서」

『영대정집』은 건·곤 2책으로 단국대 사학과 김문식 교수가 연민 이가원 선생의 기증도서인 '연민문고'에서 찾아 세상에 알렸다. 이 책에는 연암 집안에서 소장하였음을 보여주는 '연암산방'이란 도장이 찍혀있다. 「영대정집서」에서 연암은 문장을 흥미롭게 남녀 간 사랑에 견주는데, 남녀 간 사랑 세 가지 형식이 문장에도 있다고 한다.

첫 번째 사랑은 「고당부高唐賦」나 「낙신부洛神賦」와 같은 작품에 등장하는 아름다운 여인을 만나 눈길을 주고받는 사랑이다. 「고당부」는 송옥宋玉의 작으로 회왕懷王이 고당에서 놀 때, 꿈속에 무산의 여신과 동침을 노래한 글로 남녀의 정교情交를 뜻하는 '운우雲雨'라는 말이 여기서 나왔다. 「낙신부」는 조식曹植의 작으로 낙수의 여신과 애끓는 사랑을 노래한 글이다. 연암은 이러한 사랑은 군자와 숙녀의 만남일 수 없다고 잘라 말한다.

두 번째 사랑은 귤을 던지거나 작약꽃을 주며 남자와 장난을 치는 여인과의 사랑이다. 연암은 정숙한 사람이 이런 여자를 보면 토악질을 하지 않겠느냐고 역시 못마땅해 한다.

세 번째 사랑은 산골 마을에 사는 늙은 농부가 키운 딸과 보리 열 가마를 수확하는 농사꾼 집 아들의 사랑이다. 연암은 사랑으로 잠 못 이루며 전전긍긍하는 일도 없고, 슬픔이나 즐거움이 극에 달하지 않았으니 이러한 시골 사람의 사랑이야말로 문장의 유형과 비슷하다고 한다.

연암의 이러한 비유는 자신의 문장이 촌스런 남녀 간 사랑을 표현한 것이지만 인정물태, 즉 세상사는 일을 더도 덜도 없이 진솔하게 썼다는 의미로 이해할 수 있다. 단국대학교 연민문고 소장.

박종채朴宗采(1780~1835)

    연암의 둘째 아들로 『과정록過庭錄』을 지었다. 맏이는 종의宗儀인데 연암의 형에게 양자를 가서 장남이 되었다 '과정'이란, 『논어論語』 「계씨季氏」편에 나오는 말이다. 공자의 아들 백어伯魚가 뜰을 지날 때 공자가 불러 세워놓고는 '시詩'와 '예禮'를 배우라고 깨쳐 준 데서 유래한다. 이 책에서는 박종채가 아버지의 언행과 가르침을 기록한 글이라는 뜻이다. 이 책은 연암을 연구하는 데 중요한 서적이다. 연암의 사상과 학문, 벗과의 교류와 벼슬살이, 성리학에 대한 부정적인 견해에 이르기까지 상세한 자료가 들어 있다. 특히 연암의 인간적인 체취를 『과정록』 전편에 잘 기록해 두었다. 『과정록』은 1813년 봄부터 자료를 수집(1822년 봄이란 본도 있음)하여 1816년 초가을에 탈고(1826년 가을이란 본도 있음)하였다. 『과정록』은 4권, 229조목으로 되어있다.

    종채의 자는 사행士行, 호는 혜전蕙田. 초명은 종간宗侃이다. 초시初試에 급제한 듯하나 연암의 뜻을 따라 대과와 소과에도 이름이 없다. 겨우 벼슬길에 올라서는 통훈대부와 경산현령을 지냈다. 학문에 대한 식견은 매우 높았다. 맏아들 박규수에게 아버지 연암의 학문을 가학으로 계승케 하였다. 후일 장자 박규수는 우의정에 차자 선수는 공조 판서, 형조 판서 등을 두루 역임하였다.

III

학문,
기와조각과 똥거름,
이거야말로 장관일세!

연암의 글씨

조선 통덕랑 치암^{癡菴} 최공 묘지명으로 '乾隆54(1789), 朴趾源 撰井書'라 적혀 있다.

① 42.7×79×5cm

② 41.5×75.7×5cm

26행 23자

乾隆54年(1789) 己酉 3月 17日 雨不克襄事 明日 甲寅日中葬 28일 葬 啓功郞 繕工監役 潘南 朴趾源 撰井書

개성 부자인 최순성^{崔舜星}의 묘갈명이다. 종채의 『과정록』에는 이에 대한 기록이 보이는데, "글자 획이 굳세고 아름다우며 호방하고도 상쾌하여 미불^{米芾}(북송 때의 서화가)의 서체를 깊이 터득하신 글"이라고 적어 놓았다.

07

이재성, 글쓰기는 전쟁이다

연암은 그의 문장에 날카로운 기상이 없다 하여 자신과는 맞지 않는다고 하였다.
다만 문장을 평론하는 데는 일가견이 있다며 매번 글을 지어 그에게 보여주었다.
종채는 『과정록』에서 "아버지의 글을 제대로 논하고 마음을 안 사람은
외삼촌인 지계공 뿐"이라고 하였다.
이 글에서 이재성은 연암의 제삿날, 처남이자 글 벗으로서 본
연암의 학문세계와 사상을 「역학대도전」을 중심으로 평한다.

가장 참지 못한 것은 두루뭉술 인물을 상대하는 일

가장 참지 못한 것은	最所不能
두루뭉술 인물(향원鄕愿)을 상대하는 일.	酬接鄕愿
굽은 바늘 썩은 겨자씨 무리들	曲鍼腐芥
모두들 너무나 미워하였네.	胥致尤怨

매형! 나는 매형의 제문을 이렇게 짓습니다.
오늘이 매형께서 돌아가고 첫 기제忌祭군요. 10여 년 전인가? 저 바깥

마당 반송 아래에서 지팡이와 짚신차림으로 백성 구제를 토론하고 담소할 때가 엊그제 같은데ㅡ. 그때 매형은 "우리들은 늙어서 이제 머리칼이 다 허옇게 세었네. 어찌 더 이상 세상 일을 경영하겠는가? 어디 한적한 곳을 골라 자네와 함께 노니는 것이 남은 생애의 즐거움이겠네" 하셨지요. 이 약속은 매형이 면천군수로 부임하면서 지키지 못하였지만 미련만은 늘 함께했답니다.

내 매형, 매형은 나와는 학문적 동지이며 평생의 지우요, 글 스승이셨습니다. 매형은 평생토록 우울증을 안고 사셨지요. 나는 매형의 우울증을 제문에 저렇게 써 넣고 싶군요.

아버지께서는 식견이 높고 다른 사람을 인정하는 일이 드무셨지만 이런 매형만은 인정하셨다며, 종종 이런 말씀을 하셨지요.

"네 매형은 재주와 기상이 범상치 않다. 틀림없이 훗날 큰사람이 될 게다. 다만 악한 자를 지나치게 미워하고 그 뛰어난 기상이 너무 드러나니 이 점이 걱정스럽구나."

"네 매형은 진원룡陳元龍*의 호기가 있어 이를 없애야 할 텐데……."

*진원룡_삼국시대 사람으로 이름은 진등(陳登), 자가 원룡이다. 그는 충직한 마음, 고상한 인품에 박학다식하고 다양한 기예까지 갖추었다. 『삼국지』의 저자 진수(陳壽)는 영웅의 기개와 장사의 절개를 지녔으나 원대한 뜻을 실현하지 못했다고 한탄했다.

아버지께서 매형을 진원룡에 비기심은 매형에 대한 칭찬과 경계를 함께 아우르는 말씀이시지요. 저 『삼국지』(권7 「위서」 「진등전」)를 보면 허사가 "진원룡은 자잘한 일에 매이지 않는 선비로 호기로움을 없애지 않았더군요陳元龍湖海之士 豪氣不除" 하니, 유비가 그에게 "무슨 일이 있었기에 그대가 호기 운운하는 게요?"라 하였지요. 허사가 다시 "지난번에 난리를 만나 하비下邳를 지나다가 원룡을 찾아보았는데, 주인으로서 손님을 대하는 뜻이 전혀 없었소. 서로 말도 나누지 않다가 자신은 큰 침상 위로 올라가서 눕고 나는 아래 침상에 눕게 하지 않겠소” 대답하자, 유비가 “그대는 국사國士의 이름을 지닌 인물이오. 그런데 지금 온천하가 모두 난리통이라 제왕이 있을 곳을 찾지 못하고 있는데, 세상을 구제할 뜻은 전혀 없이 집안일만 챙길 뿐 들어 쓸 말이 하나도 없잖소. 이것이 바로 원룡이 그대를 꺼리는 까닭이오. 그러니 내가 무슨 말을 꺼내어 그대와 함께 이야기를 나누겠소. 나라면 아예 백 척의 누대 위에 눕고 그대는 땅에 눕게 하겠소. 어찌 위아래 침상 차이뿐이겠소” 하는 고사가 있잖습니까.

원룡元龍은 의로운 선비로 어려서부터 혼란한 세상을 바로잡으려 하였기에 고금의 전적을 두루 통달하였고, 여포를 잡는 데도 큰 공을 세워 복파장군伏波將軍이란 칭호를 얻었지요. 아버지께서 원룡을 매형에 비긴 것은 아마도 이 때문이니 썩 적절한 비유라고 생각합니다.

학문을 팔아먹는 큰도둑놈의 전

매형! 매형은 이러한 아버지를 한평생 장인 겸 스승으로 섬기셨지요. 제자이자 사위에 대한 아버지의 말씀은 안타깝게도 오차가 없으셨습니다. 아버지께서 악한 자들이라 지칭한 인물이 바로 매형이 그렇게 싫어하는 ‘두루뭉술 인물’인 향원鄕愿이지요. 향鄕은 고을이요, 원愿은 성실이니 고을의 성실한 사람이란 뜻. 매형은 저들로 인하여 마음의 병을 얻으셨지요. 향원이 실상 겉과 달리 '옳고 그름을 가리지 않고 아첨하는 짓거리를 하는 자'이기 때문이지요. 향원은 말은 행실을 돌보지 않고 행실은 말을 돌보지 않는 겉치레만 능수능란한 자들로『논어』「양화陽貨」편에 나오는, "향원은 덕의 도둑이니라鄕愿 德之賊也"에서 빌려온 말이라는 것을 잘 압니다. 공자님은 덕이 있는 체하지만 실상은 아첨하여 모든 것을 좋다고 넘어가기에 덕을 훔치는 짓이라며 '사이비似而非'라고 경멸하신 것도.

나와 매형의 이 시절은 사이비 양반인 '향원'이 조선의 거리마다 넘쳐났지요. 매형이 서른한 살 즈음에 지은「역학대도전易學大盜傳」은 바로 이 사이비 향원을 꾸짖는 소설 아닌가요.「역학대도전」은 '학문을 팔아먹는 큰도둑놈의 전'이라는 뜻이고요.

학문을 팔아먹는 큰도둑놈이라. 매문賣文이란 뜻이지요. 벼슬을 벌기 위해서 실속 없는 글을 써서 팔아먹음이 어디 어제 오늘의 일이련마는 지금의 글들은 가관입니다. 이런 매문을 늘 개탄하시던 매형이 마음을 도스르고 붓을 잡아 쓰신 글이 바로「역학대도전」이지요.

「역학대도전」을 지을 당시에 이름깨나 얻은 한 선비로 세상의 이득을 파는 자가 있었는데, 매형은 뒷날 그 사람이 무너지자 "노천老泉(1009 ~1066)이 죽은 뒤에 반드시 '간사한 사람을 분별하였다'는 명성을 얻을 필요는 없지"* 하시고는 마침내 그것을 불사르신 기억이 납니다. 하편 격인「봉산학자전」을 없애신 뜻도 이 때문이지요. 매형이 말하는 '그 사람'이 누구인지

*"노천이……" 운운은 이렇다. 소순이「변간론(辨姦論)」을 지었는데,「변간론」이란 간사함을 분별하는 글'로 여기서 간사한 사람이란 왕안석(王安石, 1021~1086)을 말한다. 왕안석은 중국의 역사에서 개혁을 꾀한 사람이다. 따라서 이해 당사자가 누구냐에 따라 지탄을 받기도 칭탄을 받기도 한다.

는 정확히 알 수 없지만 새로운 개혁 정치를 외쳤으나 실상 뜻을 접어 버린 궁중의 저들임을 굳이 짚을 필요가 없습니다.

"노천(소순)이 죽은 뒤에 반드시 '간사한 사람을 분별하였다'라는 명성을 얻을 필요는 없지" 매형의 이어지는 이야기를 통해서도 미루어 짐작이 갑니다.

매형! 매형은 「자서」에서 "세상이 말세로 떨어지매, 선비가 허위를 꾸며 시로 남의 무덤을 파고 구슬을 빼내며, 덕을 해치는 향원*과 주색朱色,* 종남終南*의 첩경과 같은 태도는 자고로 추악하게 여겼다. 이에 「역학대도전」을 쓴다"고 하셨습니다.

"선비가 허위를 꾸며 시로 남의 무덤을 파고 구슬을 빼낸다崇飾虛僞 詩發含珠"라는 구절은 「호질」과 「홍덕보묘지명洪德保墓誌銘」에서도 언급할 정도로 매형이 꽤 잡고 있었던 사회적 폐단이지요. 이 문장은 『장자』「잡편」「외물」편의 "무덤을 파던 유자發塚之儒"에서 연유한다고 압니다.

「외물」편의 내용은 대유大儒와 소유小儒가 죽은 유자儒者의 무덤을 파헤쳐서 수의와 입안에 넣어 둔 구슬을 훔치는데 우습게도 『시경』에 보이는 시구이지요. 시경에 보이는 구절은 "살아 베풀지도 않았거늘 죽어서 어찌 구슬을 입에 머금었는가生於陵陂 生不布施 死何含珠爲"라는 구절이고요.

「외물」편은 결국 『시경』과 『예기』를 평계 삼아 나쁜 일을 행하는 유자들을 풍자한 시이지요. 야음을 틈타 무덤을 도굴하는 도둑이 '대유(큰 선비)'와 '소유(작은 선비)'라는 설정도 한껏 유자들을 풍자할 만한데,

*향원_ 여기서는 정의를 지키는 자세가 없는 것.

*주색_ 정색(正色)을 어지럽히는 자색(紫色), 간색(間色).

*종남_ 장안의 남산인데, 이곳에 은거함이 벼슬의 첩경이란 말이 있음. 당나라 노장용의 고사.

입 안에 저승노자로 넣어 둔 반함으로 넣은 구슬마저 훔친다니 너무도 어이없고 같잖은 일이지요. 매형은 이 '외물' 편의 내용에서 조선 속유俗儒들을 보셨습니다. 매형이 반함을 하지 않은 이유도 이에 연유하지 않던가요.

또 다음 구절에 보이는 "덕을 해치는 향원"이란, 주색은 정색을 어지럽히는 색이고 종남은 장안에 있던 산으로 이곳에 은거함이 벼슬의 첩경이란 말이지요.

결국 매형은 당대에 학문을 내세워 파당을 짓고 자기만 옳다고 여기는 한편, '향원'을 미덕으로 여겨 두루뭉술하니 자기의 주견을 밝히지 않고 권력의 주변인 서울의 남산에서 지내는 자들을 경계하기 위하여 「역학대도전」을 지으신 겁니다. 그러니 '학문을 팔아먹는易學 큰도둑놈大盜'이란 바로 썩어 문드러진 조선의 선비들이요. 딱히 내남없이 북벌책을 붙잡고 자신과 당파의 안위만을 챙기던 위선적인 학자 모두를 지칭한다 해도 큰 무리는 아닐 듯 싶습니다.

매형! 매형의 글쓰기는 이렇듯 매서우셨지요. 밤새 고인 아침 가래 뱉듯, 한여름 우물둥치에서 막 길어 마시는 샘물처럼. 매형은 "남을 아프게도 가렵게도 못하고, 구절마다 쓸데없이 너저분하고 데면데면하여 우유부단하다면 이런 글을 장차 어디에 쓰겠는가?言不痛不癢 句節汗漫優柔不斷 將焉用哉" 하셨지요. 글을 쉽사리 지어내는 사람들에 대한 일갈입니다. 슬픈 일은 매형의 9전 중, 「봉산학자전鳳山學者傳」과 함께 이 「역학대도전」은 현재 유실되었다는 점입니다. 「봉산학자전」은 진정한 학자에 관한 글이지요. 증자曾子의 제자 공명선公明宣은 선생의 문하에서 삼 년 동안 책 한 권 읽지 않았지만 천하에 가장 잘 배운 학자였습니다. 선생의 행동거지를 읽어서이지요. 매형은 「봉산학자전」에서 진정한 학자상을 저 공명선에게서 찾으셨지요.

매형! 매형의 학문하는 자세를 좀 더 엿보자면 박제가의 『북학의北學議』에 써준 「서」입니다.

학문하는 길에는 방법이 따로 없다. 모르는 것이 있으면 길을 가는 사람이라도 잡고 묻는 것이 옳다. 어린 종이지만 나보다 글자 하나라도 더 알면 우선 그에게 배워야 한다. 자신이 남과 같지 못한 것을 부끄러워하여 자기보다 나은 사람에게 묻지 않는다면 이것은 종신토록 고루하고 무식한 경지에다 자신을 가두어 두는 것이 된다. (…중략…) 그러므로 순임금과 공자가 성인이 된 것은 남에게 묻기를 좋아하고 잘 배운 데에 불과하다. 우리나라 선비들은 세상 한 모퉁이에서 태어나 한편으로 치우친 기질을 가지고 있다. 한 번도 하夏나라의 땅을 밟아 보지 못했고 눈으로도 중국 사람을 보지 못했다. 나서 늙고 병들어 죽을 때까지 이 나라 땅을 떠나 본 적이 없다. 그래서 학 다리가 길고 까마귀 날개가 검은 것처럼, 각기 타고난 품성을 바꾸지 못한 채, 마치 개구리가 우물 안에 있듯, 두더지가 밭 흙을 뒤지 듯, 홀로 그 땅만을 지켜 왔다. (…중략…) 진실로 법이 좋고 제도가 아름다우려면 아무리 오랑캐라 할지라도 나아가서 스승으로 삼아야 한다. (…중략…) 우리와 저들과 비교한다면 진실로 한 치만큼도 나은 것이 없는데, 다만 한 줌 상투를 묶어서는 스스로 천하에서 제일인 체하며, "지금의 중국은 옛날 중국이 아니다" 하고는 그 산천은 버리고 노린내가

난다고 탓하며, 그 인민들은 개나 양 같다고 욕하며, 그 언어는 뜻이 통하지 않는 오랑캐 소리라고 모함하고는 아울러 중국 고유의 아름답고 좋은 법과 제도마저도 부정하니 그렇다면 장차 어느 나라를 본받아서 진보해 나가겠는가? 學問之道 無他 有不識 執塗之人 而問之可也 僮僕 多識我一字 姑學 汝恥己之不若人 而不問勝己 則是終身 自錮固陋於無術之地也… 故舜與孔子之 爲聖 不過好問於人 而善學之者也 吾東之士 得偏氣於一隅之士 足不蹈函夏之地 目未見中州之人 生老病死 不離疆域 則鶴長鳥黑 各守其天 蛙井蚡田 獨信其地… 苟使法良 兩制美 則固將進夷狄而師之… 我較彼 固無寸長 而獨以撮之結 自賢於 天下曰 今之中國 非古之中國也 其山川 則罪之以腥羶 其人民 則辱之以犬羊 其言 語 則誣之以侏離 幷與其中國固有之良法美制而攘斥之 則亦將何所倣而行之耶

　　매형의 저 도도한 말길을 따라 가보면 학문하는 길에는 방법이 따로 없습니다. 늘 모르는 것이 있으면 길 가는 사람이나 어린 종에게라도 배워야 한다고 말하셨지요. 자기 의견만 옳다고 여기는 '자시지벽自是之癖'으로 넘쳐나는 이 조선이기에 매형 말씀이 더 없이 귀하고 귀합니다. 매형은 세상의 한 모퉁이인 조선에서 태어난 선비들의 치우친 기질을 못마땅해 하셨지요. 그야말로 한 줌 상투를 틀어 쥔 한 줌밖에 안 되는 양반들이, 조선의 공인된 권리를 등에 업고 나라를 아수라장으로 만드는 것은 지금도 여전합니다. 매형은 때론 도수屠獸쟁이 정수리부터 찍듯, 글에 새파란 결기를 저렇게 노골적으로 드러냈는데 말입니다. 매형은 청나라를 인정하고 배우는 실학을 통해 백성들의 삶을 윤택하게 만든다고 생각했기에, 학문 방법도 실질적이며 적극적인 자세여야 한다고 여기셨지요. 매형은 그래 글쓰기를 전쟁으로까지 생각했습니다.

글쓰기는 전쟁이다

나는 매형이 쓴 「백척오동각기百尺梧桐閣記」를 "세상 사람들은 모난 것을 싫어하고 둥근 것을 좋아한다. 글자를 써서 글을 만드는 데에도 무너지고, 풀어지며, 기름지고, 미끈하나, 실은 다 아슬아슬하여 계란을 포개 놓은 것 같다. (⋯중략⋯) 매형은 글자를 쓸 때 삐쭉하건, 모나건, 비스듬하건, 바르건, 못 쓰는 것이 없다. 다만 둥근 것을 싫어한다"고 비평했습니다.

「백척오동각기」의 내용은 이렇지요.

마침내 날마다 노복을 시켜 벽돌을 걷어치우고 계단을 고르게 하며, 모든 둥근 돌멩이들은 실어다 내버리고 무너진 벼랑과 갈라진 비탈 사이에서 돌을 골라 오게 했다. 마치 쪼개진 얼음장, 깎인 옥돌, 모난 술잔 같은 돌들이 추녀와 처마 아래 다투어 와서 갖은 재주를 자랑하는 듯하였다. 개이빨이 엇물린 듯, 거북 등이 불에 갈라진 듯, 도자기에 금이 가고 가사를 꿰맨 듯, 모난 결로 아귀를 맞췄더니 먹줄과 칼날을 대지 않아도 완연히 도끼로 쪼갠 것 같았고, 섬돌을 따라 반듯하고 곧으니 모와 각이 분명했다. 이리하여 당에는 제대로 된 층계가, 문 앞에는 제대로 된 뜰이 생기게 되었다. 遂乃日課僮隷 撤砌夷級 凡石之圓者 盡輦去之 擇石於崩崖裂岸之間 若氷

之坼也 珪之削也 瓠之楞也 爭來効伎 呈巧於蓋簷之下 犬牙互齧 龜背交灼 窖鞍製

縫 以文以完 不施繩刃 宛若斧劈 沿甃正直 有廉有隅 於是乎堂有陛而門有庭矣

매형은 이렇듯 둥근 돌을 모두 버리고 쪼개지거나 각이 난 돌을 갖다가 누각을 만드셨지요. 모난 돌이기에 바로 아귀가 맞추면 각이 질 수밖에 없습니다. 매형의 글 속의 문자들도 쪼개진坼, 깎인削, 모난楞, 쪼갠劈 따위의 각진 문자들이 흥성거림도 이 글을 통해 알 수 있습니다. 매형의 두루뭉술 향원에 대한 미움은 저렇게 글쓰기에도 그대로 이어지더군요.

매형의 이러한 글쓰기법을 잘 정리한 글이 「소단적치인騷壇赤幟引」이지요. 매형은 「소단적치인」에서 글쓰기를 전쟁의 수사학에 빗댔습니다. 이 글은 제가 우리나라 과거 시험에 합격한 사람들의 글을 모아 엮은 『소단적치』에 써 준 글이지요. 소단은 과거 시험장이요, 적치는 장군을 뜻하는 붉은 깃발로 매형은 이 글에서 글자는 '병사'로, 뜻은 '장수', 제목은 '적국'으로 '전장典掌과 고사故事'는 싸움터의 진지로 비유하셨지요. 매형이 글을 쓰는 데 마음다짐이 어떠했는지를 알려주는 가장 좋은 자료입니다. 특히 매형의 20대에서 30대의 글들은 『맹자』와 『사기』의 영향을 받으셨는데, 문장에서 펄펄한 기운을 느낀다면 바로 이 때문이라고 생각합니다.

여담 같은 이야기련만, 이러한 글쓰기는 매형의 기억력과 관계가 있습니다. 매형! 매형은 자주 "나는 기억력이 천성적으로 아주 나빠, 늘 책을 보다 덮는 즉시 잊어버리니 말이야. 머릿속이 멍한 게 한 글자도 남아 있지 않단 말이지"라고 말씀하시곤 하였지요. 매형께는 송구하지만 사실 저 말 한마디가 내가 매형을 좋아하는 이유인지 모르겠습니다. 매형의 기재寄才를 알기에 저 말을 곧이 믿는 것은 물론 아니지만, 내가 매형을 모시고 계속 공부해 가도록 붙잡아 주는 든든한 손임에는 분명합니다.

바특한 증거에 지나지 않지만 매형께서는 책을 매우 더디게 보신 것은 사실이지요. 제가 서너 장을 읽을 때에 겨우 한 장을 읽을 뿐이고, 또 기억하여 외우는 재주도 저보다 좀 떨어지시는 것이 사실이니까요. 그런데도 매형의 글 앞에 조선의 내로라하는 문장가들도 기를 못 펴는 까닭은 무슨 연유일까요. '기억력이 나쁘고 책 읽는 속도가 더딘' 매형이 글쓰기에 얼마나 많은 노력을 기울였을지 미루어 짐작이 가고도 남습니다.

매형! 증조부로부터 물려받은 매형의 가난은 글쓰기와 연결되어 있지요. 매형의 소설과 잇댄다면 갖가지 논의도 가능하더군요. 양반이지만 극도의 궁핍한 삶, 그리고 정치의 부조리에 대한 체험은 매형의 소설에 무한한 소재의 공급을 가능케 했지요. 매형 소설 작품 대부분이 최하층 인물을 주인공으로 내세운 것은 이와 무관치 않더군요. 매형에게 낮은 백성들은 몸에 늘 붙어 다니는 그림자인 셈입니다. 매형은 저백성들의 삶이 살아있는 세계인 활물活物이요, 저들의 삶을 읽어야 활독서活讀書요, 저들의 삶을 써야 살아있는 글인 활서活書가 된다고 생각하신 것입니다.

우담優曇이 한 번 꽃피고 용도龍圖가 한 번 웃다

매형! 매형의 글은 주로 문文이지요. 널리 알려진 『열하일기』가 그렇고, 9전이 그렇고, 이외에 수백 편이 모두 문입니다. 매형이 그리고자 하는 것은 조선의 백성들이고, 백성들의 삶은 이야기이고, 이야기를 담아내기에 문이 적절해서라고 알고 있습니다.

공조참의를 지낸 홍원섭洪元燮(1744~1809) 같은 이는 술 빚는 것을 금하는 정책에 대해 쓰신 「주금책酒禁策」이 얼마나 좋은지 횟수를 표시하며 읽었다고 하더군요. 홍 공은 글과 사람을 아끼는 이로 매형과 가끔 문주文酒로 사귐을 가지셨지요. 그가 한번은 충주 원으로 있을 때 관사에 불이 나 겨우 몸만 빠져 나왔는데, 그때 매형의 시 한 수를 잃었다고 하는데 홍 공은 이 시를 쉽게 구할 수 없는 보배를 잃었다고 두고두고 한탄할 정도이니 매형 시의 가치를 알 만합니다.

매형은 문文에 비하여 시고詩稿는 극히 적어 42편 남짓에 불과하지요. 오죽하였으면 무관 이덕무 어른은 『청장관전서』에 매형의 아래 시를 수록하고는 포용도包龍圖에 비견하지 않았는지요.

푸른 물 명징한 모래 외로운 섬에	水碧沙明島嶼孤
하야로비같은 신세 티끌한점 없네.	鸂鶒身世一塵無

무관 어른은 이 시를 "비단 시상만 오묘한 것이 아니라 자신의 성격도 완전히 드러냈다. 시란 이토록 거짓이 없어야 한다"라고 감탄을 하

셨습니다. 푸른 물, 명징한 모래, 외로운 섬, 하야로비 신세, 티끌 한 점에 매형의 성격이 그대로 보인 것입니다. 무관은 매형의 제자들 중 가장 연장자이기도 하지만, 매형의 시문을 가장 깊이 이해한 이이기도 하지요. 매형은 평소에 이덕무는 재주아치지만 거작은 쓰지를 못했다고 안타까워 하셨지만, 무관 어른의 죽음을 들었을 때 "꼭 나를 잃은 것 같구나"라는 편지를 나에게 보내 올 정도로 아끼셨습니다. 무관은 자신이 서얼이라는 사실을 감추곤 하였지요. 그럴 때면 매형은 "무관이 서얼임을 당당히 밝혀야만 글의 요령을 얻을텐데……" 하고 종종 말씀하시던 게 어제 같습니다.

무관께서 비유로 끌어 온 포용도는 포청천包靑天(999~1062)이란 청백리이지요. 그는 북송 때의 인물로 포包는 성姓이요, 이름은 증拯, 자는 희인希仁으로 '청천'은 '푸른 하늘'도 되지만 '청백리'를 뜻한다고 생각합니다. 실지 그의 성품이 얼마나 강직한지 그가 조정에서 벼슬하는 동안에는 귀척貴戚이나 환관宦官들이 발호하지 못하고 그를 무서워하였지요. 또한 그가 얼마나 근엄한지 한 번도 웃는 일이 없어서 "포용도가 웃으면 황허黃河의 물이 맑아질 것이다"는 말까지 있을 정도 아닌지요. 강직한 성품을 가진 그는 관리로 재직하였을 때 청렴결백했음은 물론, 황제에게 직언도 서슴지 않았으며 억울한 백성 편에 서서 고충을 해결하고 의를 실천하는 데 앞장섰던 인물입니다.

이덕무는 포청천이 잘 웃지 않음에서, 매형의 시문 또한 얼어 보기 어려움을 비유하였으나 조금 비껴 생각한다면 포청천과 매형의 올곧은 성격은 너무 흡사합니다.

재선[*]조차 "우담優曇이 한번 꽃피고 용도龍圖가 웃을 때 바로 선생님이

*재선_박제가.

시 쓰실 때지요"라 하겠습니까. 용도는 포용도

이고 우담은 삼천 년에 한 번 핀다는 우담발화라는 꽃이지요. 매형의

시는 고체와 금체시를 합하여 겨우 50여 수에 지나지 않지만 한 수 한

수가 참 경이롭습니다. 그중, 가장 빼어난 것은 「전가(농사꾼 집)田家」라

생각합니다.

늙은이 참새를 지키느라 남쪽 두둑에 앉았는데	翁老守雀坐南陂
개꼬리 같은 조이삭 노란 참새마냥 축 늘어졌네.	栗拖狗尾黃雀垂
장남, 둘째 모두 밭에 나갔으니	長男中男皆出田
시골집은 한낮에도 온종일 사립문이 닫혀 있고	田家盡日晝掩扉
솔개가 병아리 채가려다 제 뜻대로 못했으니	鳶蹴鷄鵝攫不得
닭들은 박꽃 울타리 아래서 '꼬꼬댁!' 울어댄다.	群鷄亂啼匏花籬
어린 며느리 새참 이고 시내는 건넜을라나.	小婦戴棬疑渡溪
코흘리개와 누렁이가 술래잡기하는구나.	赤子黃犬相追隨

바특한 살림의 농촌 풍경이 정겹게 그려져 있습니다. 누렁이와 술래

잡기하는 코흘리개 위로 텅 빈 집의 닭을 노리는 솔개, 노인은 언덕에

앉아 새를 쫓고 갓 시집 온 며느리는 남편 형제들은 위해 새참을 이고

시내를 건너갑니다. 농가를 중심으로 요기조기 그림을 그려 보여준 이

시에는 풍족하지는 않지만 구순한 정이 넉넉히 흐릅니다. 단순한 시마

詩魔로써 음풍영월이나 화조월석을 읊조린 시가 아니라, 사람 사는 세

상을 그린 인정물태人情物態의 시요, 글꽃으로 만개한 농촌 전경입니다.

오른손은 갑이 되고 왼손은 을이 되네

매형! 매형에게 인정물태란 일상을 떠난 삶이 없듯, 삶을 떠난 글도 존재하지 못한다는 뜻일 겁니다. 글쓰기는 천상에서 겨자씨를 뿌려 지상의 바늘 끝에 꽂는 비기가 아니지요. 매형의 글쓰기는 인정물태, 글은 곧 그 사람文如其人이니, 빗방울처럼 많은 그 사람 사는 세상을 쓰면 된다는 생각의 결정체이지요. 매형은 숨을 쉬고 밥을 먹어야 하듯 글은 사람들의 삶에 일용이 되고 세상을 바로잡는 데 도움이 되어야 한다고 여겼지요. 매형의 글에서 낮은 백성들을 자주 접하는 것은 이 때문일 겁니다.

하지만 이 조선에서 양반에게 있어 저 낮은 백성들은 함께 하늘을 이고 살아가는 같은 인간이 아니더군요. 그렇지만 매형의 소설에 삭여낸 저들은 모두 삶의 당위성을 지닌 존재들이었습니다. 매형은 그렇게 계층적 질서를 초월하여 저들과 정담을 나눌 줄 아셨지요. 매형은 상사람들에게도 유학의 이상적 인간상인 군자의 자질이 공유되어 있음을 자각했던 것입니다. 「마장전」이니 「예덕선생전」 등은 그 실례의 소설들이고요. 사실 매형의 소설 소재원은 모두 우리 조선인의 주변에 화석처럼 남아 있는 것들 아니던가요. 매형의 소설에서 잠시 전에 붓을 두고 간 듯한 묵향墨香과 선명한 필선筆線을 볼 수 있는 것도,

삶의 진정성을 찾을 수 있는 것도, 모두 이 비밀스런 공통점 때문 아니겠는지요.

그래서인지 매형의 글은 무척이나 세밀합니다. 예를 들자면, 나뭇잎을 표현하기 곤란하니 매형은 이렇게 '～～～～'* 나뭇잎을 그려 넣음으로써 독자의 이해를 높이고자 하신 것이지요. 글자의 이름을 굳이 붙이자면 '나뭇잎 잎' 자지요. 매형은 또한 퇴고를 꽤 중히 여기셨지요. 자구를 고쳐야 할 곳이 생기면 비록 한 편의 글을 다 썼다 할지라도 반드시 종이를 바꾸어 첫머리부터 새로 쓰셨습니다. 지은 글을 정서淨書하는 것조차 저러하였으니, 글 고침이야 굳이 언급할 필요조차 없습니다.

*자세히 나뭇잎의 힘줄을 보면 '천자만년(天字卍年)'이란 글자라고 되어 있다. 『열하일기』「황교문답」에 보인다.

매형께서 글을 구상하는 방법을 보면 여간 흥미롭지 않더군요. 하루는 빗줄기가 하염없이 처마를 내리는 봄날이었다지요. 매형은 대청마루에 쌍륙雙六을 펼쳐놓고 놀이를 하셨더군요. 쌍륙은 여러 사람이 편을 갈라 가지고 차례로 주사위 둘을 던져서 나는 사위대로 판에 말을 써서 먼저 궁에 들여보내는 놀이입니다. 혼자 할 놀이가 아닌데도 한참을 그러더니, 매형은 이내 누군가*에게 편지를 쓰셨더군요.

*누군가_박남수(朴南壽, 1758~1787)를 가리킨다. 박남수는 자가 산여(山如)로, 진사 급제 후 대과에는 누차 낙방하여 불우하게 지냈다. 연암의 『열하일기』가 패관기서라며 불에 태우려 한 인물이다.

사흘 간이나 비가 주룩주룩 내리네. 어여쁜 살구꽃이 모조리 떨어져 마당을 분홍빛으로 물들였고 나는 긴 봄날 우두커니 앉아서 혼자 쌍륙놀이를 하네. 오른손은 갑이 되고 왼손은 을이 되어 "다섯이야! 여섯이야!" 소리치네. 그 속에 나와 네가 있고 이기고 짐에 마음을 쓰니, 문득 상대가 있고 짜장 적이라는 생각도 드네. 알지 못하겠네. 내가 내 두 손에 대해서도 사사로움을 두는 건지. 내 두 손이 갑과 을로 나뉘었으니 사물이라 할 수 있고 나는 그 두 손에게 조물주의 위치건마는 사사로이 한쪽 손을 편들고 한쪽 손을 억누름이 이렇다네.

어제 비에 살구꽃은 모두 떨어졌지만, 꽃망울을 터뜨릴 복숭아꽃은 이제 화사함을 뽐내겠지. 나는 잘 모르겠네. 조물주가 복숭아꽃을 편들고 살구꽃을 억누르는 것 역시 사사로움을 두어서인지.

이 글을 읽고서야 저는 매형이 잡기놀이를 하신 게 아니라 글을 구상하였음을 알았습니다. 매형은 이렇듯 글의 구상조차 삶에서 찾으셨지요. 삶, 그렇습니다. 매형은 조선의 상사람들의 삶과 함께 하셨지요. 매형의 벗과 제자들에 서얼이 많다는 것도 글 속에 낮은 백성들이 살아 움직이는 것도 모두 삶 속에서 글을 구상해서입니다.

공 · 맹의 사제관으로 제자를 대하다

매형! 매형은 여럿 제자를 두었고 매우 아끼셨지요. 스승을 찾아 떠나는 계우季雨에게 준 「증계우서贈季雨序」에는 매형의 사제관이 잘 정리되어 있더군요. 매형은 우리 조선의 '사도師道가 버려진 지 오래'라며 탄식하시고 공자와 맹자의 사제관을 끌어 왔지요. 공자는 삼參아!, 회回

아! 등 제자의 '이름'을 불렀고, 맹자는 반드시 제자를 높여 '그대'라 칭했습니다. 공자가 제자의 '이름'을 부른 것은 아비와 자식 관계로 여겨서이고, 맹자가 '그대'라 부른 것은 제자를 높여 학문을 하는 벗으로 여겨서이지요.

매형은 이렇게 공맹의 사제관으로 제자들을 대했습니다. 제자들의 이름을 부르고 학문을 하는 벗으로 여기셨지요. 여러 제자 중 생각나는 이가 이기득입니다. 작년 매형이 서거한 날, 한 여인이 여막廬幕*을 찾아와서 곡을 하고 심상心喪*을 자청하였습니다. 이 여인이 바로 이기득李驥得의 처이니, 매형이 더 잘 아시겠군요. 이기득은 중인 서리층이

*여막_상제가 거처하는 초막.

*심상_상복은 입지 아니하나 상제와 같은 마음으로 말과 행동을 삼가고 조심함.

지요. 이기득 아내는 "남편의 평소 뜻을 지키기 위해서 찾아 온 것"이라 하였습니다. 아마 기득은 열두어 살쯤부터 매형을 찾아와 제자 되기를 청했지요. 매형은 기득의 자질이 우매하나 사람이 속내가 있음을 보시고 산수부터 가르쳐 글을 깨치게 하셨지요. 결국 기득의 실력은 날로 달로 자라나 여문 글 한 편쯤은 쓸 수 있게 된 일이 어제 같군요. 기득은 매형을 부형처럼 따랐고, 끝내 연암협까지 따라가서는 천한 일을 마다않고 온갖 고초를 겪었지요.

그런데 이 기득이 스무 살 남짓으로 결핵에 걸려 숨을 몰아 쉴 때 매형은 찾아가서 병간호를 하셨고 또 기득이 죽자 영결까지 직접 해 주셨습니다. 그리고는 이 제자의 죽음을 애석해 하며 그가 필사한 『소학감주小學紺珠』를 늘 서안에 놓아두고는 어루만지곤 하셨지요.

매형! 매형이 지니고 있는 농·공·상을 중시한 실학사상도 따지고

보면 여기에서 뿌리를 두고 있습니다. 떠듬떠듬 매형의 글을 짚어 가다 보면, 매형의 의식 내부에 낮은 백성들을 따뜻하게 품어 안는 장자長子의 면모를 만나는 것이 어렵지 않습니다. 매형은 당신의 글 속에서 낮은 백성의 선한 의지를 전경화하여 우리 '조선의 희망의 지렛대'로 삼으셨지요. 매형의 글은 이렇듯 한 자 한 자가 종이 위의 백성이요, 점 하나 획 하나는 종이 위의 조선의 오늘이요, 조선의 앞날이있습니다. 이용후생利用厚生이니 실학實學이니는 당연한 귀결이지요.

기와 조각 똥거름, 이거야말로 장관일세!

매형! 매형은 「일신수필馹迅隨筆」에서 "똥이란 지극히 더러운 것이지만 밭에 거름을 준다면 마치 금처럼 아까워한다. 길에 버린 재가 없고 말똥을 줍는 자는 삼태기를 메고서 말꽁무니를 따라다니고. 이것을 네모나게 쌓거나 혹은 팔각으로 혹은 여섯 모로, 혹은 누대의 모형처럼 만들었다. 똥거름을 보니 천하의 제도가 이곳에 서 있구나. 그래, 나는 이렇게 말한다. '기와 조각과 똥거름, 이거야말로 장관일세!瓦礫糞壤 都是壯觀'"라 하셨습니다. 매형은 '똥이란 지극히 더러운 것'이라 하면서도 가로되, '장관!'이라고 하신 거지요. 매형이 중국을 여행하면서 볼거리가 없어서 퇴비더미에 관심을 가진 게 아니라는 것쯤은 의식있는 조선인이라면 알겠지요. 또 『열하일기』 소재 「금료소초金蓼小鈔」는 어떠한가요. 우리 조선의 의료 현실이 척박함에 도움을 주고자 열하에서 의서醫書를 찾아 초록抄錄한 것 아닙니까. 내용에 "구기자枸杞子로 기름을 짜서 등불을 켜고 책을 읽으면, 시력을 더 좋게 한다"라는 말이 있어 그대로 해보니 과연 효험이 있어서 깜짝 놀랐습니다. 이 모든 것이 매형께서 이용후생과 실학이 우리 조선의 미래라고 생각하셔서지요.

매형!『열하일기』에서 매형의 이 실학과 이용후생 사상은 국제 관계로까지 시야를 넓혔습니다. 매형은 중국을 살펴 천하의 형세를 짐작했고 나라의 안위를 중화와 오랑캐로 엄정히 구별하셨더군요.「막북행정록」,「일신수필」,「행재잡록」,「심세편」등은 천하의 형세를 짐작함이요,「허생」은 우리의 안위를 밝히고 중화와 오랑캐를 엄정히 구별한 글이지요. 매형은「심세편」을 "무릇 천하의 대세 엿보기覘夫天下之大勢"로 끝맺으며 "중국의 동남 지방은 개명했으므로 반드시 이곳에서 천하에 앞서 큰일이 일어날 것"이라 하고, 또「구외이문」에서도 "어찌 오직 중화에만 군주가 있고 이적에는 군주가 없겠느냐? (…중략…) 천하는 천하인의 천하이지 한 사람의 천하가 아니다" 하셨습니다. 매형의 이 예언은 곧 현실이 되더군요.

매형! 매형이 건륭제乾隆帝(1711~1799) 생일연 사절로 열하를 가셨을 때 청 황실은 강성했으나 건륭제가 총애하던 화신의 전횡과 관리의 부패는 결국 중국 남부의 묘족苗族의 난을 시발로 병진년(1796)에 백련교白蓮敎의 난이 각처에서 일어났지요. 총애를 받던 화신和珅은 가경제嘉慶帝(1760~1820)가 즉위하며 처단되었고 이제는 동남지방으로 여러 서양 세력들이 들어온다고 하니 말입니다. 지금 청나라의 정세를 보면 매형의 말씀이 모두 들어맞았습니다. 매형은 중국과 조선을 넘어서 천하

속에서 조선을 보고자 하였고 그러하자면 실학과 이용후생으로 나라를 부강하게 만들어야 한다고 늘 말씀하셨지요. "구체적인 이용후생은 생산 기술과 상업 유통을 이어야 한다"고.

그러나 우리 조선에는 『열하일기』「도강록」에 나오는 정 진사와 같은 이들 천지입니다. 정 진사는 매형이 중국의 벽돌 성곽에 놀라 "이 성이 어떻소?" 하자 시큰둥하게 "벽돌은 돌만 못 하오"라 하잖았습니까. "벽돌은 돌만 못 하고, 돌은 잠만 못하지요." 한 대 쥐어박고 싶었다는 매형의 말씀이 이 글줄 속에 그대로 보입니다. 벽돌의 효용을 눈으로 보고도 못 보는 정 진사에게 차라리 "잠이나 자게!" 하는 일갈이지요.

그런데도 몇 사람을 제외하곤 칭찬하는 이나 성내는 이나 한결같은 정 진사뿐, 이 조선의 정 진사들은 오직 매형의 문체만 운운하며 기문이라느니, 패설이라느니, 우언이라느니 하곤 웃어대거나 손가락질을 지금도 해댈 뿐입니다.

제가 제문에 "우언은 궤변으로 세상을 농락한 것이요, 우스갯소리는 실상이 아니고 거만히 세상을 조롱한 것이어늘 알아주는 사람이나 꾸짖는 사람이나 속 모르기는 똑같지"라 써 놓은 이유도 다 이에 연유해서지요.

그중, 죽촌竹邨 이우신李友信(1762~1822)은 매형 글의 성격을 가장 예리하게 평한 이 중 한 사람이더군요. 죽촌은 대학자인 김양행金亮行의 문하로 학문을 인정받아 경연관과 서연관에 중용된 이 아닙니까. 그는 매형 글을 "연암 어른의 문자를 지금 사람들은 아는 이가 없다. 대개 그 사실을 핍진하게 그렸으며 진부한 말은 쓰지 않으셨다. (⋯중략…) 지금 사람들은 이 어른의 글을 지금 사람의 글로만 읽기 때문에 대수롭지 않게 여겨 그 진가를 모른다. (…중략…) 간혹 글을 아는 사람일지라도 단지 한두 글귀만 전하고 말하는 데 불과할 뿐, 글의 요지와 대의가 어디에 있는지는 알려고도 않으니 어찌 이 어른의 글을 안다고 하겠는가. 하지만 세월이 흐르면 흐를수록 더욱 어른의 글을 알아 줄 사람이 있을 게다. 더군다나 그 글은 실용에 힘썼으니 후세에 가장 오래 전해지리라 믿는다" 하였습니다.

또 김기서金箕書(1766~1822)는 "이 어른의 문자는 책을 펼치면 만 길이나 하는 빛이 솟구쳐 사람의 가슴을 활짝 열어젖뜨린다此丈文字 開卷便有 萬丈光氣 豁人心胸者"라 평하였지요. 이런 글을 만나면 제 꽉 막힌 숨통이 조금은 트이는 듯하더군요. 김기서는 그림에 뛰어난 재질을 보인 이로 영의정을 지낸 김상복金相福(1714~1782)* 어른에게 출계하였지요.

*김상복_14년간 정승을 지냈다. 평소 검소한 생활로 유명하며 죽을 때까지 책을 손에서 놓지 않았다고 한다.

매형! 나 역시 매형의 글이 후세에 반드시 널리 읽히리라는 것을 믿습니다. 매형은 조선이란 '닫힌 사회'를 글이란 '열린 형식'으로 사유의 매듭을 풀어 갔기 때문이지요. '열린 형식'이라 함은 매형의 글이 조선의 고문가들이 추앙하는 버젓한 '문文'이 아닌 관습으로부터 벗어나 내일을 지향하고 있다는 뜻이지요. 이것은 매형 글 속에 등장하는 낮은 백성들에게서도 찾을 수 있습니다. 이 시절, '상하귀천' 넉 자가 지배하는 조선 사회입니다. 매형은 양반과 낮은 백성의 참과 거짓을 가려, 이 조선의 진정성을 글을 통해 드러내었으니 우리 조선의 '자생적인 새로운 인간성 발견'이라는 의미로 읽어도 무방할 듯합니다.

매형! 후세에 매형의 글에 나오는 인물들이 마음 놓고 살아가게 이 조선이 아름다운 세상이 되었으면 합니다. 그러한 세상이 나의 꿈이요, 매형의 꿈이 아니겠는지요.

자는 중존仲存, 본관은 전주, 호는 지계芝溪. 이보천李輔天의 아들이며 연암의 처남. 박종채의 기록에 따르면 꽤 문재가 있는 이인데, 늦은 나이인 45세에 사마시司馬試에 합격하였다.

벼슬은 겨우 참봉에 지나지 않았다. 연암이 안의현감을 그만두고 한가롭게 지낼 때에 총계서숙을 짓고는 이곳에서 그와 백성들을 경륜하고 구제할 방도를 이야기하였다. 이 시절 조정 대신들이 연암과 그를 초청하였다. 연암은 말년에 그와 이희경을 불러 조촐한 술상을 차려 놓고 담화를 즐겼다. 그는 평생 매형인 연암을 스승처럼 섬기고 따랐으며 마지막을 지켜 보았다.

연암은 혼인하면서부터 처가살이였고 틈나는 대로 그와 함께했다. 반평생을 한 집안에 거처하며 친구처럼 형제처럼 때론 학자로서 교분과 즐거움을 누렸다. 그의 삶은 매형을 만나 풍요로웠으며, 『열하일기』를 국제 정치적 입장에서 보려 하는 등 연암에 대한 이해가 깊었다. 종채와 함께 『연암집』 원고를 모으는 데 애쓴 그는 연암 사후 겨우 네 해를 더 조선 땅에 머물렀다. 그때 나이 59세였다.

08

백동수, 세상에 사내는 오직 너뿐이다

어릴 적 동무이자 매형인 이덕무가 붙여준 '들판에서 굶주린다'는 뜻의 '야뇌野餒'란 호를 즐겨 쓴 백동수. 연암의 제자 중 스승을 가장 경외敬畏하여 비장이 장군을 섬기는 듯하였다. 무인으로서 협객의 기질도 있으면서도 전서篆書와 예서隷書에 능하고 전고典故에도 밝았다. 연암의 제자 이덕무는 겨우 19살인 백동수에게 「야뇌당기野餒堂記」를 지어 줄 정도로 날래고 사나웠으며 대범한 사내였다. 백동수는 스스로 '연암 섬기기를 주창周倉이 관우關羽를 섬기 듯하였다'고 하였다.*

이 장에서 백동수는 연암에게 볼기를 맞은 사건으로부터 백탑파를 중심으로 벗과 제자의 면면을 이야기한다.

*주창은 가상인물로 『삼국지연의』에서 관우를 죽음으로 섬기었다.

이놈, 어서 엎드려라!

"이놈, 어서 엎드려라!"

난 지금도 그때 일이 어제인 듯 선연하다. 그 시절 나는 술을 꽤나 마셨다. 술을 마시면 세상을 원망하였다. 나는 서얼이다. 이 조선에서 서얼이란 존재로 산다는 것은 인생의 9할을 저버려야만 한다는 의미이다. 박제가나 이덕무, 서상수, 그리고 이희경 등도 서얼이었지만 그들은 그래도 제법 살아냈다. 박제가는 비상한 두뇌로, 내 매형인 이덕무는 서얼을 숨기고, 서상수는 재능으로 살았다. 나는 고집도 세고 남과 잘 어울리지도 못하였다. 연암 스승은 우리 서얼들을 벗으로 챙겨주셨지만 나는 진정으로 여기지 않았다.

수풀 속의 꿩은 개가 내쫓고 폐부 속의 말은 술이 내몬다던가. 그날도 술을 꽤나 먹고 되는 소리 안 되는 소리 떠들어 대며 연암 어른 댁을 지나치다 사람들과 시비가 붙었다. 나는 일찍 무과에 급제해서 선전관宣傳官이 되었으나 관직 진출에 제한을 받았다. 집안 대대로 서얼이지만 용력만큼은 남에게 뒤지지 않았기에 탑골공원 근처에서는 나에게 대적할 자가 없었다.

그날도 내가 닥치는 사람을 팰 때였다. 누군가 "이놈!" 하는 소리에 쳐다보니 스승님이었다. 나는 그날 스승에게 볼기를 열 대나 맞았다. 이날 이후로 나는 주정을 부리지 않는다. 그때 스승은 단 세 마디만 하셨다. "서얼이라서인가? 사내대장부가! 나는 과거도 버렸네!" 그날 매질을 하는 스승이나 나나 내내 눈이 시렸다. 과거를 보지 않은 스승은 사는 것으로 따진다면 나보다도 더 바특한 살림이다. 과거 포기가 서얼보다 낮춰볼 일도 아니다. 이 일이 내 나이 서른이던 해이었다.

스승은 서른 중반쯤에 과거를 포기하시면서 술을 드셨다. 주량이 얼마나 대단한지 단 한 번도 술에 취하신 걸 본 적이 없다. 연암 어른과 주량을 논하기는 미호 김원행 형제분 정도였다. 미호 어른 형제는 술항아리를 밤새 다 비우고도 오히려 정신은 활기에 넘쳤으며 다음날 저녁에는 술찌끼를 짜서 드셨다고 하니 연암 어른의 주량을 어림작할 뿐이다. 스승의 결곤은 성격은 집안사람이라고 피해가지 않았다. 한번은 스승의 처남인 중존仲存 재성在誠이 어린 자식과 겸상한 것을 보곤 "군자는 손자를 안아주지만 자식은 안아주지 않는 법"이라고 호통치셨다고 한다. 자식을 응석받이로 키울까 하는 염려였기에 중존은 매형에게 사죄하였다. 이 말은 내가 중존에게 직접 들었다.

세상에 사내는 오직 너뿐이다

한번은 김이도 형제와 필운대에 올랐을 때다. 어떤 이가 큰 바가지에 술을 가득 따라서는 연암 스승님에게 불쑥 내밀며 "자네가 눈이 온 북한산 꼭대기에 올라가 술 한 동이를 다 마시고 시를 읊조렸다는 박연암인가? 지금 세상에 사내는 오직 너뿐이다" 하였다. 우리 일행은 직감적으로 이재함李在涵인 줄 알았기에 참 난감하였다. 이재함은 거짓으로 미친 척하며 높은 자리에 있는 이들에게 가리지 않고 욕을 퍼붓는 왈짜였다. 사람이 원체 엄장*이 좋은 데다 성격이   *엄장_덩치가 큰 몸.
드세고 무람없어 용력으로나 욕설로나 대적할 자가 없었다. 제 아무리 높은 벼슬아치라도 '똥밟았다' 하고 피하는 게 상책이다. 나도 힘깨나 쓰지만 만만한 상대가 아니기에 머뭇거리는 사이에 연암 스승은 천천히 술 한 바가지를 비우더니 "에끼! 무람없는 어린 녀석이. 어른에게 예를 차리지 않고 함부로 농지거리를 해. 썩 비켜서지 못할까!" 호통을 쳤다. 이재함은 연암 스승님의 호통에 뒤로 물러섰고, 후일 사람들에게 "박연암이 영걸찬 사내라 하더니 정말이더군. 아, 내가 피할 수밖에 없었지!" 하더란다.

스승의 보짱 큰 면모는 「수소완정하야방우기酬素玩亭夏夜訪友記」*에도
보인다. 연암 어른이 지독한 가난에 시달릴
때 글이다.

자다가 깨어 책을 보고 책을 보다가 또 자도 깨워주는 이가 없다. 혹은
종일토록 실컷 자기도 하고, 때로는 글을 저술하여 의견을 새겨 넣기도 했
다. 자그마한 철현금鐵絃琴을 새로 배워, 권태로우면 두어 가락 타기도 한
다. 혹은 친구가 술을 보내주기라도 하면 그때마다 흔쾌히 따라 마신다.
술이 얼큰히 취하고 나면 자찬自贊을 짓는다.

내가 나를 위함은 양주楊朱와 같고	吾爲我似楊氏
만인을 고루 사랑함은 묵적墨翟과 같고	兼愛似墨氏
양식이 자주 떨어짐은 안회顏回와 같고	屢空似顏氏
꼼짝하지 않음은 노자老子와 같고	尸居似老氏
활달함은 장자莊子와 같고	曠達似莊氏
참선함은 석가釋迦와 같고	參禪似釋氏
공손하지 않음은 유하혜柳下惠와 같고	不恭似柳下惠
술을 마셔댐은 유영劉伶과 같고	飲酒似劉伶
밥을 얻어먹음은 한신韓信과 같고	寄食似韓信
잠을 잘 잠은 진단陳搏과 같고	善睡似陳搏
거문고를 탐은 자상子桑과 같고	皷琴似子桑

글을 저술함은 양웅揚雄과 같고	著書似揚雄
자신을 옛 인물과 비교함은 공명孔明과 같으니	自比似孔明
나는 거의 성인聖人에 가깝도다.	吾殆其聖矣乎
다만 키가 조교曹交만 못하고	但長遜曹交
청렴함은 오릉於陵만 못하니	廉讓於陵
부끄럽고 부끄럽도다.	慚愧慚愧

연암 스승이 이 글에서 자신과 비긴 이들의 면면을 보자면 이렇다. 양주는 극단적으로 자기를 사랑하고, 묵적은 양주와 반대로 남을 사랑하였으며, 안회는 가난을 편안히 받아들여 양식이 자주 떨어져도 조금도 개의치 않았고, 노자는 꼼짝하지 않으면서도 용과 같았다. 장자는 어떠한 것에도 얽매이지 않아 세계의 밖에서 초연하게 노닐었고, 석가는 도를 깨달으려 수양을 하였으며, 유하혜는 낮게 처하여도 위 사람에게 곧은 도를 지켰고, 유영은 술을 매우 좋아하여 늘 술병을 지니고 다니며 주덕송酒德頌까지 지었다. 한신은 벼슬길에 오르기 전 생계를 꾸려가지 못하여 항상 남에게서 밥을 얻어먹고 지냈으며, 진단은 한 번 잠이 들면 100여 일 동안 깨지 않았고, 자상은 거문고를 타면서 자신의 지독한 가난을 한탄하는 노래를 불렀으며, 양웅은 가난하면서도 학문을 좋아하고 글을 잘 지었고, 공명은 자신을 제나라 재상 관중管仲과 연나라의 명장 악의樂毅에게 견주었다. 조교는 키가 9척 4촌이나 되었고, 오릉은 진중자陳仲子로 형이 많은 녹봉을 받는 것을 의롭지 않다고 여겨 오릉에 가서 은거하며 가난하게 살았으므로 오릉중자於陵仲子라

하였다. 당시 그는 3일 동안이나 굶주려 우물가로 기어가서 굼벵이가 반 넘게 파먹은 오얏을 삼키고 나서야 귀에 소리가 들리고 눈이 보였다고 하니 대단한 청빈이 아닌가.

이러한 연암 스승이 나에게 곁을 내주셨다. 이 일을 계기로 나는 강원도에 있는 기린협麒麟峽*으로 들어가 농사를 짓고 목축을 하며 지냈다. 잠시 한성을 떠나 마음을 추스르고자 함이었다. 이때 스승께서는 「증백영숙입기린협서贈白永叔入麒麟峽序」를 쓰셔서 나를 배웅하셨다. 계사년(1773)의 일이다. 그 글의 말미에 "사람의 떠남이 이처럼 슬피 여길 만한데도 도리어 슬피 여기지 않았으니, 선뜻 떠나지 못한 자에게는 더욱 슬피 여길 만한 사정이 있음을 짐작할 수 있다"는 구절이 있다. 스승께서도 포의선비이다. 나를 떠나보내시면서 아프신 마음을, 당신 또한 떠나지 못한 자라는 심경에 비기신 글이다. 떠나는 자의 슬픔보다 떠나지 못하는 자의 슬픔이 때론 더 슬프다.

*기린협_현 강원도 인제군 기린면.

하늘이 인재를 내리심이 그토록 다르지 않사옵니다

스승은 훗날 「의청소통소擬請疏通疏」라는 장문의 글을 임금께 올렸다. 스승께서 평소 간직하셨던 천인이나 서얼에게 벼슬길을 터주는 조치를 적은 글이다. 이 소에서 스승은 "삼가 엎드려 생각하옵건대, 하늘이 인재를 내리심이 그토록 다르지 않사옵니다"로 시작하여 적서 차별의 폐단을 적나라하게 지적한 바 있다. 그 일부를 보면 이렇다.

아아, 왕조에서 서얼을 쓰지 않은 지가 300여 년입니다. 크게 나쁜 정사로 이보다 더한 것이 없습니다. (…중략…) 무릇 서얼庶孽*과 정적正嫡*은 진실로 차등이 있습니다만 문벌 대대로 내려오는 그 집안의 지체로 보면 또한 사족士族입니다. 진실로 국가에 무엇을 저버렸기에 금고禁錮*하고

*서얼_서자와 그 자식.

*정적_본처가 낳은 아들.

*금고_죄과 혹은 신분에 허물이 있어 벼슬에 쓰지 않음.

폐기해서 벼슬한 사람이 늘어선 자리에 침예치 못하게 하는 것입니까. 嗚呼 國朝廢錮庶孽 三百餘年矣 爲大敝政 無過於此 (…中略…) 夫庶孽之與正嫡 誠有差等 而顧其家世 亦一士族 固何負於國家 而禁錮之廢絶之 不得齒衿紳之列哉

스승께서 적서의 문제를 '사대부로 한정'하는 것은 못마땅했지만 이 정도만으로도 충분히 조정은 시끄러웠다. 서얼을 쓰지 못한다는 서얼금고법은 그 연원도 오래되어 태종太宗 15년에 서선徐選의 주장에서부터이다. 시작은 미천한 서얼 출신인 정도전鄭道傳(1342~1398) 때문이었지만 이것이 『경국대전』에 법제화되며 우리네 서얼은 태어날 때부터 이미 배경이 어둠뿐이었다.

우리 영명하신 금상今上*께서는 정유년(1777)   *금상_정조.

서얼도 관직에 진출할 수 있다는 '서얼허통절목'을 발표하고 두 해 뒤에는 규장각에 검서관직檢書官職을 설치하여 박제가를 비롯한 서얼 출신의 청준한 인재들을 검서관으로 발탁하였다. 황공하게도 후일 그 은택은 나에게도 내렸으니, 이 또한 스승의 은혜이다.

나는 스승을 평생 존경하고 따랐기에 언젠가 존경하는 이에 대해 물었다. 연암 스승께서는 "제갈량, 한기, 왕양명 세 분의 위인찬偉人贊을 짓

고 싶고, 우리 조선에서는 조헌, 유형원, 오재순, 김창협 형제분이지"
하셨다. 제갈량諸葛亮(181~234)은 삼국시대 촉나라의 승상이다. 유비劉備
의 삼고초려를 받아들인 뒤 그와 평생을 함께 한 이다. 한기韓琦는 송나
라의 혁신파 재상이다. 덕과 재주가 뛰어나 종종 조정에 없어서는 안
될 사람으로 거론된다. 왕양명王陽明(1472~1529)은 명나라 사상가이다.
양명학陽明學*의 시조로 주자를 탈피하여, 새로운 격물치지格物致知의 해
석*을 제시한 이다. 스승께서는 구체적으로 이
들의 어떠한 점을 기리고자 했는지는 말씀하
시지 않았지만 지혜, 혁신, 학문을 본받고자 한
것이 아닌가 한다.

중봉重峰 조헌趙憲(1544~1592) 어른은 이이李珥
의 문인으로 강직한 성품의 소유자다. 임진왜
란에는 옥천에서 의병을 일으키고 금산전투에
서 의병들과 장렬하게 산화한 분으로, 지금 '칠
백의총七百義塚'으로 남았다. 선생께서는 조헌이
지부복궐持斧伏闕*로「동환봉사東還封事」*를 올렸
던 것을 상기하고 탄식하며 그를 흠모하고 존
경한다고 하셨다.

반계磻溪 유형원柳馨遠(1622~1673) 어른은 평생
야인으로 지내면서 학문 연구와 저술에 전념한 이다. 그는 왜란과 호란
으로 인해 피폐해진 민생을 구제하고 국력을 회복하기 위해서는 획기
적인 개혁 없이는 불가능하다고 진단한다. 그리고『수록隨錄』을 통해 국

*양명학_당시 조선 학자들은 성리학
(性理學)을 공부했다. 성리학은 본성
을 중시하고 지식은 후천적으로 얻는
다고 믿었다. 따라서 학습을 중시하
고 지식과 행동은 분리되어 있다고
여겼다. 반면에, 양명학은 마음을 중
시하고 선천적인 지식을 믿었다. 따
라서 학습을 중시하지 않고 지식과
행동은 합일되어야 한다는 지행합일
설을 주장한다.

*격물치지의 해석_성리학 태두인 주
자는 격물치지를 '개개 사물의 이치
를 끝까지 연구하여야 앎에 이른다'
로 해석하였다. 그러나 왕양명은 개
개사물을 끝까지 연구해도 앎에 이를
수 없다고 '마음에서 느끼면 그것이
바로 올바른 앎'이라고 생각하였다.
그래서 마음에 느끼는 게 바로 이치
이기에 앎과 행동은 하나라는 지행합
일(知行合一)을 주장하였다.

*지부복궐_상소할 때 도끼를 가지고
대궐문 밖에 나아가 엎드리던 일.

가 제도 전반에 걸친 개혁을 구상하였다. 중농사상重農思想에 입각하여, 백성들에게 기본적인 경작 농지를 확보케 하는 토지 개혁 실시, 균등한 세제 확립, 과거제 폐지와 천거제 실시 및 신분·직업 세습제 탈피와 기회 균등 구현 등 혁신적인 내용이었다. 선생께서는 이러한 유형원을 '통유通儒*'라고 부르며 존경하셨다.

순암醇菴 오재순吳載純(1727~1792)은 임금의 총애를 받으면서 오랫동안 대제학과 이조와 병조판서를 맡은 이다. 왕은 그의 겸손하고 과묵함을 가상히 여겨 '우불급재愚不及齋*'란 호를 내리기도 하였다. 시문을 빨리 짓지는 못하였으나 문장이 간결하고 옛 정취가 있었다.

김창협과 김창흡은 형제분으로 김수항 어른의 둘째, 셋째 자제이다. 문곡文谷 김수항金壽恒 어른은 창집昌集 — 창협昌協 — 창흡昌翕 — 창업昌業 — 창즙昌緝 — 창립昌立, 육형제를 두셨는데 이 어른들은 모두 재주가 뛰어나 나라 안에서 육창六昌으로 이름이 드높았다. 농암農巖 김창협(1651~1708)은 예조참의·대사간 등을 두루 거쳤다. 송시열의 문하로, 이이李珥 선생의 계통이나 학설에서는 이황李滉 선생과 이이를 절충했다. 문장과 서예에도 뛰어났다. 스승께서는 평소에도 농암 선생에 대한 말을 많이 하셨다. 삼연三淵 김창흡金昌翕(1653~1722)은 벼슬길을 버리고 유불도에 심취하여 산수를 유람하고 나라 안을 두루 돌아다녔다. 성리학에 뛰어나 형 김창협과 함께 이이 이후의 대학자로 명성이 높았다. 연암 선생께서는 늘 "선생의 풍모를 꿈에 그렸다"고 말씀하실 정도로 존경하였다. 다섯째 창즙 어른이 잠시 후에 언급할 김용겸의 부친 되신다.

연암 선생을 비롯한 우리 백탑파의 학맥과 백과전서적 지식은 이분들과 잇닿아 있다. 백탑은 원각사의 옛터에 빙 두른 성이 있고 하얀 탑이 그 중앙에 있어 멀리서 보면 눈같이 하얀 죽순이 불쑥 솟아난 듯해 붙여진 명칭이다.

청장관靑莊館 이덕무李德懋(1741~1793)의 사립문은 탑의 북쪽으로 나 있고 그 앞으로 몇 걸음을 가면 연암 어른의 거처이다. 이서구의 행랑채는 탑의 서쪽에 솟고 여기서 수십 보를 더 가면 서상수徐常修(1735~1793)의 서루書樓가 있다. 그리고 북동쪽으로 꺾어지면, 유득공柳得恭(1748~1807)과 숙부 유금柳琴(1741~1793)의 거처이다. 이서구李書九(1754~1825)를 제외하곤 모두 나와 같은 서출이다. 이 시절 백탑을 찾은 이들 중, 원중거元重擧(1719~1790)와 제자 윤가기尹可基(1745~1801), 윤가기의 사돈인 박제가朴齊家(1750~1805), 이덕무와 교류가 많았던 성대중成大中(1732~1812), 이희경李喜經(1745~?)과 동생 이희명李喜明(1749~?) 또한 서출이다. 이덕무가 감화를 가장 많이 받았다는 김용겸金用謙(1702~1789), 임배후林配垕(1718~1784), 홍대용洪大容(1731~1783), 정철조鄭喆祚(1730~1781) 어른, 유금의 제자이기도 한 서유본徐有本(1762~1799)과 서유구徐有榘(1764~1845) 형제, 박제가의 적형嫡兄으로 가끔씩 모임에 참석하는 박성언朴聖彦(1743~1819) 정도만이 적출이었다.

서상수의 호는 관재觀齋, 여오汝五이다. 그는 시·서·화 모두 능했으며 특히 감상지학과 음률에는 빼어난 실력을 보였다. 나이 마흔에야 겨우 생원시에 급제하여 봉사벼슬을 지냈다. 어떤 이가 3년 동안 팔지 못한 오래된 그릇을 여오에게 보였다. 여오는 "이것은 필세筆洗*이다" 하며 값의 고하를 따지지 않고 즉석에서 8천 냥을 내주었다. 연암 스승은 감상이란 구품중정九品中正*의 학문이라 하고 "지금 여오는 감상에 뛰어

*필세_붓 씻는 그릇.

*구품중정_본래 관리를 임명하던 아홉 등급을 말하나 연암은 학문의 등급으로 인용했다.

나서, 뭇사람들이 버려둔 가운데서 이 그릇을 능히 알아보았다. 아아, 그러나 여오를 알아주는 자는 그 누구이랴?" 하고 탄식하셨다. 연암 스승의 「필세설筆洗說」 내용이다. 바로 서상수의 감상학鑑賞學을 안타까이 여기며 쓴 글이다. 「관재기觀齋記」라는 글도 서상수의 서실을 기념한 글이다. 언젠가 이 관재에서 연암 스승을 모시고 시를 짓고 음률을 들은 적이 있다. 그때 연암 스승은 퉁소의 맑고 청아한 음률을 백이 · 숙제의 절개에 비유하는 시를 지으셨다.

원중거의 맏아들인 원유진의 부인이 바로 이덕무의 누이이다. 이덕무는 원중거 어른을 깍듯이 섬겼으며 우리 연암 스승 제자들 또한 그러하였다. 연암 스승을 위시한 우리 대부분이 북학에 관심이 많고 연행燕行을 하였다. 을유년(1765) 홍대용 어른을 시작으로, 병신년(1776) 엔 유연 어른이, 무술년(1778)엔 이덕무와 박제가가, 경자년(1780)엔 드디어 연암 스승께서 연행을 다녀오셨다. 이후 임인년(1782)엔 이희경, 경술년(1790)엔 유득공과 박제가의 2, 3차 연행 등이 이어졌다.

반면 원중거 어른은 일본에 관심이 깊었다. 『화국지和國志』와 『승사록乘槎錄』은 일본에 대한 기록이다. 이덕무의 『청령국지蜻蛉國志』, 그리고

유득공, 박제가 등의 일본에 대한 관심은 이와 무관치 않다. 일본을 불필요한 혹처럼 '췌도贅島'로 이해하는 이 조선이다. 물론 연암 스승의 일본어 역관 이언진李彦瑱(1740~1766)의 짧은 삶을 그린 「우상전虞裳傳」도 그렇다. 「우상전」에는 일본인들이 문장이나 서화를 잘하는 사람을 높게 대했다는 등, 일본의 풍습이 잘 드러나 있다. 문장이 높았던 우상은 일본에서 극진히 대접을 받았고 '붓으로써 일본 산하를 뽑아왔다筆拔山下'라는 말까지 들었다. 하지만 조선에서 그는 인생의 흑자를 기대하기 어려운 역관일 뿐이었다. 우상에겐 희망이 부재한 대안 없는 삶이었기에, 연암 어른은 늘 가슴이 메고 맥맥하니 한숨을 토하며 조선 후기의 어둑한 미로를 퀭한 눈으로 헤맸을 그, 아니 신의 희작戲作인 우상의 전을 한숨으로 써내려갔다.

유금 어른의 초명은 연璉인데 거문고를 좋아하여 금琴으로 개명하고 자를 탄소彈素라고 하였다. 어른의 서재인 기하실幾何室을 연암 스승을 따라가 즐긴 것이 여러 번이다. 기개가 컸고 음률을 몹시 좋아했으며, 특히 전각은 따라올 자가 없었지만 평생을 우울한 포의로 지냈다.

돌을 꼭 움켜쥐고 무릎에 받치고서는 어깨를 비스듬히 하고 턱을 숙인 채, 눈을 깜빡거리며 입으로 후!후! 불면서, 먹 자국을 따라 누에가 뽕잎 갉아먹듯 파 들어간다. 마치 실처럼 가늘면서도 획이 끊어지지 않고 잇닿는다. 입술을 오목하니 모으고 칼을 밀고 나가는데 눈썹을 찡긋찡긋하며 힘을 쓴다. 이윽고 허리를 받치고 하늘을 쳐다보며 '휴!' 하고 긴 숨을 토해내는구나. 握石承膝 側肩垂頤 目之所瞬 口之所吹 蚕飮其墨 不絶如絲 聚吻

進刀 用力以眉 既而捧腰仰天而欷

  스승이「유씨도서보서柳氏圖書譜序」에다 넣어 둔 유금 어른이 전각하는 모습이다.

  연암 스승을 위시한 우리들을 세상에선 백탑파라 부른다. 원각사 10층 석탑에 달빛이 찾아들면 하얗게 빛이 나 백탑이 되었고 우리는 백탑에 둘러앉아 시절을 고민했다. 스승은 시대적 요구에 민감했다. 조선 사회 자체 내에서 새로운 문학이 발흥되어야 조선의 미래를 연다고 예언했다. 스승을 위시한 우리들은 조선의 새로운 학문을 세우려 하였다. 민중의 편에선 '고민하는 지식인'으로, 이 지식을 민중의 이익을 대변하고 생활 조건을 개선하기 위하여 활용코자 하였다.

  안타깝게도 그 한계성은 분명했다. 민중의 실생활 속에 우리들의 사상이 깊이 파고들지 못하였다. 다만 연암 스승의 글을 통해 양반과 낮은 백성이 공생할 수 있는 가능성만 열어젖혔을 뿐이다. 이 시절이 무자년(1768)에서 기축년(1769) 간의 일이다. 박제가는「백탑청연집서白塔清緣集序」에다 이 시절을 잘 기록해 두었다.

  그「백탑청연집서」에서 박제가는 연암 어른을 찾았을 때를 이렇게 적어 놓았다.

  내 나이 열여덟 아홉쯤 미중美仲 박지원 선생이 문장에 조예 깊다는 당대 명성을 듣고는 마침내 백탑 북쪽에 있는 선생 집을 찾아갔다. 선생께서는 내가 왔다는 말을 듣고는 옷을 갖춰 입고 나오셔서 오랜 벗인 양두 손을 잡으셨다. 그러고는 지으신 글을 전부 꺼내어 읽게 하셨다. 이어 친히 쌀을 씻어 밥솥에 안치고는 불을 때 흰 주발에 그득 밥을 퍼서는 옥쟁반에 받쳐 내오셔서 술잔을 들어 나를 축수해주셨다. 나는 이 분수에 넘치는 놀라움과 즐거움이 천고 이전에나 있을 법한 일인가 생각하고 글을 지어 환대에 답하였다.

이때 스승의 연세가 서른 두셋인 장년이요, 또 문필로 이미 장안에 그 이름을 들날릴 때였다. 그런데도 이제 약관弱冠의 나이도 못 된, 그것도 서얼인 박제가를 대하는 태도가 저러셨다.

연암 스승의 이러한 사람 사귐은 인물 면면으로 미루어 짐작이 간다. 스승께서는 적서嫡庶뿐 아니라 겸종傔從들에게도 관심을 보이셨다. 그 사람을 유심히 보았다가 재능과 기술을 찾아 생계를 영위할 방도를 마련해 주기도 하셨다. 개인의 재능과 기술은 작게는 개인의 삶을 영위하는 수단이지만, 넓게 본다면 우리 조선을 부국으로 만드는 자산이기 때문이라고 하셨다. 연암 스승에게 염색, 갑옷, 혼례옷 등을 만드는 방법을 배운 공인이나 장인들은 손으로 헤일 수 없다. 지금도 그들은 자신의 생업에 종사하고 있다.

본관은 수원, 자는 영숙氷叔, 호는 인재靭齋 또는 야뇌野餒를 썼다. 신임사화에 연루되어 죽은 평안도병마절도사 증 호조판서 충장공 백시구白時耉의 증손이며, 백상화白尙華의 손자이다. 아버지 백사굉白師宏은 무인이라기보다 글을 읽는 선비였고, 이덕무가 큰매형이다. 조부인 백상화가 증조부 백시구의 서자였기에 신분상 서얼에 속한다.『과정록』에서 종채는 연암과 동갑이라 하였으나 수원백씨 족보에는 1743생으로 되어있으니 연암보다 6살 아래이다.

그는 신묘년辛卯(1771) 무과에 급제하여 선전관에 제수되었으나 서얼이라 관직 진출에 제한을 받았다. 1773년 기린협으로 들어가 직접 농사를 짓고 목축을 하는 등 오랜 영락한 시절을 거친다. 1776년 정조가 즉위한 후에야 비로소 부사용副司勇이 된 후, 집춘영集春營 초관哨官, 어영청御營廳 초관 등을 역임했다.

1789년 4월 검서관이었던 이덕무, 박제가와 함께 장용영 장관으로서『무예도보통지武藝圖譜通志』의 편찬에 참여하여 실기를 보인다. 이『무예도보통지』는 전투동작 하나하나를 그림과 글로 해설한 조선 최초의 실전 훈련서였다.

후일 훈련판관, 충청도 비인현감, 평안도 박천군수에 제수되고, 군기부정軍器副正으로 벼슬길을 마친다. 순조 시절엔 부정의 혐의를 받아 경상도 단성현에 유배되기도 하였다.

「야뇌당기」에서 이덕무는 "영숙은 고박古樸하고 질실한 사람이다. 차마 질실한 것으로써 세상의 화려한 것을 사모하지 아니하고, 고박한 것으로써 세상의 간사한 것을 따르지 않으니 굳세게 우뚝 자립해서 마치 저 딴세상에 노니는 사람 같다. 세상 사람 모두가 비방하고 헐뜯어도 그는 조금도 야野한 것을 뉘우치지 아니하고 뇌餒한 것을 부끄러워하지 아니하니 이 사람이야말로 진정한 야뇌라고 이를 수 있지 않겠는가" 하였다. 본래 집이 부유했으나 어려운 사람들만 보면 나눠줘 곤궁한 생활을 했다. 이 책의 제4장을 책임진 오복은 그의 집에 있던 하인이었다.

연암 박지원의 목민서인 『면양잡록』河陽雜錄』 제7책 「칠사고七事考」 표지

현재 이 자료는 단국대 석주선기념박물관 연민문고에 소장되어 있는데, 김문식 단국대 사학과 교수가 발굴하여 세상에 알렸다. 연암이 충청도 면천군수로 있으면서 작성한 글을 모은 것이 『면양잡록』이고 '칠사고'는 그중 제 7책이다. 작성된 시기는 연암이 군수로 재임하던 1799년 5월부터 1800년 8월 사이이다. '칠사고'란 뜻은 『경국대전』 규정에 나오는 수령이 해야 할 7가지 업무를 적어 놓은 '수령칠사守令七事'에서 따온 제목으로 '수령이 해야 할 일을 고찰하는 서적'이라는 뜻이다. 이 책은 『목민고』와 『자치통감』 등 각종 서적에서 백성을 다스리는 데 필요한 글을 모은 것이 주를 이룬다. 연암의 저 소설들이 하나같이 낮은 백성을 향하고 있음은 이러한 책을 통해서도 알 수 있다.

雙상息心두

風풍關관
氣기關관
命명關관

『마경언해馬經諺解』, 〈말을 진맥하는 그림〉

『마경언해』는 활자본 2권 2책으로 인조 때 무신 이서李曙(1580~1637)가 엮은 수의학서獸醫學書이다. 논마유부모論馬有父母・상량마도相良馬圖・상량마가相良馬歌 등 100여 항목이 수록되어 있다. 연암이 이 책을 읽었는 지는 확실치 않으나 연암 이전에도 말에 대한 관심이 없었던 것은 아니다.

09

유언호, 이것이 주인의 예일세

유언호는 연암에게 경제적으로 많은 도움을 주었던 벗으로 첫 벼슬도 그가 천거해
주었다. 유언호가 우의정이 되었을 때 연암이 찾은 적이 있었다.
겨울이건만 침구는 얇고 낡았으며 자리 곁에는 문방도구와 책 몇 권만이 있었고, 술상도
이가 빠진 낡은 사발에 만두가 전부였다. 포의지사로 지날 때와 다름이 없었다.
이 장에서 유언호는 친구로서 본 연암의 삶과 선비정신, 벼슬살이와
애민정신을 호를 중심으로 이야기한다.

용과 뱀이 칩거함은 몸을 보존하기 위함일세

"연암 어른을 빨리 피하시게 해야 됩니다."

웬만해선 꿈쩍도 않는 무인 백동수가 얼굴이 벌겋게 붉어지도록 달
려와서는 하던 말이 엊그제 같다.

정의와 진실의 어깨동무는 불가능한 것일까?

정말 진실을 외치는 모난 돌은 정을 맞아야만 하는가? 용가마에 삶
은 개가 멍멍 짖어야만 그런 날이 올까?

연암, 나와 몇 살 차이는 있지만 파피리를 불고 대말을 타고 놀던 옛

날의 동무로 글동접이요, 허여하는 평생지기이다. 연암은 내 벗이기도 하지만 우리 조선을 이끌어갈 만한 주석지신柱石之臣으로 조금도 부족함이 없는 인재다. 그런 연암이 벼슬살이는커녕 도망자의 신세가 된 적이 있었다.

무술년(1778) 7월, 삼복더위가 한양을 달궜다. 한여름의 열기만큼이나 연암에게 화가 급박했다. 이 달, 홍국영의 화를 피해 연암을 황해도 금천 연암 골짜기로 이주시켰다. 이유인 즉은 이렇다. 금상今上*의 비인 효의김씨가 생산을 하지 못하고 홍국영洪國榮(1748~1781)은 이 틈을 노렸다. 그는 자신의 누이를 후궁으로 배치해 놓고 원자를 얻은 뒤 득세하려 하였다. 이를 차마 볼 수 없었던 연암이 이에 대한 상소를 올리나 상감께 전달되기 전에 홍국영의 손아귀에 들어가 버렸다.

*금상_정조.

당시 홍국영은 정조를 보위하여 즉위를 시키는 데 큰 역할을 하였다 하여 세도정치가 대단하던 때다. 홍국영은 불같이 노했고 연암에겐 화가 급박했다.

그러나 백동수의 말을 듣고도 연암은 눈도 깜빡이지 않았다. 나는 연암의 손을 잡고 간절히 말했다.

"여보게, 홍국영이 이번 일로 몹시 독을 품고 있네. 그악한 그의 품안에 자네 글이 들어갔으니 동티는 이미 났네. 그가 자네를 해치려 한 것은 벌써 오래 전부터라는 것쯤은 자네도 잘 알잖나. 지금까지 자네에게 화가 미치지 않은 것은 조정 벼슬아치가 아니기 때문이네만, 이제 대궐에는 그의 적수가 없네. 자네 성격을 모르는 것이 아니네만 이러다가 집안이 풍비박산되네. 아, 오늘도 어쩌다 자네 이름이 나오자 그의 눈초리가 여간 험악하지 않았어. 그러니 내 말을 듣게.『역易』에도 "용과 뱀이 칩거함은 몸을 보존하기 위함이다龍蛇之蟄 以存身也" 했잖나."

내 강권에 못 이겨 연암은 며칠 뒤 가족과 연암협으로 떠났다.

내 벗 연암은 반남박씨로 자는 중미仲美*요, 호는 연암燕巖,* 연상煙湘, 열상외사洌上外史, 연암산인燕巖山人이다. '산인'

*중미_친지들은 '미중(美仲)'으로 부름.

*연암_제비바위.

이란, 별호 밑에 붙여 겸손의 뜻을 나타내는 말이다. 많은 이들은 연암을 가장 많이 불렀다. 부친 사유師愈(1703~1767)와 모친 함평 이씨咸平李氏(1701~1759)의 2남 2녀 중 막내로 정사년(1737) 이월 초닷새(양력 3월 5일) 축시에 한양 서쪽 반송방盤松坊 야동冶洞*에서 출생하였다. 조부 필균弼均(1685~

*야동_풀뭇골, 현 서울시 중구 순화동과 중림동, 마포구 아현동 인근.

1760) 어른은 경기도 관찰사, 지돈녕 부사를 지내셨고, 선조 때의 명신인 박소朴紹 이후 대단한 명문 경화사족京華士族이다. 경화사족은 서울과 경기에서 대대로 거주하며 정치경제에서 사회문화까지 이끄는 조선 제일의 역량을 가진 집단으로 노론계老論系는 이 경화사족 중심이다.

알다시피 '연암'이란 호는 황해도 금천협*에서 따온 별호로 큰 의미는 없는데도 연암도

*금천협_개성시 장풍군에 있는 '제비바위골'.

사람들도 이 호를 애용했다. 서른다섯쯤부터였다. 그 이전에는 공작관孔雀館, 골계선생滑稽先生 등을 사용했다. 내 생각에도 연암만큼 연암을 잘 표현하는 호는 없다고 생각한다. 연암협의 생활이 연암을 가장 잘 읽을 수 있어서이다.

연암은 내 어릴 적부터 지금까지 정을 나눈 벗이다. 우리 선배로는 이민보李民輔(1717~1799), 윤득관尹得觀(1710~1780), 김상숙金相肅(1717~1799), 김상정金相定(1722~1788), 이운영李運永(1722~1794), 유의양柳義養(1718~1788)과 동년배로는 김이중金履中(1736~1793), 신광온申光蘊(1735~1785) 형제, 심염조沈念祖(1734~1783), 그리고 김노영金魯永(1747~1797) 등과 어울렸다.

연암의 목축업 구상은 끝가는 줄 몰랐다

연암이 제비바위골에 은거하던 무술년(1778), 나 역시 조정에 뜻을 잃어 개성유수로 내려왔다. 관 일을 대충 정리하니 10월도 얼마 남지 않았다. 나는 곧 연암협을 찾았다.

연암이 머무는 황해도 금천군金川郡* 화장산華藏山의 동편 불일봉佛日峯

*금천군_현 개성시 장풍군.　　　　아래에 있는 한 골짜기는 이미 겨울로 접어들었다. 송도에서 삼십 리쯤 떨어진 곳이었는데, 동구 왼쪽의 절벽에 항시 제비들이 둥지를 틀었다 하여 제비 바위라는 뜻의 '연암 골짜기'로 불린다. 아침 일찍 행장을 꾸려 떠났지만 점심때가 훨씬 기울어서야 겨우 연암협에 이르렀다. 연암협으로 가는 길은 산이 휘돌고 물이 겹겹이 감싸 사방에 촌락이라고는 없었다. 한길을 벗어나 7, 8리길이나 걸어 들어가니 저만큼 오두막 몇 채가 보였다. 호랑이가 출몰할 정도로 외진 산골이다.

지난 가을부터 불러 모은 이웃이라 해야 고작 서너 가구쯤 되었다. 산기슭을 깎아 개간한 돌밭에는 뽕나무 몇 그루가 심어져 있었다. 한 움막에서 주절주절대는 소리가 들리기에 들여다보니 모두 해진 옷에 귀신같은 몰골로 숯을 굽고 있었다. 연암의 가난은 벌써 짐작이 되었다. 연암이 있는 곳을 물으니 한 곳을 가리킨다.

시커먼 그림자가 하나는 섰고 하나는 앉았다. 연암도 그 자도 망건도 쓰지 않고 버선도 신지 않은 것은 물론 홑바지 동저고리 차림이었다. 가만 들어보니 쪼그려 앉은 연암이 이 미천한 자에게 예절을 이야기하는데 제법 간곡하다. 문득 「수소완정하야방우기酬素玩亭夏夜訪友記」*란 연암 글이 생각나 슬며시 웃음이 난다.

*「수소완정하야방우기」_소완정의 '여름밤 친구를 찾아서'에 대한 기문.

지금으로부터 육칠 년 전인 임진년(1772) 간의 일이지만, 「수소완정하야방우기」에도 연암의 저러한 모습이 그대로 있다. 당시 연암은 전의감동*의 다 찌그러진 집에 혼자 거처했다. 식구들을 모두 광릉廣陵* 처

*전의감동_현 종로구 견지동 일대.

*광릉_경기도 광주.

가로 보냈는데 사흘은 보통 굶는 가난 때문이었다. 연암은 당시 여종 하나만 데리고 끼니를 해결했다가 그 아이마저 눈병이 심해져 미쳐서는 나가 버렸다. 연암은 이때 행랑아범이 품삯 대신 얻어온 밥 몇 덩이로 허기만 달래곤 했다.

하루는 행랑아범이 몹시 성이 나서 밥사발을 엎어버리고는 아이에게 몹쓸 악담을 해대더란다. 연암은 행랑아범에게 평소 가르치지 않고서 도리어 꾸짖기만 하면 커 갈수록 부자 간의 의리가 상하는 법이라고 준절히 일러 주었다나. 하기야 그 글에서도 어쩌다 땔나무를 파는

자나 참외 장수가 지나가면, 불러서 효제충신이니 예의염치에 대해 장황하게 이야기했다고 하였다. 그러면 사람들이 세상 물정에 어둡고 얼토당토않은 이야기라며 사래질을 쳐대고 "집에 있어도 손님在家爲客"이니 "아내가 있는 중爲妻如僧者"이라고 놀림가마리를 삼았지만 연암은 굴하지 않고 가르쳐 주었다고 적어 놓았다.

연암은 저 시절 자다가 깨면 책을 보고 어떤 날은 진종일 자기도 하였다. 혹은 새롭게 생각나는 것이 있으면 책을 쓰고 철현鐵絃과 소금小琴을 연주하거나 또 이것저것도 싫으면 수학 공부도 하고 누가 술 한잔낸다 하면 흔연히 마주 앉았다. 어찌 보면 연암은 그 젊은 나이에 세상은 경영치 않고 생각 없이 하루하루를 사는 것 같지만 그 깊은 속내를 내 모를 바 아니다. 이미 손가락 몇만 더 구부리면 불혹인 나이다. 벼슬길을 포기한 연암으로서 딱히 세상 사는 요량이 무에 있겠는가? 나 역시 그 시절, 그렇게 하늘만 바라보며 나날을 보내지 않았던가.

그로부터 몇 해 더 흘렀고 서울과 이 연암협이 거리가 있다지만, 연암의 성정이 바뀌지 않은들 그의 가난 또한 달라질 리 없다. 저 모습으로 미루어 보건대 아마 귀신같은 몰골의 아랫것들이 무람없는* 행동을 하여도 희영수* 하며 껄껄 웃고 넘어갈 동태이다. 비록 연암이 자잘한 의리나 예절 따위에 얽매이지 않는 '불구소절不拘小節'이 있다지만 설핏

*무람없는_예의를 지키지 않으며 삼가고 조심하는 것이 없다.

*희영수_다른 사람과 더불어 실없이 하는 말이나 행동.

그 모습이 잔망스러운 듯도 싶다. 하기야 저런 연암이기에 내가 좋아하는지도 모르지만 말이다.

"여보게 연암! 연암!"

내가 다가가 두어 번을 부르고서야 인기척을 느꼈는지 고개를 들어 나를 봤다.

"아니! 이게 누군가. 사경士京,[*] 자네가 여기까지."　　　*사경_유언호의 자.

"아이고! 이 사람아. 옷차림이 이게 뭔가. 사경이고 오경이고, 한참을 걸었더니 배가 고프네. 아랫것들을 떼버리고 온 처지라 요기도 못했으니 밥 좀 주시게."

내 농에 연암은 반색을 했지만 그날 나는 점심을 끝내 먹지 못하였다. 풍문대로 연암의 살림살이는 형편없었으니 계량하기조차 어려웠다. 세간붙이라야 밥주발만 부뚜막 위에 덩그렇게 했다. 식구들도 옷차림하며 몰골이 말이 아니었다.

일경一更[*]이 지나서야 고즈넉한 연암협 시냇가 대臺　　　*일경_밤 7~9시.
에 앉았다. 시내는 집에서 100여 걸음 하는 곳에 있었다. 대라야 바위가 겹겹이 쌓여 우뚝 솟은 것으로 시내가 그 밑을 휘감아 돌았다. 연암은 이곳을 조대釣臺[*]라 하였다. 은하수는 하얗게 뻗쳐 있　　　*조대_낚시터.
고 하순 달을 둘러싸고 별무리가 여간 아니다. 그 별이 그 별이련만, 그날따라 밤하늘 별이 유난히도 밝았다.

"여보게! 연암. 자네가 이곳에 집을 지은 이 연암협이 물이며 돌하며 경관이 참 아름답긴 하네만, 흰 돌맹이를 삶아 먹을 수는 없잖나. 자네, 안사람하며 얘들도 저게 뭔가. 내, 내려가 자네 살 집을 알아보고 돈 몇 푼이라도 올려 보내겠네."

"무슨 소린가. 여기 버젓이 집이 있는데. 그리고 내 무슨 명목으로 국록을 먹는 자네 돈을 쓴단 말인가. 내 머리를 깎지 않은 비구승이요, 아

내를 둔 행각승으로 범과 이리를 이웃하고 다람쥐를 벗하며 사는 삶도
괜찮다네."

연암은 정색을 하며 거절한다.

"아, 이 사람아. 누가 그냥 준댔나. 나중에 갚으면 되지. 그리고 지금
자네 형편으로 젖고 마른 걸 가리겠나. 애들하고 자네 처를 좀 생각해
보게. 그리고 이게 어디 집인가."

"일 없네. 내 이미 명성·이익·권세를 따르는 이 세 벗을 버린 지 오래
일세. 이 집은 띠로 지붕을 엮고, 소나무로 처마를 만들었네. 겨울엔 따
뜻하고 여름엔 서늘하지. 또 조와 보리로 한 해를 무사히 넘길 수 있고
채소와 고사리가 왕성히 자라 한번 캤다 하면 대바구니를 금방 가득 채
우지. 그리고 집 뒤에다 이미 형수님의 묘까지 썼으니 내 이곳을 떠나지
못하겠네. 그리고 말일세. 사경, 내 이곳에 들어 온 것은 홍국영만을 피
해서가 아닐세. 사실 목축牧畜에 뜻이 있어서라네. 그리고 이제야 말하
네만 자네가 지어준 형수님 묘지명 고맙네."

"이 사람, 별 하례는. 그런데 목축? 목축이라 함은, 아! 그리고 보니
자네가 자주 말했지."*

*연암은 후일 북경을 다녀와 『열하일기』
『태학유관록』 8월 14일조에 대해 **목축**에 대해
서 자신의 견해를 자세히 써 놓았다.

"사경, 저기 좀 보게. 첩첩산중에 양쪽이 편
평한 골짜기인데다가, 수초가 매우 우거졌잖
나. 마소·노새·나귀 등 몇백 마리를 치기에 넉넉해. 자네도 알다시피,
우리 조선이 이토록 가난한 것은 대체로 목축이 제대로 되지 못해서
네. 목장이라야 가장 큰 곳이 겨우 탐라耽羅* 아닌가. 더구나 그 말들은
모두 원 세조元世祖가 방목한 종자이고. 그 종자

*탐라_제주도.

들이 아마, 한 4, 5백 년은 되었을 거네. 종자를 한 번도 갈지 않으니 조랑말 밖에 더 되는가……."

연암의 연암협 목축 구상은 끝 가는 줄 몰랐다. 목축 구상을 푸는 동안 별똥별 몇이 연암협 저 뒤로 넘어갔다. 연암은 「우부초서憂夫草書」에서 나를 '무소뿔에 불을 붙여 비추어 보고 구정九鼎에다 그림을 그려 넣을 사람'이라고 했다. 무소뿔을 태워 물속을 비추었더니 괴물들이 모조리 정체를 드러내고, 구정에다 온갖 사물들을 그려 넣어 백성들이 괴물들을 알아 피해를 당하지 않도록 했다는 뜻이다. 두 비유 모두 사물에 대한 통찰이 비범할 때 쓰는데, 이제 연암에게 저 말을 되돌려 줘야겠다.

연암의 목소리가 밤하늘 별빛을 따라 흘렀다. 연암이 말하는 게 꿈인지 아니면 내가 꿈을 꾸고 있는 건지. 꿈같은 연암의 이야기는 꿈같이 이어졌다.

거참, 정말 쓸데없이 되었군

연암의 성미를 모르는 바 아니고, 당자도 태평이지만 거들지 않을 수 없었다. 돈을 올려 보내지는 못했지만 일단 가족들의 거처만은 옮겨 주어야 했다. 마침 개성 유지인 양호맹, 최진관은 연암의 명망을 사모하던 차였다. 연암협을 여러 차례 방문하더니 기어코 연암을 양호맹梁浩孟의 금학동琴鶴洞 별장으로 불러내는 데 성공하였다. 연암은 금학동에 머무르며 한석호韓錫祜(1750~1808)와 그의 아들 재렴在濂(1775~1818), 이현겸李賢謙, 이행작李行綽 등을 가르치며 지냈다. 물론 이 모든 것은 내 계획대로였다. 사제의 교분이 얼마나 두터웠는지 연암이 다시 연암협으로 들어가자 그들은 아예 동행하였다. 이때 일은 그의 「산중지일서시이생山中至日書示李生」과 「답홍덕보서제사答洪德保書第四」에 그대로 보인다. 문생들을 가르치며 은거하던 연암의 외로운 시절이었다.

연암협에서 삶은 여러모로 연암을 시기하는 자들에게는 좋은 입담거리였다. 내가 한번은 조정에 들어갔을 때다. 마침 홍국영도 있고 하여 짐짓 속을 좀 뽑아보느라고 연암 말을 꺼냈다. 그러고는 "참 세상의 궁달은 알 수 없는 일이외다. 아, 지원이 학문을 좀 한다 하여 어쩌했습니까. 내가 개성에 가 들으니, 그래 식솔을 이끌고 돌아다니다가 끝내 개성 한 부잣집의 늙은 훈장이 되었다고 합디다" 하였다.

좌정한 사람들은 내 말이 끝나기도 전에 가가대소를 하였고 홍국영은 "거참, 정말 쓸데없이 되었군 그래, 이제 논할 것도 없구려" 하며 웃었다. 이 일 이후로 홍국영은 연암에 대해 경계심을 크게 늦추었다.

이태 뒤 기해년(1779)에 개성유수직을 물러날 때, 중국 칙사의 접대를 하기 위한 예비비 칙수전勅需錢 1천 꿰미를 기어이 연암협으로 올려 보냈다. 관가의 돈도 백성이 있은 뒤에야 나오는 것 아닌가. 연암의 궁핍을 더 이상 외면할 수 없었다. 연암에게 빌려준 칙수전은 곧 돌려받았다. 양호맹과 한석호 등이 빚물이*를 해 주어서이다. 연암은 이들과 자제들을 가르치며 단 한 푼도 월사금을 받지 않았다. 저들이 연암의 칙수전을 갚아 준 것은 이러한 이유에서였다.

*빚물이_ 남의 빚을 대신 갚아 주는 일.

그러나 매사를 어름어름 넘기지 않는 연암이다. 이 빚물이야 연암도 응당 월사금 받을 것이 있기에 세월의 흐름에 따라 헤실바실 잊어버리는 법이거늘, 연암은 이를 잊지 않고 있다가 후일 안의현감安義縣監으로 가서 받은 첫 녹봉을 떼어 그 돈을 갚았다. 나와 벗들은 연암에게 '그러지 마라'고 수차례 일렀으나 소용없는 일이었다.

연암의 성격으로 당연하면서도 빚물이를 해 준 사람들로서는 좀 멋쩍었을 거다. 연암협 시절, 연암은 많은 것을 생각하고 기술하였다. 그런데 안타깝게도 이 시절의 기록들이 남아있지 않다.

지금 모두들 미중을 연암이라고 부르는데, '연암'이란 호와 연암협은 사실 아무런 연관이 없다. 다만 고려 때 목은 이색과 익재 이제현이 살았던 곳이기도 하지만 이미 버려진 지가 수백 년이 된다. 그런데도 많은 사람들이 '연암'이라는 호로 그를 부른 데에는 이 시절 저런 이야기가 암암리에 얽혀 있지 않나 싶다.

껄껄선생과 골계선생

연암골짜기의 성과를 꼽자면 여럿이다. 그중『열하일기』와 더불어 연암의 대표적 저술인『과농소초課農小抄』는 바로 이 연암골짜기 시절 작품이다. 연암이 국내외의 농서農書를 두루 구해 읽고 초록해 두었던 것을 본밑으로 지었는데, 영농법에 대한 체계적이며 과학적인 저술이다.

사실 연암은 이 시절이 우리 노론 일당 전제 시기란 점과 그 또한 노론의 벌열이라는 점을 꿴다면 이토록 궁벽한 삶을 살지 않아도 된다. 나 역시 그렇지만 이 조선 선비들은 사실 기면증嗜眠症에 걸린 이들이 많았다. 홍국영에게 대드는 것부터가 실수였다. 비록 연암이 명예를 구하지 않는 '불구문달不求聞達'의 성미라도 당대 실세에 버텨 서서 제 스스로 화를 부를 위인이 어디 있느냐 말인가.

1786년, 연암은 나이 오십 세에 나의 천거로 겨우 선공감감역에 나아갔다. '선공감'은 공조에 딸려 토목과 건축물 따위를 짓거나 수리하는 일을 맡아보던 관아였고 '감역'은 이 선공감에서 공사를 감독하던 종9품의 벼슬아치이다. 종9품은 조선 시대의 18품계 가운데 맨 아래 등급이니 미관말직에 지나지 않았다. 물론 이것조차도 음서의 혜택이었다.

연암의 학문이야 성상조차 과거를 보라고 종용할 정도였으나 연암은 끝내 과거를 제대로 치루지 않았다. 연암은 "과거를 장사꾼이나 하는 짓"쯤이라 여겼다. 연암이 결코 벼슬살이가 싫어서라기보다는 부조리한 시대가 연암에게 그러한 선택을 하게 했음이 합당하다. 두보가 지은 「천말회이백天末懷李白」*이란 시에 "문장증명달文章憎命達"*이란 말이

*천말회이백_하늘 끝에서 이백을 생각하다.

*문장증명달_글이 뛰어난 사람은 대개 운수가 트이지 않아 영달하지 못한다는 뜻.

보이는데 연암이 꼭 이러하다.

여하간 연암은 그 후 관리의 길을 걷게 된다.

조선의 양심, 감히 나는 연암을 '조선의 양심'이라 부른다. 연암의 짧지만 짧지 않은 벼슬살이는 조선의 양심을 보기에 충분하기 때문이다. 이 벼슬살이에서 연암은 또 하나의 호를 만들었다. '껄껄선생'이다. '껄껄선생'이란 자호自號는 「답대구판관이후단형론

진정서答大邱判官李侯端亨論政書」*의 맨 끝 구절에 보인다. 이 글은 이단형李端亨이 흉년으로 근심 어린 글을 보낸 데 대한 답장이다.

*「답대구판관이후단형론진정서」_기민 구제에 관하여 대구 판관 이단형에게 보낸 답장.

「답대구판관이후단형론진정서」의 내용은 한 달에 세 번씩이나 기민饑民*을 먹이느라 즐거움이 이만저만이 아니라는 요지이다.

*기민_흉년에 굶는 사람에게 국가나 개인이 곡식을 나누어주는 것.

연암은 흉년이 들어서 기민을 먹이는 고을 수령이다. 단성 현감丹城縣監 이후李侯의 편지에 답한「답단성현감이후론진정서答丹城縣監李疾論賑政書」에서 연암은 "수천 수백 명의 굶주린 백성들이 관아 문으로 모여들었으나 관아 문은 안으로 닫히고 문지기 한 사람도 없었다. 뭇 사내와 여인들은 늙은이를 부축하거나 어린애를 이끌고, 혹은 문을 두들기며 크게 부르짖고 혹은 이러쿵저러쿵 떠들며 조금도 꺼리는 기색이 없었다. 그 외모를 보면 모두 몸을 가누지 못하고 숨넘어가는 형상"이라고 적어 놓았다. 기민의 상황이 저러할진대 무슨 즐거움이 그리도 넘치겠는가?

이때 연암이 받은 이웃 고을 수령들의 편지도 모두 극심한 흉년으로 인한 근심과 걱정들뿐이다. 하지만 끌탕으로 해결할 문제가 아니다. 한 달에 세 번씩 뜰에는 수십 개의 가마솥을 벌여 놓고 1,400여 명의 못 먹어 부황 들어 죽어가는 백성들을 불러다가 먹이는 것이 어찌 즐거움이겠는가? 잠시 허기만 달래주는 연암의 마음이 편할 리 없다. 편지 속 저들의 목소리와 다를 바 없고, 즐거움이 연암의 참마음일 리 없다.

이웃 고을 수령의 편지에 대한 이야기와 '껄껄선생'이라고 한 부분은
이러하다.

　　매번 이웃 고을 수령들의 편지를 받으면 끌탕이 너무나 심하여 눈살을
　　찌푸리고 얼굴을 찡그리는 것이 편지지에 비치고 신음하는 소리가 붓끝
　　에서 끊이지 않고 묻어났네. (…중략…) 편지를 여는 날에 족하께서도 반
　　드시 웃음을 참을 수 없어서 나를 껄껄선생이라 한들 사양치 않으리다. 每
　　接同省 守宰之書 憂惱太過 嚬蹙之色 達於紙面 吟呻之聲 不絶筆頭(…中略…) 發函
　　之日 足下亦必噴飯 號我以笑笑先生 亦所不辭也

　　과시 '연암다운' 글이다. 이웃고을 수령들이 근심이 어찌나 대단한
지, '그들의 근심과 걱정이 편지지에 비치고 신음소리가 붓끝에 묻어난
다'라고 써놓았다. 이어 연암은 장공예張公藝를 끌어 "참을 인忍 자 한 글
자도 오히려 심한데 참을 인자를 백 번이랴? 백 번 참을 인자를 쓸 때 머
리는 아플 것이요, 콧마루는 찡그려질 것이요, 온 얼굴은 주름살이 가
로, 세로 바로, 외로 나 있을 것이오. 양미간의 '내 천 자川'와 이마 위의
'아홉째 천간 임 자壬'도 상상할 수 있으리다" 하는 우스운 이야기를 덧
붙였다.
　　장공예는 당나라 사람으로 9대까지 한 집에서 살았다고 한다. 그래
당고종唐高宗이 어떻게 그렇게 사느냐고 하자 '참을 인 자' 백 자를 써서
보여 준다. 9대가 한 집안에서 사니 좀 일이 많겠는가. 방법은 참는 길
밖에 없고, 그러자니 장공예의 속은 썩어 문드러진다. 허허! 웃음이 나

올 수밖에 없다. 연암이 장공예 이야기를 끌어 온 진실이 여기이다.

연암이 '껄껄선생'이라 한 것은 실은 웃어서가 아니라 참고 있어서다. 세상을 고민하며 살아가는 연암이다. 흉년이 들어 배곯는 백성에게 겨우 한 달에 세 번 기민을 먹이는 연암이다. '내일과 모레면 저들은 결국 굶주려 죽어갈 것이다. 피폐한 조선의 현실 속에서, 밤이슬 내리도록 신열에 들뜨고 실학을 부르짖어노 어찌할 수 없다. 어찌할 수 없는 현실과 궁핍, 자조 섞인 웃음이 나올 수밖에 없고. 그래, 나는 껄껄선생이다.' 연암은 이렇게 스스로를 불렀다고, 생각한다.

이 '껄껄선생'은 그가 지은 소설 「마장전」에서 스스로를 칭한 '골계선생滑稽先生'과도 묘한 연결을 짓는 듯싶다. '골계선생'은 「마장전」의 '사평史評'에서 역시 스스로를 칭한 호이다. '골계'란, 익살을 부리는 가운데 어떤 교훈을 주는 일이다. 『사기색은史記索隱』에 몇 가지 해석이 보인다. 그 중 하나는 이렇다.

'골滑'은 '어지러움'이요, '계稽'는 '함께'이다. 언변言辯이 민첩한 사람은 그릇된 것을 말하여도 옳은 것 같고 옳은 것을 말하여도 그릇된 것 같으니 같고 다름을 혼란시킨다. 滑謂亂也 稽謂同也 以言辯捷之人 言非若是 言是若非 能亂同異也

저 말눈치로 미루어 보건대 '골계선생'이란, 말을 잘하는 사람으로 '진실인 듯 하면서도 거짓이고, 거짓이면서도 진실인 듯 이야기를 하여, 다른 것과 같은 것을 혼란시키는 자'라는 의미이다. 여기서 '말을 잘

한다'는 의미는 세도勢道를 향한 잽싼 입놀림이 아님은 물론이다. 비록 연암이 해학과 풍자로 일관한 듯하나 이치에 맞지 않는 선소리는 없다. 이면의 의도는 항상 바른 이치를 겨냥했다. 이것이 바로 내 벗 연암의 글에 보이는 골계이다. 젊었을 때부터 문학에 뛰어난 유화柳화(1779~

1821)*는 연암의 글에 "사람을 깨우치고 일깨우는 방법은 오로지 해학과 웃음 사이悟人開發法專在於談笑之間"라고 정확히 지적하였다.

속담에 "다리 아래서 원을 꾸짖는다"는 말이 있다. 직접 만나서 당당하게 말하지 못하고 안 들리는 데 숨어서 뒷공론이나 한다는 말이다. 그 사람을 조롱하고 꾸짖고는 싶으나 대놓고 이야기한다는 것은 어렵고 또 두려워 차마 못할 일이니, 듣지 않는 다리 밑을 찾아 들떼놓고 빈정거리는 짓이나 하는 것일 게다. 우리네 얄망궂은 한 품성을 적적히 담아낸 말이지만, 이래서야 소용없는 일이다. 듣지 않는 데서 백 날을 떠들어야 의미 없는 말놀음에 지나지 않는다. 연암은 이러한 먼장질만 해대는 짓은 생각지 않는다. 대신 슬쩍 틀어 골계선생이라는 대리인을 내세워서는 약간의 희학과 골계를 담은 것이다.

연암의 『열하일기』에 적바림한 「호질」은 골계선생이 되어 쓴 작품이다. 연암이 「호질」이란 소설의 원거原據가 되는 글을 베끼자 무얼 하려느냐고 옆에 있는 사람이 물으니 연암은 이렇게 말한다.

돌아가서 우리나라 사람들에게 한 번 읽혀서는 모두들 허리를 잡고 한

바탕 웃게 하려는 거요. 아마 이것을 읽는다면 입 안에 든 밥알이 벌처럼 날아갈 것이며 튼튼한 갓끈이라도 썩은 새끼처럼 끊어질 거라오. 歸令國人 一讀 當捧腹軒渠 嘔噦絕倒 噴飯如飛蜂 絕纓如拉朽

연암은 소설 「호질」이 '허리를 잡고 한바탕 웃게' 하려는 것이라고 한다. 그러나 「호질」의 내용은 썩은 선비인 '부유腐儒'들을 비판하는 글이다. 단순히 웃고 넘어갈 글이 아니다. 연암은 자신의 속내를 웃음으로 가려 놓은 글이 많다. 연암이 스스로 '껄껄선생'이라는 호를 쓰는 이유와 연관이 있다. 증오처럼 강경하게, 때론 연민처럼 온건하게, 상대를 대한 연암이다. 웃음의 표면만 훑는 소박한 독서로는 연암의 글을 따라잡지 못한다. 그러니 농으로 데데하게 자신의 호를 '골계선생'이라 자처하였다 함은 천부당만부당한 곡해이다. 연암의 글에는 넌지시 둘러서 말하여 잘못을 고쳐 깨치게 하는 풍간諷諫, 현실에 대한 부정적·비평적 태도를 취하여 날카롭고 노골적인 공격 의도를 지닌 풍자가 넘쳐난다. 그래 연암 글은 정신을 여미고 잘 새겨 미독味讀*해야만 한다.

*미독_내용을 충분히 음미하면서 읽음.

이것이 주인의 예일세

오늘날 우리 조선의 문사들은 연암의 글을 독설로만 여겨서는 안 된다. 때로는 바른 소리를, 때로는 에둘러서, 그러다 안 되면 웃음을—.

그렇지만 연암의 글은 늘 정곡을 찔러 옳고 그르고 판정을 내버린다. 한마디 말로 판정을 내리는 자로子路의 저 편언절옥片言折獄이 따로 없다. 연암이 깨어있어서다. 그렇게 연암은 깨어서 이 조선의 서글픈 이들의 존재성과 조선의 현실을 써내려갔다.

연암은 결코 세상물정을 모르는 '맹문이'가 아니다. 그의 글 맷집이 여간 아닌 것은 그의 성벽 때문이 아니라, 사물의 참모습을 제대로 분별하려는 '마음눈'으로 이 흔들리는 조선을 바라봐서이다. 그러니 연암의 정직한 삶과 골계, 풍자니 하는 언어의 비대칭을 '조선에 대한 사랑'으로 읽어내면 된다.

연암은 1789년에 평시서주부平市署主簿로 옮겼다. 평시서는 시전에서 쓰는 자, 말, 저울 따위와 물건 값을 검사하는 일을 맡아보던 종6품 벼슬로 연암은 각 아문의 문서와 부적을 주관하였다. 이후 의금부도사義禁府都事를 지냈고, 55세에 한성부판관漢城府判官으로 승진하였다. 한성부판관은 한성부의 정5품 벼슬로 제법 괜찮은 벼슬자리였으나 불과 몇 달만에 강등되어, 그 해 12월 종6품인 안의현감으로 내려갔다.

유한준이 연암의 품계가 원칙 없이 올라간다고 소를 올린 때문이었다. 이 유한준은 나와 같은 기계杞溪 유씨로 한 집안이지만 연암과 꽤 악연인 인물이다. 젊었을 때 연암이 그의 글을 비평한 일로 옥생각*을 갖고 있는 듯하다. 유한준의 성품이 그리 못된 배알머리로 몽니를 부리는 사람이 아니거늘,

*옥생각_공연히 자기에게 해롭게만 받아들이는 그른 생각.

유독 연암에게만은 심사가 모과나무 아들처럼 대하니 참으로 딱하다. 내 그 심사를 모르는 바 아니나, 어디 한준의 글이 연암의 글을 넘겨다

볼 만하던가. 연암의 글이 절품絶品이라면 한준의 글은 그 서너 발짝 아래인 묘품妙品에 지나지 않는다. 한준은 눈먼 송아지 워낭소리 따라가듯 진한秦漢고문을 숭상하는 상고주의尚古主義자이다. 고문의 법도에 얽매이는 규구준승規矩準繩*과 의양호로依樣葫蘆*를 몸 받지만, 연암은 법고창신法古創新*을 새기며 옛것에 토대를 두되 그것을 변화시킬 줄 알고 새것을 만들되 근본을 잃지 않으려 했기 때문이다.

*규구준승_목수가 쓰는 그림쇠, 자, 수준기, 먹줄로 규범.

*의양호로_'본을 떠서 조롱박을 그린다'라는 뜻으로, 독창성이라고는 전혀 없이 남의 것을 그대로 모방하는 모방.

*법고창신_옛것을 본받아 새로운 것을 창조한다는 뜻.

문체뿐 아니라, 사내다운 기개도, 사람살이면에서도 한준은 결코 연암의 인품과 요량에 미치지 못한다. 이르다 뿐인가, 하는 말마다 반씩이나 연암을 섞어야 객쩍은 짓일 뿐이다.

비록 큰 벼슬살이는 아니었지만 연암은 이 시기에 자신의 기량을 마음껏 펼친다. 연암은 관직 생활을 그의 조부 장간공처럼 청렴결백하게 하였으며 실용정신과 애민정신으로 백성들에게 선정을 베풀었다. 당시 연암은 큰아들이 성균관 시험에 응시하려 하자 이를 제지하였다. 제자 이서구가 성균관 대사성으로 있어서다. 남들은 오히려 줄도 댈 터인데 연암은 오히려 있는 줄마저 저렇게 아예 잘랐다. 목민관이라면 자고로 저러해야 하거늘, 이 시절 어느 누구에게 저러한 연암의 행실을 찾겠는가.

신해년(1791) 연암이 한성부판관으로 있을 때 흉년이 들었다. 곡상들이 쌀을 매점매석하자 조정에서는 이를 금지하려 했다. 연암은 실무 책임자로서 이를 강력히 반대하였다. 조정에서는 연암의 견해를 채택하였고 결과적으로 그 후년의 기근에도 피해가 없었다. 여기서 연암의 상업에 대한 개방적인 사고가 보인다. 연암이 지은 「허생」의 허생이 장사치가 된 이유는 모두 이러한 그의 상업 관련 사고에 연유한다.

연암이 안의현감 시절 계축년(1793) 일이다. 그때는 흉년이 심하였고 백성들은 그야말로 초근목피로 연명을 하였다. 그러자 연암은 자신의 봉록을 덜어 사진私賑을 실시하였다. 사진이란 개인이 사사로이 백성을 구휼하는 일일진대, 국가가 있거늘 굳이 연암이 그러할 이유는 없다. 이를 조정에서 알고 연암에게 초피貂皮와 공명첩을 내렸지만 모두 돌려보냈다. 공명첩이 무엇인가? 허연 백지에 이름 석 자만 적으면 벼슬은 따논 당상인 장부이다. 권문세가에 인정人情돈*을 디밀고 관직을 얻으려는 '엽관운동'과 이렇게 하여 얻은 벼슬인 '빠꿈벼슬'이라도 하려는 자들이 여간 많지 않기에 연암의 처신에 숙연해진다.

*인정돈_돈, 뇌물.

죽을 끓여 기민飢民(饑民)*을 구휼할 때란다. 연암은 관아에서 굶주린 백성들에게 죽을 나누어주고는, 자신도 동헌東軒에 나와 그들과 함께 죽을 먹었다. 죽 그릇도 소반을 받치지 않은 것도 백성들과 똑같았다.

*기민_굶주린 백성.

"이것은 주인의 예이다."

연암이 이때 한 말이란다. 구휼을 받는 백성들을 손님으로 맞이했다는 소리이다. 후일 들은 소리지만 호조판서가 안의에 비축해 둔 관곡을 팔아 국가의 경비로 쓰고 그 이득을 연암에게 주려 한 적이 있었다.

연암의 성정으로 차디차게 거절했음은 물론이다. 연암이 안의에서 임기를 마치고 떠날 때 고을 백성들이 길가에 도열하여 눈물로 이별하였음은 장안에 왁자할 정도였다. 이러한 연암의 관직 생활은 조부 필균 어른께 보고 배운 바이다.

예의와 염치로 다스리고 학교를 가장 중요하게 여겼다

연암의 벼슬살이에서 두 가지 더 짚어 보아야 할 것은 아전 문제와 학교 문제이다. 연암은 상하귀천을 따지지 않는 사람이지만 이 아전 문제만은 녹록치 않다. 아전은 우리 조선의 가장 큰 두통거리 중 하나이다. 따라서 관장官長으로 부임하는 사람에게는 인사 삼아 '아전들은 젖은 땔나무를 묶듯이 단속해야 합니다'라고들 한다. 연암은 아전을 마소에 비유한 격이라며 이를 단호히 반대한다. '아전을 마소로 보고 도적으로 다스린다면, 마소나 도적에게 어찌 절의와 충신을 요구하겠는가?'라는 것이 그 반문이다. 연암은 안의현에 부임하여 아전 단속하기를 과연 예의와 염치로 하였다. 안의현에서 들려오는 좋은 소식들에는 이 아전들이 연암을 잘 보필한다는 말도 끼어 있다.

군현의 수령이 해야 할 일곱 가지 일, 수령칠사守令七事가 있다. 수령에 임명되면 임금에게 하직 인사를 올릴 때 이 수령칠사를 외우니, '농상이 성하다農桑盛', '호구가 늘다戶口增', '학교가 흥하다學校興', '군정이 닦이다軍政修', '부역이 고르다賦役均', '소송이 드물어지다詞訟簡', '간활이 사라지다姦猾息' 등 일곱이다. 연암은 이 중 급히 할 것은 세 가지요, 그 세 가지 중에도 먼저 할 것은 하나라고 한다. 세 가지는 농상과 부역과 호구로, 농상이 성하지 못하면 학교를 일으킬 수 없고, 부역이 고르지 못하면 호구를 늘릴 수 없고, 호구가 늘지 않으면 군정을 닦을 수 없다고 한다. 연암은 이 세 가지 중 가장 먼저 학교를 꼽았다. 학교는 아무것도 없이 할 수 있어서란다.

나의 죽음 이후에도 연암은 여러 차례 벼슬길에 나갔을 듯하나 그의 삶이 달라지리라고는 생각지 않는다. 연암은 확고한 선비 정신을 지녔기 때문이다.

지금 이 조선은 노론 벽파僻派와 시파時派의 시대다. 벽파는 탕평책에 반대하며 기존의 노론 우위를 강경히 주장한다. 선왕先王* 때 일이다.

*선왕_영조.

사도세자께서 출생한 지 1년 만에 왕세자에 책봉되었으나 선왕께서 뒤주 속에 넣어 사망케 한 슬픈 사건이 있었다. 이 사건을 둘러싸고 의견이 대립되었을 때 우리 노론 중에는 이를 옹호하던 세력과 비판적으로 보던 세력이 있었다. 그리고 지금의 금상今上* 때에 와서 탕평책과 관련하여 타정파의 등용을 반대하는 심환

*금상_정조.

지沈煥之(1730~1802) 중심의 벽파와, 이를 허용하는 김조순金祖淳(1765~1832) 중심의 시파時派가 다시 대립하고 있지만 모두 노론임엔 틀림없다.

인간의 운명이 '유전적 요소'와 '환경'으로 이루어진다면, 연암은 뛰어난 글재주와 명문가의 자손이라는 두 가지를 다 갖추었다. 셈할 필요도 없이 노론 벽파 계열인 연암은 시류에 편승하거나 세도가에게 비

나리*치기만 하면 될 일이다. 나 역시 벽파였지 *비나리_남의 환심을 사기 위해 하는 아첨.
만 금상이 보좌에 앉으시며 시파로 옮겼다.

그러나 연암은 불편부당한 행동에 대해 묵인하는 법이 없었다. 적당한 등거리만 유지하면 되는데도 애써 자신의 속내를 그대로 드러내어 쓰디쓴 인생을 자처하였다. 음서로 나간 벼슬이기에 말직을 전전하면서도 연암은 오로지 목민관으로서 자세를 잃지 않으려 애썼으며 불의와 타협을 부정하고 현실의 병폐를 고치려 애썼다. 그의 소설에서 볼 수 있는 사회의 모순 지적은 이러한 그의 삶과 잇닿는다. 그러니 연암의 글들을 단순한 '글자모음字會'으로 보거나 사회 기득권에 대항하는 시빗글로 보아서는 안 된다.

못내 섭섭한 것은 연암협에다 목축을 한다는 연암의 계획은 아직까지 이루어지지 않아서다. 아마 내 생전에는 보기 어려울 듯싶다.

유언호兪彦鎬(1730~1796)

자는 사경士京. 호는 칙지헌則止軒. 본관은 기계杞溪. 1761(영조 37)년로 증조부가 영의정을 지낸 유척기兪拓基(1691~1767)로 노론 명문가였다. 정시문과에 급제하여 사간원·홍문관의 관직을 지냈다. 1771년 영조가 사림세력을 당론의 온상이라 하여 이를 배척하는『엄제방유곤록儼堤防裕昆錄』을 만들자 항소하여 경상도에 유배되었다. 당시 왕세손인 정조를 춘궁관春宮官으로 정성껏 보살펴 정조가 즉위한 뒤 여러 요직을 지냈다. 1787(정조 11)년 우의정에 올랐을 때 경종과 희빈장씨禧嬪張氏를 옹호하고 영조를 비판한 남인 조덕린趙德隣이 복관되자 이를 반대하다가 정조의 정책을 부정한 죄로 제주도 대정현大靜縣에 유배되었다가 3년 뒤 풀려나 1795년 좌의정에 올랐다. 그는 정조임금에게 "필부도 세상을 다스리는 치인지학을 배워야합니다" 말할 정도로 세상을 트인 눈으로 바라보았다. 스스로 '우부愚夫'라고 부르기를 자처했으며 저서에『칙지헌집則止軒集』이 있다. 시호는 충문忠文.

연암은 안의현감으로 있을 때 그가 위중하다는 말을 듣고 인삼 몇 뿌리를 구하여 보냈다. 병중에 자주 연암의 안부를 묻고 "내 벗을 보지 못해 한스럽다" 하였지만 끝내 만나지 못했다. 후일 연암은 사경의 집을 찾아 직접 영결하지 못함을 애석해하고 통곡한다. 사경의 아들 한재漢宰는 연암을 부형처럼 섬겼고 연암 또한 그를 아들처럼 아꼈다. 연암의「우부초서愚夫艸序」는 유언호에 관한 글이다.

유언호는 사후, 1802(순조 2)년에 정조 묘에 배향配享(공신의 신주를 종묘에 모시는 일)될 정도로 정조에게 신임을 얻은 인물이다. 정조는『홍재전서弘齋全書』권173「일득록日得錄 13」「인물人物 3」에서 "청명하고 강직한 성품으로 국가를 경영하는 도를 이루어 임금에게 인정을 받아 지위가 삼사三事에까지 올랐다. 평이하거나 험난하거나를 막론하고 한결같은 절개를 지켜 시종일관 변하지 않았으니 이렇듯 현명한 사람이로다淸明剛介 濟以經術 受知於雷肆 致位三事 而夷險一節 終始不渝 賢哉若人" 하였다. 연암과 절친한 유언호兪彦鎬는 연암을 그토록 싫어했던 창애 유한준의 재종숙이 된다.

북한에서 1964년에 만든 영화 〈량반전〉의 한 장면

양반 매매문서를 만드는 장면이다. 연암은 「자서自序」에서 "선비란 바로 하늘이 내린 벼슬이요, 선비의 마음이 곧 뜻이다. 그 뜻은 어떠한가? 권세와 잇속을 멀리하여 높은 자리에 올라도 선비 본색 안 떠나고 곤궁해도 선비 본색 잃지 않아야 한다. 이름 절개 닦는 데는 힘쓰지 않고 가문과 지체를 재물로 삼아 조상의 덕만을 판다면 이야말로 장사치와 무엇이 다르겠는가. 이에 나는 「양반전」을 썼노라"고 창작 경위를 밝혔다.

실질적으로 홍경래의 난 때, 협조자인 이희저李禧著는 역리의 신분으로 가산지방의 양반 명부인 '향안鄕案'에 이름을 올렸다가 제명된 기록도 있다.

유언호, 이것이 주인의 예일세

273

IV

미래,
『연암집』이
갑신정변을 일으켰지

燕巖先生松下老仙聽瀑之圖

〈연암선생송하노선청폭지도燕巖先生松下老仙聽瀑之圖〉
「소나무 아래 늙은 신선이 폭포 소리를 듣는 그림」이다. 노송老松 아래 늙은 신선이 저 아래 골짜기 물을 바라보고 있다.

연암은 「김신선전」에서 신선을 "어떤 사람은 "선이란 산에 사는 사람이지" 하였고 또 어떤 사람은 "산 속으로 들어가면 바로 선이 되는 게야" 하였다. 선이란 춤추는 모양처럼 가벼이 행동하는 뜻이라고도 하였다. 벽곡하는 자가 반드시 신선은 아닐 것이니 그 울울하니 뜻을 얻지 못한 자가 바로 신선일 게야" 하였다.

물은 선비들의 도가적 세계관이 투영된 것으로 최상의 선善으로 여겼다.
이가원 역, 『열하일기』 상, 대양서적, 1978, 삽화.

10

연암, 나는 조선의 삼류 선비다

연암은 유한준과 산송山訟을 하며 병세가 더욱 심해져 69세인 1805년 10월 20일(양력 12월 10일) 아침 8시경에 지금의 서울시 종로구 재동에서 "깨끗하게 목욕해 달라"라는 유명만을 남긴 채 이승을 하직했다. 염습할 때 몹시 몸이 희었으며 평생에 가장 싫어한 말은 '구차苟且'였다. 경기도 장단 송서면 대세현 남향받이에 자리한 아내 이씨 부인 묘에 합장되었다. 그 날 분백粉白의 눈꽃이 훨훨 날렸을지도 모른다. 이 글에서 연암은 죽음이 임박한 어느 날, 자신이 글을 쓴 이유와 조선에 대한 사랑과 사상, 그리고 선비로서 고뇌의 길을 자전적으로 회고한다.

요동은 본시 조선의 땅이다

까부라진 몸을 추슬러 먹을 갈고 붓을 잡는다. 꽤 여러 날만이어선 지 설면하다.* 붓대를 쥔 손아귀에 안간힘을 　　*설면하다_낯이 좀 설다. 주지만 중지에 힘이 없다. 가만 보니 오른손 중지 첫마디엔 먹물 스며 든 굳은살이 따개비처럼 얹혔다. 한 때는 자가품이 일도록 먹물을 찍 어 나를 썼고 조선을 써댔던 손이다. 무명실처럼 얼기설기 얽힌 늙은 손금들, 파란 핏줄을 따라선 예순아홉 해의 삶이 선연히 흐른다. 내 삶의 시시비비야 내 죽은 뒤 남은 이들의 몫, 내가 내 삶의 밀어들을 옴니암니 말한들 무슨 의미가 있으랴만, 그래도 단상 몇을 유언 삼아 적바림한다.

　나는 조선인 선비 박지원이다. 조선이 있어 내가 있기에 이 조선의 영토부터 짚어야겠다. 우리 조선의 선비들은 지금 조선의 땅만을 조선의 영토로 여긴다. 내가 열하를 갈 때 요동에 있는 봉황성을 지나칠 때였다. 때마침 봉황성鳳凰城을 새로 쌓는데 어떤 사람이, "이 성이 바로 안시성安市城이다" 하였다. 고구려의 옛 방언에 큰 새를 '안시安市'라 하였으니 안시가 바로 봉황이다. 우리 시골말에도 봉황鳳凰을 '황새'로 부르고 사蛇를 '배암白巖'이라 하니, 나는 이 말이 꽤 근거 있다고 생각한다.
　수나라, 당나라 때, 중국말을 좇아 봉황성을 안시성으로, 사성蛇城을 백암성白巖城으로 고쳤다는 이야기가 자못 그럴싸하다. 안시성을 지킨 양만춘楊萬春이 당 태종唐太宗의 눈을 꿰뚫어 놓은 일만 하여도 그렇다. 이 일이 얼마나 쾌사인가. 내가 존경하는 삼연 김창흡金昌翕 선생은 이를 두고 "천추에 크신 담략 지닌 양만춘千秋大膽楊萬春 용수염 범 눈동자 한 화살에 떨어졌네箭射蚪睚落眸子"라고 읊으셨고, 목은牧隱 이색李穡 선생도 "주머니 속에 든 하잘것없는 것처럼 여기더니爲是囊中一物爾 검은 꽃이 흰 날개에 떨어질 줄 어이 알았으랴那知玄花落白羽"라 하였다. '검은 꽃'은 당 태종의 눈알이요, '흰 날개'는 양만춘의 화살이다.
　이 두 분이 읊은 시는 전해 내려오는 이야기다. 물론 이 사실이 의심되는 바 없지 않지만, 예로부터 전해 오는 말임은 분명하다. 그런데 김부식金富軾은 우리 삼한의 역사를 정리한 『삼국사기三國史記』에서 당 태종이 포위되었던 사실을 입증까지 하면서 이 양만춘 장군의 쾌사만은 일절 언급치 않았다. 『당서』와 『자치통감』에도 기록이 보이지 않아 그랬다고 하나, 이는 저들이 저들의 수치를 숨기기 위해 그런 것 아닌가. 그 사실이 미덥든 아니든 간에 제 나라에서 예로부터 전해 오는 사실은 감히 단 한 마디도 쓰지 못하면서 남의 역사서만 주워섬겼으니 우리 역사는 저 이 손끝에서 속절없이 사라지고 말았다. 이는 분명 사대주의 역사관이니 올바른 역사를 정립해야 할 사관史官으로서 이런 옥생각을 한 김부식의 자질을 의심치 않을 수 없다.

나 역시 당시 당 태종이 안시성에서 눈을 잃었는지 상고할 길은 없지만 이 성을 '안시'라 함은 분명 잘못이다. 『당서』에 보면 안시성은 평양에서 5백 리요 봉황성은 왕검성王儉城이라 하였고, 『지지地志』에는 봉황성을 평양이라 부르기도 한다고 하였다. 또 『지지』에 옛날 안시성은 개평현蓋平縣의 동북 70리에 있다 하였다. 대개 개평현에서 동으로 수암하秀巖河까지가 3백 리요, 수암하에서 다시 동으로 2백 리를 가면 봉황성이다. 이 봉황성을 옛 평양이라 한다면, 『당서』에서 말하는 5백 리란 말과 딱 맞아떨어진다. 그렇다면 이 봉황성이 바로 평양인 셈이니 지금의 이 요동 땅이 바로 우리 선조들의 옛 터전임에 두말할 나위 없다.

우리의 옛 영토가 이러하거늘 지금 우리 조선의 사대부들은 한낱 평안도의 평양만이 평양인 줄 안다. 기자箕子가 평양에 도읍했다 하면 이를 믿고, 평양에 정전井田이 있다 하면 이를 믿으며, 평양에 기자묘가 있다 하면 이를 꼭 믿으면서도 "중국의 요동에 있는 봉황성이 곧 평양이다"라고 하면 크게 놀라 손사래를 쳐대며 해괴한 말이라며 나무란다.

잘못이다. 요동은 본시 우리 조선의 땅이었다. 숙신肅愼·예穢·맥貊 등 동이東夷의 여러 나라가 모두 위만衛滿조선에 예속되었고, 또 오라烏剌·영고탑寧古塔·후춘後春 등지가 본시 고구려의 옛 땅이다.

역사의 사실이 이토록 엄연한데도 사대사상에 얽매인 조선의 선비들은 이러한 내력을 밝히지 않고 함부로 한사군漢四郡을 죄다 압록강 안쪽에 몰아넣고는 억지 사실을 끌어와 구구히 펼쳐 놓으며 다시 패수浿水를 그 속에서 찾는다. 어떤 이는 압록강을 '패수'라 하고, 어떤 이는 청천강淸川江을 '패수'라 하며, 어떤 이는 대동강大同江을 '패수'라 한다. 이렇게 되니 조선의 강토는 싸우지도 못하고 저절로 줄어들게 되었다. 이런 까닭은 모두 평양을 조선 땅의 평양으로만 굳게 믿어서다.

나는 더욱이 한사군 영토는 요동에만 있는 게 아니고 마땅히 여진女眞까지 깊숙이 넣어야 한다고 생각한다. 그 까닭은 『한서漢書』「지리지」에 현도玄菟나 낙랑樂浪은 있으나, 진번眞番과 임둔臨芚은 보이지 않기 때문이다.

대체 한 소제漢昭帝 5년(B.C. 82)에 사군을 합하여 2부府로 나누고, 원봉元鳳 원년(B.C. 76)에 다시 2부를 2군郡으로 고쳤다. 현도 세 고을 가운데에 고구려현高句麗縣이 있고, 낙랑 스물다섯 고을 중에 조선현朝鮮縣이 있으며, 요동 열여덟 고을 중에 안시현安市縣이 있다. 다만 진번은 장안長安에서 7천 리, 임둔은 장안에서 6천 1백 리 거리다.

김윤金崙*은 이를 지적하여 "우리나라 지경 안에서 이 고을들은 찾을

수 없으니, 틀림없이 지금 영고탑^{寧古塔}* 등지에
있었으리라" 하였으니 매우 옳은 말이다.

*김윤_조선 세조 때의 학자.

*영고탑_만주 길림성 관내의 지역.

이로 본다면 진번·임둔은 한나라 말에 바로 부여^{扶餘}·읍루^{挹婁}·옥저^{沃沮}에 들어간 것이니, 부여는 다섯이고 옥저는 넷이던 게 혹 변하여 물길^{勿吉}이 되고, 혹 변하여 말갈^{靺鞨}이 되며, 혹 변하여 발해^{渤海}가 되고, 혹 변하여 여진^{女眞}으로 된 게 분명하다. 발해의 무왕^{武王}이 일본의 성무왕^{聖武王}에게 보낸 글월 중에, "고구려의 옛터를 회복하고, 부여의 옛 풍속을 물려받았다"는 글귀를 잘 살펴야 한다.

이러한 여러 사실들로 미루어 보면 한사군의 절반은 요동에, 절반은 여진에 걸쳐 서로 겹쳐 있으니 이것이 본래 우리 조선의 영토임이 명확하지 않은가. 그런데 어찌된 셈인지 한나라 이후로 중국에서는 패수가 어딘지 일정치 못하고, 또 우리 조선 선비들조차 반드시 지금의 평양으로 표준을 삼고서는 이러쿵저러쿵 패수의 자리를 찾는다. 이는 다름 아니다. 옛날 중국 사람들은 무릇 요동 이쪽의 강을 죄다 '패수'라 하였으므로, 그 거리가 서로 맞지 않아 사실이 어긋나버린 때문이다.

그러므로 옛 조선과 고구려 영토를 알려면 먼저 여진을 우리 국경으로 치고 다음에 패수를 요동에 가서 찾아야 마땅하다. 이렇게 패수 위치가 명확해져야만 우리 영토가 밝혀지고, 영토가 밝혀져야만 고금의 사실이 딱 들어맞게 된다. 그렇다면 봉황성은 틀림없는 평양으로 기자 조선·위만조선·고구려 등이 도읍한 곳이니, 이 역시 하나의 평양이다.

사실 평양은 이외에도 여럿이다. 『수서^{隋書}』「배구전^{裵矩傳}」에 "고려는

〈연암이 비정한 평양 지도〉

본시 고죽국孤竹國인데, 주周가 여기에 기자를 봉하였고 한나라에 이르러서 사군으로 나누었다" 하였다. 여기서 고죽국은 지금 영평부永平府에 있으며, 또 광녕현廣寧縣에는 전에 기자묘가 있고 후관𩏥冠*을 쓴 진흙으로 빚은 소상塑像이 있었는데 명나라 세종世宗 때 병화에 불탔다. 이 광녕현을 어떤 이들은 '평양'이라 부른다.

*후관_은나라 갓.

『금사金史』와 『문헌통고文獻通考』에도 "광녕과 함평咸平은 모두 기자가 봉함을 받은 땅이다" 하였으니, 이로 미루어 본다면, 영평과 광녕의 사이가 또 하나의 평양이다.

원元의 탁극탁托克托이 쓴 『요사遼史』에는 "발해의 현덕부顯德府는 본래 조선 땅으로 기자를 봉한 평양성이던 것을, 요나라가 발해를 치고 '동경東京'이라 고쳤으니 이는 곧 지금의 요양현遼陽縣이다" 하였다. 이로 미루어 본다면, 요양현도 또한 하나의 평양이 된다.

기자가 애초에 영평과 광녕 사이에 머물다 후일 연나라 장군 진개秦開

에게 쫓기어 땅 2천 리를 잃고 차츰 동쪽으로 옮아 간 사실이 있으니, 이는 중국 진나라와 송나라가 남으로 옮겨감과 같다. 그리하여 머무는 곳마다 평양이라 부른 것이니, 지금 우리 대동강 기슭에 있는 평양도 그중의 하나임에 분명하다.

저 패수도 역시 이와 같은 경우이다. 고구려 영토도 때론 늘기도 하고 줄기도 하였을 터다. 그러니 '패수'란 이름도 이에 따라 이리저리 옮겨짐이 중국 남북조 시절에 주^州와 군^郡의 이름이 서로 뒤바뀜과 다를 바 없다. 사실이 이렇듯 번연하거늘 지금 평양만을 평양이라 하는 이는 오로지 대동강만을 가리켜, "이 물이 패수다"라 하고 평양과 함경의 사이에 있는 산만을 "이 산은 개마대산^{蓋馬大山}이다" 한다. 또 요양으로 평양을 삼는 이는 헌우낙수^{軒芋濼水}를 가리켜, "이 물은 패수다" 하고, 개평현에 있는 산만을 "이 산은 개마대산이다" 한다.

그 어느 것이 옳은지 딱히 말할 수 없는 일이지만 반드시 지금 대동강만을 '패수'라 하는 이는 우리 조선의 영토를 제 스스로 줄여서 말함이니 데생각*이라 볼 수밖에 없다.

*데생각_찬찬히 규모 있게 하지 아니하고 얼치기로 어설프게 하는 생각.

당나라 고종 2년(677)에 고구려가 멸망하였다. 당은 항복한 임금 보장왕^{寶藏王}을 요동주^{遼東州} 도독으로 조선왕^{朝鮮王}에 봉해 요동으로 돌려보냈다. 고구려 영토가 요동에 있던 것을 당이 비록 정복하기는 했으나 이를 다스리지 못하고 고구려 보장왕에게 도로 돌려준 것이나 다를 바 없다. 결국 평양은 본래 요동에 있었거나 혹은 이곳에다 잠시 평양이란 이름을 빌려 썼기에 패수와 함께 수시로 들쭉날쭉하였을 뿐이다. 이로 미루어 보면 낙랑군 관아가 평양에 있었다 하나 이는 지금의 평양이 아니요, 곧 요동의 평양을 말함이다. 그 뒤 고려 때에 이르러서는 요동과 발해의 일부분이 모두 거란 땅이 되었다.

사실이 이러한데도 우리 조선은 겨우 자비령慈悲領*과 철령鐵嶺* 경계만을 지키며 선춘령先春嶺*과 압록강鴨綠江*마저 버리고 돌보지 않으니, 하물며 그 밖이야 한 발자국인들 내디딜 수 있겠는가. 고려는 비록 안으로 후삼국後三國*을 합병하였으나, 그 강토와 무력이 고구려의 강성함에 결코 미치지 못하였다.

이런 명확한 사실을 버리고 후세의 옹졸한 선비들은 부질없이 평양의 옛 이름을 그리워하며 다만 중국의 문헌만을 믿고 수나라와 당나라의 옛 자취만을 구시렁구시렁 "여기가 패수요, 여기가 평양이오" 뒷공론을 해댄다. 모두 중국을 섬기는 모화慕華*니 사대사상에서 빚어진 참혹한 조선 역사의 괴리이니 참으로 한스러운 일이다.

나는 『열하일기』 「도강록渡江錄」 6월 28일 자 기록에 요동은 분명 우리 땅임을 이렇게 써 놓았다.

*자비령_황해도 황주군 동남쪽과 봉산군의 동북쪽 경계에 있는 고개.

*철령_함경남도 안변군 신고산면과 강원도 회양군 하북면 사이에 있는 고개.

*선춘령_고려 예종 때 윤관 등이 동북 여진을 축출하고 새로 개척한 지역의 동북쪽 경계에 있었던 고개로 오늘날 지린성 옌볜 자치주 북단.

*압록강_우리나라와 중국의 동북 지방과 국경을 이루면서 황해로 흘러드는 강.

*후삼국_신라, 후백제, 태봉.

*모화_중국의 문물이나 사상을 우러러 사모함.

나는 조선의 삼류 선비

여든한 가지 고난과 사백네 가지 병을 흰 말이 문틈 지나듯 순식간에 겪은 나는 누구인가? 냄새나는 똥주머니로 이 땅에서 예순아홉 해를 산 조선의 삼류 선비이다. 삼류는 뭐고 이류는 뭐고 일류는 또 무엇인가? 일류는 상사上士요, 이류는 중사中士요, 삼류는 하사下士이다. 상사, 중사, 하사가 중국을 여행하니 이런 차이점이 있다.

상사는 청나라를 오랑캐 되놈으로 보고 '도무지 볼 것이 없다'라는 이다. 중사는『춘추春秋』*를 잘 읽고 대의명분을 중시하는 이다. 중화를 높이고 오랑캐들을 낮추어보고 중원中原을 소탕한 다음이라야 비로소 장관을 이야기한다고 말한다.

*『춘추』_오경(五經)의 하나로 공자가 노나라 은공에서 애공에 이르는 242년(B.C.722~B.C.481) 동안의 사적을 기록한 책이다. 조선시대 유학자들은 이 책을 최고의 경전으로 신주단지처럼 섬겼다.

나는 하사이다. 하사는 겨우 청나라의 기와 조각과 똥 부스러기 쌓아놓은 것을 보고는 "장관이다!" 소리 높여 외친다. 나는 조선의 하사로서 상사를 부러워하지 않는다. 내 이야기는 여기서부터 시작하는 것이 옳다.

"쇠똥구리는 스스로 쇠똥을 사랑해 여룡驪龍*의 구슬을 부러워하지 않는다. 여룡 역시 그 구슬을 가지고 저 쇠똥구

*여룡_몸빛이 검은 용.

리의 쇠똥을 비웃지 않는다蜣蜋自愛滾丸 不羨驪龍之珠 驪龍亦不以其珠 笑彼蜋丸."「낭환집서蜋丸集序」에 써놓은 말이다. 쇠똥구리가 여룡의 구슬을 얻은들 어디에 쓰며 여룡 역시 쇠똥을 얻어 무엇하겠는가? 나는 쇠똥구리로서 쇠똥을 사랑할 뿐, 여룡의 구슬은 관심이 없다.

나는 조선의 하사로서 글쓰기에 뜻을 두고 배움에 뜻을 두었다. 조선 하사의 글쓰기라 함은 조선이 내 삶의 시작이요 끝이며, 조선이 내 글쓰기의 원인이요 종결이라는 뜻이다. 배움은 사적인 행위로되 공적인 가치를 지향한다. 공적인 가치란 인륜을 돈독히 하고 염치와 도의를 바탕으로 불편부당不偏不黨을 몸에 다져 넣으며 심결을 잡도리해야만 한다. 어디 배움 심긴 사연이, 벽제 소리 요란한 '예라끼놈!'이나 '고대광실'에 두는 것이던가. 나는 고대광실을 쭉정이로 여기고 공적인 가치를 낟알로 여긴다.

내 삶의 시종여일이 이곳이고, 내 글쓰기의 시종이 또한 여기이다. 선비는 하늘에서 준 작위이다. 내 글쓰기는 선비로서 나를 찾아가는 여정이다. 그래 글쓰기는 내 삶의 맞잡이요, 현실이요, 미래다. 내 글쓰기는 전쟁이요, 극한이다.

내가 살아간 이 조선의 삶은 팍팍하다. 살아내자면 이마에 내 천川 자 서넛은 그려야 한다. 나는 현실을 이해하지 못하였고 그 현실에 끼어들 수도 없었다. 나는 글을 쓸 수밖에 없었고 글을 통하여 나는 살아냈다. "누가 씀바귀를 쓰다고 했나, 내게는 냉이처럼 달구나誰謂荼苦 其甘如薺"라는 『시경』(「패풍邶風」 「곡풍谷風」) 구절이 있다. 내 삶의 고통이 씀바귀보다 더 쓰지만 내 이렇듯 글을 쓰며 선비로 살았기에 어떤 고생이라도 감수할 수 있었다.

나는 선비의 길을 가겠다고 나에게 몇 번이나 다짐장을 놓았는지 모른다. 짧은 베잠방이에 폐포파립의 백도白徒일망정 선비는 선비라는 꼬장한 기개를 지켜야 한다. 내 선비로서 이러한 삶은 실학實學을 본밑으로 하였기에 상사람들과 떨어질 수 없다.

나는 오늘도 그렇고 내일도 조선의 선비이고 싶다. 나는 「방경각외전 자서」에서 선비를 이렇게 정의하였다.

선비란 곧 하늘이 내린 벼슬이요, 선비의 마음이 곧 내가 글을 쓰는 뜻이다. 그 뜻이란 무엇인가? 권세와 잇속을 꾀하지 말고 현달해도 선비의 도리를 떠나지 않고 곤궁해도 선비의 도리를 잃지 않아야 한다. 명예와 절개를 닦지 않고 한갓 문벌을 상품으로 삼아 대대로 내려온 아름다운 덕을 판다면 장사치와 무엇이 다를 것인가? 士迺天爵 士心爲志 其志如何 弗謀勢利 達不離士 窮不失士 不飭名節 徒貨門地 酤鬻世德 商賈何異

나는 이 글에서 "선비는 곧 하늘이 내린 벼슬"이라는 단언으로 시작해서 "현달해도 선비의 도리를 떠나지 않고 곤궁해도 선비의 도리를 잃지 않아야 한다"고 다짐장을 놓았다. 문벌을 상품으로 삼아 그 아름다운 선비의 덕을 판다면 장사치와 무엇이 다른가? 나에게는 뿔 없는 숫양을 내놓으라^{牌出童羖}'는 말과 같다. 선비로서 이러한 자각은 유학을 본밑으로 했지만, 글쓰기는 조선 백성들을 보고 썼다. 내 글에 석가의 말을 빌리고 장자의 생각을 꾸어왔을지라도 유학하는 선비로서 뜻을 부쳤다. 나는 이러한 글쓰기가 선비로서 책선^{責善}이라 여긴다.

나는 「제가총론^{諸家總論}」에서 선비의 책무를 이렇게 적어 놓았다.

그런데 선비의 학문은 실상 농업·공업·상업 이치도 포함되어서, 세 가지 업이 반드시 선비를 기다린 다음이라야 이룩되었습니다. 이른바, 농사를 밝히고 상거래를 통하고 공업을 좋게 한다는 것인데 그 밝히고 통하고 좋게 하는 것은 선비의 일이 아니고 누구이겠습니까. 그러므로 신은 그윽이 이르기를 "후세에 농·공·고가 생업을 잃게 된 것은 곧 선비가 실학이 없는 탓이다." (…중략…) 그런데 풍성한 날이 오래되자 겉치레가 차츰차츰 본질을 없애고 말단이 근본을 무너뜨렸습니다. 선비들이 혹 고상하게 성명性命을 말하면서 경제는 잊어버리고 혹 헛되게 화려하게 꾸민 말만 숭상하면서 정사政事는 베풀지 않습니다. (…중략…) 오직 그 선비 된 자가 그 잃어버린 것을 구해서 솔선하여 그 방법을 깨치는 데에 있습니다. 然而士之學 實兼包農工賈之理 而三者之業 必皆待士而後成 夫所爲明農也 通商而惠工也 其所以明之通之惠之者 非士而誰也 故臣竊以爲 後世農工賈之失業 卽士無實學之過也 (…中略…) 豫泰盈盛之日久 而駸駸然 文滅其質 末傾其本 士或高談性命 而遺於經濟 或空尙詞華 而罔施有政 (…中略…) 惟在爲士者 有以救其流失 而率之得其方也

'못된 일가가 항렬만 높은 법'이다. 나는 조선에서 가장 높은 못된 일가붙이 양반들의 명경明鏡을 이렇게 적어 놓았다. 선비가 독서를 하면 사士요, 벼슬을 하면 대부大夫라 부른다. 선비란, 백성들에게 끊임없이 베풀어주려는 의식과 바른 사회를 지향하려는 당위성을 지닌 존재여야 한다. 겉치레가 차츰차츰 본질을 없애고 화려하게 말만 꾸미는 짓은 변소에 단청하는 격이요, 쓸데없이 무용한 지식만 수다스럽게 나열하는 주소가註疏家와 다를 바 없다. 모두 선비로서 실학이 없는 탓이다.

이민택물利民澤物

 지금 조선은 말단이 근본을 무너뜨렸다. 양반들은 오른쪽 경마 잡히는 것도 불가한데 왼쪽마저 경마 잡히고, 문신도 그러하면 안 되거늘 무반까지 그러하다. 선비들은 백성과 나라 경제는 잊고 고상한 성리학만이 지식의 전부인 줄 알고, 혹자는 헛되고 화려하게 꾸민 말만 숭상한다. 백성들의 억울한 하소연이 맹꽁이 소리 같이 여기저기 울리지만 원님은 어둡고 귀먹었다. 매실나무를 바라보고 갈증을 풀라는 것이요, 산호와 비단으로 책갑冊匣을 만들어 설렁 위에 고이 간직해 두라는 것과 무엇이 다른가.

 안다는 것도 그렇다. 대들보 위의 제비도 '지지배배' 짖을 줄 안다. 『논어』에서 아는 것을 안다 하고 모르는 것을 모른다고 하는 거야말로 아는 거라는, '지지위지지知之爲知之 부지위부지不知爲不知 시지지야是知之也'야말로 제비의 저 '지지배배'와 무엇이 다르랴.

 나는 백성을 이롭게 하고 만물에게 혜택을 줌이 선비에게 주어진 임무라고 생각한다. 이 '이민택물利民澤物'이야말로 선비가 추구해야 될 목표이다. 선비에게 독서는 그래 중요하다.

 그런데 조선의 선비들은 강학講學이나 하고 도를 논함을 독서의 끝으로 여긴다. 그렇지 않다. 부모에 대한 도리와 형제에 대한 우애, 충신은 학문을 닦고 연구한 열매여야 한다. 예절, 음악, 형벌, 정치는 학문을 닦고 연구한 쓰임이어야 한다. 독서를 하나 실용을 알지 못한다면 강학이 아니다.

책만 읽어 이론만 능한 선비의 독서는 '방안풍수식 독서'일 뿐이다. 물에 살면서도 물을 보지 못하는 물고기요, 생기가 빠져버린 술찌끼로 배를 채우는 것과 동일하다. 종이쪽만 한 마음으로 먹물만큼만 읽어대니 그럴 수밖에 없다. 종이 밖 세상과 먹물 밖 지혜에 관심을 두어야 백천만사가 오색의 문자임을 안다. 우물 안 개구리와 밭두덕만 파는 두더지처럼 안동답답安東沓沓이가 되지 않는 길이다. 이용후생利用厚生이니, 중상重商이니, 실사구시實事求是니 너나들이 용어들이 바로 살아있는 오색의 문자일 때, 하늘과 땅 사이는 수억만 권 책이 된다. 나는 이런 문자로 이런 책을 쓰고 싶었다. 「예덕선생전」이나 「허생」 따위 작품을 통해 이를 줄곧 밝혔고, 「열하일기」에도 명시해 놓았듯이 내 글쓰기 소재원이다.

내 글 중, 노비 제도의 폐해를 지적한 「하삼종질종악배상인론사노서賀三宗姪宗岳拜相因論寺奴書」, 돈의 효용성을 역설한 「하금우상이소서賀金右相履素書」, 백성들의 예를 강조한 「답단성현감이후론진정서答丹城縣監李候論賑政書」 따위 모두 이에 연유한 글쓰기이다. 독서나 글쓰기는 한낱 하르르한 종이 위에 파리 대가리만 한 먹물 방울을 읽거나 튕기는 짓이 아니다. 나는 글자 한 자 한 자가 우리 조선의 삶이라 생각했다. 시절을 근심하고 세속을 마음 아파하지 않는 글은 글이 아니다. 나는 꾸벅꾸벅 졸고 있는 심드렁한 글은 쓰지 않는다. 물론 이런 마음으로 쓴 내 글도 어떤 것은 장독 덮개로 쓰기에 넉넉하고 어떤 것은 농을 바르기에 부족함도 안다.

우울증과 불면의 나날들

나는 조선의 삼류 선비요 병쟁이로, 남들은 나를 문둥병 환자라거나 파락호, 술미치광이라 부른다. 나는 지금 우울증과 불면증, 까닭 없는 두려움과 공포로 놀란 듯 가슴이 울렁거리는 정충증怔忡證*과 명정酩酊*으로 반생을 보낸 데서 얻은 듯한 소갈증消渴症*에 울화병, 치질까지 앓고 있다.

술 권하는 과거科擧의 나라, 이 조선에서 태어난 나는 열일고여덟부터 우울증과 불면증에 시달렸다. 스무 살 무렵부터는 더욱 심해져 속으로 볶다가 열화가 나 사나흘씩이나 잠 못 이루는 경우도 태반이었다. 서화, 골동품, 기타 잡물 모으는 것을 취미 삼고 객을 초대하여 해학과 고담도 즐겨 보았지만 모두 허사였다. 음악이 얼마간 위로가 되었으나 그나마 벗들과 함께할 때뿐이었다. 그것은 과거 때문이었고, 그 연유를 굳이 짚자면 내 혼인에서부터 비롯되었다.

나는 열여섯에 장가를 들며 장인과 처숙에게 비로소 글공부를 하게 되었다. 할아버지 장간공께서는 정치 참예를 극히 꺼리셔서 아버지 형제분은 물론이고 나에게도 글공부를 시키지 않으셨다. 나는 장인과 처숙에게서 본격적인 학업을 닦으며 이 조선과 과거를 생각하였고 깊은 우울증에 빠져들었고 불면의 나날을 보내야만 했다. 그리고 서른넷에 과거를 포기하는 대신, 술과 벗, 글쓰기와 제자들을 얻었다. 이 술, 벗, 글쓰기, 제자는 내 병든 삶을 치유해 준 소중한 만남들이다.

*정충증_까닭없는 두려움과 공포로 갑자기 놀란 것 같이 가슴이 울렁거리고 안정되지 못하는 증세.

*명정_술에 몹시 취함.

*소갈증_당뇨병.

많은 이들은 이렇게 말한다.

"여보게 연암. 거, 자네 꽤 불만이 많나 본데. 과거를 보면 바로잡을 기회가 오지 않는가?"

내가 과거를 보지 않는 것에 대해 많은 이들이 궁금해 한다. 과거 날이 닥치면 푸른 두루마기에 유건을 쓰고 필묵과 커다란 해를 가리는 일산, 서너 명은 들어앉을 돗자리, 어둠을 대비한 등롱을 들고 입장하는데, 시험은 경복궁 후원, 성균관의 명륜당이나 비천당, 예조 등에서 치렀다. 전날 예비 소집에서 자리를 잡아두는데, 이때 좋은 자리를 차지하고자 각다귀패가 동원되고 벼슬깨나 하는 자는 권력을 행사한다.

과거에 응시한 사람은 줄잡아 수만 명이나 되니 시험장에 들어갈 때 서로 밟는 놈에 밟히는 놈, 죽고 다치고 하는 자들이 수도 없다. 형제끼리 시험 보러 와서는 서로 외치고 부르며 뒤지고 찾다가는 급기야 서로 만나게 되면 손을 잡고 마치 죽었다 살아난 사람이나 만난 듯 경중경중 뛰어댄다. 이쯤이면 죽을 확률이 십 분의 구라 이를 만하다. 더욱이 창명唱名*은 겨우 스무 명밖에 안 되니, 요행을 말할 때 '만에 하나'란 말이 바로 이를 두고 하는 말 아닌가.

*창명_급제자 이름을 부름.

난장亂場판이란 말이 여기서 나왔다. 난장판이 된 과거장은 급기야 벼슬 환전장이요, 벼슬 노느매기*장이 되었다. 똑똑한 선비 이옥李鈺(1760~1812)이 지은 「유광억전柳光億傳」이라는 글에도 당대의 과거 폐단이 여실히 드러난다. 매문매필賣文賣筆이라는 과거의 부정도 그렇지만 과시에 합격할 정도의 인재임에도 가난하고 지위가 낮기 때문에 글을 팔아 생활하는 유광억의

*노느매기_여러 몫으로 갈라 나누는 일. 또는 그렇게 나누어진 몫.

심정은 어떠하겠는가. 오죽하였으면 이덕무는 『아정유고雅亭遺稿』에서 '과거는 장사꾼이요 문장은 이단'이라고까지 하였다.

과거의 병폐는 나라의 기강까지 무너뜨린다. 과거의 법도가 어지러워지면 인재가 없고, 인재가 없으면 학문이 일어나지 않고, 학문이 일지 않으면 염치가 없고, 염치가 없으면 풍속이 나빠지고, 풍속이 나빠지면 농토가 개척되지 않고, 농토가 개척되지 않으면 나라의 기강이 서지 않고 예악이 땅에 나뒹군다.

그러나 과거는 내 삶을 바꿀 유일한 기회요, 가난을 벗어날 매우 유리한 선택이다. 할아버지와 장인어른까지 탐탁치 않아 하셨지만 사내로서 포부도 없는 바 아니었다. 20세 무렵부터 불면증에 시달린 이유 중 한 가지는 분명 여기다. 속으로 볶다가 열화가 나 사나흘 잠 못 이루는 경우도 태반이었다. 내 「방경각외전」 9전은 이때 쓰였다. 나는 이 시절 처음으로 조선과 조선인을 보았다.

고민하면 할수록 사농공상이란 절대적 신분 체제 아래 억눌려 살아가는 백성이 보였다. 백성들의 피와 땀으로 몸을 살찌우고 성리학이니 주자 등 한껏 교만과 헛된 지식으로 치장한 향원들도 보였다. 더욱이 주자의 말이라면 수족이 두목頭目을 보호하듯이 끼고돌아 마침내 한 마디의 말도 감히 거스를 수 없으니, 이 또한 학문하는 자들이 가장 피해야 할 묵적墨翟이 성을 지키는 격*이다.

*묵적이 성을 지키는 격_자기 의견이나 주장만을 굳게 지킴.

그야말로 삼천리금수강산에 황충들이 들끓었다. 나는 글쓰기와 독서를 내 유학의 대동세계大同世界*로 삼았고 내 글 속에 조선의 이상향을 그리기로 하였다. 철

*대동세계_유학에서 그리는 이상향.

골의 가난을 가학으로 삼고 가장 싫어하는 말을 '구차^{苟且}' 두 자로 삼은 것도 이 시절이다.

「방경각외전」 9전 중, 「예덕선생전」은 이러한 연유로 나온 글이다. 나는 그 서두에 "선비가 입과 배 때문에 구차해지면 백 가지 행실이 이지러지고 부유한 생활은 탐욕스러움을 경계하지 못한 때문이다. 엄 행수가 몸소 똥을 쳐서 밥을 먹을지라도 그의 발은 더럽지만 입은 깨끗하다. 이에 「예덕선생전」을 쓴다土累口腹 百行餒缺 鼎食鼎烹 不誠饕餮 嚴自食糞 迹穢口潔 於是述穢德先生"라고 하였다.

「예덕선생전」은 똥으로 풀어 본 못난 양반들에 대한 비판이다. 양반들의 충분한 부조리와 탐욕, 넉넉히 속진俗塵으로 채운 배에서 나온 배설물이 온몸에 묻은 듯 불쾌하다. 진동하는 그 오기를 타고 앉아 똥독이 오를까 봐 깨끗하게 치우는 게 엄 행수의 생업이다. 엄 행수가 없었던들 양반네들은 똥 구더기에서 살며 지독한 제 악취를 맡아야 한다. 가난 때문에 구차하면 행실이 어지러워지고 부유함은 탐욕으로 이어진다. 엽전 꿰미가 관복에 수놓은 이무기가 서린 듯하고, 상자를 열면 베와 비단이요, 쌀과 곡식이 창고에 그득한들 탐욕은 채우지 못한다. 나는 선비이다. 선비로서 가난을 구차하게 여기지 않으려는 마음에서 저 엄행수를 예덕 선생이라 불렀다.

스물다섯 무렵 이후, 나는 북한산에서 독서를 하였다. 향원과 황충*들을 이 세상에서 없애는 길이 과거밖에 없다는 생각에서였다. 우습게도 그 무렵부터 수염이 은백으로 변했다. 산속의 절간이나 강가의 정자를

*향원과 황충_ 향원은 사이비 선비이고 황충은 탐관오리나 할 일없이 놀고먹는 양반들을 지칭한다. 연암은 이들을 매우 경멸하였다.

떠돌며 김이소金履素(1735~1798), 황승원黃昇源(1732~1807), 이희천李羲天(1738~1771), 이홍유李弘儒(1743~1812) 등 10여 명과 과거 공부에 힘쓰는 한편, 단릉 처사 이윤영李胤永(1714~1759) 어른에게 『주역』을 배웠다. 김이소나 황승원 두 분은 모두 나보다 연배였지만 나에게 묻기를 주저하지 않고 잘 어울렸다. 후일 과거에 급제하여 각각 좌의정과 이조판서에 올랐다. 허나, 내 과거에 대한 뜻은 다시 돌아섰다. 과거에 급제한들 조선의 황충과 향원들이 없어질 리 만무하다. 나는 다시 방황을 하였고 차라리 비겁하지 않게 살자고 마음먹었다. 하지만 그것은 미래를 담보하지 않고는 불가능한 일이었다.

황승원은 나에게 대제학 감이라 했던 황경원의 사촌 동생이다. 황승원에게 준 「사황윤지서謝黃允之書」에서 "나는 북쪽으로 올라가 돌아다니면서 단양丹陽과 영동永同 사이에서 농지나 찾아볼까 합니다" 하였다. 과거공부를 접기로 다짐해서이다.

그래, 1차 시험인 감시 초·종장에 응시하여 모두 장원을 하였지만, 2차 시험인 회시에선 답안을 내지 않고 나왔다. 1차 방이 붙던 날 선왕先王*께서 나를 불러 들여서는 답안을 읽게 하고   *선왕_영조.

는 크게 칭찬하였지만 내 마음을 돌이킬 수는 없었다. 나는 다시 성균관 시험을 치러 들어가 고목이나 노송을 그리거나 빈 종이를 제출하였다. 내 뜻을 다짐 짓는 행동들이다.

이때가 경인년(1770) 내 나이 서른 넷 된 해이다. 이후로 나는 단 한 번도 과거에 마음을 두지 않았다. 장인어른께서는 이러한 내 행동을 기꺼이 받아들여 주셨다. 내가 술을 마시기 시작한 것은 아마도 이 때부터인 듯하다.

이 소문은 온 장안으로 퍼졌다. 사람들은 나를 보고 웃었고 나는 하늘을 보고 웃었다. 나는 내 두 아들에게도 과거 시험이나 보는 쩨쩨한 선비가 되지 말라고 가르쳤다.

인연, 그리고 악연

내가 과거 시험을 단념하자 내 집을 그토록 드나들던 패거리들이 일시에 끊겼다. 겨우 석치石癡 정철조鄭喆祚(1730~1781) 등 친한 벗 몇 명과 이덕무, 이서구 등 제자뿐이었다. 사귀고 헤어짐이 이토록 입신출세와 연관하는지 느낀 바 적지 않았다.

정철조는 3대가 모두 문과에 급제한 명망가의 자손이다. 나와는 서른 즈음에 우의를 다졌으며 대취한 적이 여러 번이다. 당색은 소북小北이었으나 첫째 매형 박호원朴祐源은 소론이고 둘째 매형인 이가환李家煥은 성호 이익 어른의 종손으로 남인이요, 담헌 홍대용과 동문수학한 스승 김원행 어른은 나와 같은 노론이었다. 당파에 연연하지 않는 그의 마음 씀씀이를 알 만하다. 정철조는 문예적 교양이 높고 뛰어난 기예를 지녔는데 벼루를 만드는 솜씨는 일품이었다. 그림 솜씨 또한 어찌나 깊었는지 선왕의 어진御眞*을 그릴 정도였다. 나는 그의 그림을 여

*어진_임금을 그린 그림.   럿 소장하고 있다. 특히 내 살림살이를 엿보아

그려 준 〈산장도〉는 걸작이다.

"살아 있는 석치라면, 함께 모여 곡을 하고, 함께 모여 조문하고, 함께 모여 욕도 하고, 함께 모여 웃고, 여러 섬의 술을 마시고 서로 발가숭이가 되서 치고받으면서 꼭지가 돌도록 대취하여 너니 내니도 잊어버리다가, 마구 토악질을 하고 머리가 지끈거리며 위장이 뒤집혀 눈앞이 아찔하여 거의 죽게 되어서야 그만둘 터인데, 지금 석치는 참말로 죽었구나!" 내가 쓴 제문인 「제정석치문」의 서두이다. 많은 이들은 그를 술주정꾼으로 오해들 하나 그의 마음속에 들어있는 큰 그림을 어찌 알랴. 그는 좁디좁은 조선의 현실을 술로써 달랜 사내이다. 됫박만 한 마음으로 말들이 그 마음을 되질하지 말아야 한다. 그의 호방한 기운, 그의 진솔한 모습, 그와 함께 술잔을 잡고 뒹굴며 조선을 걱정하던 그때가 그립다.

이 시절 나는 또 한 사람의 평생지기를 만났으니 그가 홍대용이다. 홍대용의 본관은 남양南陽으로 자는 덕보德保, 호는 담헌湛軒이다. 담헌은 키가 후리후리하고 인물이 훤칠한 쾌남아로 수염이 아주 보기 좋게 났다. 의기도 강하여 "무능하면 양반의 자제라도 가마채를 메어야 하며 유능하면 농사꾼의 자식이라도 관리가 되어야 한다"고 서슴없이 말할 정도였다. 담헌은 내 평생 벗이며, 학문 동반자였지만 서로 공경하기를 내외같이 하였다. 나는 담헌에게 땅이 돈다는 지전설地轉說을 듣고는 크게 깨달은 바가 있었다. 섭섭하게도 담헌이 술을 한 잔도 못하여 아쉽지만, 나처럼 과거를 일찍이 걷어치운 것도, 선공감 감역이란 첫 벼슬을 음직蔭職으로 받은 것도 같기에 더 정 깊다. 벼슬은 영천榮川 군수로 마쳤지만 포의지사布衣之士와 다를 바 없었다. 이 담헌과 정철조는 미

호 김원행 선생의 제자들이다. 미호 선생은 우암 송시열과 농암 김창
협 선생을 잇는 우리 조선의 대학자이다. 나 자신도 미호 선생에게 많
은 학문적 영향을 받았다.

같은 신세인 담헌과 나를 격려해주고 운치 있는 삶을 만들어 준 이
는 효효재嘐嘐齋 김용겸金用謙(1702~1789) 어른이다. 효효재의 부친이 육
창六窓 중 다섯째인 창집이시고 중부가 바로 김창협, 숙부가 삼연 김창
흡이시다. 효효재 어른은 신임사화로 백부 창즙昌集께서 사사되시고 자
신도 유배되는 비운을 겪었다. 결국 효효재 어른은 과거를 단념하고
음서제도로 미관말직을 거친다. 하얗게 센 머리에 단사같이 붉은 뺨,
고상하고 깨끗한 회포, 풍류는 넘치고 끊임없는 담론이 이어지는 노선
배였다. 특히 사대부들이 삼가례三加禮*를 치를 때면 늘 이 어른을 다투

*삼가례_아이들의 성인 의식으로 덕
망과 학식이 높은 사람을 빈(賓)으로
모시고 가례를 행함.

어 모셨다. 조상각朝爽閣은 어른의 서루書樓인데
이곳에서 시회를 연 것도 여러 번이다.

담헌과 나는 이 어른들을 평생의 스승으로 모셨다. 임진년(1772) 유
월 어느 날, 남산 밑에 있는 담헌의 집 유춘오留春塢에서였다. 고요한 남
산에 여름밤이 들고 달빛이 넉넉하게 암리문暗里門 동리에 있는 '봄이
머무는 언덕' 유춘오를 비출 때였다. 내가 흥이 나 양금을 연주하자 거
문고를 대단히 잘 켜는 풍무자風舞子 김억金億이 대들고, 담헌은 생황을
불어댔다. 세 악기에 나온 세 가락이 조선 한양 하늘로 하나 되어 오를
때, 달빛을 타고 효효재 어른이 문간을 들어섰다. 효효공은 서안에 구
리 쟁반을 올려놓고 두드리며 『시경』 「벌목」장을 읊었다. 효효공이 돌
아가신 뒤 어느 날, 내가 이서구의 집에서 효효공의 초상을 그렸더니,

이서구와 사람들은 생전의 모습 그대로라고 놀라워들 하였다.

나는 담헌이 이승을 하직한 뒤 모든 악기를 남에게 주었다. 담헌은 나와 평생에 걸쳐 이택麗澤*의 보익補益을 주었 다. 「홍덕보묘지명」에서 나는 담헌을 이렇게 기록하였다. "통달하고 민첩하며, 겸손하고 음률音律과 역법曆法에 뛰어나 아담하며, 식견이 원대하고 이해가 정미하며, 더욱 율력律曆에 장기가 있어 혼의渾儀* 같은 여러 기구를 만들었으 며, 사려가 깊고 한 가지 일에 정신을 집중하여, 남다른 독창적인 기지가 있었다."

*이택_벗끼리 서로 도와 학문을 닦고 수양에 힘쓰는 것.

*혼의_천문관측기.

나에게 주역을 가르쳐 준 이윤영 어른과는 참 슬픈 일이 있다. 인연이 악연이 된 경우이니 지금도 그때 일을 생각하면 마음이 아려 온다. 그 해가 그러니까 신묘년(1771) 5월 하순, 한여름으로 막 접어드는 때였다. 온 조선의 책쾌冊儈*들이 죽음과 고문, 유배를 당한 『명기집략』 사건이 한양을 뒤흔들었다. 이 사건으로 책쾌 수십여 명이 죽고 유배를 갔으며, 이희천도 효수되어 한강변에 머리를 달아 두는 처참한 형벌을 받았다.

*책쾌_책거간꾼·책주릅·책주름.

『명기집략』은 명나라 주린이 지은 책인데 우리 태조의 종계를 오기하여 모독한 내용이 들어 있었다. 성상께서 이를 아시고 대로하여 『명기집략』과 주린이 지은 다른 책인 『강감회찬』에 관계된 이들을 잡아들이라 하셨다. 석루石樓 이희천李羲天(1738~1771)은 문제가 된 이 책을 책쾌에게 사들여 처참한 화를 당하였다. 이 이희천의 부친이 바로 내 『주역』 선생인 이윤영 어른이시다. 『주역』을 배우는 것을 계기로 나는

중국 항주의 선비 엄성鼈誠**이 그린 홍대용 초상**

연암과 함께 북학파의 선구자인 홍대용의 본관은 남양南陽이며 자는 덕보德保, 호는 담헌湛軒·홍지泓之이다. 1731(영조 7)년 음력 3월 1일 충청도 천원군 수신면 장산리 수촌 마을에서 태어났다. 아버지는 목사를 지낸 홍역洪櫟이며, 어머니는 군수를 지낸 청풍김씨 김방金枋의 딸이다.

담헌은 그의 『담헌서湛軒書』 외집 1권 손용주에게 주는 「여손용주서與孫蓉洲書」에서 연암의 사람됨을 "그 문장의 품위를 이 아우가 존경하는 벗입니다. 역경에 빠지고 알아줌을 만나지 못하였으나 기개와 도량이 높고 맑으며 활달합니다文章望 弟之長友 落拓不遇 氣宇軒豁"라고 써 놓았다. 손용주는 홍대용이 연행을 가서 사귄 항주의 선비로 이름은 손유의孫有義이다.

담헌은 김원행의 석실서원石室書院 출신으로 함께 수학한 박윤원朴胤源(1734~1799)은 연암에게 족형族兄인 일가붙이이다. 박윤원은 그의 「미호선생어록」에서 미호美好 김원행金元行이 연암을 '기걸한 인물이로다'라 했다는 평을 써놓았다. 이 외에 이윤영李胤永, 황경원黃景源, 홍상한洪象漢 같은 저명한 문인들이 연암의 재질을 인정했다. 윤원의 동생 박준원朴準源(1739~1807)의 셋째 딸이 정조의 후궁인 수빈박씨로 순조임금의 생모이다.

자연스레 희천과 어울렸고 그렇게 내 젊은 시절을 함께 했다.

　그런 인연이 악연이 되었으니, 이희천이 서른네 살이란 한창 나이에 죽음을 맞게 한 상소를 올린 박필순朴弼淳이 바로 나에게는 할아버지뻘 되는 이였기 때문이다. 이희천이 "비록 『명기집략』을 사서 두기는 하였습니다만 실제로 자세히 살펴보지는 못하였으며, 박필순의 상소 내용을 대략 들은 뒤에 그대로 즉시 불태웠습니다" 하고 범죄 사실을 진술하였으나 받아들여지지 않았다. 그가 갖고 있던 『강감회찬』도 나의 팔촌형으로 부마인 박명원朴明源의 집에서 빌린 책이기 때문이다. 그런데 부마 박명원은 이에 대해 아무런 조사도 없었고 이희천만 효수梟首라는 극단의 죽음을 맞았다. 나는 이 사건으로 큰 충격을 받았다. 경조사도 끊고 마치 폐인처럼 지냈으니, 절친한 친구인 유언호兪彦鎬와 황승원黃昇源이 유배를 가 거의 죽게 되었어도 한 글자 안부조차 물을 수 없었다. 이희천이 효수를 당한 지 3년 뒤에 쓴 「이몽직애사李夢直哀辭」라는 글에는 그때 내 심정이 잘 나타나 있다.

　「이몽직애사」는 내 제자 박제가의 청으로 지었는데 이 또한 인연이기에 이희천과 가슴 아픈 만남을 넣었다. 몽직의 아비는 절도사를 지낸 이관상李觀祥으로 충무공 이순신의 5세손이다. 이 이관상은 나의 자형인 금오랑金吾郞 서중수徐重修에게 외숙이 된다. 그래서 몽직은 어릴 적부터 내게 와 글을 배웠다. 여기에 몽직의 매부가 바로 내 제자인 초정 박제가이다. 몽직은 대대로 무반이면서도 글하는 선비를 좋아하여 항상 초정을 따라 나와 노닐었다. 내가 글을 배워 쓴 마수걸이인 「이충무공전」에는 이러저러한 인연의 실타래가 저렇게 얽혀 있다. 이충무공의 삶이 컸기에 내 글쓰기 또한 그러하자고 한 이유도 있다.

언급하기도 싫지만 유한준, 윤광석과 만남 또한 인연이 악연이 된 경우이다. 과거를 버렸다지만 세상살이가 만만찮기는 마찬가지이다.

내 글은 연암체

내 학문 바탕은 20여 편이 넘는 문학론에 잘 드러나 있다. 내 문학론은 당대 다른 고문가古文家들과 다르다. 나는 조선의 질서를 담아낸 귀족주의 문학들과 구별지으려 애썼다. 즉 '연암체'이다. 연암체의 특징은 '반 조선식 글쓰기'이다. 조선식 글쓰기는, 조선 후기 문의 절대 이념인 문이재도文以載道로 가지런히 그어진 줄을 따라 책 속의 풍광卷裡風光과 종이 위의 면목紙上面目을 새겨 넣기에 몸이 상하고 세월이 흐르는 줄 몰랐다. 명예와 잇속과 권력이 문자에서 나오던 시절이니, 산 듯 죽은 듯, 문이재도만 붙따르면 일평생의 안녕도 보장되었다.

문이재도는 조선의 유자들에게 4백여 년을 몽마夢魔에 시달려 잠꼬대를 하게 하더니, 아예 유교에 붙은 저승꽃이 되어버렸다. 제 아무리 최고의 종이인 '금령지金齡紙*'나 '백추지百錘紙*'에 '성성필猩猩筆*'로 썼다 하더라도 사람이 없는 글만 열병해 있다면 흰 종이에 검은 먹물뿐이다. 물고기 방생하듯 염원을 담아 백지 위에 살아있는 글자들을 방생해야 한다. 하얀 백지 위의 먹물 방울에서 점점

*금령지_ 황금과 같이 변하지 않고 오래가는 종이.

*백추지_ 추로 100번 두드려서 만든 종이.

*성성필_ 성성이 털로 만든 최고의 붓.

이 백성들의 삶과 자자이 이용후생을 찾아야 하는 이유이기도 하다.

나는 16세에 쓴 첫 작품 「이충무공전」을 시작으로, 30여 세까지 소위 한문소설들을 썼다. 이 한문소설 9전과 초기의 글들은 『맹자』와 『사기』의 영향을 받았고 작품 저작의 의도성과 주제, 사회 의식 개조를 위한 문학의 교훈성을 표면에 또렷이 했다. 일찍이 쓴 글이기에 여러모로 『열하일기』에 미치지는 못하지만, 해학과 풍자를 섞어 보수와 진보의 경계선을 가르며 긴장을 이완시키고자 했다. 많은 이들이 내 글을 배우의 해학 같은 문자로 여기는 이유가 여기에 있지만, 글을 잘못 보았다. 나는 「능양시집서菱洋詩集序」에서 "여인이 고개를 숙인 데서 부끄러워하는 것을 보고, 턱을 괸 데서 원한이 있는 것을 보고, 혼자 서 있는데서 무슨 생각이 잠긴 것을 보고, 눈썹을 찡그린 데서 무슨 근심에 싸인 것을 보고, 난간 아래에 서 있는 것을 보니 누구를 기다림이고, 파초 잎사귀 아래 서 있는 것을 보니 누구를 바라봄이다"라 적어 놓았다.

내 글은 단장한 여인네다. 시는 글자를 따라잡으면 뜻을 얻지만, 문은 뜻을 따라 잡아야 글자를 얻는다. 미인의 단장한 겉모습이 아닌 행동거지를 통하여 속내를 눈치채듯, 내 글도 해학과 풍자의 이면을 보아야만 뜻을 안다. 미인을 좋아하듯, 입에 붙고 귀에 젖도록 내 글을 보고 읽어야만 내가 방생한 글자들의 뜻을 읽는다는 말이다. 나는 뜻을 썼지 글자만 그려놓지 않았기 때문이다. 문자는 말을 다 표현하지 못하고 그림은 뜻을 다 표현하지 못하는 법이다. 여인의 속내를 모르면 여인을 저버리는 것이요, 뜻을 모르면 글쓴이를 저버리는 것이다.

내 한문소설들은 연암체를 만든 사유의 장이다. 숨을 들이쉬고 내쉬어 호흡이 되고 심장의 박동이 혈관으로 전해져 맥박이 되듯, 나는 조선 사람들의 삶을 보고 연암체로 옮겼다. 서른 이후에는 연암체의 문학적 이론과 논리성을 확보하려 애썼다. 명나라가 우리 상국임엔 분명하지만 조선은 중국이 아닌 조선이어야 한다. 이익李瀷(1681~1763) 선생이『성호사설』에서 말했듯이 중국도 대지 가운데 한 조각 땅에 불과하니 우리 조선도 이와 다를 바 없다. 모화사상慕華思想이니, 춘추대의春秋大義, 존화양이尊華攘夷 등의 사대사상事大思想에서 벗어나야 한다. 내 조선은 산천과 기후가 중국과 다르고 언어와 노래하는 습속은 한나라나 당나라와도 다르다. 그럼에도 불구하고 중국을 본뜨고 한나라 당나라를 모방한다면 그 수법이 높을수록 내용은 비속하고 문체가 비슷할수록 말은 거짓이 된다. 이는 학의 긴 다리와 까마귀의 검은 빛만을 제 천성으로 여기며 사는 꼴이다. 「북학의서北學議序」나 「영처고서嬰處稿序」에 이런 내 마음이 잘 드러나 있다.

노론, 낙론, 북학

현재 조선 학계, 그 중에서도 우리 노론 계열의 사상적 분위기는 반청적反淸的 북벌대의론北伐大義論이 대명의리론大明義理論과 화이론華夷論 위에 전개되고 있다. 그리고 예론禮論과 심성론心性論 위주의 주자주의적朱子主義的 의리지학풍義理之學風이 학문적으로 뒷받침한다.

나는 노론 계열의 학풍을 이어받았다. 선험적으로 주자학이라는 사고 체계를 벗어날 수 없다. 내가 탈주자학을 감행한다면, 나 역시 남인이나 소론과 같이 사문난적斯文亂賊으로 엄혹하게 배척당했을 터이다. 나는 '주자라는 구심력'과 '북학이라는 원심력'이 작용하는 가치 체계를 병존시키려 했다.

오늘을 사는 조선의 지식층은 한창 사상 논쟁 중이다. 우리 노론계열의 성리학은 이이李珥(1536~1584)* 선생의 학통 *이이_율곡(栗谷). 을 이어받았으나 호론과 낙론으로 나뉘었다. 이전의 성리학이 인간 자체인 심성心性 문제였다면 외부 사물인 물성物性에 대한 관심을 보이는 것이 바로 호락논쟁湖洛論爭*이다.

나는 학통*으로 낙론이다. 낙론은 사물을 보는 자세가 열려 있다. 이전 성리학의 주 관심사는 '인人'이었기에 '물物'은 상대적으로 있으나 보지 않았다. 낙론은 기본적으로 '물'이 필요한 이론이기에 자연히 사물에 대한 관심을 보인다. '물'의 처지에서 나를 보면 나도 또한 하나의 '물'일 뿐이다. '인'을 '물'의 하나로 본들 문제없다. '인'은 냄새나는 가죽부대 속에 몇 개의 문자를 지니고 있는 것이 조금 많은 데 불과할 따름이다. 그러니 '물'인 매미가 저 나무에서 울음 울고, 지렁이가 땅 구멍에서 울음 우는 것도, 역시 인과 같이 시를 읊고 책을 읽는 소리가 아니라고 어찌 장담하겠는가.* '인'만 *「여초책(與楚幘)」에 보인다.

*호락논쟁_호서(충청)에 살던 남당 한원진(韓元震)과 당시 낙하(서울)에 살던 외암 이간(李柬) 사이에 벌어진 논쟁이기에 호락논쟁이라 부른다. 본래 송시열 선생의 학맥을 이었던 권상하와 제자 한원진 사이에서 시작된 논쟁이 같은 제자였던 이간으로 이어지면서 본격적으로 이론화를 꾀했다. 호론은 주로 주기적(主氣的) 경향으로 이동이성이(理同而性異)라는 논리에 입각한다. 금수초목 등 사물에 인의예지신(仁義禮智信)의 오상(五常)이 편재한다고 함으로써 오상을 모두 갖춘 인성(人性)과 그렇지 못한 물성(物性)은 근본적으로 다르다는 논리를 편다.
낙론(洛論)은 주리적(主理的) 경향이며 성동이기(性同異氣)라는 논리이다. 인물(人物)에 모두 오상이 갖추어져 있어 인·물의 근본적 차별성이 없다는 주장이다. 외면적으로 범의 인(仁), 벌의 충(忠)같이 한 덕만이 나타나는 것은 인·물 이체에 따르는 기질 차이로 본다.

*학통_연암의 학통을 정리하면 〈표1〉과 같다.

이이(李耳, 1536~1584)
주기론(主氣論)

김장생(金長生, 1548~1631)

송시열(宋時烈, 1607~1689)

권상하(權尙夏, 1641~1721)
인물성리론(人物性理論)

김창협(金昌協, 1651~1708)
낙론(洛論)

김창흡(金昌翕, 1653~1735)
낙론(洛論)

한원진
(韓元震,
1682~1751)
인물성이론
(人物性異論)
호론(湖論)

윤봉구
(尹鳳九,
1681~1767)
인물성인기이론
(人物性因氣異論)
호론(湖論)

이간
(李柬,
1677~1727)
인물성인리동론
(人物性因理同論)
낙론(洛論)

이재
(李縡,
1680~1746)
인물성동론
(人物性同論)

어유봉
(魚有鳳,
1672~1744)
인물성동론
(人物性同論)

박필주
(朴弼周,
1665~1748)

김석문
(金錫文,
1658~1735)

임성주
(任聖周,
1711~1788)
기일원론
(氣一元論)

김원행
(金元行,
1702~1772)
인물성동론
(人物性同論)

이보천
(李輔天,
1714~1777)
어유봉의 사위,
박지원의 장인

홍대용
(洪大容,
1731~1783)
인물성인리동론
(人物性因理同論)

박지원
(朴趾源,
1737~1805)
인물성인리동론
(人物性因理同論)

박종채(1780~1835) 연암의 둘째 아

박규수(1807~1876) 연암의 맏손자

갑신정변의 주역들 (박영호, 서재필

〈표 1〉은 다음과 같은 책을 참고하여 정리하였다.
한국사상사연구회 편, 『인물성동론』, 한길사, 1994; 조동일, 『한국의 문학사와 철
학사』, 지식산업사, 1996; 이완재, 『박규수연구』, 집문당, 1999; 유봉학, 『연암일
파 북학사상 연구』, 일지사, 1995.
유봉학의 『연암일파 북학사상 연구』에서는 인물성동론(人物性同論)과 인물성이론
(人物性異論)으로만 나누어 설명을 하였으나 조동일의 「18세기 人性論의 혁신과 문
학의 사명」, 『한국의 문학사와 철학사』, 지식산업사, 1996에서는 인물성인기동론
(人物性因氣同論)과 인물성인이동론(人物性因理同論)까지 정리하였다.

이 결코 절대적 가치를 지닐 수는 없기 때문이다.

나는 「호질」에서 "무릇 천하의 이치는 하나이다. 범이 참으로 악하다면 사람 또한 참으로 악하다. 사람의 성품이 선하다면 범의 성품도 선하다夫天下之理一也 虎誠惡也 人性亦惡也 人性善則虎之性亦善也", 또 『열하일기』「상기象記」에서 인성과 물성은 분별할 수 없다는 '인물막변人物莫辨' 운운도 이에 연유한다. 더 정확히 말하자면 나는 '인물성인기동론人物性因氣同論'을 주장한다. 내 벗 홍대용도 내 견해에 따라 『의산문답』에서 "하늘로부터 본다면 사람과 사물은 고르다自天而視之 人與物均也"고 하였다.

사물은 활물活物 아닌 것 없으니 모두가 도도히 흘러간다. 세월이 흐르고 흘러 그 바퀴를 멈추지 않으니, 내일의 해는 또 오늘의 해가 아니다. 그러니 '물' 또한 '인'과 다를 바 없고 모든 사물은 단순한 자연물 이상의 의미를 지닌다. 당대의 현실 또한 '물'의 개념으로 본들 부족함이 없다. '인'과 '물'의 수직적 개념이 아닌 수평적 개념은 여기서 나온다.

비유하자면 명나라가 '화華'인 '인人'이라면, 우리 조선은 '물物'인 '이夷'이고, 조선이 '화華'인 '인人'이라면 '청淸'이 '물物'인 '이夷'이다. '명＝조선＝청'으로 사고의 전환을 꾀한다. 사고의 전환을 꾀한다지만, 어디까지나 나는 '존화양이론尊華攘夷論'자이다. 중국을 숭상하는 화이론은 조선 500년간 성리학 명분론에 입각한 대외 정책이다. 나는 중국을 존중하고 오랑캐를 물리치자는 화이론의 근본은 수용하되, 오랑캐인 청나라를 배우자는 북학론도 받아들인다. 내가 화이론에 입각하여 천주교를 요사한 패설悖說과 허무맹랑한 불가의 찌꺼기로 여기고 양주楊朱 묵적墨翟보다도 배척했지만, 북경을 방문해서 천주당을 찾은 것은 이러한 이해에서다.

『열하일기』「일신수필馹汛隨筆」에서 나는 기와 조각과 똥 부스러기를 "천하의 장관!"이라 했다. 『열하일기』는 33참(역)站 2천 30리의 대 장정이다. 내 비록 말의 왼쪽엔 벼루요, 오른쪽엔 거울, 붓 한 자루, 먹 한 장, 작은 공책 네 권, 정리록程里錄 한 축이 행장의 전부였다지만 결코 눈과 귀가 모자라 천하의 장관을 놓친 것이 아니다. 저 깨어진 기와 조각은 천하에 버리는 물건이지만 포개서 물결무늬 등을 만들 수 있고, 똥은 지극히 더러운 물건이지만 이를 밭에 내면 우리를 살찌우는 온갖 곡식의 거름이 되기 때문이다. 나는 청나라에서 이것을 배웠고 이것이 북학이라 여긴다.

『열하일기』「도강록」「거제車制」에 수레와 수리기구 등에 대한 이해를 적어 놓은 것도 저러한 생각에서다. 북학을 잘만 챙긴다면 우리 조선도 부강한 나라가 되거늘 오랑캐 나라라고 손가락질만 해댄다. 본 것이 적은 자는 해오라기를 기준으로 까마귀를 비웃고 오리를 기준으로 학을 위태롭다고 여기는 것과 무엇이 다르랴.

수평적 질서, 주기론

나는 「방경각외전자서放瓊閣外傳自序」에서 수평적 질서에 대해 자세히 기술한 바 있다. 우리 조선은 왕권국가다. 수직적 통치 질서 체계이다. 신분, 가정, 사회, 모두 수직이다. 윤리 체계인 오륜도 역시 수직적 질서의 세계를 뒷받침하는 구성체다. 오륜에서 유일하게 수평적 질서의 세계를 논한 것은 오륜의 맨 끝에 놓인 '붕우유신朋友有信' 정도이다. 수직적 질서 속에서 신분 간의 사귐을 말하는 정도이지 신분 계층을 넘어서는 것은 아니다. 나는 백성들과 신분 계층상 일정한 거리를 유지하며 이용후생의 실천적 학문과 인간성 해방의 논리를 추구한다.

「방경각외전자서」에서 '붕우유신'을 주목한 이유이다. 벗이 오륜의 맨 끄트머리에 있는 것은 그것이 멀거나 낮아서가 아니다. 마치 오행五行의 흙이 네 계절의 어디에나 붙어서 활동하는 것과 마찬가지다. 부자 간의 친밀과 군신 간의 의리와 부부 간의 구별과 장유 간의 차서도 모두 신의가 아니고야 어떻게 시행될 것인가? 만약 윤리가 윤리로서 시행되지 않는다면 벗이 이것을 바로잡아 주기 때문에 오륜의 맨 뒤에 매조지하여 오륜을 통괄코자 한 것이다.

오륜의 맨 마지막에 있는 수평 질서에 관심을 집중해야 한다. 우도에 대한 고민을 그린 「마장전」, 양반과 천민의 사귐을 그린 「예덕선생전」에서 나는 애써 수평 질서를 찾고자 하였다. 내가 주창한 이용후생의 상공업 질서도 바로 이러한 논리 체계에 촉수가 닿아있다.

내가 수평 질서를 지녔다고 우리 조선의 혁신을 꾀하는 것은 아니다. 나는 성리학 질서 속에서 태어나 지금껏 살기 때문이다. 이것은 이미 선험화한 사유 체계이기에 불변이다. 복고적인 문학관은 '기氣'가 아무리 변해도 '이理'는 변하지 않는다고 규정짓는다. 변하는 기를 보여 주는 소설 따위는 천박하며 변하지 않는 이를 추구하는 문이재도의 글이라야 숭상할 가치가 있다고 주장한다. 그러나 나는 분명히 일원론

*주기론이란 이기이원론(理氣二元論)을 기본 이념으로 하는 성리학에서, 우주 만물의 존재 근원을 기(氣)로 보는 이이의 학설을 계승한 기호학파의 철학을 가리킨다. 즉 기만이 능동성을 가지고 발동할 수 있으므로 모든 현상은 기가 움직이는 데 따라 다르게 나타나며, 이(理)는 단순히 기를 주재하는 보편적 원리에 불과하다는 주장이다. 이를테면 사람의 의식이나 감정은 외부의 자극에 의해 심성 내부에 존재하는 기가 동하여 이루어지는 것이므로, 심성 내부의 기질을 선한 것으로 변화시키면 자연히 인간의 선한 본성이 드러나게 된다고 보았다.

적一元論的 주기론主氣論*의 처지이다. '자연'과 '인'을 모두 동등한 '기'로 보며 그렇기에 '물物'과 '아我'의 합일을 자연스럽게 꾀하고 '기'를 보이는 소설도 지었다.

나는 사유의 주체가 어디까지나 자신임을 잊지 않는다. 그것은 '물物'을 체득할 주체는 나요, '물'은 어디까지나 체득할 대상이란 뜻이다. 따라서 내가 '물'을 체득하면 만물의 이치를 궁구할 수 있지만 내가 없다면 결코 체득할 수 없다. 이렇게 본다면 주리론主理論*이니, 그렇다면 나는 주리론자인가? 아니다.

*주리론이란 이기이원론을 본밑으로 하는 성리학에서, 우주 만물의 궁극적 실재를 이(理)로 보는 이황의 학설을 계승한 영남학파의 철학을 가리킨다. 즉 이와 기가 어디까지나 두 가지이지 한 가지가 아니며, 기는 결코 상존하지 않고 생멸하는 것이라고 보았다. 나아가 이는 항존불멸하는 것으로 기를 움직이게 하는 근본 법칙이며, 능동성을 가진 이가 발동하여 기를 주재한다는 주장이다.

구체적으로 나, 연암이나 호虎, 사士, 농農, 공工, 상商, 청淸, 명明, 현現, 고古 들 모든 사물은 동등한 '기氣'를 갖고 있다. 다만 이것을 인식하고 주재하는 것은 어디까지나 나 자신이다. 사물은 매미의 허물이나 귤껍질과 같다. 매미와 허물은 한 기요, 귤과 껍질도 한 기이나, 껍질이나 허물은 텅 비어 있어 매미 소리를 내거나 귤 향기를 뿜지 못한다. 어디까지나 매미와 귤이 있어야만 한다. 이 매미와 귤이 바로 나이다. 이를 '주리론'으로, 혹은 '주리론'과 '주기론'의 부화뇌동으로 보는 이가 있지만, 그렇지 않다. 다만 '주기론' 한 사상만 영영세세토록 안주할 수 없으니, 주리론을 끌어와 변증적 자각을 시도한 것뿐이다.

따라서 나는 이와 기가 결코 뗄 수 없는 관계라고 생각한다. 만물이 생겨나는 데 기氣 아닌 것이 없다. 천지는 큰 그릇이며 가득 차 있는 것은 기요, 가득 차게 하는 원인은 이理이다. 음과 양이 서로 변하는데, 이는 그 가운데 있고 기로써 감싸고 있다. 이는 마치 복숭아가 씨를 품고 있어 수만 개의 복숭아가 동일한 형상이요, 마치 엽전이 땅에 흩어져도 수만 개의 엽전을 한데 꿸 수 있는 것과 같은 이치다. 이것은 이와 기가 단일한 근원이라 길은 달라도 귀결은 동일하기 때문이다. 그러니 이와 기는 항존하는 것으로 떼려야 뗄 수 없는 없는 한 덩어리일 뿐一團理氣而已이다. 세로로 간선을 이루는 경맥과 가로로 지선을 이루는 낙맥이 상호 연결되어 온몸에 기혈氣血을 전달하는 통로, 즉 맥락脈絡이 되는 이치와 동일하다. 「답임형오륜원도서答任亨五倫原道書」에 내 견해를 자세히 설명해 놓았다.

인간 중심

여기서 자연뿐 아니라, 삶의 주변 양태가 인식의 대상으로 자연스럽게 등장한다. 내가 우리 조선의 병폐와 모순을 비판의 대상으로 삼은 것은 저러한 시각에서 보았기 때문이다. 나는 작가의 세계관이 현실 속에서 즉, 이 조선이란 사회에서 부단히 변화해야만 한다고 생각한다. 여기서 글이 필요하고 작가 의식이 필요하다. 글은 관습화된 상투형들과 팽배한 허위의식을 부단히 폭로해야만 한다. 글은 그렇게 비판적이고 반전통적이며 혁신적이어야 한다. 그러려면 선입견을 버리고 진정한 마음의 눈을 떠야 한다. 나는 「일야구도하기一夜九渡河記」에서 이를 명심冥心이라 했다. 명심은 조용한 마음으로 깊이 하는 사색이다.

나는 조선의 선비로서 무엇을 해야 하는지를 깊이 생각하여 「원사」에서 이렇게 써두었다.

내가 말한 본디 선비란, 뜻은 어린애 같고 모습은 처녀 같으며 일 년 내내 문 닫고 글 읽는 사람이다. 어린애는 비록 연약하여도 제가 흠모하는 것에 전념하고 처녀는 비록 수줍어도 순결 지키는 데에는 굳건하다. 우러러봐도 하늘에 부끄럽지 않고, 굽어봐도 사람에게 부끄럽지 않은 것은 오직 문 닫고 글 읽는 그 일이로다. 吾所謂雅士者 志如嬰兒 貌若處子 終年閉其戶而讀書也 嬰兒雖弱 其慕專也 處子雖拙 其守確也 仰不愧天 俯不怍人 其惟閉戶而讀書乎

나는 어린아이의 순수한 마음과 처녀의 굳은 정절로 글을 읽고 쓰고자 했다. 이러한 인식은 사회의 모순을 자연스럽게 내 글 속에 끌어들였다. 여성과 하층민, 어린 아이를 향한 인간애와 사회 비판 의식을 포괄하는 글쓰기도 바로 저러한 생각에 연유한다. 이는 성리학의 이념과도 부합되며, 나의 전 생애 동안 일관되게 나타나는 인간 중심 의식이다. 인간 중심이란 인간과 인간성을 왜곡하고 억압하고 속박하는 모든 사상과 제도와 조건과 세력에서 인간을 해방하고 인간성을 옹호하고 육성하고 발전시키고자 하는 뜻이다. 사농공상의 계급은 존재하되, 인간을 존재 그 자체로 바라보려는 마음이다.

내 소설 중「허생」과「호질」을 제외하고는 모두 중인 이하 신분을 지닌 자를 글 주인으로 삼고, 그들에게 조선 백성이 지향할 따뜻한 인간의 숨결을 불어넣은 이유도 여기에 연유한다. 내 삶만 해도 그렇다. 나는 쉰하고 겨우 하나에 부인과 영원한 이별을 해야만 했다. 다음 해에는 전염병이 돌아 며느리마저 상을 당했고 장남 종의는 거의 죽게 되었다. 그때 이양회李良會(1738~1805)가 전염병이 무서워 숨어 있던 의원을 꾸짖고 진료케 하여 목숨을 구명해주었다. 양회는 "벗 사이 정으로 환난을 어찌 바라만 보겠소"라 하였다. 지금 생각해도 새삼 고마운 일이다. 연해 이어지는 우환으로 나의 심신은 피곤했고 내 먹고 입는 것마저 시중 들 사람이 없었다. 주위에서는 속현續絃*을 다그쳤으나 나는 그렇게 하지를 못했다. 육체가 이승을 달리한들 내 아내와의 정을 잊지 못해서다. 양회가 전염병을 무릅쓴 것도 따지고 보면 인간적인 정 때문이 아닌가.

> *속현_거문고와 비파의 끊어진 줄을 다시 잇는다는 뜻으로, 아내를 여읜 뒤에 다시 새 아내 맞는 일을 비유적으로 이르는 말.

이용후생정덕

이제 내 글쓰기에 대해 좀더 깊이 말하련다. 나는 평생 글쓰기를 업으로 삼았고 곤때 묻은 붓으로 사람을 썼다. 글이 내가 경영하는 사업이요, 내 삶이다.

많은 이들은 나에게 왜? 그리고, 어떻게 글을 썼느냐고 묻는다. "닭 울음소리는 한 선비가 홀로 불쑥 나서 바른말 하는 것을 자기 소임으로 삼는 것일세"라 답한다. 「취답운종교기^{醉踏雲從橋記}」에 넣어 둔 말이다. 나에게 글쓰기는 모두 잠든 고요한 새벽녘에 새 날을 알리는 첫닭 울음소리이다. 나는 전쟁 같은 마음으로 짙은 암흑이 드리운 내 조선을 깨우고자 글쓰기에 임했다.

나는 우리 조선 선비들의 학업에 농업·공업·상업이 배제됨을 안타깝게 여긴다. 세 가지 업은 반드시 선비들의 연구를 기다린 다음에야 이룩되기 때문이다. 농사꾼과 공장이, 장사꾼 제 스스로 문제를 해결하지 못한다. 농사를 밝히고, 상거래를 통하고, 공업을 좋게 함은 온새미[*]로 우리 조선 선비의 아람치로 여겨야 한다. 나는 이것을 조선 선비의 실학^{實學}이라 부른다. 나는 선왕^{先王*}께 올린 『과농소초^{課農小抄}』「제가총론^{諸家總論}」에서도 "후세에 농사꾼과 공장이, 장사꾼이 제 업을 이루지 못하는 까닭은 곧 선비에게 실학이 없는 잘못 때문이옵니다^{以爲後世農工賈之失業 卽士無實學之過也}" 하였다. 실학을 수행하는 양반과 이를 받아들이는 농공상은 서로 자식이 되고 어미의 관계가 아니다. 서로 힘입어서 산다는 상생의 관계이다.

*온새미_온통 그대로.

*선왕_정조.

이렇듯 선비의 학문과 백성의 삶을 연결한 것이 실학이니, 내 실학이 이용후생^{利用厚生}으로 나아가 바르고 떳떳한 도덕인 정덕^{正德}이 됨은 당위이다. 나는 청나라의 문물을 적극 수용하자는 북학^{北學} 논자가 될 수밖에 없었다. "진실로 백성들에게 이롭고 나라에 보탬이 된다면 비록 그 법이 오랑캐에게서 나왔으면 어떤가. 참으로 이를 취하여 법칙으로 삼아야 한다^{苟利於民而厚於國 雖其法之或出於夷狄 固將取而則之}"라고 『열하일기』「일신수필」에 적바림도 해 놓았다.「한민명전의限民名田議」나『과농소초』,『면양잡록』같은 책은 우리 조선 백성들의 윤택한 삶을 가꿔주려는 의도에서 나왔다. 그 바탕은 농업이다. 그러나 "한 해 농사를 지어도 소금 값이 남지 않는다"는 속담이 생길 정도로 열악하기만 하다.

「한민명전의」에 자세히 기록해 놓았지만, 내가 벼슬살이 하였던 면천군의 경우 평균적으로 다섯 명 식구 한 호당 39섬 12말 5되의 곡식을 거둔다. 그중에서 조세로 72말, 곡식 종자로 49말 7되를 떼 놓으면 33섬 10말 8되지만, 도지세로 반절을 떼면 10분의 6이 나가는 셈이다. 15섬 조금 넘는 곡식으로 소 키우고, 소금 사고, 옷감 마련하고, 시집장가 보내고, …… 자연 재해 따위를 만나면 그야말로 소금 값조차 남지 않는다. "죽도록 한 해 농사를 지어도 소금 값도 안 남는다"라는 속담은 이래서 나왔다. 그러니 무엇으로 부모와 처자를 양육할 것인가? 빚을 지다 끝내는 가진 땅을 싸게 팔 수밖에 없고 끝내 유리걸식하다 굶어 죽을 수밖에 없는 운명이 우리 조선의 농투성이들이다.

나는 이 원인을 겸병兼倂에서 찾는다. 조선의 세제는 공물을 미곡으로 통일하여 바치게 하는 대동법大同法이다. 이 부세제도는 무신년(1608) 경기도에서 처음 시행되어 지금은 전국적으로 이를 집행한다. 문제는 대동법에서 허용하는 겸병이다. 지금 시행되는 겸병제도는 남의 토지를 빼앗아 차지하는 것을 얼마든 허용한다. 따라서 빼앗지 않고는 만족 못하는 그야말로 귀척貴戚의 두목과 겸병兼倂의 괴수들을 만들어 댄다. 부익부 빈익빈은 겸병을 방임하는 법의 결함에서 찾아야 한다. 지금 조정에서 여러 자잘한 방법을 강구하나 그 환부를 도려내지 않으면 미봉책이나 인순고식에 지나지 않는다. 방법은 동중서董仲舒가 무제에게 건의한 백성들의 토지를 제한하는 한민명전限民名田에서 찾으면 된다. 한민명전은 백성들 모두 명전을 30경頃 이상 소유하지 못하고 기한을 3년으로 제한하여 이를 어길 시 재산을 몰수하는 법이다. 시행은 어느 해, 어느 날을 기점으로 법령을 공표하면 된다.

토지 소유를 제한한 후라야 겸병한 자가 없어지고, 겸병한 자가 없어진 후라야 산업이 균등하게 되고, 산업이 균등하게 된 후라야 백성들의 삶이 안정되어 각기 제 토지를 경작하게 되고, 근면한 사람과 나태한 사람의 구별이 드러나게 된다. 근면한 사람과 나태한 사람의 구별이 드러나게 된 후라야 농사를 권면할 수가 있고 백성들을 가르칠 수가 있다. 비유하자면, 그림을 그리는 사람이 물감이 갖추어져 있고 그림 솜씨도 뛰어나다 하더라도 종이나 깁과 같은 바탕되는 것이 없으면 붓을 댈 곳이 없는 것과 같다. 이 법을 실행할 수 있는 법적 근거는 천하의 땅이 모두 왕의 땅이 아닌 것이 없기 때문이다.

내가 이러한「한민명전의」를 지어 금상께 바친 것은 이 나라 선비로서의 마땅한 책무이다. 선비에게 주어진 임무는 실천적 학문을 통해 '백성을 이롭게 하고 만물에게 혜택을 입히도록 하는 것利民澤物'이기 때문이다. 응당 선비가 추구해야 될 지식은 지배의 지식이 아니라 백성을 억압과 궁핍으로부터 벗어나게 하는 인간적인 지식이어야 한다. 맹자께서도 말씀하셨듯이 일정한 생업이 없으면서도 일정한 마음을 지니는 것은 선비뿐이다. 일반 백성은 그러하지 못하기에 백성들에게 생업을 찾아주는 것이 정사를 펴 인을 베푸는 근본이다.

지금 우리 조선의 풍속이 사나워지고 예법이 무너지는 것도 이와 관련이 깊다. 『서경』 「홍범」 「황극조皇極條」에도 "부유하게 살아야 착하게 행동한다既富方穀"라고 하였다. 『서경』에 '벼슬아치'라는 한정사가 붙었지만, 나는 일반 백성들이 이에 해당한다고 생각한다. 선비의 글이 백성을 이롭게 하고 만물에게 혜택을 주면 백성들의 생활은 부유하게 되고, 이 부유함이 선함으로 이어지게 되는 것이 정녕이라 믿는다. 내가 안의安義에 부임하여 눈썰미와 재주 있는 자들을 선발하여 양선颺扇,* 용골차龍骨車 등 농기구를 만들고 벽돌을 굽는 가 　　　*양선_키.
마설립법 등을 만든 이유가 모두 이러한 생각에서이다.

　이것이 바로 내가 갖고자 하는 인간적인 지식이다. 「원사原士」에서 나는 인간적인 지식을 이렇게 밝혔다. "한 선비가 제대로 독서를 하면 은택이 사해에 미치고 공이 만세에 드리워진다. 『주역』에 '나타난 용이 밭에 있다'라는 말은 선비가 나타나서 세상에 은택을 입힌다는 뜻이다. 천하의 문명은 바로 독서하는 선비 책임을 말함이다一士讀書 澤及四海 垂功萬世 易曰 見龍在田 天下文明 其謂讀書之士乎"라고.

　선비가 독서하는 목적은 강학講學이나 하고 도道를 논하는 데 있지 않다. 부모에 대한 도리와 형제에 대한 우애, 충신은 학문을 닦고 연구한 열매이고 예절, 음악, 형벌, 정치는 학문을 닦고 연구한 쓰임이어야 한다. 독서를 하나 실용을 알지 못한다면 학문이 아니고, 실용을 모르는 독서는 학문을 닦고 연구하는 강학이 아니다. 선비의 독서와 글쓰기가 개인의 입신양명이나 수신만으로 그쳐서는 더욱이 안 된다.

　이러한 문제 의식을 담은 인간적인 지식의 함양, 즉 실학이야말로 내가 나에게 내린 평생의 과업이다. 바른 사회를 위해 백성들에게 도움을 주는 실용의 독서에 당위성을 두어야 한다는 내 뜻은 내 글 곳곳에 들어 있다. 지금도 나는 '벼루로 밭을 삼고 붓으로 밭을 가는 마음가짐으로 백짓장을 마주한다'는 '필경연전筆耕硯田' 넉 자를 내 글쓰기의 주장으로 삼는다. 내 글쓰기는 임자 없는 글자 줄 세우기가 아님을 다시 한 번 짚고 싶다.

내 글은 닭 울음이며 바람이고 싶었다. 바람은 본시 실체가 없지만 나무에 부딪침으로써 저를 알리고 나무를 흔들어댄다. 시절을 근심하고 세속을 마음 아파한 초나라 충신 굴원屈原의 글은 몇백 년이 지난 오늘까지 거센 바람을 의기 있는 자들의 가슴에 불어댄다. '시대와 불화'에서 빚어진 굴원의 글쓰기는 내 글쓰기와 별다르지 않다. 나도 사회의 병리가 만연한 이 조선의 시절을 근심하고 세속을 마음 아파하여 전심치지 글쓰기를 평생의 사업으로 삼았다. 이는 상감에게 윤허 받을 일도 아니요, 과거로 따낼 사업도 아니다. 그저 내가 살아가는 이 조선과 조선의 백성을 생각했기에 누구의 눈치를 볼 필요도 이유도 없다.

내 안의와 면천沔川 군수 시절은 이러한 실학적 글쓰기의 실제 경험 기간이었다. 나는 나라를 경영하고 백성을 구제하려는 생각으로 균전법均田法, 사창법社倉法, 화폐법, 촌락의 조직법, 관리등용법, 관리평가법, 군사제도법, 해양방위법 따위에 대해 조목을 세우고 바른 해법을 강구하였다. 균역법을 반대하고 호포법戶布法, 구전법口錢法* 시행과 관청에 딸린 시노비寺奴婢* 해방도 건의했다.

또 중국과 외국의 문헌 중에 우리나라와

*호포법은 무명이나 모시 따위로 세금을 내는 규정이고 **구전법**은 사람 수에 의하여 돈으로 세를 징수하는 법이다.

관련된 사실을 취합하여 『삼한총서』를 엮었
다. 『삼한총서』에는 여기저기 책을 취합한 것도 있지마는 이름만 전해
오는 책에 내 견해를 첨부하여 후인들의 검토를 기다린 것도 있다. 끝
내 시간을 얻지 못해 서적으로 만들지 못한 것이 못내 아쉽다. 이 모든
것이 내 이용후생정덕의 글쓰기다.

법고이지변, 창신이능전

내 조선에서 힘겹게 살아가는 낮은 백성을 우리 양반들은 생각해야
한다. 학문은 실용을 중시하고 조선 백성들을 위한 이용후생의 실학이
어야 한다. 나는 실학을 조선 현실에 적용했고 조선의 이상을 지향했
다. 사림파들이 조종지법祖宗之法을 지키며 이루고자 하는 진정한 의미
의 광구책匡救策이라고 생각해도 좋다. 우리 조선은 일신日新, 우일신又日
新해야 한다. 과거만 묵수하면 조선은 망한다. 나는 우리 조선의 나갈
길이 옛것을 근본으로 삼아 새로운 것을 참작해야 한다고 단언한다.

이를 '법고창신'이라 한다. 법고창신은 옛것을 본받아 새로운 것을
창조한다는 뜻이다. 법고와 창신의 핵심은 "법고이지변法古而知變, 창신
이능전創新而能典"이다. 옛것을 익히되 변함을 알고, 새것을 만들되 옛것
에 능해야 한다는 뜻이다. 나는 「초정집서楚亭集序」에 이렇게 적바림해
두었다.

논자들은 '모름지기 옛것을 배워야 한다'고 말한다. 그리하여 세상에는 흉내내고 모방을 일삼으면서 부끄러운 줄을 모르는 사람들이 생겼다. (…중략…) 그러면 새것을 만들어야 할까? 세상에는 허탄하고 괴벽한 소리를 늘어놓으면서 두려움을 모르는 사람들이 있다. (…중략…) 아아! 옛것을 본받는다는 자는 자취에 얽매임이 병통이 되고 새것을 창조한다는 자는 법도에 맞지 않음이 근심이 된다. 論者曰 必法古 世遂有礙摹倣像而不之恥者 (…中略…) 然則刱新可乎 世遂有恠誕淫僻而不知懼者 (…中略…) 噫 法古者 病泥跡 刱新者 患不經 苟能法古而知變

법고도 창신도 모두 마땅치 않다. 만약에 능히 옛것을 배우더라도 변통성이 있고, 새것을 만들어 내더라도 근거가 있다면, 지금의 글이 고대의 글과 마찬가지다. 나는 '변통성'과 '근거'를 중시한다. 고古와 금今도 절대 개념이 아닌 상대성이다. 과거를 바탕으로 미래로 열려 있어야 한다. 선비가 옛글을 배움은 과거를 반성하고 미래를 전망하며 현재를 가꾸고자 함이다. 과거는 이미 없고 미래는 오지 않았으며 우리는 현재를 살아낸다. '고'를 잘 끌어 오되, '금'을 잊지 말고, 또 '금'을 잘 쓰되, '고'를 잊지 말아야 하는 이유가 여기 있다. 정석定石이요 고古인 법고와 응용應用이요 금今인 창신의 사이, 그 사이를 꿰뚫을 때 바람직한 조선의 미래가 보인다.

비유하자면 백호白湖 임제林悌(1549~1587)가 목화신과 가죽신을 짝짝이로 신고 말을 타려는 일화와 같다. 이를 지적하자 임백호는 길 우편에서 본 자는 목화신을, 길 좌편에서 본 자는 가죽신을 신었다고 할 것인데 무엇이 어떻냐고 한다. 천하에 보이기 쉬운 곳이 발만 한 데가 없건만, 보는 방향에 따라서는 가죽신과 목화신도 구별하기 어려운 게 이치다. 그렇기 때문에 정확한 관찰이란 옳고 그른 한가운데 있다. 사물의 '옳음是도 그름非'도 아닌 한가운데中란 산술적인 거리가 아니다. '법고이지변, 창신이능전'이라는 변증적 상호 지향점이 그 한가운데이다. 내 문하의 박제가, 이덕무, 유득공 등은 이러한 법고창신의 원리를 글쓰기에 적극 반영하였다.

많은 이들이 내 글을, 글로써 세상을 희롱했다고 '이문위희以文爲戲'라 한다. 글로 세상을 교화해 보겠다는 '이문위교以文爲敎'요, 글로 세상을 바로잡아 보겠다는 이문광정以文匡正임을 모르고 하는 소리다.

이제 얼마 후면 내 육신은 이 조선을 떠난다. 땅에 묻혀 백골은 진토되고, 영혼은 넋이 되어 허공으로 사라지리라. 허나 내 글은 이 조선의 실학實學이 되었으면 한다. 나는 내 나라 조선을 사랑했다. 그 신념을 담아 조선인을 썼고, 조선의 나아갈 길을 썼고, 조선의 풀포기를 썼다. 누구도 내 신념을 훔칠 수 없다.

아래는 내 몇 수 안 되는 시 중,「증좌소산인贈左蘇山人」의 일부이다. 좌소산인은 서유본徐有本(1762~1799)으로, 당대에 석학으로 이름 날렸던 서유구徐有榘(1764~1845)의 형이다. 형제는 모두 내 제자이다. 나는 이 시에서 우리 조선의 미래를 걱정했다. 벌써 오래된 일이건만 어제인 듯하다.

원컨대 그대여 본바탕을 지켜라 　　　願君守玄牝
원컨대 그대여 풋기운을 버리라 　　　願君服氣姐

| 원컨대 그대여 젊을 때 힘을 써라 | 願君努壯年 |
| 전심하여 이 나라를 바르게 이끌라 | 專門正東閭 |

튼튼한 벽돌집

"마님 설수 어른께서 오셨습니다."

누릇누릇 익은 낙엽 지는 바람을 뚫고 오복의 살 내린 쉰 목소리가 들어온다. 엊그제부터 몸이 불편하다고 하더니 그에 더친 듯싶다. 나도 심신이 피로하여 수저가 천 근이나 하는 듯 무겁고, 혀는 백 근인 양 움직이기조차 거북살스러운 게 베개만 이끈다. '인간 한 세상 덧없기가 먼 길 가는 나그네로다人生一世間 忽如遠行客'라는 옛 시구가 괜한 헛말이 아니다. 겨우 일어나 앉아서 이를 부딪으며 머리를 퉁기고 정신을 가다듬으니, 그제야 제법 상쾌해진다.

"설수雪岫 왔는가. 어서 들어오라 하게. 그런데 오복이! 중존도 온다고 했던가?"

"예, 오늘 일찍이 오신다고 했는데유."

사람 좋은 오복은 그제나 이제나 내 옆을 직수굿이 지키는 게 한결같다. 벌써 나이 오십이 다 되었건만 후사를 두지 못해 안타깝다. 설수는 내 제자인 이희경李喜經(1745~?)*이다. 스물네다섯부터 나에게 와 배

*이희경_자는 성위(聖緯), 호는 윤암(綸菴), 본관은 양성(陽城).

웠다. 당시 나는 백탑의 북쪽에 거주하고 이희경의 집도 인근이었다. 그는 한미한 가문의 서

얼 출신으로 벌써 서른다섯 해를 내 곁에 머무는 신실한 사람이다. 나를 따라 백탑시사도 결성했고, 무려 다섯 차례나 중국을 여행하여 북학에 관해 나보다도 지식이 많다. 그가 쓴 『설수외사雪岫外史』는 박제가의 『북학의』에 비견될 만한 저술이다. 저런 사람이 서얼이라는 단 한이유로 쓰이지 못하는 이 조선이 안타깝다. 어서, '갖바치에서 생불이나고 쇠백정에서 영웅이 나는 세상'이 오기를 바란다.

무엇보다도 우리는 벽돌 굽는 법을 함께 공들였다. 와서瓦署에서 벽돌을 구워 궁궐 보수와 수원 화성華城을 축성할 때 설수는 좋은 의견을 많이 내었다. 그리곤 온 조선 사람들이 튼튼한 벽돌집에 살았으면 한다고 몇 번이나 나에게 의기意氣를 토로했다. 우리 조선 건축은 현재 돌을 이용하니 운반하기도 어렵거니와 쌓으려면 돌을 또 다듬는 수고를 거쳐야 한다. 더욱이 성벽에 돌을 쌓고 그 틈바구니에 흙을 채워 넣으니 장마가 들면 창자가 비고 배가 부른 것처럼 흙은 빠지고 돌은 튕겨져 돌 하나가 만 개의 돌을 무너뜨린다. 그러나 벽돌은 한 모양으로 구워내니 다시 다듬는 품이 들지 않고 가벼우니 운반하기에도 편리하고 쌓기도 쉽다. 벽돌끼리 엉겨 붙어 장마가 들어도 견고하기가 이를 데 없다. 하기야, 어디 이뿐인가. 우리 조선의 가옥이나 가마 따위도 한시 바삐 바꾸어야 하지만 이제 나에게는 시간이 없다.

설수가 들어오며 문을 여니 늦가을의 한기가 성큼 들어서고 남령초*
연기는 냅다 빠져 나간다.   *남령초_담배.

"선생님, 또 남령초를 태우셨나 보군요. 소갈증도 있으신데요. 그리고, 이것 약탕인데, 제가 집에서 달여 왔습니다."

"아, 괜찮아. 얼마나 더 산다고 그러나. 내 그래서 종채에게 단단히 일러 이러지 마라 했거늘, 자네가 약탕기를 들고 왔어. 얼굴을 찡그리니 자네 눈썹이 개↑ 자가 되었네 그려. 어서, 이리 놓고 아랫목으로 내려앉게나. 그리고 저, 오복이! 자네는 밖에 나다니지 말랐더니 그새 또 나갔나. 원 사람도, 참, 말을 안 들어. 어이 들어가 쉬어. 그러다 병나겠어."

약탕기를 기울여 사발에 따르니 그 작은 종발에 거품에 거품이 인다. 그래 「주공탑명塵公塔銘」이었다. 내 나이 서른을 갓 넘어섰던가? 주공 스님이 입적하자 장차 부도浮圖*를 세우려고 나를 찾아와 명銘을 청해 왔다. 그때 나는 이렇게 써 주었다.

*부도_사리탑.

내 예전에 병이 나서 지황탕地黃湯을 마시려고 약을 짜서 그릇에 부었더니 가는 거품들이 뽀글뽀글 일어나 마치 황금빛 좁쌀 같기도 하고, 은빛 별 같기도 하고, 물고기 입에서 뻐끔뻐끔 물방울이 이는 것도 같고, 벌집 모양과도 같더군. 이 거품 방울에 내 살과 털이 박혀, 마치 눈동자에 부처가 든 것처럼 거품 하나하나마다 내 모습이 비치고 거품마다 똑같이 참모습을 머금었지. 열기가 식고 거품이 가라앉아 다 마셔버렸더니 그릇이 텅 비었더라. 예전에 분명히 있었다 한들 누가 그 스님이 자네의 스승임을 증명하랴?

그리고 이러한 시를 덧붙였다.

(…전략…)

네 눈에도 응당 나무가 보였을 터	爾目應生木
처다보고서 없어진 줄 알았을진대	爾旣失之仰
굽어보고 주울 줄은 어찌 모르나	不知俯而拾
열매가 떨어지면 필시 땅에 있어	果落必在地
발 아래에 응당 밟힐 터인데도	脚底應踐踏
하필이면 허공에서 찾으려 드나	何必求諸空
실리란 보존된 씨核와 같나니	實理猶存核
씨를 인仁과 자子라 하는 건	謂核仁與子
낳고 낳아 그치지 않아서라네	爲生生不息
마음으로 마음을 전할 양이면	以心若傳心
주공의 사리탑을 증거를 삼게	去證塵公塔

　나를 따랐던 김노영金魯永(1747~1797)은 이를 애송하였고 또 많은 이들이 이 글을 해석하려 했다. 이를 두고 이덕무는 "불교의 말을 빌려 유교의 뜻을 부쳤다假佛語 寓儒旨"라 하였지만……. 그래서 나는 덕무의 평어에 아무 말도 붙이지 않았다. 내 사리탑은 누구의 손에 쓰이려나?

인순고식, 구차미봉

"오복이! 오복이!"

내가 약사발을 내려 놓기 무섭게 밖에서 부르는 소리가 난다. 방에 들어서며 호흡을 챙기는 것은 중존이다. 중존과 설수는 요새 앞서거니 뒤서거니 내 방을 찾는다. 방이란, 제 무릎을 들일 만하면 호사이다. 서너 사람 들어앉으면 꽉 찰 내 조그만 방이다. 방치레라야 머리맡 작은 서안書案에는 파초 화분과 크고 작은 매화 화분 두 개. 그 사이에 묵은 벼루 하나와 다 닳은 먹, 세필細筆과 대필大筆 서너 자루가 내 삶을 말해준다. 들장지 아래 조그만 문갑에는 책 두어 질, 좌우에는 책갑冊匣과 옥첨玉籤이 놓여 있다. 베개맡 개다리소반엔 술병과 술잔 세 개. 덮어 논 사발엔 안주삼은 김치요, 술은 반 병쯤 남았을 게다. 술잔과 찻종 각각 세 개가 가지런한데 이가 빠진 쪽이 내 것이요, 그 왼편짝 좀 투박한 게 설수 것이요, 그 옆에 미추룸한* 놈이 중존 몫이다. 아랫목에 놓인 두 폭의 병풍엔 언제나처럼 인순고식因循姑息* 구차미봉苟且彌縫* 여덟 글자가 굳게 지키고 앉았다. 이 여덟 글자만은 절대 안 하겠다는 내 다짐이다.

오늘은 모처럼 이들과 옛 이야기를 해보련다.

*미추룸한_매우 젊고 건강하여 기름기가 돌고 아름다운 태가 있다.

*인순고식_낡은 관습이나 폐단을 벗어나지 못하고 당장의 편안함만을 취함.

*구차미봉_일이 잘못된 것을 임시변통으로 이리저리 주선해서 구차스럽게 꾸며 맞춤.

편액 글씨

함영지출含英之出(꽃봉오리를 입에 머금어 나타낸다)

저실기측咀實其測(열매를 씹어 그 맛을 헤아린다)

뭉툭한 붓에 먹을 듬뿍 찍어 쓴 글씨로 묵중한 힘이 실렸다. 한유韓愈(768 ~ 824)의 「진학해進學解(학자들을 나오게 하여 해명한 글)」의 "함영저화 작위문장含英咀華 作爲文章(꽃봉오리를 입에 머금고 꽃을 씹어 맛보듯 문장의 진미를 알며 문장을 짓는다)"이라는 글귀를 차용하여 쓴 글이다.

종채는 "아버지의 글씨는 필획이 굳세고 기골이 우뚝한 안진경의 서체, 조맹부의 짙고 두터운 서체, 미불의 강하고 가파른 서체를 보탠 듯하다"고 하였다.

단국대 도서관 소장

이 그림은 미국에서 발굴해 국립국악원이 발행하는 『국악누리』 4월호에 실린 그림이다.

일산日傘(햇볕가리개)이 즐비한 속에 두루마기를 입고 검정 유건을 쓴 무리들이 앉아 쑥덕쑥덕 의논하며 답안을 작성한다. 과장에 갖고 들어갈 수 없는 책도 펼쳐들었는가 하면, 한쪽에서는 잠에 곯아떨어진 작자도 있다. 난장판이란 말이 나올 법하다.

이런 과거 시험은 정기적인 식년시式年試 이외에 반시泮試, 절일제節日製, 경과慶科, 별시別試, 도시都試 등 다양했으며 대소과 합격자 열 명 중 아홉 명은 임용되지 않았다.

그림 상단에는 단원의 후원자였던 강세황姜世晃(1713~1791)이 쓴 제발題跋이 별지로 붙어 있다. 글은 '봄날 새벽 과거 시험장에서 만 마리 개미가 전쟁을 벌인다買院春曉萬蟻戰'로 시작한다.

연암은 「하북린과賀北鄰科」에서 과거장을 "사망률이 십분의 구에 달하는 그 위태로운 장소"라고 희화해 놓았다.

11

간호윤,
백지에 조선의 달빛 같은 글이 떨어진다

현재 우리 사회는 끊임없이 제기되는 사회 현상, 즉 물화物化의 폭력 속에 무방비로 놓여 있다. 이것은 현대적인 지식과 교육만으로는 해결할 수 없는 문제다. 간호윤의 전공은 고전문학, 즉 인문학이다. 그는 인문학적 소양 중 특히 '현대와 고전을 아우르는 독서'에서 한 방법을 찾을 수 있다고 생각한다. 이 장에서 간호윤은 현재 인문학을 공부하는 사람의 입장에서 왜 이 시절 연암 정신과 연암학이 필요한지, 소설을 중심으로 따라잡고 갑신정변으로 이어진 연암학의 미래를 살핀다.

해학으로 그 감분을 분출하였다

"미네르바의 부엉이는 황혼이 저물어야 그 날개를 편다."

헤겔이 『법철학』에서 한 말이다. 미네르바의 부엉이는 지혜 또는 철학을 뜻한다. 이 부엉이는 낮이 지나고 밤이 되어야만 그 날개를 편다. 철학은 앞날을 미리 예측하는 것이 아니라, 이미 이루어진 역사적 조건이 지난 후에야 그 뜻이 분명해진다는 의미이다. 연암이 그렇다. 이미 연암의 시대는 200년 전이지만 오늘에서야 제 뜻을 찾는다.

연암은 식물화되어 가는 조선, 과거 급제가 주는 안락과 풍진 세상에서 정박을 마다하였다. 그의 글결文紋에서 '조선 후기의 공분公憤, 공명共鳴'과 줄곧 맞닥뜨리는 이유는 여기서 출발한다. 공분과 공명이란 조선 현실에 대한 분노요, 변화의 외침이다. 아놀드 토인비는 21개의 멸망한 문명권을 꼼꼼히 살폈다. 결과는 '중앙집권화된 소유권'과 '변화하는 상황에 대한 부적응' 딱 두 가지였다. 연암이 200년 전 인물임에도 우리에게 존재하는 이유다.

21세기, 연암 글은 조선에서 대한민국으로 문패만 바꾼 이 땅에서 화려히 부활했다. 「허생」은 교과서에도 실려 있다. 학생들은 줄기차게 연암소설에 밑줄을 긋는다. 각종 시험 문제 지문으로도 자주 등장한다. 연암에 관한 글과 책이 어찌나 많은지 모은 책만도 내 책장의 서너 칸을 채운다. 이유는 무엇일까? 그의 글이 현재성을 띠고 있어서이다. 그의 글이 현재성을 띠는 다섯 가지 이유다.

언행일치를 제1로 치고, 목숨 걸고 쓴 글을 제2로 치고, 선비 정신을 제3으로 치고, 낮은 삶을 볼 줄 아는 인간성을 제4로 치고, 우리나라 제일의 문호임을 제5로 친다.

연암, 18~19세기의 교량을 만들었던 그가 오늘날 그 이름을 드날리고 있는 이유다. 연암은 조선 후기 사회의 병폐와 새로운 사상이 실타래 엉키듯 한 18세기를 불꽃처럼 살다 간 치열한 사의식士意識의 소유자다. 타고난 선비 기질에, 빈곤을 가학으로 여긴 그는 글쓰기를 평생업으로 삼았다. 연암에게 글쓰기는 숙명이었다. 연암은 글 품격을 내세우거나, 뒤집어 한담 혹은 여기적 취미로 여기지도 않았다. 그는 글쓰기를 전쟁에 비유할 만큼 치열한 의식을 가졌다. 연암에게 필묵지연 筆墨紙硯이란 한낱 유자儒者의 구색 갖추기가 아니었다.

　연암은 그 시절, 풍자와 해학으로 점철된 글쓰기를 하였다. 이제 '해학과 풍자의 시대'는 사라졌다. 글 쓰는 이들 그 누구도 정치와 현실을 에둘러 말하지 않는다. 정권에 보비위하지 않아도 된다. 하지만 그땐 그랬다. 18세기의 조선, 연암 박지원 시대에는 양반의 여닫이 속에 글 열쇠가 있었다. 정공법으로 사회에 대한 불만을 토로할 수 없었다. 가슴에 생채기 하나는 깊숙이 그어야 했다. 연암에게 있어 '문학'이란 유일한 현실 참여 방법이었고 포부를 펼치는 장이었다. 연암에게 글쓰기는 고뇌 그 자체였다.

　마음을 다잡고 역설, 반어, 속담, 다양한 예증, 치밀한 사물 묘사 따위를 휘감았다. 연암 글은 당시 사대부들의 관념적 문체와 현저히 다르다. 순정문학자들은 연암 글이 잡스럽다 했다. '패설체稗說體'라고 사악시하였다. 패설체란, 풍자와 해학이란 문체로 가려놓은 연암 글의 외연이다. 이 외연을 두고 설왕설래에 왈가왈부했다. 연암이 글 쓴 뜻을 알아채긴 난망한 일이다. 연암은 뜻을 풍자와 해학 저 밑에 묻었다. 연암의 '뜻'과 '글' 사이를 해석하는 것이 어려운 이유다. 어지간한 안목으로는 그의 다잡은 마음을 온전히 못 본다.

　연암의 아들 종채는『과정록』에서 "아! 만일 작품을 쓴 뜻을 연구하지 않고 다만 장난삼아 지은 글로만 여긴다면 어찌 나의 아버지를 알겠는가? 이 못난 자식 남몰래 애통히 여깁니다鳴呼 若不究所以作之意 但以俳諧文字讀之 則此豈知吾先君者哉 不肖竊爲之痛心焉!"적었다. 한말의 문호 택당 김택영은 「박연암선생전」에서 『열하일기』를 "해학으로 그 감분을 분출하였다^{諧謔洩其感憤}"고 하였다. 종채의 글에 대한 화답인 셈이다. 감분感憤이란 '비통한 근심과 분한 마음'이란 비평어다. 사마천이 성기를 잘리고 『사기』를 지었다는 발분저서發憤著書와 같다. 택당이 말하는 해학의 의미이다.

이제 많은 연구서들에서 연암 글이 '장난삼아 지은 해학'이 아니라는 것쯤은 기왕에 밝혀졌기에 새삼 췌언하지 않는다. 다만 독자와 연암의 공명共鳴이 석연치 않다는 점은 주목해야 한다. 도대체 '연암이 작품을 쓴 뜻'을 어디서 어떻게 찾아 읽어야 하나?

백지에 조선의 달빛 같은 글이 떨어진다

글은 눈이 아니라 마음으로 보고 글자가 아니라 뜻으로 읽어야 한다. "말은 다함이 있지만 뜻은 다함이 없다言有盡而意無窮." 마음 가다듬어 먹 간다. 묵향墨香 속에 넣어 둔 마음은 말 없다. 연암 작품을 제대로 보려면 행간을 짚어야 한다. 따지면서 읽고 이의역지以意逆志로써 헤아려야 한다. 연암이 종종 사용하는 수사적 기술 뒤에 독자에게 건네는 시사점을 찾아야 한다. '고매한 글들'에서 가끔씩 발견하는 '인식되지 않은 불확실한 경계선' 너머에 연암 글이 있다.

글은 달빛 같아야만 한다. 은은한 달빛 품은 넉넉하다. 고개만 들면 누구나 달을 본다. 보고 또 보아도 정겹다. 같은 빛이라도 쏘아대는 햇

빛과 다르다. 백지白紙를 백지百紙라 한다. 백白은 백지 만드는 공인바치 마음이다. 잠자리 날개 같은 하르르한 한지는 천 년 간다. '지천년紙千年'은 여기서 나온다. 연암은 마음 별러 붓 잡았다. 천금 같은 마음으로 먹물 찍었다. 백지에 조선의 달빛 같은 글자가 떨어졌다. 글자글자마다 조선의 숨결이 흐르고, 비천한 조선의 사내들과 삶을 저당 잡힌 여인들이 전설뇌어 살아났다.

우리는 예의치매증후군에 걸린 이들에 의한 도덕과 양심의 종언을 종종 목도한다. 그렇다고 저 거친 세상에 대고 '검다 쓰다' 뱉을 용기도 없다. 모두 저네들과 뒤섞여 그렇고 그렇게 '이 망할 놈의 세상!'을 잇새로만 내보낸다. 세상에 종주먹질 해대며 '맑은 세상 오면 내 소리 내겠다'고 속으로만 다짐장 놓는다.

허나, 모든 부정의 진공 속에만 순수 가치를 지향하는 삶이 있는 것은 아니다. 연암은 조선의 달빛 같은 글로 순수를 지향했다. 연암 당대 조선의 지배 이념은 유학, 즉 성리학이다. 성리학은 이미 400여 살이 다 되는 노회한 학술學術일 뿐이었다. 과거장은 전략적 거점을 출세와 가문의 영달에 둔 양반 세도가勢道家 2세들 난장亂場일 뿐이었다. 중세의 조선, 과거와 유학은 이미 만개한 저승꽃으로 뒤덮였다. 조선의 병인病因이 되었으면서도 모든 글의 환원점還元點이었다. 유학과 과거가 야합하여 출산한 환원주의의 글들은 충신연주지사라는 그럴 듯한 위장술로 치장하곤 비리와 위선, 출세와 파당과 떼를 지어 다니며 교배에 교배를 거듭했다.

저 시절, 연암은 글쓰기를 업으로 삼고 유학에 붙은 저승꽃을 하나씩 떼어냈다. 턱없는 진실에 대한 믿음을 허연 백지에 심어댔다. 연암은 적당히 비겁하면 살아가는 데 문제없는 화주현벌華冑顯閥임에도 정박을 마다하고 풍파에 몸을 맡겼다. 연암은 태양이 제 길을 가듯, 달이 제 길을 가듯, 선비로서 양심에 따라 글을 썼다. 이런 글이기에 현학적으로 가볍게 던지는 방담放談도 쾌락을 즐기는 일락逸樂도 아니다.

연암은 그렇게 저들의 소란스런 반향을 감내했다. 비극성의 소진이 희화로 이어짐을 챙기고 유희의 변두리에서 시선을 거두어야 연암이 건네는 '웃음'의 진정성을 찾는다. 보통 화가는 있는 대로 그리고 못난 화가는 있는 것도 못 그리며, 뛰어난 화가는 있었으면 좋도록 그려낸다고 한다. 화성畵聖이 화의畵意를 담아 그려낸 그림은 여느 안목으론 볼 수가 없다. 글쓰기에 관한 한 최고수인 연암 글 또한 그렇다.

연암 글 보려면 '글자 밖에 스며져 있는 연암의 마음 눈'을 보아야 한다. 마음 눈을 제대로 보면 '조선이라는 미망한 사회'에 던지는 한바탕 훈수를 듣게 된다. 조선 후기라는 닫힌 시대와 기꺼이 불편한 관계를 달갑게 받아들이겠다는 꿋꿋한 기상은 우수리리라.

연암 글은 연암 삶이 그만큼 정직하다는 반증이다. 그 시절이나 지금이나 누구나 하루에 2만 3천 번 숨쉬기와 10만 3천 번 심장 박동과 12입방미터 공기를 흡입하지만, 누구나 맑은 정신으로 올바른 길을 마음껏 걷지 못한다. 연암은 조선 후기를 배경으로 몽롱한 단꿈에 젖은 적이 없다. 풀 먹인 안동처럼 빳빳하게 정신을 세웠다. 세상 눈치만 보며 말귀 알아듣지 못하는 저들에게 당연한 것들에 대한 환기를 촉구했다.

따라서 연암은 조선 후기 관념의 가부좌를 틀고 앉은 저들과 마찰을 피하려고 종종 글을 익살맞게 썼다. 자신의 진의를 에두른 표현이다. 연암소설이 극히 간명하면서도 강렬한 희화성을 보이는 것은 이 때문이다. 그러니 연암소설을 경우 없는 양반들에 대한 야료나 신소리쯤으로 읽지 말아야 한다.

더욱이 연암의 언행은 각 노는 적이 없다. 그의 소설에 보이는 이른바 상쾌한 우수, 시원한 역설, 따뜻한 인간애는 그의 삶이자, 조선의 풍광이요, 진단서요, 처방전이다.

조선의 미래를 연 마중글

연암 당시 유자들은 눈만 떴다 하면 "아침에 도를 들으면 저녁에 죽어도 좋다" 했다. 『논어』 「이인里仁」에 보이는 공자의 이 말은 당시 유자들 입에만 살아 맴돌이했다. 그러나 연암은 이를 삶으로 체화하였다. 연암은 「형언도필첩서炯言桃筆帖序」에서 최흥효崔興孝와 이징李澄, 학산수鶴山守에게서 저 문장을 설득력 있게 찾는다. 최흥효는 과거에 응시하여 시권試卷을 쓰다가 글자 하나가 왕희지王羲之 서체와 비슷하자 시권을 품에 안고 돌아왔다. 이해득실 따위를 마음속에 두지 않아서다.

이징이 어릴 때 다락에 올라가 그림을 익히니 사흘 동안이나 못 찾았다. 부친이 노하여 종아리를 때리니 떨어진 눈물로 새를 그린다. 그림에 빠져 영욕을 잊어서다.

학산수는 산에 가 소리를 익힐 때 한 가락을 마치면 모래를 주워 나막신에 넣었다. 모래가 나막신에 가득 차야만 돌아왔다. 한번은 도적을 만나 죽게 되자 바람결에 노래를 부르니 뭇 도적들이 모두 감격하여 눈물을 흘렸다. 죽고 사는 것을 마음속에 두지 않아서다.

연암은 '도道'가 꼭 커야 할 이유 없다 한다. 이들은 비록 작은 기예지만 전심하여 도를 이뤘다. 기예를 위해서라면 자기의 목숨마저도 바꿀 수 있는 이들이야말로 아침에 도를 듣고 저녁에 죽어도 좋다는 말이다.

이러한 작은 기예에서 도를 찾은 연암이었기에, 대설大說이 아닌 소설小說에 마음을 실었다. 연암소설은 연암 문학을 이해하는 '마중글'이요, 조선의 미래를 여는 '마중글'이다. 우선 '현재 소설'과 '저 시절 소설'은 동음同音이되, 동의어同義語는 아니라는 분명한 사실을 표해 놓는다.

조선의 영·정 시대, 중국은 청나라 왕조 문화가 최고조로 발달한 건륭시대乾隆時代*였다. 중국의 영향이 급속하게 들어왔다. 서학이라 불리는 천주학은 가치관 혼란을 가중시켰다. 중국에서 소설도 대량 유입되었다. 소설의 영향 및 세책가의 등장으로 독자층이 확대되었다. 소설은 '소설의 흥성시대'라는 명칭을 부여할 수 있을 만큼 커졌다. 하지만 양반에게 있어 '소설 공간'은 좁디좁았다.

*건륭시대_청나라 고종 때의 연호, 1735~1795.

조선 후기, 시객詩客은 풍월을 읊고, 묵객墨客은 산수를 그렸다. 연암은 긴장된 시선으로 사회를 써내려갔다. 시대적 배경을 예의 주시한 연암은 진실과 허구를 교묘히 섞어내는 '소설'이라는 장르를 택했다. 낡은 사고, 보수적 체제에 대한 비판과 시대 의식을 담기에 맞춤이어서다.

출발점은 그의 또렷한 일지逸志, 즉 그의 사상이다. 연암 글 갈피에서 사회 현실에 대한 비판의 칼날을 수도 없이 찾을 수 있는 것도, 변죽을 울리거나 딴전을 피우지 않는 것도, 소설에 보이는 허무와 절망, 분노에 가득 찬 인물들도 연암의 뚜렷한 일지와 사상에서 비롯되었다. 연암에게 '설화전雪花牋*은 도덕 시험장'이었고, '양반 *설화전_눈꽃같은 종이. 이란 우상의 동굴' 해체 시작은 바로 여기였다.

연암소설을 읽으면 조선 후기 세습적 피해자와 가해자들을 만난다. 연암소설 속 세속적 피해자들은 '어떻게 세상을 살아내느냐'가, 가해자들은 '어떻게 세상을 살아가느냐'가 삶이다. '세상을 어떻게 살아내느냐'는 자에게 선택이란 없다. '세상을 어떻게 살아가느냐'는 자에게는 살 만한 조선이다. 「마장전」의 세 천인이, 「예덕선생전」의 예덕 선생이, 「허생」의 허생이, ……. '세상을 어떻게 살아내느냐'는 자들이다.

연암은 글 속에 거지, 역관, 기생, 과부 등을 불러냈다. 소설 속에 등장하는 조선 백성들은 모양새는 다를망정 한결같이 '세상을 어떻게 살아내느냐' 하는 자들이다. 하지만 냉소적이지 않다. 그들은 시종일관 뜨겁다. 연암소설에서 우정을 찾고, 신선이 되고, 세상을 조롱하는 몸짓들은, 모두 뜨거운 가슴이 있기 때문이다. 그것은 절망이 아니라 '희망'이다. 아주 오래 전부터 보이지 않던 희망이 연암 글의 자궁 속에 그렇게 잉태되었다.

그 시절 곽곽했던 삶도 두루 짐작한다. 연암소설 소재원은 모두 연암의 주변에 화석처럼 남아 있다. 잠시 전, 붓을 두고 간 듯한 묵향은 선명한 필선으로 그린 조선 후기 삶의 진정성 때문이다.

연암소설을 좇다 보면 그의 사유를 구현하려는 통로를 만난다. 18세기를 살았던 양반네 글로서는 매우 '낯설다'라는 말은 연암 사유의 구현과 관계 깊다. 지금도 '낯익다'를 미덕으로 추앙하는 우리이기에 '낯설다'라는 의미 속에서 당대에 대한 비판 의식과 치열한 작가 의식의 내재를 되짚는다. 연암소설을 우리 소설사 계보로 따지자면 독특한 이유가 여기 있다. 사회소설, 풍자소설, 참여소설, 도교소설, 한문단편, 전傳을 빙자한 소설로 부르는 명칭들이 그 반증이다. 연암소설은 당대에도 논란의 중심이었지만 그 반향은 지금이 더 크다. 까닭은 고소설임에도 독서인들 추체험追體驗*이 지금도 만만치 않아서다.

*추체험_흔히, 문학 작품의 주인공이나 수기를 쓴 사람의 체험을 자기의 체험인 듯이 느끼는 따위.

연암은 벼슬도 명예도 곁눈질한 적 없다. 연암 삶을 보면 벼슬한 수년간에도 그는 의연불변하게 글쓰기를 평생의 업으로 꾸렸다. 연암소설 독자라면 현실의 사단과 허구적 문맥만으로 점철된 여느 소설과 다른 점을 명백히 보아야 한다. 연암소설에서 담대심소膽大心小도 챙겨야 한다. 담대심소란, 문장을 지을 때 마음가짐이다. 담력은 크게 가지되 주의는 세심해야 한다는 뜻이다.

연암소설은 중세 조선의 사회학이요, 숨비소리

'연암은 세상 돌아가는 꼴이 미워 소설을 지었다' 방점 찍을 이 문장에 저 시대와 작가의 팽팽한 긴장이 흐른다. 연암은 한양을 기반으로 하는 노론 명문가 출신이다. 토착 세력으로서 용렬한 상사람들을 생각한다는 적당한 마음씨만 보이고, 뒷전으로 당파와 손잡았더라면 연암은 조선 후기를 편안히 보낼 신분이다. 그는 이를 단호하게 거절해 버렸다. 양반과 낮은 백성을 넘나들며 자기 소리를 내었다.

연암은 「방경각외전자서」의 지작기에서 소설 쓰는 이유를 분명히 했다. 연암은 그의 소설을 이야깃거리로 보는 것을 차단하기 위해 이 지작기를 붙였다. 사대부 양반들과 대립각이 몹시 가파름도 부인치 않았다. 이른바 '작가 정신'이다. 작가 정신은 현실에 대한 뚜렷한 역사의식과 이를 문학이라는 예술적 구조로 형상화하고 날카로운 비판 의식을 담아내려는 의지이다.

종채는 『과정록』에서 연암이 소설 지은 뜻을 '세상 돌아가는 꼴이 미워서'라고 분명히 했다.

> 아버지께서는 젊으셨을 때부터 세상 사람들이 친구를 사귐에 오로지 권세와 이익에 따라 아첨하여 좇거나 푸대접하는 모습을 보이는 세태를 미워하여 일찍이 구전九傳(「마장전」, 「예덕선생전」, 「민옹전」, 「양반전」, 「김신선전」, 「광문자전」, 「우상전」, 「역학대도전」, 「봉산학자전」으로 9편)을 지어 이를 나무라며 세상 사람들을 왕왕 놀려주고 비웃어 주었다. 先君自少時 嫉世之交友 專視勢利 炎涼聚散 情態可見 嘗作九傳以譏之 往往以諧笑發之

저 물설고 낯설은 프랑스 소설사회학자 루시앙 골드만Lucien Goldmann의 "소설이란 타락한 사회에서 타락한 형태로 진정한 가치를 추구하는 이야기"라는 정의의 복사이다. 양반들에게는 악의적으로 읽힐 글 마디가 보이는 것도, 턱없는 정의와 진실에 대한 믿음이라는 연암소설의 자양분 제공도 바로 여기임을 종채는 분명히 한다. 그렇게 연암소설은 중병을 앓고 있는 조선이 토해내는 숨비소리*요, 18세기에 형성된 조선의 소설사회학이다.

*숨비소리_해녀들이 물질할 때 숨이 턱까지 차오르면 물 밖으로 나오면서 가쁘게 내쉬는 숨소리.

현대 과학의 모듬체라 부르는 자동차는 우습게도 '두 개 페달'밖에는 없다. 빨리 달리게 하는 가속 페달과 속도를 줄이는 브레이크이다. 잘 보면 가속 페달보다 브레이크 페달이 넓다. 브레이크가 더 넓은 것은, '가속의 위험성'에 대한 상대적 보완이다. 연암소설은 자신의 안녕만을 위해 질주하는 양반들의 질탕한 유교 놀음에 제동을 걸었다.

오늘날이라고 다를 바 없다. 따지자면 글로 세상을 건지려는 광제일세匡濟一世나 이 책에서 그렇게도 혐오한 문이재도라는 말도 딱히 중세의 표본실에 박제되어 안치될 용어로만 볼 것은 아니다. 사람 사는 세상이다. 그제나 이제나 늘 악다구니판이다. 현대는 더욱 그러하다. 앙버티던 도덕과 정의, 인간다운 인간이 실종된 자리에는 부도덕과 부조리와 비인간성만이 차고 앉았다. 이기는 자가 정의요, 도덕이다. 보태어 돈이란 천하 말종까지 경제 운운하며 한몫 끼자고 덤빈다. 그래 몇몇 잘난 자들 그들만의 천국이 되어버렸다. '착한 사마리아인 법'*이라도 제정해야 할 판이다. 이런 세상에 글에서나마 인간의 보루로서 문이재도와 광제일세를

*착한 사마리아인 법_자신이나 제삼자가 위험에 빠지지 않는데도 위험에 빠진 사람을 고의로 구조하지 않는 구조불이행(Failure to Rescue)을 처벌하는 법규를 통칭한다. 구조거부죄 혹은 불구조죄라고도 부른다. 『신약성서』 중 「루가복음서」 10장에 등장하는 착한 사마리아인의 비유에서 유래했다.

추구했다면, 우리가 지향해야 하는 문학과 모순이라 할 수 없다. 글쓰기가 단순히 오락과 실용이어야 할 이유는 없다. 오히려 오늘을 살아내는 우리들로서는 용어에 구애됨 없이 시대와 공간을 극복하는 글쓰기로서 나아갈 바를 찾는 것이 더욱 바람직하지 않을까?

부끄러운 듯하면서도 성난 듯한 경지

살핀 바, '작가 의식'이란 한 작가가 지닌 대사회 의식의 치열성이다. '조선 후기라는 공간'을 염두에 두고 생각의 폭을 좁힌다. 꼬투리를 잡자면 모두 시비가 되던 시절이다. 저들과 감정을 낸다는 것이 어떠한지 연암이 모를 리 없다. 사회에 대한 비판과 관찰, 그리고 그것을 문학작품으로 형상화하는 과정은 작가와 사회의 치열한 한판 승부이다.

연암이 과거를 포기한 이유는 여기이다. 연암은 「염재기念齋記」에서 자신을 송욱에 이렇게 빗댄다.

송욱은 자신이 과거에 급제한다는 말에 크게 기뻤다. 매번 과거가 열리면 유건儒巾을 갖추어 쓰고 응시를 하였는데, 그때마다 제 시권試券에다 비점批點을 여러 곳 치고 나서 큰 글씨로 높은 등수를 매겨 놓았다. 그래 한양 속담에 반드시 이뤄질 수 없는 일을 두고 '송욱의 과거 보기宋旭應試'라고 한다. 그래 식자들이 이 말을 듣고 "미치긴 미쳤으나 선비답구나. 이러한 행동은 과거에 응시하면서도 과거에 뜻을 두지 않은 것이로다" 하였다. 旭大

喜 每設科試士 旭必儒巾而赴之 輒自批其券 大書高等 故漢陽諺事之必無成者 稱宋
旭應試 君子聞之曰 狂則狂矣 士乎哉 是赴擧而不志乎擧者也

'송욱의 과거 보기'는 '연암의 과거 보기'이다. 연암 또한 과거 보러가
서 답안을 내고 오지 않거나 시권에 잔뜩 그림만 그려 놓고 나왔다. 그
는 글품팔이꾼으로 살아가고 싶지 않았다.

연암은 문학을 '사회적 산물'이라고 생각했다. 문학은 언어라는 사회
적 의사소통과 저자와 독자라는 사회적 관계망에서 이루어진다는 뜻
이다. 연암은 사회성 지닌 작품이 생화生花라면 그렇지 못한 작품은 가
화假花쯤으로 여겼다. 천조각으로 주렁주렁 꾸며 놓은 서낭의 거짓 꽃에
는 향내가 없다. 충신연주지사를 뽐냈던 글에선 썩은 악취만 진동한다.

"천하가 이미 썩어 문드러진 지 오래다天下腐爛已久"라고 정약용丁若鏞
(1762~1836)도 토혈하던 저 시절이다. 연암소설은 이런 막돼먹은 세
상의 방부서防腐書였다. 연암은 당대의 곤욕스런 현실에 발 개고 나앉지
않으려 인정물태人情物態*를 그리기에 적당한 소설을 택했다. 조선의 현

*인정물태_세상 사람들의 인심과 세상
의 물정.

실을 잔뜩 뼈물고 썼다. 연암은 참다운 문학이
이루어 질 수 있는 동기는 득의得意가 아닌 세상

에 대한 '불만'이라고 한다.

세상의 허위, 위선과 싸우는 것이 문학의 사명이라 자각한 연암은 자
신이 양반이면서도 사대부에게 칼날을 겨눈다. 연암은 자신이 글 쓰는
심정을 사마천司馬遷의 『사기史記』를 예로 들었다. 연암의 학업은 장인
이보천에게 『맹자』를, 처삼촌인 영목당榮木堂 이양천李亮天(1716~1755)

에게 『사기』를 배우며 시작된다. 이양천은 정5품 홍문관 교리를 지냈다. 벼슬은 낮았으나 학덕은 높고 인품은 매서웠다. 「제영목당이공문祭榮木堂李公文」을 보면 연암은 영목당에게 4년을 수학했고,[*] 학업 닦을 때 사사로움 없이 엄하였다. 연암소설에 보이는 부조리한 사회에 대한 매서운 일침은 바로 이러한 『사기』와 『맹자』의 배움이다. 연암은 글 쓰는 이의 심정을 사마천에게서 찾았다.

사마천은 궁형宮刑[*]이라는 극단적 형을 받았다. 사마천은 비분강개한 발분[*]으로 시야비야是也非也[*] 외치면서 『사기』를 썼다. '시야비야' 외침은 도대체 무엇이 옳고 그른 것인지를 확연히 하려 함이다. 사마천의 발분과 『사기』라는 저서著書의 만남이다. 연암의 모든 글 역시 이 '발분저서' 심정을 글쓰기 동기로 끌어왔다.

연암은 심리의 미묘한 국면을 설명하면서 사마천이 글 지은 동기를 「답경지삼」에서 이렇게 적는다.

> 아이들이 나비 잡는 걸 보면 사마천의 마음을 안다. 앞다리는 반쯤 꿇고 뒷발은 비스듬히 들고 손가락을 벌리고 앞으로 가서 손이 닿을 동 말 동할 때, 나비는 날아가고 만다. 사방을 돌아보면 아무도 없다. 겸연쩍게 웃고 부끄러운 듯 성난 듯한 이 경지가 바로 사마천이 글 지을 때이다. 見小兒捕蝶 司以得馬遷之心矣 前股半踞 後脚斜翹 丫指以前手 猶然疑 蝶則去矣 四顧無人 哦然而笑 將羞將怒 此馬覆著書時也

[*] **영목당**의 귀양으로 실질적인 학습 기간은 2년.

[*] **궁형**_중국에서 유래하는 사형 다음 가는 중형이다. 남자는 생식기를 거세하고 여자는 질을 폐쇄하여 자손의 생산을 불가능하게 하였다.

[*] **발분**_발분저서(發憤著書)로 옳고 그름을 가리려는 공분으로 마음과 힘을 불끈 일으켜 쓴 글.

[*] **시야비야**_옳으나 그르냐.

나비를 잡았으면 글은 이루어지지 않는다. 잡힐 듯 잡히지 않는 세상. 마음 도스르고 온 힘 다하여, 이제는 득의의 웃음을 지으려는 순간 물거품이 된다. 글재주를 통한 조선 후기의 '권력과 환전'은 그렇게 사라졌다.

사마천이 『사기』를 저술했던 동기를 자신의 글 속에 밝힌 연암 속뜻은 무엇일까? 자신 심경과 등치를 나타내고자 함이다. 나라를 다스리는 자들의 횡포와 허위를 용납하지 않겠다는 분명한 의식이다. 사마천과 연암, 모두 나비를 잡지 못했으므로 '장수장노將羞將怒* 경지'에서 글을 썼다.

*장수장노_부끄러운 듯하면서도 성난 듯한 상태.

연암소설은 이처럼 뜻 펴지 못하고 억눌린 사람이, 글 통해서 자기 세계를 이룩하고자 한 고민의 결정체다. 가슴으로 쓴 소설이었기에 연암소설은 18세기 위기담론이요, 연암 사후 200년이 되는 오늘날까지 빛나는 이유이다.

당대의 진실을 본밑으로 하여 그렸다

'이제 '소설'이라는 장르를 보자.

분명, 소설의 시대가 문학사에서는 흥성거렸지만, 연암 시대 양반들은 아직도 당판唐板 서적과 유학* 경전이나 읊조렸다. 조선 후기라는 시간, 많은 이들은 연암에게 "잊어버리게! 여기는 조선일세"라고 충고한다. 연암은 꽤 괴로웠다. 병난 연암은 자신을 치

*유학_주자학.

료하기 위해, 살아남기 위해 군색스럽지만 전략적으로 소설을 택했다.

연암소설을 보면 낮은 계층 백성을 주인공으로 설정하였다. 이는 개인과 사회 구체적 관계를 객관적으로 조명, 그 속에서 숨은 갈등 요인을 찾아내려는 의도였다. 즉, 연암소설은 현실의 부조리와 위선, 그것과 대립하는 하층민의 진정성을 볼 수 있는 발광체다. 연암이 정통적인 시문보다 패관소품에 속하는 한문소설을 적합한 문학 형식으로 택한 이유다. 작품 속에 작가 의식을 최대한 반영하기 위한 전략적 의도였음은 어렵지 않게 추론된다. 장르의 경계에는 문체적 특징과 사회적 인식이 내재해 있다. 작가의 의식 세계에 따라 그 문체 또한 달라진다.

연암 글에 보이는, 양반으로서 어울리지 않는 소설 문체, 소설 속 하층민들, 신선, 역관, 몰락 양반, 거지, 열녀는 그 자체 언어망으로 읽어서는 안 된다. 때론 단순하게 사는 게 더 힘들다. 연암이 그린 인물들의 형상화는 단순 명쾌하지만, 소설 속 낱말 하나 하나 조선 후기 관습과 제도적 모순을 소설이란 정으로 다듬어 낸 조각들이다. 조선의 축도縮圖*이기 때문이다. 시시콜콜하지만 입으로만 내뱉는 나부랭이보다 훨씬 더 가치 있는 이야기들이다. 기록과 시대의 아부 사이를 오고가는 관습화된 글쓰기가 만들어 낸 '도덕 수양서'와는 아예 거리가 멀찍하다.

*축도_ 모양은 바꾸지 않고 크기만 작게 하여 그린 그림.

조선이 '글'의 나라임에는 틀림없다. 그러나 소설은 '글'이 아니었고 연암은 소설을 썼다. 소설은 양반으로서 삶의 편익을 멀찍이 비켜선, 악성 이데올로기, 이념적 언어일 뿐이었다. 연암은 여느 소설처럼 재자가인才子佳人*을 주인공으로 내세워 '선인필복善人必福이나 악인필망惡

*재자가인_재주 있는 남자와 아름다운 여자.

人必亡'을 그리지도 않았다. 마음속에 품은 뜻이 꿈틀대고 조선 후기를 똑바로 치어다보는 눈자위가 있어서다.

연암소설은 때론 열정적으로, 때론 위험하게, 권력의 임계를 넘나들며 당대 진실을 본밑으로 썼다. 중세 관성의 법칙에서 멀찍이 물러선 연암이, 글을 배워 처음에 지은 「이충무공전李忠武公傳」은 생각할 여지가 많다. 당시, 충무공 이순신은 지금과 같은 역사적 자리매김 인물이 아니다. 이순신에 대한 전기를 밝은 세상에 내놓기에는 꺼리는 게 많았다.

연암은 글을 앉히고 뜸들이는 데 고민하지 않는다. 연암의 소설에서 다소 과장과 희화화된 몸짓을 찾을지라도 헛글줄은 없다. 문을 닫아걸고 헛기침이나 해대며 읊조리는 글, 혹은 한갓진 시골에서 노닐며 보내는 왕조 찬가, 그저 산천 구경에 지나지 않는 연행록이 글인 시대다. 조선조문학 대표적 장르로 소소한 즐거움을 주는 시조와 가사는 바로 님(왕)을 그리는 짜깁기한 노래였다.

조선 후기 현실을 외면하고 관습적 글쓰기로 일관한 '청맹靑盲과니*형 문장가'들이 넘쳐났다. 그만큼 '청맹과니형 독서가'도 따랐다. 백성들은 저들 글에 충분히 마취되었다. 관습이란 누구나 그러하듯 너무나 낯익어서 느끼지 못하고 지나친다.

*청맹과니_겉으로 보기에 멀쩡하나 앞을 보지 못하는 눈. 또는 그런 사람.

연암 글은 사회에 초점을 맞춘다. 양반들의 부조리와 모순을 소설이란 형식을 끌어와 풍자적으로 그렸다. 풍자의 대칭은 단순한 '웃음'이 아닌 '비판'이고 조선과 연암 시선은 비대칭이었다. 양반에 적대적인 연암소설의 불경성, 저들에겐 분명 시빗거리이기에 풍자와 웃음으로 딴전을 붙였다. 일종의 방어기제防禦機制*란 뜻이다.

연암소설은 한문으로 쓰였다. 독자층이 양반 계층이란 뜻이다. 일본 천리대 도서관에 소장되어 있는 『속제해지續齊諧志』는 연암소설이 어느 계층 사람들에게 읽힌 것인가에 대해 주목할 만한 자료이다. 편자는 조선조 유명한 문인·학자 '전기傳記'와 '일문逸聞',* 그리고 '전기傳奇'류에서 두루 뽑았다. 연암 작품은 「호질」, 「민옹전」, 「발승암기」, 「양반전」 4편이다. 편자가 후

세에 전할 가치가 있다 생각해서거나, 혹은 연암사상과 풍자 및 그의 비판에 공감해서이기 때문으로 어림짐작된다. 4편 중 「발승암기髮僧庵記」를 제외하면 모두 소설이다.

발승암이란 '머리를 기른 중'이란 뜻으로 김홍연金弘淵이다. 이 작품 소재는 상사람 사는 세상에서 취하였고 나와 문답하며 허구성을 적절히 끌어들였다. 따라서 단순한 '기記'라고 보기에는 소설 색채가 짙다. 논자에 따라서는 단편소설로도 본다. 이재성은 "붓이 춤을 추고 먹물 방울이 뛰노니 『시경』의 이른바 '북소리 두둥둥 울리거늘 이리 뛰고 저리 뛰며 창을 겨룬다擊鼓其鐺 踴躍用兵'가 아마 이를 두고 이름이다!"라고 비평하였다.

내용 중, 홍연의 행적을 아는 사람이 나에게 건넨 말 일부는 이렇다.

김은 왈짜潤者*요. 왈짜란 대개 고을에서 부랑

하고 호협하다는 말인데 소위 검시劍士·협객俠客 부류와 같잖소. 그가 소년일 적에 말타기와 활쏘기를 잘해서 무과에 합격했는데. 아, 그 힘이 능히 범을 움켜잡았으며 기생을 옆에 끼고 두어 길이나 하는 담벼락을 뛰어 넘기도 했다오. 녹록하게 벼슬이나 구하기를 즐겨하지 않았고 집이 본디 부자여서 재물을 똥같이 여겼다오.

'모든 독자는 이미 작가가 저술하려는 구상 속에 있다'는 말을 유념한다면, 연암소설은 이미 양반 독자와 불화가 약정된 셈이다. 연암 시대에는 모름지기 따라야 할 보편적인 법칙이 있었으니 바로 주자학이다. '계층적 층위'로서 연암의 신분과 '문화적 층위'로서 소설을 견준다면 그 낙차는 그대로 당대 양반과 연암소설의 거리이다. 주자학의 면전에서 등돌리지 않았다 해도, 부조리한 현실을 응시하며 소설을 쓴 연암은 간접적 유죄인 셈이다.

누차 언급하지만 소설 쓴다는 것은 그 시절 제도화된 글쓰기 관습에서 일탈이요, 결별을 고하는 행위이다. 끊임없는 시빗거리이다. 소설은 그렇다손쳐도 양반네에 대한 명시적 공격은 생각해 보아야 한다. 그렇기에 널리 읽혔다는 것에 깔끔한 주석 붙이는 게 여간 어렵지 않다. 혹 연암소설에서 주자학이라는 아우라Aura가 흘러서 아닐까? 연암 글들에서는 진한 유교*의 냄새를 맡을 수 있는 것은 분명한 사실이기 때문이다. 혹은 포만 뒤 느긋거림처럼, 조선 후기를 포식하는 자의 낯선 배려와 겸연쩍음 때문은 아닐까? 더러는 '세습적 가해자'임을 깨달은 양반 독자가 있어 연암의 글이야말로 '참으로 읽

*유교_주자학.

을 만한 글眞切可讀'이라고 인정하는 이가 몇 있었기 때문이다.

그 시절, 몇몇이나 연암의 소설을 보고 '고전古典'이라 하였을까만, 21세기를 사는 우리는 그의 작품에 고전이란 수식어를 붙이는 데 주저하지 않는다. 고전의 '고古'는 '열十'과 '입口'으로 '10대를 전함직한 말'이요, '전典'은 '책冊'과 '책상丌'으로 '책을 얹은 책상'이니, 고전이란, '10대를 전함직한 글이다. 그만큼 책상에 올려놓고 소중하게 다룬다'는 의미이다. '오랫동안 많은 사람에게 널리 읽히고 모범이 될 만한 문학이요, 예술 작품'이라는 긴 정의항을 놓아도 '세상 돌아가는 꼴이 미워 지었다'는 연암소설은 오늘날 '고전'임에 틀림없다.

연암의 실학을 가학家學으로 잇다

연암의 손자 박규수는 『환재총서桓齋叢書』 권6 「여온경與溫卿 32」에서 이런 말을 한다. "연암 글은 가학家學으로 이어졌다"고.

걸핏하면 '예의의 나라'라 하는데 나는 이 말을 본디부터 추하게 여겼다. 천하만고에 어찌 국가가 되어 예의가 없겠는가? 이는 중국인이 오랑캐들 가운데 바로 예 있음을 가상히 여겨 '예의의 나라'라고 부른 것에 불과하다. 본래 수치스런 말이니 스스로 천하에 뽐내기에 부족하다. 차츰 지체와 문벌이 생기며 번번이 '양반 양반' 하는데 이것은 가장 감당키 어려운 수치스런 말이요, 가장 무식한 말이다. 지금도 걸핏하면 자칭 '예의의 나라'라지만, 이는 예의가 무엇을 말하는지도 모르면서 떠들어대는 지껄임이다. 輒稱禮義之邦 此說吾本陋之 天下萬古 安有爲國而無禮義者哉 是不過中國人嘉其夷狄中乃有此而嘉賞之曰禮義之邦也 此本可羞可恥之語也 不足自豪於天下也 稍有地閥者 輒稱兩班兩班 此爲最堪羞恥之說 最無識之口也 今輒自稱禮義之邦 是不識禮義爲何件物事之口氣也

이 글을 두고 박영효는 선생의 글이 할아버지『연암집』에서 얻은 것이라고 한다. 또 박규수의 선비론을 보고 이정관李正觀은 연암의「원사原士」를 떠 올린다. 연암은「원사」에서 "무릇 선비란 아래로 농사꾼이나 공장이와 같은 부류에 속하나, 위로는 왕과 공의 벗이다. 지위로 따지면 농공과 차등이 없고 덕으로 따지면 왕공이 섬긴다. 한 선비가 독서를 하면 은택이 온 세상에 미치고 공이 대대손손 드리워진다夫士下列農工 上友王公 以位則無等也 以德則雅事也 一士讀書 澤及四海 功垂萬世" 하였다. 선비란 아래로 공장이와 차등이 없지만 위로 왕공까지 벗하는 존재라 한다. 물론 연암은 유일한 선비 조건을 빠뜨리지 않는다. 바로 독서이다.

박규수 만년의 일이다. 김옥균 등이 모인 자리에서 박규수는 자신이 손수 제작한 지구의를 꺼내 보이며 "오늘에 중국이 어디 있는가. 저리 돌리면 미국이 중국이 되고, 이리 돌리면 조선이 중국이 되어, 어느 나라든지 중앙에 오도록 돌리면 중국이니 금일 중국이 어디 따로 있는가" 하였다.

박규수는 연암사상을 개화사상으로 잇는다. 연암의 조선정신과 상대주의와 박규수의 저 말이 다를 바 없다. 여기서 연암의 사상은 구

체적으로 실학사상이다. 실학사상은 조선 중기의 유형원^{柳馨遠}(1622
~1673)을 비조로 이익^{李瀷}(1681~1763) ──박지원, 홍대용^{洪大容}(1731~
1783) ──이덕무^{李德懋}(1741~1793), 박제가^{朴齊家}(1750~1805) ──정약용^{丁若}
^鏞(1762~1836), 김정희^{金正喜}(1786~1856) 등을 거쳐, 박규수, 오경석^{吳慶錫}
(1831~1879), 유홍기^{劉鴻基}(1831~1884)에 이르는 계보를 형성한다.

　조선 후기 키워드 중 하나인 실학사상을 외친 자들은 비판정신과 실
용정신을 공유하였다. 이들은 남들과 다른 생각을 지녔기에 당시 문화
의 헤게모니를 틀어쥔 유교 경전을 상대로 힘든 싸움을 치른다. 유형
원의『반계수록^{磻溪隨錄}』, 이익의『성호사설^{星湖僿說}』, 연암의『연암집』,
정약용의『여유당전서^{與猶堂全書}』 등 굵직한 저술은 저러한 상황 속에서
나왔다.

　연암은 그와 교우했던 홍대용, 이덕무, 박제가와 함께 '북학파', 혹은
백탑파를 대표한다. 백탑파 구성원 서상수, 이덕무, 이희경, 유득공, 박
제가, 이서구 등은 상업 발달 및 생활 기구, 일반 기술 따위에 관심을 두
었다. 이용후생정덕학파라 함은 이에 연유한다. 연암은「홍범우익서^洪
^{範羽翼序}」에서 "'이용'이 있은 후라야 '후생'하고, '후생'한 후라야 '정덕'한
다"고 명확히 '이용후생정덕' 정의를 내린다. 정덕은 백성 덕을 바로잡
는 것, 이용은 백성 생활을 편리하게 하는 것, 후생은 백성 삶을 풍요롭게
함이다. 이는『서경』「대우모^{大禹謨}」에서 우 임금이 순 임금에게, "덕으로
써만 선정 베풀 수 있으며 정치 근본은 백성 양육하는 데에 있소이다. 물,
불, 쇠, 나무, 흙, 곡식을 잘 가꾸시고 정덕, 이용, 후생을 조화롭게 이루도
록 하시오^{德惟善政 政在養民 水火金木土穀 惟修 正德利用厚生 惟和}" 하는 말에 근원을 둔

다. 이용, 후생, 정덕은 연암을 위시한 백탑파의 논리적 토대이다.

이들은 영·정조 때에 이미 공리공론과 절대 복종 사회로부터 현실적이요, 자각적인 시대로 발전을 꾀했다. 수신제가修身齊家와 치심양성治心養性이란 공리공론 떠나, 정확한 고증 바탕으로 과학적이고 객관적이며 실용적인 학문하는 태도를 취하였다. 이것은 연암을 위시한 백탑파들이 사회 자체적 성숙과 북학을 통해 받아들인 서구 문물을 적극 수용한 데 기반을 둔 변화였다. 이러한 사회적 기운은 양반의 무능과 낮은 백성들의 자아 각성과 반성으로 이어졌다. 조선 후기로 가며 선각자들은 허울로 위장한 윤리도덕 가면을 벗고 현실적 생활에 관심을 보였다. 학문도 실질적인 삶의 문제로 옮아가게 되었다. 사서오경을 연구하는 경학이나 교조적 관념에서 벗어나려는 이도 생겼다. 형세나 세상의 형편 또한 객관적 역사 인식으로 보려는 이도 나타났다. 이것은 분명 조선의 몰락을 예견하는 일이었다.

갑신정변을 일으킨 『연암집』

1860년 여름, 『연암집』을 간행하려던 박규수 계획은 수포로 돌아갔다. 박규수의 동생 선수瑄壽(1821~1899) 역시 1864년 증광별시문과에 장원급제한 이후 관직에 오르지만 이렇다 할 학문적 세계를 갖지 못했다. 그는 사간원대사간, 암행어사, 이조참의, 성균관대사성을 거쳐, 갑신정변 직후에는 공조판서, 형조판서 등을 지냈으나 그뿐이었다. 『연암집』 간행은 이후 연암가에서도 박규수의 문하에서 찾을 수 없다.

박규수는 1869년경 박영효, 김옥균 등 조선을 이끌 인재를 선별하여 문하에 두고『연암집』을 강독하기 시작한다. 김평묵金平默(1819~1891) 은 "박규수 재상은 그의 조부 지원 이래로 외국의 학문 연구를 깊이 하였다. 늘 말할 때 외국의 사정에 이르면 반드시 정신이 편안해지는 듯하였다. 서인西人 후배들 중에 조금이라도 재주가 있어 그의 문하를 출입한 자면 모두 그의 의논을 계승하였는데, 그들 대개가 나랏일에 참여하였다"(『중암별집重菴別集』권10「부록」, 124쪽)라 했다.

박규수의『연암집』강의 여운은 10여 년을 넘긴 1884년 갑신정변으로 현실화된다. 1884년 12월 4일, 조선 역사상 왕권을 무너뜨리고 국민주권국가 건설을 지향한 최초의 정치개혁운동이 일어난다. 김옥균金玉均(1851~1894)·박영교朴泳敎(1849~1884)·박영효朴泳孝(1861~1939)·홍영식洪英植(1855~1884)·서광범徐光範(1859~1897)·김윤식金允植(1835~1922) 등 개화당이 청나라에 의존하려는 척족 중심의 수구당을 몰아내고 개화 정권을 수립하려 한 갑신정변甲申政變이다. 이 갑신정변에 연암의 글이 심대한 영향을 주었다.

　그 신사상은 내 일가 박규수 집 사랑에서 나왔소. 김옥균, 홍영식, 서광
　범, 그리고 내 백형(박영교)하고 재동 박규수 집 사랑에 모였지요. (…중
　략…) 박규수는 연암 박지원의 손자로서 재동집에 있었는데 김옥균 등 영
　준한 청년 등을 모아 놓고『연암집』을 강의하였소. (…중략…)『연암집』
　에 귀족 공격하는 글에서 평등사상 얻었지요.

이 글은 이광수가 갑신정변을 "조선을 구미식 신정치사상, 자유민권론, 오늘날 말로 봉건에서 부르주아로 이행하려는 신사상으로 혁신하려던 대운동"으로 정의 내리고 혁신사상이 유래한 경로를 물은 데 대한 박영효의 답변 정리이다.

이 짧은 대담은 시사점이 꽤 많다. 우선 연암 글이 갑신정변 동인이 될 만큼 혁신사상임은 두말할 필요도 없다. 박규수 사랑방에서 연암의 글을 강론하였다는 반증에선, 갑신정변 주역들이 박규수 문하이며 연암주의자들임을 읽는다. 귀족을 공격하는 글은 「양반전」·「호질」 따위의 연암소설 일체이다. 결국 연암 글이 한 세기 만에 조선 최대 정치사를 만들었다는 중차대한 의미이다.

다만 박규수 문하의 제자들은 조선으로서, 또 연암학을 공부한 제자로서, 공과 실이라는 측면에서 살필 필요가 있다. 박규수의 제자들 모두 조선의 개화를 이끈 선각자들이라는 긍정적인 면과, 그들 중 상당수는 친일 행위를 한 부정적인 면 때문이다.

김옥균은 박영효의 친형인 박영교의 소개로 박규수의 문인이 되었다. 박영교는 갑신정변 실패 후 피살된다. 갑신정변에는 불참하였지만 개화사상가인 김홍집이 박규수의 제자이며, 또 다른 개화론자 어윤중에게도 많은 영향을 주었다. 특히 어윤중은 연암과는 고종 사촌이자 동갑내기로 평생 벗처럼 지낸 어용빈의 현손玄孫이다.

박규수의 제자로서 친일 행위자 중 대표적인 이는 박영효, 김윤식이다. 『유견문』으로 유명한 유길준兪吉濬도 박규수의 제자로 친일파이다. 유길준은 창애 유한준의 5대손이다. 연암 집안과 유한준 집안의 화해는 1871년 홍문관 대제학인 연암의 손자 박규수가 향시에서 장원한 15세 소년 유길준을 집으로 불러들여서야 풀린다. 박규수는 "너희 집과 우리집이 지난날 사소한 문제로 불화했구나. 이제 다시 화목하게 지낸다면 어른들이 풀지 못한 원한을 우리가 풀어드리는 셈이 아니겠느냐"며 격려했다. 이 자리에서 유길준은 박규수를 선생으로 섬기고 개화에 눈을 뜨게 된다.

그렇게 박규수가 죽고 소년 유길준이 조선의 기둥이 되었다. 유길준은 한일합방에 반대하고 일제가 준 남작을 거절하는 강개한 행동을 보이나 합방 기념으로 내린 은사금은 받는 묘한 행동을 보인다. 그의 손자는 광복 후에 연세대 총장을 역임한다. 유길준은 갑신정변 때 미국에 유학 중이었다.

중추원 고문과 귀족원 의원, 『동아일보』 초대 사장을 지낸 박영효朴泳孝(1861~1939)는 반남박씨 일가붙이로 그의 9대조인 박미朴瀰(1592~1645)는 박규수에게는 6대조이다. 박영효는 철종의 사위이기도 하다. 철종의 무남독녀인 영혜옹주永惠翁主(1859~1872)와 혼인은 박규수가 주선했는데, 석 달 만에 사별하고 만다. 박영효 나이 겨우 12살이다. 이 박영효가 1882년 일본에 수신사로 가며 만든 것이 현재 우리의 태극기다. 박영효의 묘는 후손에 의해 파헤쳐져 화장되었다.

매우 흥미로운 제자는 김윤식金允植이다. 그는 박규수의 수제자이며 인척이다. 인척이란 김윤식을 길러 준 숙모가 바로 연암의 차남인 종의의 딸이기 때문이다. 이 종의의 딸은 부모를 일찍 여의었기에 박규수의 집에서 자랐고 시집가서 역시 같은 처지인 조카 김윤식을 아홉 살부터 맡아 길렀다. 이 박씨부인의 아들이 김만식金晚植이다. 그가 1883년 10월 30일 한국 최초의 근대 신문인 『한성순보漢城旬報』를 만든 이다.

박규수는 이러한 김윤식을 제자로 삼고, 시관試官으로 있을 때 김윤식을 등용하여 구설수에 올랐다. 「매천야록」에 기록이 남아있다. 후일 박규수의 문집인 『환재집』을 발간할 때 이 김윤식이 그 서문을 썼다. 연암가와 인척이요, 제자이기에 김윤식이 일본에게 국권이 잠식당하고 굴욕적인 조약이나 조처에 순응하였다는 점이 안타깝다. 더욱이 '한일합병'이 선포되기 열흘 전인 1910년 8월 19일의 어전회의 때, 대제학으로 참석해 '불가불가不可 不可'라고 하였다는데, 이 말이 참 고약하다. 언뜻 합병을 강하게 부인한 듯하지만 구두만 바꾸면 문맥은 전혀 다르다. 즉 '어쩔 수 없이 찬성한다不可不 可'나 '가히 불가하다고 할 수 없다不 可不可'로 되기 때문이다. 한학을 한 대유학자가 구두점을 몰랐을 리 없기에 의심의 눈길을 받는다. 그는 1908년 중추원 의장, 1910년 자작의 작위와 은사금 5만 원을 받는다. 1915년 조선인 최초로 일본 학사원에 가입하고 1916년 경학원 대제학이란 매우 수상쩍은 일제하 행적을 보인다. 그래서인지 그의 사후 『동아일보』 계열에서 사회장을 주장하자 서울청년회에서 국적國賊이라며 극렬히 반대했다. 연암학 전수자들의 친일 행위를 보며 연암 선생은 하늘에서 무어라 하실까?

박규수 제자들의 『연암집』 강의 파문波文이 남긴 갑신정변은 3일천하로 끝났다. 그로부터 두 세기가 더해졌다. 연암학은 일제를 거쳐, 해방 공간을 지나 지금 새로운 기회를 맞았다. 연암은 '연암학燕巖學'으로 대동 세계를 지향했다. 오늘 연암학이 지향하는 새로운 세계는 무엇인가?

연암이 좋다

연암을 사모했던 19세기 대표적 문장가 홍길주는 「독연암집」에서 연암을 "기운은 족히 천지 가로지를 만하고 재주는 족히 천고 오를 만하고 문장은 족히 온갖 부류 거꾸러뜨릴 만하다"고 우러렀다. 김택영은 『중편 연암집』에서 연암의 글을 두고 "평소 저작을 하는데 천 근 쇠뇌를 함부로 발사하지 않는 듯했다", "조선 오백 년 역사에 퇴계, 율곡의 도학과 충무공의 용병술과 연암의 문장, 이 세 가지가 나란히 특기할 만하다"고 하였다. 「문승상사당기文丞相祠堂記」는 연암의 작품인지 의심스러워 신지 않으려 하였는데 꿈에 연암이 나타나 자신의 작품임을 알려 주었다고도 한다. 연암에 대한 애정으로 찾은 글이다. 창강 김택영은 중국으로 망명하였다.

홍길주와 김택영의 두 문장을 되새김하며, 아래 글로 마무리한다.

그래, 나는 연암이 좋다.

연암이 좋다.

그 약관 때부터 매서운 지조를 지녀 좋고, 가슴에 찰랑이는 바른 마음결과 자잘한 예법에 구애받지 않는 호협성이 좋다.

꿈에서 서까래만 한 붓대 다섯 얻었는데 붓대롱에 '붓으로 오악 누르리라'라는 글귀가 써 있어 좋고, 나이 들어 병풍에 낡은 관습이나 폐단 벗어나지 못하고 당장 편안함만 취한다는 '인순고식因循姑息'과 잘못된 일을 임시변통으로 이리저리 구차스럽게 꾸며 맞춘다는 '구차미봉苟且彌縫' 써 놓고 '천하 모든 일이 이 여덟 자 글자에서 잘못되었다'는 말씀이 좋고, '개는 주인 따르는 동물이다. 그렇지만 기르면 잡아먹지 않을 수 없으니 처음부터 기르지 않느니만 못 하다'라는 말씀이 좋다.

'연암체'로 비변문체 일으켜 좋고, 갑신정변 일으켜 좋고, 위선적인 무리와 소인배, 썩은 선비들 나무라 좋고, 한골 나가는 양반이면서 가난 내림하며 청빈한 생활이 좋고, 자신을 겸손히 삼류라 한 손(을) 접혀 좋다.

벗 적어 좋고, 나라 안 명산 두루 다녀 호연지기 키워 좋고, 홍국영에 쫓기어 연암협으로 몸 숨겨 좋고, '연암'이란 호가 좋고, 연암협에서 목축 구상한 것이 좋고, 양금洋琴 세상에 알려 좋고, 안의 사또 시절 관아 낡은 창고 헐어버리고 중국 제도 모방하여 벽돌 구워 백척오동각·하풍죽로당·연상각 따위 정자와 누각 올려 좋다.

첫 작품으로 「이충무공전」 지어 좋고 금강산 유람하고 지은 「총석정일출」이란 시가 좋고, 이서구가 지은 『녹천관집』에 써준 「녹천관집서」와 박제가의 『북학의』에 붙인 「북학의서」가 좋고, 처남 이재성이 과거 우수답안을 묶은 『소단적치』에 여며 둔 「소단적치인」이 좋고, 농업 장려 위한 『과농소초』가 좋고 연행록의 새로운 경지 개척한 『열하일기』가 좋다.

초시의 초장과 종장에 모두 장원과, 회시에 응시해 답안 내고 오지 않아 좋고, 중년에 한무릎 착실히 공부한 과거 단념해 좋고, 자식에게 '구차하게 벼슬길에 오르지 마라'는 가르침 좋고, 안의현감·면천군수·양양부사 벼슬살이 좋고, 안의현감 시절 '저들도 손님'이라며 구휼먹이는 백성들과 똑같은 밥상 받아 좋고, 관리로서 궁속과 중의 무리 제어하지 못하자 병 칭하여 사직해 좋고, "안타깝도다! 벼슬살이 10여 년에 좋은 책 한 권 잃어 버리고 말았구나" 하는 탄식이 좋다.

한계성 지닌 선비로 스스로 몸 낮출 줄 알아 좋고, 억지 밖에 없는 세상 에 칼 같은 비유 든 뼈진 말 좋고, 스스로 삶법 빠듯하게 꾸리는 정갈한 삶 의 긴장이 좋고, 연암 붓끝에 완전한 사람 없는 직필直筆도 좋고, 남루한 삶 까지 끌어안으려는 순수성이 좋고, 조국 조선을 사랑해 좋고, 그의 삶과 작품이 각 따로가 아니라는 점이 좋고, 소설을 몸으로 삼아 갈피갈피 낮은 백성들의 삶 그려내 좋다.

아버지 위해 손가락 베어 약주발에 떨어뜨린 효심이 좋고, 형과 형수 에 대한 정이 좋고, 큰누이의 죽음을 슬퍼하며 "누이 눈썹이 새벽달 같다" 는 글귀로 심금 울리는 「백자증정부인박씨묘지명」이 좋고, 아내 생각하 여 홀아비로 생 마쳐 좋고, 고추장 손수 담가 자식에게 보내는 잔잔한 정 이 좋고, 며느리 해산바라지까지 걱정하는 시아버지의 마음이 좋고, 장인 늘 칭송하는 공경이 좋고, 처남 아껴 좋고, 청지기 김오복이를 정으로 대 해 좋다.

하룻저녁 오십여 잔 술 자시고도 주정 없어 좋고, 첫 벼슬에 받은 녹봉 으로 친구에게 빚 갚을 줄 아는 마음이 좋고, 홍대용이 세상 뜬 뒤 마음 아 파 음악 끊어 좋고, 스스로 말과 행동 거리낌 없이 하여 좋고, 우언으로 세 상 꾸짖어 좋고, 우스갯소리로 세상 조롱해 좋고, 제갈량·한기·왕양명의 위인전을 지으려 해 좋고 조헌·유형원을 존경해 좋고, 김창협과 김창흡을 마음으로 따라 좋고, 마지막 유언이 "깨끗이 목욕시켜다오"라서 좋다.

마음을 도스르고 먹 갈아 역설·반어·속담·예증·우언 따위 수사 두루 써 좋고, 변증적 사물 인식이 좋고, 사물에 대한 치밀한 관찰로 사실을 기술하고 대상을 세밀화한 묘사 솜씨 좋고, 수평적 질서 가치관이 좋고, 다치적 사고와 언어 인식이 좋고, 실증적 사고와 열린 사고가 좋고, 당대 의고주의擬古主義 문풍에 반기 들어 좋고, 진정한 '진' 얻으려 경험론적 요소와 관념론적 요소의 통합을 꾀해 좋고, 지구가 둥글고 자전을 하며 오행설을 부정하는 과학적 사고가 좋고 법고와 창신을 통한 변증적 글쓰기가 좋고, "작자가 글 쓸 때 전쟁에 임하는 마음으로 써야 한다"는 전략적 글쓰기가 좋고, "현달해도 선비 도리 떠나지 않고 곤궁해도 선비의 도리를 잃지 않아야 한다"는 다짐장이 좋다.

인간들의 아첨하는 태도 꾸짖는 「마장전」이 좋고, 똥을 쳐서 밥 먹는 천한 역부에게 '선생'이라 부른 「예덕선생전」이 좋고, 놀고먹는 양반을 '황충'이라 부른 「민옹전」이 좋고, 진정한 양반 따진 「양반전」이 좋고, 유희 속에 몸 숨긴 「김신선전」이 좋고, 얼굴 추한 걸인 이야기 「광문자전」이 좋고, 역관의 슬픔을 그린 「우상전」이 좋고, 학문 팔아먹는 큰도둑놈 이야기 「역학대도전」이 좋고, 배우지 못했어도 부부 간 예절 지킬 줄 아는 「봉산학자전」이 좋고, 배웠다는 위선자에게 범이 일침 놓는 「호질」이 좋고, 문장이 몹시 비분강개한 「허생」이 좋고, "남녀의 정욕은 똑같다"고 외친 「열녀함양박씨전 병서」가 좋다. 마지막으로 '사이비 향원은 아니 되겠다'는 다짐장이 좋고도 좋다.

경기 화성, 물이 많아 이름한 '홍천^{興泉}'생이다. 두메산골 예닐곱 먹은 그는 『명심보감』을 끼고 논둑을 걸어 큰할아버지께 갔다. 큰할아버지처럼 한자를 줄줄 읽는 꿈을 꾸었다. 12살에 서울로 올라왔을 때 꿈은 국어 선생이었고 대학을 졸업하고 고등학교 국어 선생으로 10년을 꿈 속에서 보냈다. 그는 37살에 다시 꿈같이 박사과정에 진학했다. 그는 현재 국어국문학, 그것도 고전문학 선생으로 대학 강단에 선다.

고전의 현대화, 그의 저서들은 이러한 생각에 잇대고 있다. 『욕망의 발견-소설이 그림을 만났을 때』, 『나는 조선인이다』, 『기인기사』, 『아름다운 우리 고소설』, 『다산처럼 읽고 연암처럼 써라』와 이외 30여 권 저서들 모두 직간접적으로 고전을 이용하여 현대 글쓰기와 합주 꾀한 글들이다.

그는 학부 졸업논문으로 연암과 만나 지금까지 인연의 끈을 놓지 않고 있다. 그의 석사논문은 「연암소설에 나타난 참여의식」이고, 『개를 키우지 마라-연암 박지원 소설 산책』와 『연암 박지원 소설집』도 연암 관계서이다.

그는 요즘도 연암을 만나는 꿈을 꾼다. 연암 선생처럼 사이비 향원^{鄕愿}은 아니 되겠다는 게 그의 소망이다.

연암이 지은 묘지명 2

「유인임회박씨묘지명병서儒人臨淮朴氏墓誌銘幷序」 탁본 상지이십사년경신上之二十四年庚申

통훈대부면천군수通訓大夫沔川郡守 박지원朴趾源 찬撰, 진사進士 한종락韓宗樂 서書

임회박씨 묘지명으로「통덕랑최공묘지명」과 동일하다.

섭씨 233도!

화씨 451도(섭씨 233도)는 책이 불타는 온도이다. 종종 언론통제용 상징으로 쓰이는 이 말은 진실과 정의의 소멸이라는 지知의 비극적 은유를 내포한다. 연암 손자뻘인 박남수는 『열하일기』가 못마땅하다며 선생 문장이 뛰어나긴 하오만 패관기서일 뿐이오. 이제부터 고문이 진흥되지 않을까 두렵습니다先生文章雖工好 稗官奇書 恐自此古文不興"하고 원고에 불을 붙였다. 레이 브래드버리Ray Bradbury는 『화씨451도』에서 "불태우는 일은 즐겁다"로 시작하는 디스토피아Dystopia의 세계를 그렸다.

눈엣가시 같은 진리와 정의를 외면하는 행위는 2019년! 지금도 진행형이다. 이틀에 한 번꼴은 7옥타브쯤의 고성으로 "개새끼!"를 내뱉는 세상이기에, 순결한 양심을 간직하고 살아감이 그만큼 고통이다. 글깨나 읽고 쓴다는 자들의 책 따로 나 따로인 '서자서아자아書自書我自我'는 더욱 그렇다. 그렇기에 저 시절 진실을 외면하려 했던 박남수 행위는 지나간 현재와 미래요, 비동시성의 동시성이다. 이 시절 연암 삶과 글이 현재성을 띠는 이유요, 연암 삶과 글이 우리에게 비수처럼 꽂는 성찰이요, 미래 예언이다. 구정물 같은 세상, 연암 삶과 글로 정수처리 좀 하여, 오이 붙듯 달 붙듯 진리, 정의, 양심이 넘실거리는 세상을 기대한다. 연암의 몽당붓조차 감당 못하는 깜냥으로『연암평전』을 쓴 이유도 여기이다.

이규상李奎象(1727~1799)이 지은『병세재언록幷世才彦錄』이 있다. '재언才彦'이란 재주꾼이라는 소리이니, 조선시대 재주 있는 사람을 기록한 책으로 이해하면 됨직하다. 이 책에 연암은 아래와 같이 기록되어 있다.

> 박지원은 자가 미중이요, 호는 연암으로 참판 박사유의 아들이다. 그의 글은 재기 넘치고 수사와 착상이 뛰어나 한번 붓 들었다 하면 잠깐 사이에 천여 행이 도도히 뒤따랐다. 그의「허생전」과『열하일기』는 때때로 턱이 빠질 정도로 웃게 만든다. (…중략…)『열하일기』5권 짓고 5권을 증보하였는데 글을 아주 거침없이 휘갈겨서 자못 연의소설演義小說*의 말투를 지녀 서울에서 사람들 입에 자주 오르내렸다. 朴趾源 字美仲 號燕巖 參判師愈之子 文溢才氣 藻思多才 一筆俄頃 天行滔滔 其許生傳 熱河日記 往往解人頤 (…中略…) 著熱河日記五卷 後增五卷 多舞文 頗有演義口氣 膾炙都城

*연의소설_역사적 사실을 바탕으로 하되 허구적인 내용을 덧붙여 흥미 본위로 쓴 중국의 통속 소설. 「삼국지연의」, 「초한연의」 따위가 여기에 속한다.

연암이 타고난 재주꾼이며, 그의 글이 꽤 우습고 널리 인구에 회자되었다고 한다. 그뿐이었다. 연암이 '왜 전쟁하는 마음으로 우스운 글을 썼는지' '널리 읽혔으면서 왜 진실과 정의에 대한 고민이 없었는지'에 대한 고민은 없다. 저 시절 문둥이는 역병을 돌게 하는 전염성 질환자다. 많은 이들은 연암 글과 행동을 저렇게 여겼다. 잘못이다! 연암에게 왜 문둥이라 했는지 따지고 살펴야 한다. 연암을 문둥이라 부른 이들은 하나같이 몸에 선천적으로 각인된 조선의 관습으로 사는 양반들이었다. 연암은 스스로 '삼류 선비'라 칭하고 '문둥이'라 부르라 했다. 문둥이 삼류 선비 연암이 옮긴 역병을 나는 '인간'이란 두 글자로 읽는다. 인간 연암은 조선이 인간들이 사는 '인간다운 세상'이 되기를 꿈꾸었고, 조선의 관습으로 사는 양반들은 양반만이 사는 '양반들 세상'이 되기를 꿈꾸었다.

연암은 전쟁하는 마음으로 꾹꾹 눌러 지적 생명체인 글을 썼다. 그의 글에서 글자 마디마디마다 조선의 애달픈 물꽃이 피는 것을 보았다면 이 인간을 찾아서다. 연암은 낮은 백성들에서 미물인 개까지도 인간다운 세상 한복판에 살게 했다. 해학과 풍자, 골계로 가려진 그의 글에서 빗줄기처럼 쏟아지는 조선의 신음은 그래서 들어야 한다.

안타까운 것은 지금도 연암을 심드렁하니 해학과 풍자, 혹은 골계로만 읽는 이들이 여간 많지 않다는 사실이다. 제 호구糊口를 책임지거늘 얇은 늦잠에 겨워 반눈만 뜨고 바라보니 연암의 글자만 문안하고 '무양無恙하시냐?'는 입인사 한 치레뿐이다. 수많은 이가 연암을 책상 한 귀퉁이에 올려놓고 언죽번죽 글을 써 제 밥벌이로 삼지만 제 삶의 일부라도 연암처럼 사는가? 아니, 살아 보려고는 했는가? 누구에게 개만큼이라도 정을 줘 봤는가?

말斗들이 자괴감을 되질하며 붓을 놓는다.

휴휴헌에서

나가며 2

『당신, 연암』개정판을 낸다. 개정판은『당신, 연암』의 오류를 바로 잡는 데 그친 것이 아니라 여러 곳을 수정, 산삭, 첨부하였다. 제목도 아예『연암 평전』으로 바꿨다. 연암 선생 목소리는 더 넣었다.

선생은 삼교(三教, 유교·불교·도교)에 출입하고 구류(九流, 유가·도가 등 여러 학파)에 통달하였으며 문장에 있어서는 좌씨, 장자, 사마천의 진수를 죄다 얻었다. (…중략…) 장강대하가 일사천리로 흘러들어 (…중략…) 그가 차지하는 위치는 당·송의 제가 사이에서 한퇴지나 소동파와 같으니 어찌 기이하지 아니한가.(민병석)

기운은 육합에 차고 재주는 천고에 비할 자 없으며 문장은 족히 만군(萬群)을 압도하겠다.(홍길주)

예원(藝苑,문장계)의 이른바 신품(神品)에 해당한다.(김택영)

문장 중의 신선이다.(심종우)

　모두 내로라하는 문장가들이 연암 선생 글을 두고 한 말이다. 우리 소설사를 최초로 정리한 김태준金台俊(1905~1950)은 이러한 찬사를 두고 "제우스의 전당에서 신공神功을 찬송하는 무리와 무엇이 다를까? 동방에 한자가 수입된 이후 처음 보는 찬사이리라"(『조선소설사』, 학예사, 1939, 172쪽) 하였다.

　그러나, 이런 연암 선생을 우리는 어떻게 대하는가? '그러나'라는 역접사를 붙여야만 하는 이유를 꼭 조목조목 써 놓아야만 알까? 특히 연암의 글쓰기는 더욱 안타깝다. 선생의 글쓰기 세계는 문장론이며 문학론까지, 그야말로 세계 어느 곳에 내놓아도 통할 정도로 수준 높다. 내나라 문인, 우리 고전만 챙기자는 국수주의나 전공의 이기가 아니다. 연암 선생이 세계적 문호임을 우리가 몰라준다면 누가 알아주겠느냐는 말이다.

　아래는 연암 선생이 열반한 주공 스님을 위해 지은 「주공탑명」을 제자 이덕무가 비평한 글 일부다. 이덕무는 연암 선생을 선생으로 모셨다.『종북소선』에 실려 있다.

　　껄껄! 저 주공 스님은 과거 물거품이요,　　　　唉彼塵公 過去泡沫

　　이 글을 지은 연암 선생은 지금 물거품이며,　　爲此文者 見在泡沫

　　지금으로부터 백천 년 뒤 이 글을 읽는 자네는 미래 물거품일세.

　　　　　　伊今以往 百千歲月 讀此文字 未來泡沫

물거품에 비친 모든 사물은 물거품과 함께 사라진다. 주공 스님도, 연암 선생도, 이 글을 쓴 이덕무도, 미래에서 지금이 되어 이 글을 읽는 우리도, 그리고 미래에 이 글을 읽을 자네들도 모두 물거품처럼 사라지게 된다. 물거품이 되기 전에 한 번쯤 더 물거품에 비친 나를 쳐다본다.

휴휴헌에서

1737년 **1세** 반남 박씨로 이름은 지원(趾源) 혹은 지원(祗源). 자는 중미(仲美, 친지들은 미중(美仲)으로 부름)와 미재(美齋), 호는 연암(燕巖)을 주로 썼지만 별호로 연상(煙湘), 열상외사(洌上外史), 공작관(孔雀館), 박유관주인(薄遊館主人), 무릉 선생(武陵先生), 껄껄선생(笑笑先生), 골계선생(滑稽先生), 성해(星海)도 사용했다. 부친 사유(師愈, 1703~1767)와 모친 함평 이씨(咸平李氏, 1701~1759)의 2남 2녀 중 막내로 2월 5일(양력 3월 5일) 축시에 한양 서쪽 반송방(盤松坊) 야동(冶洞.)에서 출생. 조부 필균(弼均)은 경기도 관찰사, 지돈녕 부사를 지냈다. 선조 때의 명신인 박소(朴紹) 이후 대단한 명문가였다.

1739년 **3세** 형 희원 장가 듦. 형수는 이씨로 16세에 시집와서 연암을 잘 돌보았다. 옛 사람의 선침온피(扇枕溫被, '베개를 부채질하고 이불을 따뜻하게 한다'는 뜻으로 부모를 효로 섬긴다는 의미) 같은 것을 흉내냄.

1741년 **5세** 이사 갈 집을 보고 와서 대청과 사랑이 어떤 방향인지, 집의 칸수를 정확히 말함.

1744년 **8세** 사도세자(10세), 혜빈 홍씨를 왕세자 빈으로 맞음.
둘째 누이가 덕수 이씨 현모(顯模)에게 출가.

1747년 **11세** 얼굴에 온통 쥐젖이 돋침.

1752년 **16세** 이보천(李輔天)의 딸과 결혼. 장인 이보천에게 『맹자』를 배우고, 처숙 이양천(李亮天)에게 『사기』의 「신릉군열전」을 배웠다. 이 시기에 「항우본기」를 모방하여 「이충무공전」을 지어 칭찬을 받음.
영조가 이양천이 올린 상소에 노하여 귀양 보냄(10월).

1753년 **17세** 우울증으로 시달림.

1754년 **18세** 우울증에 시달려 음악과 서화, 골동품, 기타 잡물을 취미 삼고 객을 초대하여 해학과 고담을 즐김.「광문자전」을 짓고,「민옹전」의 민옹을 이 무렵 만남.

1755년 **19세** 11월1일 처숙 이양천이 40세로 사망하고 연암의 정신적 방황과 편력이 시작됨.

1756년 **20세** 봉원사에서 독서하면서 윤영을 만나 허생 이야기 들음.「허생」의 모티브가 여기서 이루어짐.
이 무렵「마장전」과「예덕선생전」지음.

1757년 **21세** 가을에「민옹전」을 지음. 이 무렵 불면증과 우울증이 깊어짐.

1758년 **22세** 양력 12월 14일(1759.1.12) 밤에「대은암창수시서」를 지음.「대은 암창수시서」는 서울 북악(北岳) 동쪽 기슭의 대은암에서 연암이 벗들과 시를 창수한 서문이다. 당시 함께한 사람들은 이희천의 당숙부인 이구영 (李耉永, 1736 ∼ 1787), 이희천의 족숙부(族叔父)인 이서영(李舒永, 1736 ∼ 1800), 연암과 과거 공부 같이 하던 한문홍(韓文洪, 1736 ∼ 1792)이었다(이 사실은 이희천(李羲天, 1738 ∼ 1771)의『석루유고(石樓遺稿)』「화백록시서(和白麓 詩序)」에도 기록되어 있다).

1759년 **23세** 영조, 정순왕후 간택(당시 영조는 66세, 정순왕후는 15세, 사도세자는 25세, 세손(정조)은 8세).
모친(59세) 사망.「독례통고(讀禮通考, 북학파 인사들의 관심을 모은 책)」를 초 (抄)함. 장녀(후일 이종목(李鍾穆)에게 출가) 출생.

1760년 **24세** 조부 필균(76세) 사망. 연암의 곤궁한 생활이 이때부터 더욱 심화됨.

1761년 **25세** 북한산에서 독서. 수염이 은백이 됨. 산사나 강가, 정자를 떠돌며 김 이소(金履素) 등 10여 명과 과거 공부에 힘씀. 단릉 처사 이윤영(李胤永)에 게『주역』배움. 이 해에 홍대용(洪大容)을 만남.
성균관 시험을 치러 들어가서는 고목이나 노송만 그려 놓아 과거에 뜻이 없음을 보임.

1762년 **26세** 사도세자가 뒤주에 갇혀 죽음(노론 벽파가 정권을 잡음).
김신선을 찾음(「김신선전」에 보임).

1764년 **28세** 「초구기」를 지음. 이 무렵 「양반전」과 「서광문전후」를 지음.

1765년 **29세** 벗인 김이중(金履中, 1736~1793)이 나귀 살 돈 100냥을 보내어 연암에게 금강산 구경을 시켜 줌. 유언호, 신광온(申光蘊, 1735~1785) 등과 금강산을 유람하며 「총석정관일출」을 지음. 백화암(白華菴)에서 잔 적이 있었는데, 이때 준(俊)이란 중을 만남. 이 무렵 「김신선전」도 지음.
홍대용, 숙부 홍억의 수행원으로 연행. 12월 27일 북경 도착, 다음 해 5월 2일 귀국.
「김신선전」 지음.

1766년 **30세** 홍대용의 『건정동회우록』에 서문을 씀.
장남 종의(宗儀) 출생.

1767년 **31세** 이 무렵 「우상전」, 「역학대도전」, 「봉산학자전」을 지음.
부친이 위독하자 연암이 손가락을 베어 피를 탕약에 떨어뜨려 올림. 이 때 문인지 부친이 소생(3월 2일).
부친(65세) 사망(6월 22일).
삼청동(三淸洞)으로 이사.

1768년 **32세** 백탑(白塔)으로 이사. 연암은 이 집을 '공작관(孔雀館)'이라 부르고 자호(自號)로 삼음. 이덕무(李德懋), 서상수(徐常修), 유득공(柳得恭), 유금(柳琴, 유득공의 숙부) 등과 이웃하여 깊은 교우를 맺으며 박제가(朴齊家), 이서구(李書九)가 제자로 입문함. 이른바 북학파(北學派) 혹은 백탑파의 형성시기이며, 연암의 사유가 널리 펼쳐짐.

1769년 **33세** 이서구가 지은 『녹천관집』에 「녹천관집서」를 씀.
유득공, 이덕무와 함께 개경과 서경을 여행.
『공작관집』 엮음(겨울).

1770년 **34세** 1차 시험인 감시(監試) 초·종장에 모두 장원. 감시는 '소과(小科)'라고도 불리며 생원과 진사를 뽑던 과거이다. 방이 붙던 날 영조 임금이 불러들여서는 답안을 읽게 하고는 크게 칭찬하였다. 그러나 연암은 2차 시험인 회시에 응하지만 답안을 내지 않고 나옴.

1771년 **35세** 다시는 과거에 응시치 않았다. 연암이 술을 마시기 시작한 것은 이 뒤부터였는데 주량이 무척 세었음. 장지 문제 발생하여 이상지(李商芝, 1729~1799)와 다툼.

이덕무, 이서구, 백동수, 오복 등과 북으로는 송도, 평양, 천마산, 묘향산과 남으로는 속리산, 가야산, 화양, 단양 등지를 여행. 이때 연암골을 발견하여 '연암(燕巖)'을 호로 삼음(5월).

연암의 스승 이윤영(李胤永, 1714~1759)의 아들이자 벗인 이희천(李羲天, 1738~1771)이 『명기집략』 사건으로 교수형을 당함. 연암은 이 일로 충격을 받아 경조사도 끊고 마치 폐인처럼 지냈으니, 이희천이 효수를 당한지 3년 뒤인 1774년에 쓴 「이몽직애사(李夢直哀辭)」라는 글에 그의 심정이 잘 나타나 있음(5월).

큰 누이 사망하여 「백자증정부인박씨묘지명」을 지음. 연암은 이 글을 자신의 득의의 작품으로 꼽아 열하를 갈 때 가지고 가 글씨를 받으려 했음(9월 1일).

이덕무가 연암의 글 중, 「하야연기」 등 10편을 뽑아 평점 붙인 『종북소선』을 엮음(10월).

1772년 **36세** 여름철에 남의 집을 세내어 전의감동(典醫監洞, 지금의 서울시 종로구 낙원동)으로 이사. 광릉 석마향(石馬鄉, 지금의 경기도 성남시 분당 일대)에 있는 처가로 식구들을 보내고 전의감동에 임시로 거주하는 집을 얽어놓고 혼자 거처함. 이즈음 연암협에도 집을 얽고 홍대용과 자주 만남.

『영대정잉묵』 엮음.

유시(酉時, 하오 6시)쯤에 홍덕보의 집에서 서양금을 향토 곡조에 맞추어 해득하는 것을 들음(6월 18일).

박제가의 문집 『초정집』에 「초정집서」를 씀.

1773년 **37세** 이덕무, 유득공과 파주 등을 거처 평양 유람(윤 3월).

1774년 **38세** 「제이당화(題李唐畵)」를 지음.

이희경이 연암, 이덕무, 박제가의 시문을 묶어 『백탑청연집』을 펴냈으나 현재 남아 있지 않음.

1775년   **39세**   정조가 대리청정(12월).

1776년   **40세**   영조(82세) 승하(3월 5일).

정조(正祖) 즉위(3월 10일), 홍국영 득세.

규장각 설치(6월).

『겸헌만필(謙軒漫筆)』건·곤 엮음.

유득공의 작은아버지 유련(柳璉)이 『한객건연집』 엮음(중국에서 1777년 출간). 이 책은 조선 후기 북학파 실학자 이덕무, 유득공, 박제가, 이서구 등 4명의 시를 모아 엮은 책이다. 중국인 이조원이 '사가지시(四家之詩)'라 하여 '사가시집(四家詩集)'으로 더 유명함.

1777년   **41세**   장인 이보천(64세) 사망(6월 하순). 「제외구처사유안재이공문(祭外舅處士遺安齋李公文)」을 지어 추도.

1778년   **42세**   이덕무, 박제가 연행. 박제가 『북학의』를 지음(3월 17일).

형수(형 희원의 아내로 연암의 어린 시절을 돌보았음) 사망. 형수를 위하여 「백수공인이씨묘지명(伯嫂恭人李氏墓誌銘)」을 지음(7월 25일).

홍국영의 화를 피해 황해도 금천 연암협으로 이주. 이유인 즉은 정조의 비인 효의 김씨가 생산을 하지 못하자 홍국영이 자신의 누이를 후궁으로 배치 해 놓고 원자를 얻은 뒤 득세하려 한데서 비롯되었다. 이를 차마 볼 수 없었던 연암이 이에 대한 상소를 올리나 정조에게는 전달 안 되었고, 이 사건으로 홍국영은 연암을 미워하게 됨(7월).

개성 유수로 부임한 유언호가 생계를 살핌. 일시적으로 개성 금학동 양호맹의 별장으로 이주. 이때 유언호가 빌려준 칙수전 1,000민(緡)을 양호맹, 최진관이 대신 갚아줌(후일 안의현감으로 가 받은 첫녹봉을 떼어 되갚음).

1779년   **43세**   이덕무, 유득공, 박제가, 서이수가 규장각 검서관(檢書官)으로 등용됨.

1780년   **44세**   홍국영 실각 후 4월에 사약을 받아 죽자 서울로 돌아와 평계(平溪)에 있는 처남집에서 기거(2월).

삼종형 박명원과 청 고종 70수연(壽宴)에 자제군관(子弟軍官) 자격으로 동행(5월 25일). 귀국(10월 27일). 연암은 『열하일기』 「산장잡기」 '후지(後識)'에서 "평생토록 궤이함을 봄에 열하에 있을 때를 능가한 적이 없었다(平生詭異之觀 無逾在熱河之時)"고 그 놀라움을 적음.

귀국 즉시 박명원의 소유인 삼포(三浦, 마포)에 있는 세심정(洗心亭)에 거처를 잡고 처남 이재성의 집과 연암 골짜기를 왕래하며 2,000여리 장정의 여행기인 『열하일기』 저술시작. 이 무렵 「허생」, 「호질」을 지음.

차남 종채(宗采, 宗侃이라고도 함) 출생.

1781년　**45세**　당시 영천 군수로 있던 홍대용은 얼룩소 2마리, 공책 20권, 돈 200민(緡) 등을 보내면서 연암의 저술을 격려.

박제가의 『북학의』에 「북학의서」를 씀(9월).

벗 정철조 사망하자 그를 위해 「제정석치문(祭鄭石癡文)」을 지음.

1783년　**47세**　담헌(湛軒, 즐거운 집) 홍대용이 노모를 평계로 낙향하였다가 사망하니 「홍덕보묘지명(洪德保墓誌銘)」을 지음. 홍대용의 염을 하며 반함(飯含)을 못하게 함. 이 충격으로 이후 연암은 음악을 끊음(10월 22일).

『열하일기』 26편을 완성함.

1784년　**48세**　유득공이 『발해고(渤海考)』를 탈고함.

1786년　**50세**　친구인 이조판서 유언호의 천거로 종9품 벼슬인 선공감 감역(繕工監監役, 건축물의 신축과 보수업무를 감독으로 오늘날의 공사감독관 격임)에 임명됨. 연암이 음보(蔭補)로 처음 출사하자 노론 벽파의 실력자 심환지(沈煥之), 정일환(鄭日煥) 등이 찾아와 자파로 끌어 들이려 했으나 연암은 그때마다 해학적인 말로 쫓아냄. 연암은 노론 벽파 계열이면서도 저들의 의견에 동조하지 않았음(7월).

1787년　**51세**　동갑내기 부인인 전주 이씨(全州李氏, 1737~1787)가 51세로 사망(1월). 한 번은 연암이 옷을 해 입으라고 돈을 주니 형님 댁은 끼니를 거른다며 집에 돈을 들일 수 없다고 하였음. 연암은 평소 이러한 부인 이씨의 부덕을 존경했으며 부인 별세 이후 종신토록 독신으로 지내었음. 부인의 상을 당하여 이를 애도한 절구 20수를 지었다하나 전하지 않음.

형 희원이 향년 58세로 사망하자 「연암억선형(燕巖憶先兄)」을 지음. 형수를 모신 연암협에 형을 안장함(7월).

『송자대전』 편수에 참여함. 연암은 우암의 편지 중 윤휴의 일을 논한 대목에 전아(典雅)하지 못한 곳이 있어 한두 자를 삭제할 것을 건의했으나 받아들여지지 않아 개탄함.

1788년　**52세**　일가족이 모두 전염병에 걸려 큰며느리가 죽고 장남 종의도 위독한 끝에 간신히 회생. 큰며느리가 죽자 주위에서는 살림할 사람이 없다고 연암에게 재혼을 권했으나 거절함(3월).

종제 박수원(朴綏源)이 선산 부사로 나아가 집이 비게 되었으므로 연암은 계산동(桂山洞, 지금의 서울시 종로구 가회동·계동)에 있던 그의 집에서 잠시 머무름.

선공감 감역 임기 만료됨(12월).

1789년　**53세**　종 6품의 평시서 주부(平市署主簿, 시장 상점의 두량검사(斗量檢査)와 물가등락을 관할하던 관청의 관리)로 승진, 가을에 공무의 여가를 얻어 다시 연암 골짜기로 들어갔음.

1790년　**54세**　삼종형 박명원이 사망하자 「삼종형금성위증시충희공묘지명(三從兄錦城尉贈謚忠僖公墓誌銘)」을 지음. 『과정록』에는 이 묘지명을 정조의 하교로 지었다고 함. 박명원은 연암의 재주를 아끼고 인정하였음.

사헌부 감찰로 옮겼으나 '사헌부(司憲府)'라는 이름이 중부(仲父, 중부의 이름은 '사헌(師憲)'과 같다 하여 사양. 제릉령(齊陵令, 태조(太祖) 비(妃)였던 신의왕후(神懿王后)의 능으로 경기도 개풍군에 있다)으로 옮김.

1791년　**55세**　종5품 한성부판관(漢城府判官)으로 전보됨. 당시 흉년이 들어 곡상들이 쌀을 비싸게 팔거나 매점매석을 하여 곡가가 폭등했음. 이때 곡가를 억제하고 매점을 금지하려는 의견들이 지배적이었으나, 연암은 그러한 정책을 쓰면 상인들이 다른 지역으로 쌀을 팔러 가 버릴 것이므로 도리어 쌀 품귀현상이 심해질 것이며 또한 서울에 이미 집적되어 있는 쌀의 방출을 막으면 다른 지역의 백성들이 굶주리게 된다는 이유로 강력히 반대하였음. 이와 같이 곡가의 귀천과 곡물의 집산을 인위적으로 통제해서는 안 된다는 연암의 견해가 채택됨으로써 그 후년의 기근에도 피해가 없었다고 함.

규장각의 교서관(校書館)에서 이덕무, 유득공, 박제가가 왕명으로 교서관에서 병지(兵志)를 편찬할 때 성대중이 마침 숙직이었음. 연암은 홍원섭(洪元燮), 옥류(玉流) 등과 함께 규장각을 찾아 시를 지으며 노닐다 〈송석도〉를 그려 좌중을 놀라게 함. 박제가는 「신해칠월 동청장랭암봉명찬집국조병사 개국어비성 이청성적취직태호 연암옥류제공우집」라는 시에서 "팔뚝 아래 문득 솔과 바위 그려지니, 『열하일기』 문장만이 아니라 놀라워라(腕底忽添松石賞 驚人不獨熱河文)"하였음(7월).

정조가 명청 패관소설 수입금지령을 내림(9월).

유한준이 연암의 품계가 원칙이 없이 올라간다고 소를 올려, 종6품으로 강등되어 안의현감(安義縣監)으로 제수(除授, 천거의 절차를 밟지 않고 임금이 직접 벼슬을 임명하는 것)(12월).

1792년　**56세**　임지 안의에 도착(1월). 안의는 거창현과 함양군을 이웃에 두고 있었으며 당시 인구는 5천여 호였다. 연암은 부임 즉시 송사를 엄격히 처리하여 고을 백성들 간에 분쟁을 일삼던 풍조를 바로잡고 아전들의 상습적인 관곡 횡령을 근절했으며 관아에까지 출몰하던 도적들을 퇴치했다.

또한 연암은 함양군의 제방 보수공사에 고을 백성들이 동원되자, 행군 대형을 짜서 일사불란하게 지휘하여 공사를 완벽하게 해냄으로써 매년 동원하는 폐단을 막았다.

벗 김이소가 우의정에 임명되자 「하김우상이소서(賀金右相履素書)」를 보냄. 이 편지에서 화폐유통을 바로잡고 은의 국외 유출을 막는 방안에 대한 의견 피력.

비변문체(일명 문체반정)의 바람이 서서히 일기 시작. 이동직(李東稷)이 부교리(副郊理)로서 『열하일기』의 문체가 저속하다고 논박하는 상소를 올렸다.

1793년　**57세**　비변문체의 주동자로 지목하는 정조의 말을 담은 글을 남공철이 보내 오자 연암은 자송문(自訟文) 대신 남공철에게 편지를 씀.

역시 비변문체로 지목당한 형암 이덕무(53세)가 병중에 사송문을 바치고는 다음날 사망(1월 24일). 이덕무의 자는 무관(懋官)이며, 형암(炯庵)·아정(雅亭)·청장관(靑莊館) 등의 호를 사용했다. 훗날 연암은 정조의 어명에 따라「형암행장(炯菴行狀)」을 지음.

이덕무가 죽자 그의 유고집 출간.

유한준은 연암을 '호복임민(胡服臨民, 오랑캐 복장을 하고서 백성을 다스림)', '노호지고(虜號之稿, 오랑캐의 연호를 쓴 원고)'라는 말로 모함.

봄에 도내에 흉년이 든 가운데 안의 고을이 가장 심하여 응당 공진(公賑)을 설치해야 했으나, 연암은 녹미(祿米)를 떼어 사진(私賑)을 설치했으며 조정에서 내린 초피(貂皮) 등속도 받지 않고 공명첩도 돌려보내었다. 죽을 끓여 기민들을 구휼함.

관아의 낡은 층고(層庫)를 헐어버리고 남과 북에 못을 파고 백척오동각(百尺梧桐閣), 공작관(孔雀館), 하풍죽로당(荷風竹露堂), 연상각(烟湘閣) 따위 정자와 누각을 지음. 이곳으로 처남 이재성, 큰 사위 이종목, 작은 사위 이겸수 등을 초청하여 시회를 열었음. 연암의「하풍죽로당기」에는 이러한 집을 지은 뜻이 백성들과 함께하기 위해서임이 보임. 담을 쌓을 때에도 중국의 제도를 모방하여 벽돌을 구워 썼다. 이에 대해서 유한준이 비방함.

「열녀함양박씨전 병서」를 지음.

『영대정집』엮음.

1794년 **58세** 차원(差員, 어떤 임무를 맡겨 다른 곳에 파견하던 벼슬아치)으로 상경함. 특명으로 입시하여 안의현 및 연로의 농작 상황과 도내 민정들을 사실대로 보고함.

장남 종의가 성균시(成均試)에 응시하려 하자, 이서구가 성균관장으로 있다고 편지를 보내 응시하지 못하게 함.

「함양군 학사루기」를 지음. 원문엔 "지금 임금 19년 갑인년(1794)(上之十九年甲寅)"이라 하였다. 정조 19년은 을묘년(1795)이고 갑인년은 정조 18년

이므로 오류임.

1795년 **59세** 정조(正祖)가 이가환을 특별히 충주 목사로 보내 천주교를 금하게
하자 연암은 이러한 조치가 지나치게 관대할 뿐 아니라, 천주교의 소굴에
천주교를 비호하는 수령을 임명함으로써 더욱 이를 조장할 것이라고 비판
함(7월).

해인사를 구경하고 「해인사(海印寺)」라는 장편시와 「해인사창수시서」를
지음(9월 20일).

차남 종채 혼인(가을).

1796년 **60세** 임기가 만료되어 귀경(3월). 연암이 임기를 마치고 돌아올 때, 갈 때
처럼 책5~6백 권에 붓과 벼루, 향로, 다기 따위 4~5바리 짐이 전부였음.
서울에 돌아온 연암은 장차 저술 활동에 전념할 생각으로 계산동(桂山洞)
의 과원 하나를 사들여 중국의 건축제도를 모방한 다락 얹은 집을 햇볕에
말린 흙벽돌로 지었음. 집의 이름은 총계서숙(叢桂書塾)이라 지었음. 사람
들은 이 집을 당댁(唐宅)으로 불렀는데, 곧 계산초당(桂山草堂)임. 처남 이
재성이 이사 와 살았고 이재성이 이사 간 뒤로는 아들 종채가 물려받아 평
생을 보냈음.

제용감주부(濟用監主簿)에 임명(겨울). 얼마 후 의금부도사(義禁府都事)를
거쳐 의릉령(懿陵令, 경종(景宗)과 선의왕후(宣懿王后)의 능으로 경기도 양주에 있
다)으로 옮김.

수 년 동안 당뇨와 풍담(風痰, 풍증을 일으키는 담), 정충증(怔忡症, 가슴이 벌떡
이는 증세)을 앓음.

1797년 **61세** 제주사람 이방익(李邦翼)이 표류하다가 중국에 닿아 여러 곳을 둘
러보고 귀국하였는데, 그는 글을 몰랐다. 정조는 연암에게 그의 견문 내용
을 글로써 바치라고 하였음. 이 글이 「서이방익사(書李邦翼事)」임.

정조가 의도적으로 면천(沔川) 군수에 임명(7월). 당시 면천에는 천주교도
들이 많았음. 연암은 이들을 회유시켜 개종케 하여 신유사옥 때 면천군은
무사하였음.

1798년 **62세** 면천군 범천면(泛川面, 지금의 당진군 우강면)에 사는 천주교도 김필군 (金必軍)을 선처한 일로 병영(兵營)과 마찰을 빚고, 당시 충청 감사 이태영 (李泰永)에게 병영의 처사를 항의하며 사의를 표명한 편지를 보냈음.

1799년 **63세** 정조의 어명에 따라『과농소초(課農小抄)』와 부록 격인「한민명전 의(限民名田議)」를 지어 바침. 이 저작으로 정조와 여러 신하들에게 칭송을 받음.

봄에 흉년이 들었으므로 연암은 안의현에서 시행했던 예에 따라 사진을 설치하여 기민을 구제하였음.

성 밖의 민전을 사서 가난한 백성의 입장을 허용.

1800년 **64세** 정조 승하(6월 28일). 연암이 몹시 호곡(號哭)하였다 함.

양양(襄陽)부사로 승진(8월). 양양은 본래 문신을 임명하는 고을로 음관(蔭 官)이 이에 임명되기는 연암이 처음이었음.

양양에 부임(9월).

1801년 **65세** 봄에 신흥사(神興寺)의 승려 창오(昌悟, '창오(暢悟)'의 오기인 듯하 다. 창오(暢悟)는 1797년 거관과 함께 신흥사의 명부전을 중수했다)와 거관(巨寬) 이란 중이 궁속(宮屬, 각 궁에 속한 원역(員役) 이하의 종)과 결탁하여 내수사(內 需司, 왕실 재정의 관리를 맡아보던 관아. 궁중에서 쓰는 쌀, 베, 잡물(雜物), 노비 따위에 관한 일을 맡아보았다)의 공문(公文)이나 궁가(宮家, 왕실의 일부인 궁실(宮室)과 왕실에서 분가하여 독립한 대원군·왕자군·공주·옹주가 살던 집을 통틀어 이르던 말) 의 명함을 얻어 내어 사람들을 현혹하고 심지어 관속을 구타하여 죽인 일 이 발생했음. 연암이 이를 감사(監司, 관찰사)에게 알렸으나 감사는 꺼리는 바가 있었던지 흐지부지 하자, "관장으로서 궁속과 중의 무리에게 제어 당 하며 백성을 어찌 다스리겠느냐"며 병을 빙자하여 사직하였음. 이것이 그 의 마지막 관직 생활이 되었음.

1802년 **66세** 이광현(李光顯, 이광현은 처음에 연암을 비방하였으나 인품에 감화를 받아 연암을 지극히 존경했다. 청안(淸安)현감을 지낼 때 깨끗한 관직생활을 했다)과 연암 골짜기로 들어가 계곡에 정자를 짓고 수 개월을 머물다 돌아옴. 연암 골짜

기로 향하던 날은 마침 차남 종채가 정시(廷試)를 보는 날이었음에도 연암
은 개의치 않고 길을 떠났음(봄).

조부 장간공과 부친의 묘를 포천으로 옮기려다 유한준의 방해로 좌절되는
변을 당함(겨울). 이 사건 이후 연암은 울화병이 생겨 회복하지 못하였음.

1804년　**68세**　여름 이후 병세가 더욱 심해지자 약 복용을 금하고 장례를 검소하
게 치르라 하고 홍대용처럼 반함하지 말 것을 당부. 병중에도 처남 이재성
(李在誠)과 이희경(李喜經)을 자주 불러 술상을 차려 담소함.

1805년　**69세**　박제가(朴齊家) 사망(4월 25일). 박제가의 초명은 제운(齊雲), 자는
차수(次修)이며, 정유(貞蕤)·초정(楚亭)이란 호를 썼음. 연암은 박제가에게
굶주림을 하소연하며 돈을 꿔 달라고 요청한 편지가 있을 정도로 흉허물
없는 사제관계였음(연암의 사망 소식을 듣고 상심하여 곧 죽었다는 기록과 1815년
사망 기록은 잘못이다).

10월 20일(양력 12월 10일) 아침 8시경에 가회방(嘉會坊) 재동(齋洞) 자택에
서 "깨끗하게 목욕해 달라"라는 유명만을 남긴 채 서거함. 연암이 세상에
머무른 지 예순 아홉 해째였음. 염습할 때 몹시 몸이 희었으며 평생에 가장
싫어한 말은 '구차(苟且)'였음. '구차'란 흉 없는 삶을 살겠다는 표지였다. 경
기도 장단(長湍) 송서면(松西面) 대세현(大世峴) 남향받이에 자리한 그의
아내 묘에 합장되었음. 그날 분백(粉白)의 눈꽃이 훨훨 날렸을지도 모른다.

1822년 　봄 : 박종채, 『과정록』 자료수집(1813년 봄이란 본도 있음).

1826년 　가을 : 박종채, 『과정록』 탈고(1816년 초가을이란 본도 있음).

1829년 　가을 : 효명세자(순조의 아들로 4년 간 부왕을 대신해 선정을 함. 후일 익종으로 추존)
　　　　　가 『연암집』을 출간할 생각으로 연암의 모든 원고를 거두어 갔으나 다음
　　　　　해 죽음으로 무위로 돌아 감. 후일 원고를 돌려받음(박종채의 『과정록』에는
　　　　　1828년 봄으로 되어 있다).

1831년 　박종채, 「추기」

1835년 　아들 박종채 별세.

1863년 　동지의금부사가 된 박규수의 3대 조상을 추증하라는 전지로, 박사유에게
　　　　　사복시 정을, 박지원에게 이조 참의를, 박종채에게 이조 참판과 그에 따른
　　　　　예겸을 추증.

1865년 　판윤이 된 박규수의 3조상을 추증하라는 전지로, 박사유에게 이조 참의를,
　　　　　박지원(朴趾源)에게 이조 참판과 그에 따른 예겸을, 박종채에게 이조 판서
　　　　　와 그에 따른 예겸을 추증.

1866년 　송백옥(宋伯玉)이 편찬한 『동문집성(東文集成)』에 연암의 글을 선집.

1873년 　우의정이 된 박규수의 3대 조상을 추증하라는 전지로, 박사유에게 이조 판
　　　　　서와 그에 따른 예겸을, 박지원에게 좌찬성과 그에 따른 예겸을, 박종채에
　　　　　게 영의정과 그에 따른 예겸을 추증.

1876년 　손자 박규수 별세.

1900년 　김만식(金晩植)외 23인에 의하여 서울에서 처음 공간된 『연암집』은 연암
　　　　　의 글 중 일부만 초록한 형태임.

1900년 　『연암집』두 책을 김택영이 간행.

1901년 『연암속집』한 책을 김택영이 간행(1900년에 누락된 작품).

1905년 김택영이 편찬한『여한구가문초(麗韓九家文鈔)』에 연암의 글을 선집.

1910년 좌찬성(左贊成)을 추증하고 문도(文度)라는 시호를 내림.

1911년 『연암외집 열하일기 전』, 조선광문회에서 간행.

1917(6)년『중편박연암선생문집』을 상해에서 김택영이 3책으로 간행.

1922년 『연암집』필사본을 김승열(金承烈)이 다시 교정(현재 국립중앙도서관(古
        3648-文25-110) 소장본)

1932(1)년『연암집』, 대동인쇄소, 박영철이 돈을 대어 6책으로 간행.
        김성칠이 연암집의 일부를 엮음.

1954년 『박지원작품선집』, 조선작가동맹출판사에서 간행.

1955년 『열하일기』상, 북한의 국립출판사. 중은 1956년, 하는 1957년 간행.

1959년 『열하일기』상, 북한의 국립문학예술서적출판사. 하는 1960년 간행.

1960년 『박지원작품선집1』, 홍기문 역, 북한의 국립문학예술서적출판사, 조선고전
        문학선집25(2004년『나는 껄껄선생이라오』로 남한의 보리출판사에서 다시 펴냄).

1967년 『국역열하일기』, 이가원 옮김, 민족문화추진회에서 간행. 1987년 중판.

1982년 『연암집』, 경인문화사(영인).

1983년 『열하일기』, 윤재영 옮김, 박영사 간행.

1986년 『연암집』, 계명문화사(영인).

1991년 이상호 옮김,『박지원작품집』1, 북한의 국립문학예술서적출판사, 조선고
        전문학선집66(2004년『열하일기』상·중·하로 남한의 보리출판사에서 다시 펴냄).

1991년 이상호 옮김,『박지원작품집』2, 북한의 국립문학예술서적출판사, 조선고
        전문학선집67(2004년『열하일기』상·중·하로 남한의 보리출판사에서 다시 펴냄).

1997년 『열하일기』, 주단서 교점, 상해서적출판사.

2004년 신호열·김명호 옮김,『국역연암집』2, 민족문화추진회.

2005년 신호열·김명호 옮김,『국역연암집』1, 민족문화추진회.

2011년 11월 21일 북한 조선중앙TV에서 연암의 무덤을 '황해북도 개성시 전재리
        황토고개 옆'에 복원했다고 보도. 비석에는 '보훈유적 제 1740호 박지원

묘'라고 적혀있다.

(이외에 『연암집』 이본에 관한 자세한 내용은 김혈조, 「연암집 이본에 대한 고찰」, 『한국
한문학연구』 17, 태학사, 1984 참조.)

참고문헌

연암관계 서적을 모은 것만, 내 책꽂이의 대여섯 칸을 넘는다. 그중에는 읽을 것도 있고 읽다 지친 것도 있으며, 고백컨대 표지만 본 책도 있다. 따라서 내 깜냥으로 감당치 못한 책들은 후일 다시 보기로 하고 참고문헌에 넣지 않았음을 밝힌다.

역서 및 원문

『논어』, 『서경』, 『대학』, 『시경』, 『사기』, 『예기』, 『성종실록』.

『우리나라 고전 작가들의 미학견해 자료집』, 북한 : 조선문학예술총동맹출판사, 1964.

강만길 외역, 『한국의 실학사상』, 삼성출판사, 1981.

강효석, 『대동기문』.

김경선, 「연원직지서」.

김태준, 『증보 조선소설사』, 학예사, 1935.

김택영, 「박연암선생전」, 『소호당집』.

김하명, 『연암 박지원』, 북한 : 국립출판사평양시, 1955.

남공철, 「박산여묘지명」, 『금릉집』 17.

박지원, 『연암집』(영인), 경인문화사, 1982.

박지원, 김혈조 역, 『그렇다면 도로 눈을 감고 가시오』, 학고재, 1997.

박지원, 박희병 역, 『고추장 작은 단지를 보내니』, 돌베개, 2005.

박지원, 신호열 · 김명호 역, 『국역 연암집』, 민족문화추진회, 2004.

박제형, 이익성 역, 『조선정감』, 한길사, 1992.

박종채, 『과정록』(영인), 『열상고전연구』 8, 열상고전연구회, 1995.

박종채, 김윤조 역주, 『역주 과정록』, 태학사, 1997.

박종채, 박희병 역, 『나의 아버지 박지원』, 돌베개, 1998.

성대중, 『청성잡기』(국립도서관소장).

이가원 역, 『연암 · 문무자소설정선』, 박영사, 1974.

이덕무, 민족문화추진회 편, 『국역청장관전서』(영인), 솔, 1978.

이익, 안정복 편, 『성호사설류선』, 명문당, 1982.

유득공, 김윤조 역, 『누가 알아주랴』, 태학사, 2005.

유만주, 『흠영』, 서울대 규장각, 1997.

유한준, 『저암집』(영인), 여강출판사, 1987.

이규상, 민족문화연구소 한문분과 역, 『병세재언록』, 창작과비평사, 1997.

이덕무, 박희병 외역, 『종북소선』, 돌베개, 2010.

장재식, 『유교연원』, 회동서관, 1922(아세아문화사에서 (1973)년에 영인).

정민 외역, 『정유각집』 상·중·하, 돌베개, 2010.

홍기문 역, 『박지원작품선집』 1, 북한: 국립문학예술서적출판사, 1960.

홍길주, 박무영 외역, 『현수갑고』 상·하, 태학사, 2006.

홍길주, 이홍식 편역, 『상상의 정원』, 태학사, 2008.

논문 및 저서

간호윤, 『한국 고소설비평 연구』, 경인문화사, 2002.

_____, 『억눌려 온 자들의 존재증명』, 이회, 2004.

_____, 『개를 키우지 마라―연암소설 산책』, 경인문화사, 2005.

_____, 『아름다운 우리 고소설』, 김영사, 2010.

_____, 『연암 박지원 소설집』, 새물결플러스, 2016.

_____, 『아! 나는 조선인이다―18세기 실학자들의 삶과 사상』, 새물결플러스, 2017.

강동엽, 『열하일기연구』, 일지사, 1988.

강명관, 「한 지식인의 독서체험과 조선 후기 문학」, 『대동한문학』 13, 대동한문학회, 2000.

_____, 『조선의 뒷골목 풍경』, 푸른역사, 2004.

강영주, 「임꺽정과 연암문학의 비교 고찰」, 『임꺽정 연구』, 사계절, 2015.

강혜선, 『박지원 산문의 고문 변용 양상』, 태학사, 1999.

고미숙, 『열하일기, 웃음과 역설의 유쾌한 시공간』(개정판), 그린비, 2005.

구교현, 「공안파와 연암학파의 문학이론 비교―동심론을 중심으로」, 『중국학논총』 19, 한국중국문학회, 2005.

금장태, 『유학사상의 이해』, 집문당, 1996.

김길환, 『조선조유학사상연구』, 일지사, 1980.

김도련, 「연암 문학에 대한 소고―古文論을 中心으로」, 『한국학논총』 4, 국민대, 1981.

김도련 편,『한국 고문의 이론과 전개』, 태학사, 1998.

김명호,「박지원과 유한준」,『한국학보』44, 일지사, 1986.

_____,『열하일기 연구』, 창작과비평사, 1990.

_____,『박지원 문학 연구』, 성균관대 출판부, 2001.

_____,『환재 박규수 연구』, 창비, 2008.

김병민,『조선 중세기 북학파 문학 연구』, 목원대 출판부, 1992.

김붕구,『작가와 사회』, 일조각, 1982.

김성진,「패사·소품의 성격과 실체」,『한국한문학연구』특집호, 태학사, 1996.

김영,『조선 후기 한문학의 사회적 의미』, 집문당, 1993.

김영 외,『연암추모학술회의』, 한강출판사, 2005.

김영동,『박지원 소설연구』증보, 태학사, 1997.

김영진,「유만주의 한문단편과 기사문에 대한 일고찰」,『대동한문학』13, 대동한문학회,
        2000.

김영호,『조선의 협객 백동수』, 푸른역사, 2002.

김옥균·박영효·서재필, 조일문·신복룡 편역,『갑신정변회고록』, 건국대 출판부, 2006.

김일근,「연암소설의 근대적 성격」,『고전소설연구』, 정음문화사, 1981.

김지용,『박지원 문학과 사상』, 한양대 출판원, 1994.

김태준,『홍대용』, 한길사, 1998.

김혈조,『박지원의 산문문학』, 성균관대 출판부, 2002.

노창선,「연암소설 연구」, 충북대 박사논문, 1996.

르네지라르, 김치수·송의경 역,『낭만적 거짓과 소설적 진실』, 한길사, 2001.

문영오,『연암소설의 도교철학적 연구』, 태학사, 1993.

박경남,「유한준의 도문분리론과 산문 세계」, 서울대 박사논문, 2009.

박기석,『박지원문학연구』, 삼지원, 1984.

박철상,「개성의 진사 최진관과 연암」,『문헌과 해석』32, 문헌과해석사, 2005.

박희병,「연암사상에 있어서 언어와 명심」,『한국의 경학과 한문학』, 태학사, 1996.

_____,『연암을 읽는다』, 돌베개, 2006.

배병삼,「국제정치사상가로서의 박지원 연구」,『한국정치외교사논총』, 29-2, 한국정치외교
        사학회, 2008.

백대웅,「18세기의 음악환경과 전문예능인의 음악활동 연구」,『한국음악사학보』26-1, 한
        국음악사학회, 2001.

백승종, 『정조와 불량선비 강이천』, 푸른역사, 2011.

서울대 인문학연구소 편, 『휴머니즘연구』, 서울대 출판부, 1988.

손형부, 『박규수의 개화사상 연구』, 일조각, 1997.

송재소 외, 『이조 후기의 한문학의 재조명』, 창작과 비평사, 1991.

신동준, 『개화파열전』, 푸른역사, 2009.

신채호, 「수상」, 『신채호전집』, 형설출판사, 1977.

심경호, 『한문산문의 내면 풍경』(수정증보), 소명출판, 2002.

안대회, 『고전사문산책』, 휴머니스트, 2008.

오수경, 『연암그룹연구』, 한빛, 2003.

유동원, 『한국실학개론』, 정음문화사, 1983.

유병용 외, 『박영효연구』, 한국정신문화연구원, 2004.

유봉학, 『연암 일파 북학사상 연구』, 일지사, 1995.

_____, 『개혁과 갈등의 시대』, 신구문화사, 2009.

유봉학 외, 『풍석 서유구와 임원경제지』, 소와당, 2011.

유승국, 「한국의 유학사상에 대하여」, 『한국의 유학 사상』, 삼성출판사, 1989.

윤기홍, 「박지원과 후기 사가의 문학사상 연구」, 연세대 박사논문, 1988.

염무웅, 『민중시대의 문학』, 창작과 비평사, 1979.

이가원, 『연암소설연구』, 을유문화사, 1980.

_____, 「수여난필 중에 소개된 연암」, 『한국한문학연구』 1, 한국한문학회, 1976.

이광린, 『개화파와 개화사상 연구』, 일조각, 1989.

이병주, 『고전의 산책』, 민족문화문고간행회, 1985.

이암, 『연암 미학 사상 연구』, 국학자료원, 1995.

이완재, 『박규수 연구』, 집문당, 1999.

_____, 『한국 근대 초기 개화 사상의 연구』, 한양대 출판부, 1998.

이우성 · 임형택 편역, 『이조후기 한문단편집』 중, 일조각, 1978.

이은순, 『조선 후기 당쟁사 연구』, 일조각, 1988.

이종주, 『북학파의 인식과 문학』, 태학사, 2001.

이재운, 『소설 연암박지원』 상 · 중 · 하, 인의, 1993.

이현식, 『박지원 산문의 논리와 미학』, 이회, 2002.

임형택, 「박연암의 윤리의식과 우정론의 성격」, 『한국한문학연구』 1, 한국한문학회, 1976.

_____, 「박지원의 주체의식과 세계인식」, 『실사구시의 한국학』, 창작과 비평사, 2000.

조동일, 『한국문학사상사시론』, 지식산업사, 1995.

정민, 『비슷한 것은 가짜다』, 태학사, 2000.

___, 『조선 후기 고문론 연구』, 아세아문화사, 1989.

___, 『고전문장론과 연암 박지원』, 태학사, 2010.

정성철, 『실학파의 철학사상과 사회정치적 견해』, 북한 : 사회과학출판사, 1973.

정옥자, 『조선 후기 문학사상사』, 서울대 출판부, 1990.

정옥자 외, 『정조시대의 사상과 문화』, 돌베개, 1999.

차용주 편, 『연암연구』, 계명대 출판부, 1984.

최웅권, 『북한의 고전소설 연구』, 지식산업사, 2000.

최철 외, 『조선조 후기문학과 실학사상』, 정음사, 1987.

칸트, 전원배 역, 『순수이성비판』, 삼성출판사, 1989.

한국사상연구회, 『인성물성론』, 한길사, 1994.

한국학중앙연구원 편, 『조선의 왕으로 살아가기』, 돌베개, 2001.

한국학연구소 편, 『18세기 조선 지식인의 문화의식』, 한양대 출판부, 2001.

한상봉, 『북한금석문100선』, 도서출판다운샘, 2018.

한용우 외, 『다시, 실학이란무엇인가』, 푸른역사, 2007.

현상윤, 『조선유학사』, 현암사, 1986.

기타

북한영화 〈량반전〉

〈한국학 - 연암특집〉 23, 영신 아카데미 한국학연구소, 1980.

『연민문고 고서의 종합적 검토』, 단국대 동양학연구소, 1980.

한국고전번역원 http://www.itkc.or.kr

한국역대인물종합정보시스템 http://people.aks.ac.kr/index.aks

* 이외에도 여러 문헌과 인터넷 매체, 그리고 많은 분들의 도움을 받았음을 밝힌다.